MINGUO TONGSU XIAOSHUO
DIANCANG WENKU

民国通俗小说典藏文库·顾明道卷

惜分飞

（第一部）

顾明道 ◎ 著

中国文史出版社

顾明道和他的小说（代序）

张赣生

在本世纪（指二十世纪）二十年代末，能与"南向北赵"并称的武侠小说作家只有顾明道。

顾明道（1897—1944），原名景程，江苏苏州人。他八岁丧父，自幼体弱，上学时膝部患骨结核（中医所谓骨痨）致残，行动依赖拄拐。他毕业于教会所办的振声中学，因学习成绩优秀，即留在该校任教，并受洗为基督教徒。1922 年，范烟桥移居苏州，范氏在辛亥革命的时候就曾与友人组织"同南社"，诗酒唱和；这时又于七夕会同赵眠云、郑逸梅、顾明道等九人组织"星社"，以文会友。顾氏由此结识了一批文友，他一生的文学活动大体未超出这个小团体的范围。顾明道因一直希望医好腿疾，所以结婚较迟，抗战爆发后，他和母亲、妻子全家移居上海，苏州的家产毁于战火，从此落入贫病交加的处境中。他一生以教书为业，战前一直在苏州振声中学执教，迁居上海后一面写作，一面仍自办补习学校，招生授课，直至肺结核把他折磨得卧床不起才停办。病重时生活无着落，全靠朋友周济，终年只有四十八岁，身后凄凉。

了解了顾明道一生的经历，有助于我们客观地认识和评价他的小说。

从顾明道一生经历来看，腿残、留校执教、参加星社，这三件事深刻影响着他一生的文学事业。民国初年的上海，盛行哀情小说，即文学史上称之为"淫啼浪哭"的时期。1912 年，徐枕亚的《玉梨魂》和吴双热的《孽冤镜》在《民权报》同时连载，随即又连载李定夷的《賈

1

玉怨》，流风所被，一片哀音。顾明道就在这种风气的影响下，开始试写小说，那时他只有十七岁，尚未成年。他的处女作是短篇言情小说，发表在高剑华主编的《眉语》月刊上，这是一份以知识妇女为读者对象的刊物，脂粉气很重，在该刊的创刊号上发表了一篇阐明办刊宗旨的《宣言》，其中说："花前扑蝶宜于春；槛畔招凉宜于夏；倚帷望月宜于秋；围炉品茗宜于冬。璇闺姐妹以职业之暇，聚钗光鬓影能及时行乐者，亦解人也。然而踏青纳凉赏月话雪，寂寂相对，是亦不可以无伴。本社乃集多数才媛，辑此杂志，而以许啸天君夫人高剑华女士主笔政。锦心绣口，句香意雅，虽曰游戏文章、荒唐演述，然谲谏微讽，潜移转化于消闲之余，亦未始无感化之功也。每当月子弯时，是本杂志诞生之期，爰名之曰《眉语》，亦雅人韵士花前月下之良伴也。"看了这篇《宣言》，读者当能了解此刊物的性质。顾明道在1914年左右开始写小说时，选中这样一个刊物投稿，也就表明顾氏本人的性格难免有些多愁善感的脂粉气。

我指出顾氏性格中的脂粉气，因为这决定着他文学作品的基调，丝毫也没有嘲讽顾氏之意，每个人都在一定的环境下养成他的性格，这没有什么可嘲讽的，我们要研究的只是事实。郑逸梅在《悼顾明道兄》一文中提到两件事，其一为："明道最初的作品，刊登在许啸天所辑的《眉语》杂志上，该杂志多载女作家的文字，他就化名梅倩女史，撰着短篇小说。有一位读者，是登徒子之流，写信追求他，缱绻缠绵，大有甘伺眼波之意。明道接到了信，大笑之下，用梅倩具名答复他。那个登徒子欣喜欲狂，寄给他一帧照片，请他交换'芳影'，并约他会晤某园。明道到这时，才用真姓名自行揭破。这一段趣史，明道时常讲给人听的。"其二为："《江上流莺》稿成，我曾为他写一小序，有云：'江山摇落，风雨鸡鸣，我侪丁斯乱世，应变无方，干禄乏术，臣朔饥欲死，乃不得不乞灵于不律，红苴缫愁，绿蕉写恨，借以博稿资而活妻孥。社友顾子明道固与予相怜同病者也。'明道读了，亦为之感喟百端，不能自已。"当时正值日寇侵华，人民生活困苦，对此局面"感喟百端"也是情理中的事，我们不必咬文嚼字，过分挑剔；但达到"不能

2

自己"的程度，就难免少些丈夫气了。以上两件事都可证明顾氏确有些多愁善感的脂粉气。

顾明道养成这样一种性格，固然与前述民初上海文坛的时尚有关，在当时一些人的心目中，唯其如此才配称为"才子"，少了贾宝玉味道就被视为粗俗；但是就顾氏本身的内因而言，腿残对他心理上的影响，恐也不容忽视。肢体的残疾不仅影响着顾明道的性格，也限制着他的行动。郑逸梅《悼顾明道兄》一文说："这时他在吴门振声中学担任教务，因不良于行，往返不便，所以他住在校中。"顾氏是一位多半生未离他那中学小天地的人，缺少广泛的社会生活经历，在这方面，他既不能与同时的"南向北赵"相比，更不能与后来的"北派四大家"同日而语。对于这样一位学生出身，生活面狭窄，又多愁善感的作家来说，写言情小说自然是最方便的，他可以坐在家里凭自己的情感体验来打动读者，只要情感诚挚，哪怕写的只是他个人的小天地，也总会有其可取之处。但自向恺然《江湖奇侠传》引起轰动之后，报刊编者和出版商均热心于武侠一途，顾明道为适应这一潮流，便也改弦易辙，于1923年至1924年在《侦探世界》杂志发表武侠小说。1929年，他由杭返苏，途经上海，与当时主编《新闻报》副刊《快活林》的星社文友严独鹤相会，恰逢《快活林》需要连载长篇武侠小说，严约顾撰写，这就促成了他一生的代表作《荒江女侠》的问世。

《荒江女侠》刊出后竟大受欢迎，同年冬，上海三星图书局向新闻报馆购买版权出版单行本，至1930年8月已翻印四版，1934年11月更达到十四版，这在当时是很可观的销行数。可见其轰动的程度。由于此书畅销，顾氏也就续写下去，共出版了六集，并被友联公司改编为十三集连续影片，上海大舞台、更新舞台也改编为京剧连台本戏，风靡一时，大有凌驾《江湖奇侠传》之上的势头。这部小说之所以能取得如此出人意料的效果，今天的读者或许很难理解。当时最著名的武侠小说，是"南向北赵"的作品，向恺然连缀民间传说，自有其吸引人的一面，但却少了点爱情纠葛、哀感顽艳；赵焕亭的《奇侠精忠传》据说原有不少狎媟的描写，因而触犯禁例，出版时经过删削。顾明道于此

3

际把武侠、恋爱、探险等成分捏在一起，就给读者一种新鲜感，满足了十里洋场那特定读者群追求新奇、热闹的要求，正如严独鹤在《荒江女侠序》中所说："以武侠为经，以儿女情事为纬，铁马金戈之中，时有脂香粉腻之致，能使读者时时转换眼光，而不假非僻之途，不赘芜秽之词。是以爱读者驰函交誉。"

顾明道用以吸引读者的另一个办法是写"冒险"，他在谈及自己的作品时说："余喜作武侠而兼冒险体，以壮国人之气。曾在《侦探世界》中作《秘密之国》《海盗之王》《海岛鏖兵记》诸篇，皆写我国同胞冒险海洋之事，与外人坚拒，为祖国争光者。余又著有《金龙山下》一篇，可万余言，则完全为理想之武侠小说也，刊入《联益之友》旬刊中。又曾写《黄袍国王》长篇说部，记叙郑昭王暹罗之事，曾刊《大上海报》，后该报停版，余亦中止，他日拟出单行本以飨读者矣。又新著《龙山争王记》，则方刊于《湖心》周刊中，该刊为西湖小说研究社出版者也。襄年余为《新闻报·快活林》撰《荒江女侠》初续集，尚得读者欢迎，今由三星书局出单行本，三集亦在付梓中矣；又为《小日报》撰《海上英雄》初续集，则以郑成功起义海上之事为经，以海岛英雄为纬，以上两种皆由友联公司摄制影片。又尝作《草莽奇人传》，则以台湾之割让，与庚子之乱为背景也。"（转引自郑逸梅《悼顾明道兄》）所谓"冒险体"或"理想小说"，显然是接受了西方的小说观念，是指类似斯蒂文生《宝岛》或斯威夫特《格列佛游记》的体裁，譬如他所著的《怪侠》，写一个身负绝技的革命者，失败后率党徒逃亡海外，去非洲探险，与当地土著争斗，称雄异域，即是一例。

就顾氏的为人来说，他是一个正直、爱国的书生。"一·二八"日寇进犯上海，顾氏写了《国难家仇》《为谁牺牲》等小说，表示了他作为中国人的同仇敌忾之心。顾氏一生写过五十多部小说，以武侠和言情为主，也有社会、历史、侦探等作，他临终前，春明书店出版了他的最后一部作品《江南花雨》，这本小说具有自述的性质。

目　　录

1

第一回

碧海清游晨钟惊幻境
伊人小病尺素慰痴情

    海面上起了一阵阵的凉风，吹动那浑蓝色的海波，一个一个的小浪打到海滩边来，虽没有欸坎镗鞳之声，却也很合着节拍。血红的太阳已渐渐向西边沉下去，日间的炎威已是稍杀，而余光反射在天空里，片片云霞发出绮彩来，如披金缕衣，如穿云锦裳，五光十色顿成奇观，一长条青，一长条白，鳞鳞然的紫，夹着淡红橙黄，虽有名画师，恐也绘不出这大自然的美色。古人诗有"夕阳无限好，只是近黄昏"，似乎有惜其为时甚暂之意，却不知夕阳的好，就是在这一刹那间的时候，千变万化，显出天工的奇妙来。雪一样的海鸥，两只三只从海面上轻掠而过，映着阳光，白羽上更如镀着黄金，越显出它们的美丽。还有那些挂着大帆的渔舟，在暮霭斜阳中打鱼回来，帆影映日，涛声送舟，渔哥儿唱着渔歌俚曲，径向山下水云乡里归泊。

    这普陀山海滨，夏日薄暮时的风景，果然又清幽，又雄壮，又美丽，使人们俗虑全蠲，暑气都消。最是好看杀的便是海滩上三三两两的青年男女，或是站在石上，披襟当风，或是卧在水边，细诉衷情，轻绡裹体，冰肌生凉，宛似乐园中的仙侣。至于在海水中就浴的男女，都穿着五颜六色动人注意的游泳衣，浅浮轻拍，随波逐流，或仰或俯，或动或静，没有一个不怡然自得。当然，烦恼的人也不会到这地方来，即使有什么烦恼，也被海浪冲洗得一干二净了。有些善于泅水的人，往往要在众人面前卖弄他的本领，便游到远处去，全身浸在浪花里，好似要去

1

一探冯夷之幽宫。

这一群人中，却有一对年轻的男女，在东边海水中载沉载浮，宛如戏水鸳鸯。一会儿，那女的娇喘微微，对男子说道：

"智哥，我已力乏了，上岸去休息休息吧。"

男的向女子看了一看，微笑道：

"慧君，你不能再等一歇吗？"

慧君摇摇头道：

"实在不济事，去吧。"

男子遂挟着慧君，向海滩边游来。大家立起来，走上了岸，便到一处双双坐下。慧君伸了一个懒腰，一掠伊头上的云发，带着笑对那男子说道：

"究竟我的功夫还浅，在水中的时候也不多，已是力乏了，这未免太扫你的兴吧？"

男子道：

"这不过是逢场作戏，借此练习练习。你既然觉得力乏，也就适可而止，何必勉强呢？你睡下歇歇吧。"

慧君笑了一笑，身子一仰就平平地睡在海滩上。男子却盘膝坐在伊的身边，静默了一会儿。

这时候海边浴水的男女尚在那里游泳，一个个圆而小的海浪向海边扑来，映着夕阳，一个红一个青一个紫的，煞是好看。天空里西边上落日映红，东边却见那一钩明月，已在蔚蓝色的天幕上隐约露出伊的俏面庞，偷窥下面的海景。回顾山上怪石巉巘，被太阳的余光反射着，有的变成紫色，有的变成赭色，衬着上面的苍松绿树，也点染得非常奇妙。男子瞧着，不觉喝一声彩。慧君慢慢地说道：

"智哥，你沉醉在这个晚景中吗？"

男子点头答道：

"不但这山色波光饶有画意，使我欣赏着大自然的美景，而又有素心人为伴，飘飘欲仙，此乐何极？恐怕这是我一生中最快乐的日子吧。"

慧君听了，脸上微有奇异的样子，立刻问道：

2

"怎么你以为今天是一生中最快乐的日子呢?"

男子道:

"正是世间的事是变幻无常的,人生的欢聚也是有限的。你不看天上的浮云吗?一会儿来,一会儿去,刻刻在那里变化,不知从哪里来,也不知到哪儿去。恐怕它自己被风送着,也不知怎样的一回事呢。我们人类的聚散离合,不也是这样吗?"

他说着话,一手指着天上的云。恰巧正有一片淡紫色的云,从他们俩的头顶上推过去。慧君一听这话,不胜怅惘,双手抱着头,摇了一下说道:

"智哥,你刚才不是说过今天是你一生中最快乐的日子这一句话吗?你说这话,当然是感到快乐而说的。为什么我问了你一声,你便说出这种衰飒语来呢?我们人类是有理智的,有情感的,怎么去和天上的浮云相比?"

男子叹道:

"慧君,你虽然说得不错,可是理智往往不能克服情感而反被情感制胜的,情感又往往容易跟着环境而起变化,所以都是靠不住的,而所说的快乐,也不过在人生过程中一刹那间的感觉。唯其如此,我要说那些话了。"

慧君向他的脸上望了一望,又说道:

"你的人生观怎么这样的空虚而脆薄?我不相信你这些话,但是我也觉得你是有感而发的。"

男子怔了一怔道:

"怎见得?"

慧君闭着眼睛说道:

"你是不是因为我下半年要到南京去求学,而发生这个聚散无常的感慨呢?我想我人究竟不是天上的云,暂时的离别是不可避免的,然而……"

慧君说到这里,声音微微有些颤动,不说下去了。男子把她的手掌频频搓着,却不说什么。慧君张开眼来,把身上的浴衣向底里拉了一下，又说道：

"这件事是我太固执了，为什么我要不听你的话呢？你本劝我一同去考之江的，但是我因为立志要读教育，所以要去考南京大学，希望考取了，在教育系中专心研究，将来可以厕身社会，服务教育，把知识去灌输给一班同胞，为教育而牺牲，这是我的志愿。我不想读政治经济，我不想读文学，也不想学美术，因为我本是一个身世可怜的薄命女子，倘然我没有受教育，现在恐怕不知怎样地飘零堕落。幸而我的机会好，逢着义薄云天的大恩公，一手提拔，代尽教养之责，把我读到中学毕业，也非容易的事。而我的求知欲还没有满足，而想读大学，多谢智哥能和我深表同情，极力代我说项而使我达到目的，这种诚意的相助，真使我心里有说不出的感激。从此以后我更要努力攻修，以期不负我知己的感情、恩公的大德。然而世间一切的可怜的女子，哪里能够都像我这样得到好机会？所以我决心要读教育，预备将来为我们妇女界中一班可怜分子多少想点法儿，文教偿了我的心愿了。之江那里没有这一系的，并且听说南京大学的教育系一向成绩很好，我于是不得不有违你的雅意而单独进行了，在私谊上实在很对不起你的。幸亏你能原谅我，不过我心里更觉惭愧。"

伊说完了这话，一手按在胸口，美妙的双眸向男子紧瞧着，静候他的答话。那男子点点头说道：

"你不要这样说，我已明白了你的志向，佩服得我心里很热烈地希望你有成功的一日。古人说有志者事竟成，我想总有一天你的志愿会得实现的。"

慧君又道：

"话虽这样说，只是我现在要去考南京大学，还不知能不能录取。倘然名落孙山，我真的要无面目见江东父老了，所以我心里常常惴惴然地忧虑呢。"

男子道：

"你何必这样多忧呢？像你这样好学不倦，已有很丰富的学问，以我看来，此次前去考试，真如探囊取物，何患不中？"

慧君摇摇头道：

"这是不可恃的，沧海一勺，我的学问浅薄得很，外边高出我之上的大有其人，我又怎么可以稳取荆州呢？"

男子道：

"失败为成功之母。即使万一不能考取，或者卷土重来，或者投考他校，这也是很光明的，何至于说无面目见江东父老呢？"

慧君道：

"我此番读书完全是仗着人家的帮助，而且你曾经劝我同人之江，而我没有答应的，我倘然到那里去考不取时，一则对不起帮助我的美意，二则恐遭人家讪笑，说我是个没出息的刘阿斗呢。"

男子道：

"我绝不笑你的。"

慧君道：

"无论如何，我心里必要惭愧得无地自容，便是一班同学们到那时也要说我自不量力。我想到了考取之后，若然一看到榜上无名时，我心里必然有生平没有尝过的苦痛，教人如何不担忧着呢？去年报纸上不是登载过某女生因为投考大学不取而卧身路轨上，情愿被火车碾死的新闻吗？人家大多数要批评某女生的怯懦，何以如此无勇气而出于这样残酷地自杀呢？其实那某女生曾经迭次受了很大的刺激，所以一时气愤难泄，便尔轻生，这是应当怜惜的。一个人若不是身历其境，又安能知道此中的痛苦呢？"

男子摇摇头道：

"这种自杀，我虽然不能够把某女生的内心剖解明白，但是无论如何，总以为太偏激了。我倒要问你一声，倘然你考不取南京大学时，难道你也要效法那个某女生的行为吗？"

慧君微微笑了一笑道：

"恕我不能回答你，不过我自信尚不至于到这个地步。"

男子拍起手来道：

"对了！对了！你一定要有坚固的自信力。我想你一定可以考取的，所以不必葸葸过虑。好在离开考期尚有半个月盈，此番普陀回去，只要预备几天，没有多大困难的。我送你上南京去考便了，借此我也要一瞻新都风光呢。"

慧君连忙向男子双手合十说道：

"阿弥陀佛，有智哥伴我同往，不但足解旅途岑寂，也使我增加不少勇气呢。"

男子道：

"慧君，你游了普陀，便学会了这一句空门口号，真滑稽了。我虽然伴你去考，只是你考取之后，便是我们别离之期了，须知别离的滋味别有一种苦痛呢。"

慧君道：

"那么你可愿意我不考取吗？"

男子把手摇摇道：

"我不是自私自利的人，我已说过要帮助你达到你的志愿，为什么要希望你考不取呢？那么我前几天向我父亲说的话，不是白费唇舌了吗？"

慧君见男子说这话时，似乎有些发急，遂侧转身来，向着他带笑说道：

"我不过和你说笑话，早知你也不是这样的人，你们待我的好处，真所谓中心藏之，何日忘之？可离者形体，不可离者心灵。他日我虽在南京读书，而方寸之内，唯有智哥。别离的滋味不消说得令人难受，然而天下的至乐都是从苦中体验出来的，我人倘不尝到一些苦味，又哪里会觉得真正的乐趣？因此，我奉劝智哥的人生观，不要过于空虚。你待人的情感是十分深厚的。我常常觉得你很容易为了一件不甚相干的事，而触动你的心，趋向于悲观的一方面，恐怕这是很不宜的吧。你的身体是不十分强壮的，我愿你千万要自己珍摄，常保你的健康。你的家庭总算是美满的，倘然换了我时，你又要怎样呢？"

慧君说这话时，言辞十分诚恳，态度更是非常温柔，覆在那乌黑而长的睫毛下的眼眶里，隐隐有些晶莹的泪珠儿，好似草上的玉露，直射

6

到他的目光中。于是他整个的心灵不觉活跃似的将要投入伊的温馨怀抱里去，便握住慧君的玉手，在伊的手背上吻了一下。在那时慧君也觉得异样的兴奋，非常的感动。两人的灵犀可说是相通的，蓦地喤的一声钟响，把慧君的芳心唤醒过来。这是普陀山上僧寺里的晚钟吗？不是。这乃是礼拜堂的晨钟，喤喤地接连着鸣下去。

伊定一定神，向四面一看，哪里有什么海滨，又哪里有什么智哥，自己正睡在新生医院的病房。晨曦从玻璃窗里射进来，照到了伊的病榻上。伊斜欹在枕上，默默然的脸上浮起了一层薄薄的红霞，那么难道是黄粱一梦吗？却又不是。原来在伊脑海中正映着两年以前初夏的普陀海滨可忆的一幕。一个人在病中无聊的时候，往往常要想到以前的影事，悲欢离合，也未尝不像一个梦啊。可是世事变幻无常，和天上的浮云无异。伊的智哥所说的话，不能算不对的。这两年来的情形确实起了些变化，在伊的心版上所镌的智哥小影，虽然没有幻灭而环境却已是错综复杂得多了。伊是前几天患了重的肠胃病，所以从学校里送到这个新生医院里来诊治的。幸而入院以后，经过王医生的诊察，注射了两针药剂，又服了两天药，病状已是减轻，脱离危险之境了。今天星期日，一清早醒了，服过一会儿药，独自睡着，岑寂得很，便起了种种的回忆，从幼时孤苦伶仃的情形，一幕幕的，直想到那可忆的一幕，似乎这病室之内就是普陀的海滨。金黄的旭日就是可爱的夕阳，而智哥的小影又涌现在伊的眼前，忆忆忆，忘记了面前的一切。若不有礼拜堂钟声敲动时，这个深深的回忆不知要到何时才止呢。

隔了一刻，有一个女看护陪着医生进来。那位王医生代慧君诊过脉后，又检验了一回，对伊点点头，微笑道：

"恭喜密司，你的病来得凶险，去得也很快。现在只要你在医院里好好地静睡数天，便会完全痊愈。我再同你换一种药水吃吃吧。"

慧君笑道：

"真是侥幸，这也足见得达克透医术的高明了。"

王医生笑道：

"不敢当。"

慧君又道：

"我再住三天可以出院了吗？"

王医生笑道：

"密司，你不要这样心急，贵恙已算是好得多了，我说你至少再要住一星期。"

慧君道：

"哎哟！再要住一星期吗？不但厌气得很，而我学校里的功课也是不能长久荒废的。"

王医生笑道：

"你身体要紧呢，还是学问要紧？"

看护在旁也说道：

"这位小姐太用功了，昨天伊刚才好些，便要看什么书，又要坐在床上写信，都被我阻住的。"

王医生笑了一笑道：

"真是一位女学士。"

遂写了一张药方，交给看护，自己走出去了。看护和慧君闲谈了几句，也就走出去配药了。慧君在枕上假寐了一会儿，那时天空里忽有一架飞机在那里回翔，轧轧的声音打破了清寂的空气，震动伊的耳膜。大概这又是什么某要人坐着飞机来了，近几天正要开什么大会？那些要人们坐着飞机，飞来飞去，真可称得航空救国了，所以一天之中不知要有好几回听得飞机声音。现在伊听了机声，不觉又想起伊的智哥来了。伊想此刻我住在医院里，而他也是住在医院里，不过天各一方罢了。但是我的住医院，在前几天连我也做梦都想不到，他自然是不会知道的。还是不给他知道的好，因为他若然知道我卧病医院，他必定为了我而多一重心事，带累他精神上更要不安，对于他是无益的。且待我完全好了以后，再去告诉他吧。我已有好多天没接到他的来鸿，不知他的身子是不是比较夏季里进步一些？我常常为了他的病而惦念，但我不能陪伴他，在他孤寂的时候安慰他，这是在我心里异常歉疚的。为什么他没有信来呢？嗯，也许是我到了医院，他的信却寄在校里啊。但我离校的时候曾吩咐校役金生，凡是外边有寄给我的信，教他转送到医院里来给我看的。金生是一个最诚实、最听话的校役，倘然智哥有信前来时，我想他一定要送来的。但是他为什么不来呢？大约是没有信来了。倘然我能够坐飞机时，那么坐了飞机，也可以到那里去探望一遭。

伊想到这里，脑膜上又映出一幕影事来了。在莫干山肺病疗养院的病室中，伊正和智哥面对面地坐着。智哥对伊说道：

"多谢你到山上来探望我，使我得到不少安静。十天的光阴真是可贵的，可惜过得很快，没法使日影长驻。今天你要下山了，我也不能再留你，希望你到校以后，努力研究，为你自己前途而奋斗。在有暇的时候，常常写些信来，以慰我的岑寂。至于我不幸而被病魔缠绕，往日的壮志几乎全消磨了，不得已而到这山上养病。倘然我的病还能够好时，自当继续学业，不负爱我者的厚望。可是照了某医生的说话，恐怕我已是一个没有希望的人了吧？"

他说到这里，瘦白的手在那里发抖。自己只得用话安慰他一番。其实心中也是充满着无限的愁思和别情，找不出一句真实而有力的话足以安慰病者。而时光是不待人的，伊不得已在伊口里迸出了一个"别"字，而和智哥告辞。上山来接伊的人早已代伊携了箱箧等行李，匆匆地走了，于是伊走出院来。他也送到医院的门前，彼此握了一下手，很怅惘地说了一声再会，自己遂坐上肩舆，早被人抬了走。偶然回过头来看时，却见他兀自孤独地站立在医院门前，向着伊的肩舆痴痴地看着。但是一转眼间，自己便瞧不见他的影儿，当然他也瞧不见伊了。不见了，不见了，在伊眼前的幻象渐渐地淡了。

门外起了一阵足步声，医院里的茶房走进伊的病室，冲破了伊脑海中的思潮。抬起头来，只见那茶房手中拿着两封信，送到伊的床前说道：

"潘小姐，这是你们校里的校役金生送来的。"

慧君接在手中，说声谢谢你，那茶房说声不要客气，回身走出去了。慧君把那两封信的封面一看，一封很厚的，正是伊盼望的飞鸿。那一封，乃是个女同学寄给伊的。伊忙支持着坐起身来，背倚在床栏杆上，又将那女同学的信搁在枕边，而先拆开这一封很厚的来看。抽出三张紫罗兰色的波纹信笺，上面用蓝墨水写着一行行的很整洁的字。上写道：

慧君：

昨日我正在枯坐无聊的当儿，忽然接到你的瑶函，空谷足声，感慰之至。我读了几遍，好似和你相见一样。承蒙你费了许多笔墨，一片好意地来安慰我，真使人感激涕零。这有病之人的思想，总是和无病的人不同的。虽然医生也教我不多思虑，然而我怎能没有思虑？身体虽静静坐着，而脑中却是思前想后起落不停。达摩面壁，广成静形，自知我这个凡夫俗子怎易达到呢？

你离莫干山已有一个月了，常常要使我想到你在山上的光景，崖前观瀑，月下吟诗，多么的闲情逸致。现在我虽然也有时走出去看看瀑布，在石上坐一会儿。有时明月窥窗，夜色幽静，然而没有你同在，就觉得明月飞瀑都不能助我的兴，真是不知其所以然了。你要笑我自己太不会消遣了吗？

病累得我够了，我们中国人为什么生这肺病的人如此之多？因为昨天这里又有三个年纪很轻的人来此疗养，其中一个走路已走不动，经人扶着他入院。他们的命运不也是和我一样吗？唉！外国人称我们同胞为东亚病夫，你想一个病夫国自然何能在此优胜劣败弱肉强食的世界上争生存呢？所以我希望治国者对于这一点也要注意，如何去补救他？我的话说得太大了，不如说我们吧。我告诉你，近几天来我的病势似乎好些，痰里的血丝没有了，不过潮热尚没有退，而胃口却也好一些。前天家父曾亲到这里来看我，带了很多的滋补品给我吃。其实我哪里吃得下这许多，然而父母爱子之心，是天高地厚的，不知我将来也能够有一天使老人家得到快慰吗？我现在暗地里流泪了。

秋风萧条的莫干山，和以前溽暑之时又不相同了。你在山上的时候，那些要人们富商们来来去去，热闹得很，现在不见这些人的影踪了。山川寂寥，林泉清冷，不知山灵感觉到怎样？我想山灵也未必见得欢喜热闹的情形吧。我又想到古人有两句诗，"在山泉水清，出山泉水浊"，自然有很深的含义。可是到了今时代，却又不然了。在山的泉水也未必真能澄清，而一处处名胜之区都筑有要人们的别墅洋楼，而《北山移文》也是多作的了。

记得小时候读过一篇《汤琵琶传》。他是一个大音乐家，而在他的幼时，每闻乐声，辄凄然欲泣，别人问他，他回答说自己也不知道所以然，心自凄动罢了。可见得一个人的天性，怎么样便怎么样的。我的人生观常抱着一种悲哀，偏趋于消极一方面，在病后更甚。自知这是对于我身体无益的。况且照我所处的家庭，也是席丰履厚，并无什么不愉快，那么我何必如此呢？也许是我的天性如此吧。这几夜秋虫也不过自唱高调而已，它依旧没有能力去和寒风冷露抵抗，不久它们的呼声渐渐减少，渐渐渐灭，到底都灭亡了。我们血肉之躯的人类，感觉灵敏的最高动物，听了这虫声，怎不起一种悲哀而警惕着自己呢？不知你的感想是怎样？还请指教。

你的来信上，总是写得十分客气。不错，你的读书经过是很不容易的，我佩服你具着奋斗不懈的精神、好学不倦的态度，你将来的成功，当然可操左券。你的前程是灿烂的，是光明的，如清晨的朝霞，如初放的鲜花。愿你向着你的目标而奏进行之歌，不要以我为念，预备你的铁肩去负起救国的责任，为我中华妇女界放一异彩，那才使我们都快活了。慧君，这不是我恭维你，阿谀你，实在是如此的，我将拭目待着了。

好了，我写了这许多，太觉辞费吧。然而我想着什么便写什么，随手写来，聊当面谈而已。再会。敬祝康健！

益智
九月二十八日

慧君一口气把这三张信笺默诵一过，双手握着，仰起蛾首，瞧着上面的天花板，眼眶中隐着泪珠。伊心弦上的感动，当然不能形容。

　　忽听阳台上叽咯叽咯的皮鞋声，伊听了这足声，忙把这封信卷了一卷，塞在枕下，回转头去看时，一个西装少年已大踏步走进了伊的病室，一见慧君坐在床上，便脱了帽，向慧君点点头，说一声：

　　"密司潘，早安。"

　　又走到榻前，伸出右手。同时慧君也抬伊的柔荑，两人握了一下。那少年立在榻前，带着笑对慧君说道：

　　"我瞧密司的玉颜，今天想已好了许多？昨天我打电话问王医生，知道密司的病十分中已去其七，因此心里很觉宽慰。今天是星期日，左右无事，早上便跑到这里来探望一下。"

　　慧君笑道：

　　"密司脱杜，谢谢你。你从校里来呢，还是从府上来？"

　　少年答道：

　　"昨天下午因家里有些事情，所以马上回去的，曾把你病的消息告诉了家人。我的母亲和嫂嫂都挂念你，尤其是我的小妹妹明宝，她听得你患病，便倒在我母亲的怀中哭了，经我用好言哄骗，良久方才停止呢。今日我说了要到医院里来问病，伊却自己跑到房里去换了一件新衣服，一定要跟我同来。我恐怕伊不晓事，要来烦扰你的，所以没有带伊来。"

　　慧君微笑道：

　　"我真感谢你们，都是这样十分关切。我已好了许多，你何不带明宝妹妹同来呢？"

　　少年旋转身去，把呢帽向桌上一丢，走了几步，又说道：

　　"还是不带来的好，密司，你朝晨服药吗？"

　　慧君道：

　　"王医生已在换一种药水给我吃了。你走来的呢，还是坐车子来？你的府上离开这里很远的，请坐吧。"

少年道：

"我因为要紧赶来，所以坐的车子。"

一边说话，一边向右首椅子里坐下，双手插在腰袋里，和蔼的目光从他鼻子上架着的眼镜里直射出来，向慧君平视着。慧君却低倒了头，拈弄伊身上盖着的线毯。这时那女看护早托了药盏走来，一见少年便招呼道：

"杜粹先生，你来探望潘小姐的吗？前日你送伊来院的时候，病势似乎很厉害，但经过王医生诊治之下，便知这病不难治的。不过潘小姐的身体也不是十分强壮的，以后须要好好地静养。而潘小姐今天却已嚷着要早早出院了。"

杜粹接口说道：

"潘小姐一向是用功的人岂肯旷课的，但是有了病也顾不得了。到了医院里，自然要听医生的说话，不能心急的。"

慧君道：

"你们说得果然不错，可是生了病的人，当然是盼望自己快快痊愈，恨不得立刻恢复原状。谁耐烦长住在医院里呢？"

那看护听了慧君的话，笑了一笑，走过去把药水给慧君吃。慧君吃毕，看护又对伊说道：

"你最好养息着，不要过于多说话。"

又向杜粹带笑，点点头走出室去。慧君便说道：

"这看护喜欢多说话，难道这一些常识，人家也不知道吗？"

杜粹道：

"她们说惯的，自然都要叮嘱。密司，你的精神究竟觉得怎样，可能谈话？如其不能的，还是请你睡下去，闭目养神。好在我是不客气的，你不必打起精神来敷衍我。否则我不是来探病，却是来烦神了。"

慧君摇摇头道：

"我并不怕烦，精神已经好了许多。不过身子因为前天泻了这许多次数，所以略觉疲乏罢了。我在此间很寂寞，有你来谈谈，这是很好的事，你不要顾虑。"

13

杜粹道：

"这几天虽已到了凉秋时候，而外边的痢疾霍乱倒很多。密司那天晚上赴同乐会聚餐，一定吃着了什么传染的病菌，所以夜间猝然泄泻不止。早上我听了你同室密司李的报告，连忙跑过来看你。那时候你的面色很不好看，校医已给你吃过了药。我就问他这病可有妨碍，他说这不是真性霍乱，倘然服了药后，可以渐渐止泻，便没有危险了。我又问你觉得怎样，你说腹痛欲泻，四肢微冷，其余还好。那时我因为马上要上课，所以只得走出去。到了吃饭时候，我总觉不放心，再来看你时，你恰在床上滚乱嚷。我问你怎样如此，你说心里痛，腹泻仍未停止。我瞧了这情形，非常发急，便去再把校医请来，校医也说不出所以然，我只得商得你的同意，又去通知学校当局遂把你送到这医院里来医治。经王医生细细察之后，始知你的腹泻是一种病。而你的心痛，又是一种宿疾，因为腹泻不已而牵动出来的。王医生分清了你的病，对症发药，果然你的清恙渐渐地好起来了。只是密司有这种心痛的宿疾，人家却意想不到的。据王医生说，密司的心痛非常，痛在心头，乃是一种肝气的病。我听到老年的人往往容易有肝气病，发起来时，满床乱滚，痛得十分难受。但是密司是青年，怎样也有了这种病呢？"

慧君听杜粹问伊，便叹了一口气说道：

"你已知道我是一个父母双亡、天涯漂泊的孤女。我自幼遭逢大故，是个忧患余生的人，我也不知道怎样会有这种病的。记得在我父亲故世以后终七的那一天，吃过晚饭后，我心里就痛起来了，痛了半夜工夫，到天明方才渐止。以后隔了数个月，逢着心里不快活的时候，便要发痛了，但有时经过一年半载绝不发作的。我也没有告诉大家，并且不当它是什么病，哪知我有了肝气痛的病呢？若被人家知道了，岂不好笑？"

杜粹点点头道：

"不错，这种病先是心里抑郁不畅，伤了肝气，然后成病。你的腹泻病只要肠胃一清，便没有事了，而这个病却很难除根的，希望密司要好好地加意珍摄，自寻快乐，方不至于复发。我以为少年人无论怎样遭逢困难，当具大无畏的精神，斩除前途的荆棘，向光明的大道迈进，不

14

要往后看，不知密司以为如何？"

慧君把一手支着伊的下颐说道：

"此言实获我心，我所以到南京来读书，也是为了我前途而奋斗，很感谢你这样鼓励我，安慰我。"

杜粹左手从西装腰袋里伸出来，一抬他自己的眼镜，又说道：

"这是朋友间应尽的义务，何足言谢？"

说到这里，从椅子上立起身来，一眼瞧见了慧君枕边搁着的那封女同学的信，绯红色的信封上面还有一朵朵的银花，加上蓝墨水写的字，很明了地送到他的眼帘，不觉随口问道：

"咦！这封信在昨天我瞧见在校里的学生信插上，还有一封是莫干山肺病疗养院里姓陈的寄来的。我本想代你收藏起来，但恐太冒昧一些，现在却怎样到了你手中的呢？"

慧君被杜粹这一问，脸上不由微红，遂说道：

"这是校役送来的。"

杜粹一点头道：

"怪不得。"

他遂在室中绕圈儿地走着，一会儿，又走近慧君榻前，立正着向慧君说道：

"我有一句揣冒昧的话，要向你一问，但不知密司可要见怪？"

慧君闻言，不由一怔，抬起头来，对杜粹看了一看，沉吟了一下，遂说道：

"密司脱杜，你有什么话要问呢？"

杜粹一手摸着西装的领结，一手放在背后，徐徐说道：

"我和密司虽然谊属同乡，却因我家移居客地多年，把白门当作第二故乡，而第一故乡的宁波，却除了扫墓回里而外，对于故乡已隔阂了不少。但是对于陈柏年家，却一向知道的。那位陈益智君，数年以前我也见过他一面，是个很斯文的书生。听说密司又是陈柏年的寄女，以前即住在陈家，那位陈柏年先生很欢喜你的。但是陈益智本是好好的人，怎会住起肺病疗养院来？这却不能令人无疑。"

慧君道：

"你要问我和陈家的关系吗？也许你只是耳闻一二，不知其详。"

杜粹道：

"冒昧得很，请你的原谅。"

慧君笑了一笑道：

"现在我觉得精神还好，不妨把我的身世告诉你一下，也使你知道我是一个可怜的人呢，然而不可告诉……"

杜粹本觉自己问得似乎孟浪一些，现在见慧君并不见怪，反肯把伊的身世告诉出来，不觉异常欣喜，遂说道：

"倘然不妨碍密司的病体，那么我愿掬着十二分的同情，洗耳恭听。"

慧君道：

"你请坐吧，待我慢慢地奉告。谈起我的身世，我的眼泪要流出来了。"

第二回

苦雨凄风人天永隔
啼珠泣玉身世可怜

　　杜粹如言，坐在一边，静听慧君细诉伊的身世。慧君想了一想，便说道：

　　"我家虽是世居甬江，而我的父亲志道，在民国初年亦曾一度游宦在外，我就生在北平的。只因为父亲生性耿直，不喜阿附，便和那些腐化的官僚，有些枘凿不能相入。当袁项城称帝的时候，北京城中充满了君主立宪的空气，筹安会里一辈人，兴高采烈地把袁氏拥护，大家都想攀龙附凤，以求富贵。我父亲不肯同流合污，反对甚烈，于是挂冠回乡。从此我父蛰居家中，学五柳先生淡泊自甘，不求闻达了。可是我们本是没有产业的人家，我父亲做官的时候，可说得两袖清风，毫无所得，所以十分贫乏。他常说，君子忧道不忧贫，宁可一辈子贫穷，不能发达，不枉道以求人的。又说饭疏食饮水，曲肱而枕之，乐在其中矣。不义而富贵，于我如浮云。他一天到晚，坐拥书城，间或在庭中灌花，杜门不出。密司脱杜，你想这种古道自守不肯趋时的人，在现今的时代，岂非很少的吗？"

　　杜粹点点头道：

　　"尊大人倒像陶渊明一流人物，当然不能做什么官了。"

　　慧君又道：

　　"做官不做官，倒也罢了，可是生活一样是要过的。幸亏我母亲能够吃苦，躬操井臼，绝无怨色。而因为父亲对于古文非常高深的，每年

17

也有数处来求他作什么传记碑文，从这个上也可以得到一些润资，稍补缺乏。而在家乡，别的亲戚朋友都是罕有往还，生平唯有一位知己老友，就是那陈柏年先生了。陈柏年先生虽然是个实业大家，而以前也是很喜欢研究文学的，常和我父亲举杯聊吟，为斯文之交。后来我父亲从政，而他却注力于实业，分道扬镳，各奔前途。可是结果则我的父亲偃蹇不得志，潦倒穷途，而陈柏年先生所办的许多事业，蒸蒸日上，不但社会上推崇他，而他也富甲一乡了，相形之下，我的父亲岂不是太拙吗？所可喜的，陈柏年待人接物，谦卑自牧，绝不傲视人家，对于我父亲故旧情深，时常在空闲的当儿前来晤谈，有时也命车折柬，招我的父亲到他别墅中去赏花饮酒。他深知我家穷困的情形，而我父亲绝对不肯向他诉穷道苦，有所希冀，不过偶在醉后略发牢骚罢了，于是他每年逢节常常要送一二百块钱来接济的。我父亲常说他是鲍叔第二，不愧知交。后来我母亲患病去世，丧葬之费一半也是陈柏年先生相助的。那时候我只有八龄，一旦失去了我的慈母，朝晚啼哭，我父亲含泪劝慰。因我在家常要思念母亲，所以便在这年秋季送我到外间学校里去读书，一则使我在外散心，二则可以学习别的课程。放学回来时，他仍教授我中文，因为老人家也是抱着中学为体西学为用的宗旨的。其间曾有人来代我父亲做媒，以为中馈无人主持，理当重续鸾胶，我父亲宁抱鳏鱼以终，哪里还有这种心思去续娶，一概谢绝。父女二人形影相吊，那时我的家庭更是冷清清惨凄凄了。我父亲心里然很不快乐，每天晚上，教罢我书，常独坐痛饮，非酒不能过去，而十天之中总有七八天喝得大醉，醉后或击缶狂歌，旁若无人，或在我亡母灵前，挥泪痛哭，不知道的，将以为我父亲是个疯人呢。幸家中尚有一小婢伴我，我遂和小婢常常强拽父亲去睡。本来忧能伤人，而又这样沉醉酒乡，于身体上更见戕伐，我父亲的身体就一天一天地衰弱了。记得在我十二岁上的一个春天，正是清明时节雨纷纷的时候，我父亲忽然病倒了。起初我父亲还不肯延医服药，后经我再三劝说，方才请了个医生前来诊治。但是一连服了三天药，我父亲的病依然未见好转。恰巧陈柏年先生前来探望，一见我父亲病情不轻，很代忧虑，因为我父亲不相信西医的，他遂代为请了一位著名的中医来此诊治，可是仍不见效。而我父亲的病日见沉重，最后竟不能喝汤水，于是诸医束手，都说本元已够不到，沉疴难免了。我记得这是一个风斜雨细的黄昏……"

慧君说到这里，声音沉滞了一些，剪水双瞳中含泪欲出，一手摸着伊自己的下颊。同时杜粹的脸上也见得很是紧张，双手紧握着，倾耳而听。慧君微微叹了一声，接着说道：

"我父亲奄奄一息地仰卧在他的病榻上，脸色死白，不住地喘气。我正和小婢在房门外煎药，虽然那医生业已说过无法可想，教我们快备后事，这张药方也是经我再三请求而勉强开的，所谓聊尽人事而已。我虽也知道以前吃了好多回的药，没有起色，现在已到油干灯草尽的时候，那医生仍是前天的那一个，并非卢扁再世，哪里会得起死回生呢？不过我父亲一息尚存，为人子女的总是痴心妄想，希望他或能苟延残喘，所以仍去赎了来，很当心地在炉上煎好了，倒在碗中，由我自己托着，小婢掌了灯，送到我父亲的床前，给他服药。当我父亲从他被里伸出手来时，瘦得可怕，一些肉都没有，只有一张薄皮包着骨，宛如鸟脚一般，颤颤地不能接得药杯了。我把药杯凑到我父亲的嘴边，说声爹爹请用药吧。我父亲张开口苦笑一下，这种笑是我没有见过的，牙齿露了出来，舌头缩在里面，两颊露出了高高的骨，简直令人有些可怖。他喘着说道：'好孩子，你要教我吃药吗？我实在吃不进，我的病也不会好了。'我听了这话，一只手已不觉发抖起来，忙说道：'爹爹吃了这药，也许会好的。'我父亲遂勉强张开嘴，喝了数口，但一个恶心，都呕了出来。他就摇摇头道：'我难过得很，不要吃药了，让我睡一歇吧。好孩子，你该知道我的病，已是山穷水尽，绝不会好了，我要和你的母亲一块儿去了。不过丢下你这可怜的小孩子，怎样是好呢？'我本来心里悲伤得很，又听了这种说话，好像有把钢刀扎向我的身上，忙回转身去，把药杯向桌上一放，伏在桌子边，呜呜咽咽地哭了。我父亲听得我哭，便微微地叹了一口气，带着喘又说道：'好孩子别哭，你哭了更要使我难过。须知这是无可奈何的事，徒哭无益。好孩子，好在你年纪虽轻，已是有些知识，我总要代你想一个方法，不使你漂泊无依。你别哭。'我听他的话，遂揩着眼泪，跑过去对我父亲说道：'那么爹爹不要死。'我父亲勉强点点头，可是他的一双半开半闭的眼睛里有了泪痕。隔了一歇，他又对我说道：'你陈伯伯昨天说过，今天不来看我时，明天早上要来，可是今天到了这个时候不来，也许他有事不能来了。但我的病势恐怕挨不到天亮，他既然不来，我只好去请他，所以你不如跑到巷口纸店里去借打一个电话，告诉他说，我已病笃，请他赶快来一趟。'我听了父亲的话，想起我父亲逢着患难的时候，总是请陈柏年先生来商量的，或者我父亲有什么要紧话同他说，我遂答应一声，吩咐那小婢在房里守着，自己跑到门前。见街上没有什么行人，狂风吹着斜雨，一阵紧一阵地打向人身上来，远远地电杆木上有一盏电灯，在风雨中发出微红的光，越见得暗淡，我心里有些害怕，不敢走上街头。然而到了这个时候，我也不能不走了，雨伞也没有撑，壮着胆子，冒着雨，急匆匆跑到巷口纸店里，急忙摇了一个电话过去。起初是陈家下人来接的，我就问老爷可在家里？快请他来接电话。那下人问了我的姓，便教我等一等，一会儿，听筒中发出很响朗的声音，一闻而知是陈柏年先生。他问明白了是我，便又问我父亲怎样。我说不好，我父亲要请你来一趟。他就说马上来。听筒已挂断了，我心里似乎稍微有一些安慰，立刻跑回家里，见那小婢正立在房门口，见我回来，凑着我的耳朵低低说道：'看老爷的样子不好吧，方才你出去打电话的时候，他曾把双手伸起来，向帐顶乱抓了几下，嘴里又喃喃地自言自语，说什么太太回来了，停一刻同你一起去，使我听得非常害怕啊。'我听了这话，便轻轻走到床前，见我父亲闭目睡着，张开了嘴，胸口一高一低地仍自喘着。我唤了一声爹爹，告诉他说电话已打过，陈家伯伯答应就来。我父亲半张开眼说道：'很好。'于是我就叫小婢另外点了一盏灯，到门口去守候，我一个人陪着床上的病人，独坐着。窗外的雨声渐大，檐溜水滴个不停，一阵一阵的尖厉的风从窗隙里吹进来，吹得那盏煤油灯摇摇欲灭，灯光晕成一个昏黄的小圈。我的眼泪不住地淌下。又想起已故的母亲来，当我母亲临终的时候，一切的事都有我父亲安排，我年纪还轻，不甚解事，我母亲已断了气，我还伏在伊枕边，高声唤伊呢。"

慧君一边说，一边眼泪淌个不住。杜粹已听得出了神，好似目中也瞧见慧君的父亲弥留时候的情景，眼皮也不觉红了好多，两手不住地在他自己膝上轻轻捶着。慧君咳了一声嗽，别转脸去，将一块白地青花的小手帕在伊脸上揩了一下，又说道：

"我太讲得详细吧！不过我想起了那时候凄惨的状况，永远不会忘记的，所以我告诉你时，一些了不会略去。我等了一刻，听得外面足声响，抬起头来，见一个五十多岁的人，白皙而胖胖的脸蛋，一双很有精神的眼睛，架着金丝边的眼镜，嘴边微微有些短髭，身上穿着灰色绸的衬绒袍子，外罩着黑缎的背心，脚上穿了皮鞋，身躯长长的，立在房门口，左臂上挽着一件雨衣，右手照着电筒，圆而大的白光射到房里的壁上。我马上立起身来，跑过去，叫一声陈家伯伯。而陈柏年先生已走进房中，皱起眉头对我说道：'方才是你打电话来的吗？你爹爹不好吗？药吃过没有？'我答道：'是的，昨天我父亲已不受药了，今晚仍旧吐了出来。'陈柏年先生摇摇头，轻轻地走到我父亲的床前。那时我父亲闭上了眼睛，好像没有觉得，我遂唤了一声。我父亲张开眼来，见了陈柏年先生，便喘着说道：'你来了，很好，劳驾劳驾。'同时，我又见得我父亲脸上的可怖的笑容了。陈柏年先生开口问道：'志道，你病得怎样了？今天我本要来看你的，只因我家里有些事情要办去，所以没有来。'我父亲不等他话说完，就接着说道：'柏年兄，柏年兄，真是对你不起，我的病不会好了，今夜恐怕就要和老友永别。人孰无死？我这个落伍守旧的人，在这个滔滔狂流的世界活着，也是无足轻重。我并不怕死，只是我膝下尚有一个十二岁的娇女，一旦抛弃了伊而长逝，心里实在舍不下。'我父亲说到这里，指着我，咳了几声嗽，胸口的痰声更响，停着说不下去。我在旁边也别转脸去，低低啜泣。陈柏年先生点点头道：'不错，慧君是你掌上之珍、心头之肉，难怪你舍不得抛弃。这小孩子很聪明解事，怪可爱的。老友，你放心，有我在此，绝不忍袖手旁观。老友，现在你有什么话，不妨对我说便了。'我父亲听了这话，又道：'我也知道只有柏年兄一人能够始终助我的，所以方才我叫小女来请你。我死后，小女孤弱无依，必须有个人指导伊，抚养伊。我请求柏年兄把伊收养下来，做个婢子也好，庶几伊不致无枝可栖。'陈柏年先生连忙说道：'老友，不要这样说，你的女儿犹如我的女儿，我当把伊作女儿看待。听说伊读书很用功，在小学里常考第一，在这学期要毕业了。无论如何，我必帮助伊继续求学，将来读到伊能够自立方止，请你放心。'我父亲脸上又苦笑了一下，同时滴出两点眼泪，带着喘说道：'柏年兄这样说，真是生死人而肉白骨，仁至义尽，我还有什么不放心呢？既蒙不弃，我就叫小女拜你做寄父吧！'我父亲说到这里，便叫我上前拜见，我遂向陈柏年先生双膝跪倒，叫了一声寄父。他忙将我扶起，又问我父亲可有什么别的遗嘱。那时，我父亲已说不动话了，指着自己的身体，只是向陈柏年先生呆看。陈柏年先生已了解我父亲的意思，便又点点头道：'我懂了，老友身后之事，我总一切办妥。'于是我父亲也就不响不动。陈柏年先生皱着眉头，对我说道：'恐怕你父亲今夜真的过不去了，待我回去喊几个人来预备预备吧！'他说罢话，立刻披上雨衣，走出去了。但是，等到陈柏年先生带了他家的账房以及两个下人到来时，我父亲已一瞑不视，离开这个世界而去了。我当然哭得很是厉害，恨不得跟了我父亲同去。那时，我觉得天壤间只有我一个人最是可怜，亲生的父母都不在了，此后我如有痛苦，向谁去告诉呢？若是我尚有外祖父母时，也可以得着照应，无奈他们早都逝世。虽然有个舅父，可是一向飘零在关外，消息不通，不知是死是活，这样我生在世上，不是太渺小而畸零吗？因此我更是不胜悲哀了。至于我父亲死后一切的事，都是那陈柏年先生出来料理，我现在称呼他寄父了。他果然是个信义的君子，雇用了一个四十多岁的女仆，名唤祝妈的，伴着我在家里守七，那个小婢也照常用下去。他自己每隔两三天必要到我家里来探望一次，问我可要什么，尽管对他说。又吩咐祝妈好好照顾我。他每次一到必在我父亲灵前敬礼，有时带些鲜花来，供在灵前。我暗想：像这样的好朋友，恐怕世上难得了，我父亲死而有知，也许会瞑目吧。过了暑期，我恐久荒校课，是要不能毕业的，所以就到校了。到了校中，有许多同学聚在一起，也觉得和平常时候没有异样。可是每天从校里回到家中去，不见我的父亲坐在书桌前看书的情景了。晚上，我父亲终要代我温习功课，特别注重国文，他亲自把《古文观止》和唐诗一篇篇、一首首讲解给我听的，又监督着我临写小楷。有时恐怕我太沉闷，便讲些故事以及洪杨逸闻给我听，所以我觉得很有兴味，以读书为乐事了。然而我父亲故世后，一灯相对，独自温书，女仆虽在旁边做着针线伴我，我心里终要想起我的父亲，他永远不能再来教我的书了。他究竟在哪里呢？难道真的到了阴间去和我母亲住在一块儿吗？若是果有阴间的，我情愿追随他们到地下，侍奉在他们的膝下，岂非胜于我一个人孤苦伶仃地活在世界上吗？但我听学校里的教师说，轮回之说是虚无的，阴间是没有的，这都是世人的迷信，那么我的愿望也变成泡影了。记得有一夜，我梦见父亲携着我的手，一同出游，买了许多书给我带回来，我很是快活，以为我父亲没有死，尚在人间，便紧紧拉住他的衣襟，恐防他要逃走的样子。但是，醒转来时，乃是一梦，哪里有我父亲的影踪呢？忍不住在枕上大哭起来。祝妈伴我同睡的，伊被我哭醒，便来劝我不要哭。伊怎劝得住我呢？直哭到天亮，遂披衣起来，预备到校。次日，我寄父来看我时，祝妈告诉了他，我寄父遂对我说道：'慧君，你是一个很孝的女孩子，可是人死不能复生，你的父亲已离开这个世界了，任你怎样痛哭也是没有益的，他终不能复活了。只要你在校中用心读书，将来达到自立，好好儿地做个社会上有用的人，且不要忘记今日的状况，那才是孝道了。你这样哭泣，对于你的身体是有妨碍的，因为近来几天，我见你面色很不好看，瘦了不少。我受你父亲的托孤，不得不向你忠告，希望你不要多哭，稍节你的悲哀，一心读书。'我听了这一番说话，自然答应，但我背地里仍要苦思我的父亲，比较母亲故世时悲伤数倍，这是当然的。因那时我的年纪也大了几岁，比较懂得一些。又是一向和我父亲厮守在一块儿的，严父慈亲，一身兼之，一旦父女分离，声容俱杳，叫我怎样不悲哀呢？"

慧君说到这里，眼泪流得更多。杜粹想要觅一句安慰的话，一时也想不出，只得说道：

"密司，这真是很可怜的，难怪你要如此悲哀。现在你已讲了许多话，要不要歇歇吗？"

慧君道：

"讲起了头，真觉得讲不完，我并不吃力，再要告诉你，就是我说过的肝气病的来源了。在终七的晚上，我睡至半夜，忽然觉得心里疼痛，自己暗想：我怎会如此呢？也许日间做佛事的时候，我曾在我父亲灵前痛哭了一场，当哭的时候，心里已有些隐隐小痛，和这夜间的痛有连带关系吧！一阵痛一阵，很是难受，然而口咬着被角，只是忍着痛，不敢声张，恐被祝妈知道了，必要说我哭得太厉害。若又去告诉了寄父，那么寄父不要说我不肯听他老人家的说话吗？幸而挨至天明，渐渐止痛，我就只当没有一回事了。谁知以后要常发呢？百日过后，我在小学校里也已毕业了，寄父便叫我去投考初中，居然被我考取了第三名，我寄父也很欢喜。于是我在暑假中写写字，看看书，预备秋凉时到新学校里去求学了。谁知我那时候年纪还轻，夜间贪了些凉，肚里又积了些食，有一天竟发起寒热来，睡了一天，到次日，寒热加高，并不见轻。祝妈慌了，便去请我寄父前来。我寄父见我病了，也很发急，马上去请了一个医生前来诊治，给我服药。谁知一连四五天，我的寒热仍不见退，我寄父更是焦急，说道：'慧君这孩子倘有三长两短，我怎样对得起我的亡友？'便再去换了一个有名的西医前来诊治。幸亏我吃了西药，病势渐渐减退。隔了两天，寒热已退，又养了数日，方才痊愈。事后，我寄父探得那祝妈十分贪凉，黄昏时常伴着我睡在庭中的竹榻上，直到夜深露冷，方进房睡眠，而床上睡的又是一种篾席，我因此就受了寒，而恰逢祝妈的乡下亲戚带了许多面饼来探望伊，我多吃了些面饼，就此发作了，我寄父遂把祝妈埋怨一番。隔了几天，正要开学的时候，祝妈忽然推说乡下有事，不肯再做下去了。我寄父觉得我一人住在家中，也不十分稳妥，那小婢是无用的，重雇的女仆也不合适，于是我寄父征求我同意，叫我住宿在校中，星期六可以住到寄父家里去，较为便利。我当然听他的话，我寄父遂带我到他家中去拜见寄母。我寄父有一妻一妾，以前我也曾见过一面，我父亲故世以后，她们曾来拜奠过，她们的意思便要想把我领回去。但寄父的意思却要我在家守丧，不欲急急使我再离开本来的家。后来，经过了我的一番病，遂决定这样办了。我寄母为人很慈祥的，可惜伊长年多病，不大出外的，自己没有生过儿女，所以待我很好。至于我寄父所有三子一女，都是庶出的，以名位而论，当然我寄母为大，可是实际上却都在庶母的掌握中。我寄母所以多病，一半也是为了这层关系呢。封建旧式的家庭中，当然是有子为荣，重视宗法的啊！现在可怜伊早不在人世了。我这个人照迷信说起来，岂不是命穷福薄，连一个寄母都不能有吗？"

慧君说着话，口里咳了两声嗽，顿了一顿。杜粹便问道：

"原来陈柏年先生的子女都是庶出的，那位陈君益智是长子呢，还是幼子？"

慧君答道：

"是幼子，我寄父的长、次二子在前年都先后授室了，又有一女，年纪很轻，今年还不过十三岁，在小学里读书。我起先刚到他家，一切都陌生的，后来都惯了熟了。直等到我高中毕业的时候，恰巧益智也在杭州中学里毕了业，我想继续读大学，而我寄父的意思却要叫我去考某银行，谋自立的生活。因为某银行行长和寄父是知交，且彼此有款项往来，我若去考时，当然是很有希望的。不过我的志愿却不在此，我立志要服务于教育，所以预备到这里来读教育，倘然投身银行，仅仅解决我的生活问题，有违我的初衷了。然而我是寄人篱下的孤女，自己没有经济，全赖人家扶助，主权在人而不在我。若是寄父决定要我考入银行，而我不听从他的话，仍要继续读大学，那么我寄父的心里也许要不快活起来了，而说我生性顽梗，有好的机会而不就，太要向前跨大步了。他若然不肯再代我出学费时，我又怎么样呢？其时，幸亏益智在中间帮忙，他对我说：'必要在我父亲面前代我陈说一切，达到目的，方才罢休。'果然有一天，寄父把我唤到他书室里，和我谈了半点钟，到底允许我再读大学，自然这是益智代我说项的力量了。恐怕没有他时，我今日怎能在此间继续求学呢？"

慧君一边说，一边脑子里又想起那普陀山海滨絮语的一幕。这是伊得到好消息后的小旅行，益智就为他父亲已答应我读大学，他的使命成功，我两人大家都欢喜，所以乘着暑期无事到普陀山上游玩数天。夕阳西下的时候，益智常和我到海滨去做海水浴，浴罢，席地而坐，畅谈肺腑之言。虽是数天的光阴，真是很快乐的，今日回想着，便觉此乐不可多得，毋怪益智要说那一刹那的时间是人生过程中最快乐的了。现在他养病在莫干山，郁郁无聊，失去了他以前的活泼，岂非合着他所说的人生如天上浮云，变幻无常吗？我到南京投考时，也是他伴送来的。当时我在没有出榜的当儿，心中很不安宁，他再三地安慰我。后来，榜上题名，我竟高列前茅，他便连连向我鞠躬道贺。我自己自然也是非常快慰，心中的一块大石便轻轻移去了。那天下午，我们遂畅游胜迹，尽一日之欢。第二天，一同坐车回乡，向我寄父前交代。那时候，我也觉得很是光荣呢。

慧君这样出神地想着，不知不觉地低垂双眸，悄然无言。杜粹瞧着，以为慧君说得疲倦了，所以养一会儿神再讲。但是等了一歇，仍不见伊开口，他当然不知道伊正在深深地回忆着益智，遂忍不住说道：

"那位陈君真是善于体贴人意的，陈家父子都是有道德的人。密司虽然身世飘零，实命不犹，深感风木之悲，然而能得陈家父子如此彻底地相助，安心求学，造成有用之才，也不愧尊大人生前交友得人了。但是，那位陈君也正在求学时代，大好青年，怎样得了这种肺病呢？"

慧君的思潮末已，听了杜粹的话，如梦方醒，暗想：今天我怎么只是颠倒地念念于益智身上呢？遂叹了一声，说道：

"益智少时便有咯红之症，据说他的乳母以前曾患肺痨，也许传染了他，没有彻底医治好。后来，进了大学，读书太用功了一些，又发起来了。他的性情又不是十分旷达的，平常时候常抱悲观，何况患了病呢？他格外不胜忧虑，惴惴然地唯恐厥疾不瘳了。不知他越是忧愁，这种病越不会好，他哪里肯听人家的劝呢？"

慧君说到这里，蛾眉又紧蹙起来。杜粹也叹道：

"英雄只怕病来磨，却不料他有这可怖的肺疾，可惜！可惜！所以一个人的健康很是重要，有了病时，虽有学问也无用了，一切的事业都不能做了，希望密司善自珍重。"

慧君点点头。这时，忽听外边阳台上起了一阵高跟革履响声，走到慧君病室门口。二人一齐别转脸看时，只见有个青年女郎，花枝招展地走进室来，头上云发烫得卷曲作水浪状，一张小圆的脸，画着两条纤细的蛾眉，颊上涂着两堆黄胭脂，笑容可掬，身穿一件上青薄呢的夹旗袍，臂上挽着一件短大衣，足踏银灰色的高跟革履，手里捧着一束鲜花，一边走，一边说道：

"慧君姊，你的病好了没有？我真挂念你啊！"

一眼瞧见了杜粹正坐在病榻之前，忙又点头说道：

"咦！密司脱杜也在这里吗？"

原来，这女郎乃是慧君校里的同学，姓黄，名美云，当然和杜粹彼此都是同学了。那时，杜粹立起身来，也说道：

"密司黄，你来得正好，我也在这里啊！密司潘的清恙已渐愈了。"

美云走到慧君榻前，慧君向伊点头微笑道：

"美云，又累你跑上一趟了，我告诉你，我的病可以说得完全没有危险，再隔数天也就要出院了。刚才杜君来此探望，你又来了，我真感谢得很。"

美云笑道：

"你不要客气，我见你痊愈，非常快活。"

两人一边说话，一边握手，大家露出很亲热的样子。美云回过身去，把一束鲜花放在桌上，又说道：

"我来探疾，没有带别的东西，只是这一束鲜花是在我家后园中采取来的，聊以娱目，可惜这里没有花瓶供养啊！"

慧君道：

"谢谢你，稍停我可以请看护想法找一个来的。"

美云遂侧身坐在慧君的床沿上，一眼瞧见慧君的脸上泪痕未干，不觉有些惊讶，忍不住问道：

"慧君姊，你怎样的……"

慧君道：

"你莫非瞧见我脸上的泪痕而生疑吗？方才杜君来的时候，谈起我的身世，不由使我悲伤起来。美云姊，你是父母双全的人，不知道无父母的孤女有万分说不出的痛苦呢！"

美云以前也曾约略听过慧君身世的叙述，遂说道：

"慧君姊，你方在病中，不宜悲伤，过去的事不要谈它，还是努力于你的锦片前程吧！快些寻快乐，你的病自然是好得快了。我是一个乐观主义者，一些没有心事的。"

慧君叹道：

"你的环境与我不同，你的幸福比较我真有天渊之隔，毋怪你不知忧愁为何物，但我也不是个专抱悲观的人，还能够用力奋斗，去战胜忧患，今天我也是偶然有感罢了。"

杜粹在旁也说道：

"二位的话说得都不错，我也希望密司潘在病中的时候更宜多抱乐观，少生思虑，你总要常常想到银幕上卓别林的样子便好了。"

慧君不由微笑道：

"我们一级里也有个东方卓别林呢！"

美云笑道：

"提起此人，真是滑稽得很，他偏偏坐在我的左边，我的头不知怎样的惯向左看，瞧见了他，不禁要笑。他见我笑时，以为奇怪，常问我为何好笑？却不知他自己的尊容引我笑呢，一个人往往在自己身上的毛病不会觉得的。"

慧君笑道：

"可不是吗？还有那个别号李太白的，一天到晚地哼着诗，又译过不少印度大诗家泰戈尔的作品，自己出了一本小小的《行云集》，便自以为博通中西的青年诗人。有好多次把他新作的诗写在锦笺上，送给我看，要我和他几首，我却一个字也没有拟，把来丢在字纸篓里。在今日的时代，恋着古人的骸骨，一辈子钻在象牙塔里，风花雪月，自命风雅，充其量不过在文艺界中抬高了他自己的地位，对于救国救人，又有何用呢？"

慧君说到这里，回头对杜粹说道：

"就是那个姓曾的，我在这里批评他，你以为我说得近于偏激吗？"

杜粹笑笑，没有回答。美云又讲起校中加紧的事情，杜粹在旁边坐了一歇，见她们二人絮絮地讲个不休，时候已快近午刻了，他尚有别处地方去，于是便向二人告辞说道：

　　"我要去了，密司黄在这里陪伴吧，密司潘要出院时，不妨打个电话给我，可以来迎接的。"

　　慧君道：

　　"多谢多谢。"

　　杜粹遂向二人点点头，说声再会，戴上呢帽，走出病室去了。

　　这里，美云和慧君又谈了一刻话，已到吃饭时候，慧君要留美云在院中吃饭，但美云因为慧君尚不能吃饭，一人独吃，未免寡兴，所以伊也就和慧君叮咛数语，握手而别。

　　慧君在他们走后，吃了一些薄粥，又服了一些药水，因为上午讲的话太多了，精神上有些疲乏，遂闭着眼睛，不再看信，不再思想，一志凝神地静静地睡着，脑海平静，蓬然入梦。

第三回

秋水泛轻舟诗情勃发
翠楼谈往事趣剧横生

一星期后，慧君已出院而回到南京大学里来。伊和黄美云大家都读的教育系，而杜粹却是读的经济，彼此是不同系的。但因慧君和杜粹一则有同乡的关系，二则他们学校里在邻近办有一所平民义务夜校，慧君被众公举为教务主任，擘画一切，煞费苦心，而杜粹也是其中教员的一分子。他见慧君对于义务教育如此热心，很钦佩，引起了他的兴趣，情愿牺牲时间来协助伊工作。更兼慧君的学问在校里崭然露其头角的，对于教育原理，精而且博，大家都认为未来的女教育家，性情又是非常温柔，杜粹对于伊，自然更是喜欢接近了。慧君在客地求学，倍见孤寂，有同乡人和伊周旋，且一同工作，也喜欢和杜粹交友，所以二人的感情很深，往还亦很密。此外，却唯有那位黄美云，和伊是同级而又同室，也很相亲相爱的。慧君病愈出院，二人自然不胜欢喜。慧君因缺了好多天的课，回校后加多功夫去补足，很是繁忙了。黄美云和杜粹都劝伊再要养息，不要多用脑力，夜校里的课程都由杜粹庖代。

这一天，是星期六，课余之时，杜粹和慧君到夜校里去办了一些事务。今夜是不授课的，杜粹要回家去，便邀慧君到他家中去盘桓。慧君道：

"这个晚上我要去写一些东西，明天来吧！"

杜粹道：

"这样也好，我不敢妨碍密司的功课，明天一早我来迎接。"

慧君笑道：

"你把我当着什么贵宾看待吗？你府上我又不是没有到过的。况且离此很远，何必你多费往来呢？我明天自己来便得了。"

杜粹道：

"我恐怕密司或要托故不来呢！"

慧君道：

"我一准来，向伯母请安，绝不失约的。"

杜粹道：

"很好，那么我去了，愿密司晚安。"

说毕，遂和慧君握了一下子手，掉转身躯，走出夜校去了。慧君在校内略事整理，天已近晚，伊也就回到校中去进晚膳。

次日早晨，伊为要践昨日之约，略略妆饰一下，便坐了车子，赶到利济巷杜家来。只见杜粹早已立在门口等候，抢着代伊付去车资，一同走将进去。杜粹细瞧慧君今天换了一件新制的栗壳色软绸夹旗袍，外罩着米色绒线短大衣，足上踏着平跟皮鞋，手里拿了一只皮夹，比较平常在校时候修饰得多了，脸上薄薄敷着一些脂粉，可是离开病后不久，所以玉颜微觉清瘦，而一双秋波却依旧曼妙。伊是不主张烫发的，因此头上的短发，只作斜分式，但也仍不失去伊天然的美丽。慧君偶回脸，见杜粹正向伊紧瞧，不觉脸上微红，问道：

"伯母在哪里？"

杜粹带笑答道：

"我母亲正在里面做伊的功课。"

说着话，二人走进中庭。乃是一个很畅大的院子，正中五楼五底的新式房屋，楼下四面是走廊，楼上朝南一排阳台，四边供着盆花，很是清静。走进正中的一间，乃是客堂，里面长台上却供着佛堂。杜太太坐在一个白瓷观音的旁边，口里喃喃地念着《高王经》："……过去千佛，未来一切千佛……"双手合掌，目不旁视，一本正经，拈着一串念佛球。一只花白毛的小狸奴蹲在伊老人家身边，好似听经一般。杜粹把慧君让入客堂，便对他母亲说道：

"潘小姐来了。"

杜太太回过脸来，瞧见慧君已立停在自己身前，向伊叫声说：

"伯母安好。"

伊就笑嘻嘻地张开瘪嘴，把手一摆道：

"很好，潘小姐请坐请坐。"

一边口里却仍念着："……五百花身佛。"杜粹遂对慧君说道：

"让伊一心念经，我们到书房里去坐吧！"

杜太太道：

"潘小姐请到书房里去，明宝也在那儿等候，我停会儿来和你讲话。"

慧君知道杜太太是侫佛的老妪，每日清晨必要吃了素，坐在观音面前念经，别的事一概不管，任凭天塌下来，伊依旧只顾念经。杜粹曾告诉过伊说，有一次早上，杜太太正在照常念经，谁知隔开三四家人家失了火，燃烧起来，一时左右邻居无不失惊。杜粹的嫂嫂指挥了人，要将房里贵重的东西搬到后门口去，预备火势蔓延过来时，可以逃生。那时候，警笛之声震耳，加着呐喊的人声，以及救火车声音，打成一片，天空里黑烟缕缕，火鸦乱飞，任何人听见了，心里都要惊慌的。岂知这位杜太太大马金刀般坐在椅子上，独自念经，好似不知道邻近人家正起着大火。杜粹的嫂嫂因为杜太太年纪已老，又生的一双小足，走起路来时，蚂蚁也踏不死的，在此紧急当儿，自然应该早早走避，为什么依然坐着不动呢？便去催促伊婆婆，要叫下人扶着杜太太先走向后门去。谁知杜太太反是满面生嗔地斥道：

"你们休要来厮缠不清，我正念着白衣咒，一切灾殃化为尘。隔壁人家起火，我们有观音菩萨呵护着，火神绝不光临的，你们何必这样发急？"

说罢，伊仍念着经，不睬不理。众人没奈何，好在火势还未波及，只得让伊去休，万一到了紧急关头，只要挟着伊而逃了。幸亏延烧不久，早被救火车扑灭，杜家竟得转危为安，完全无恙。事后，杜太太便说神佛保佑之力，叫儿子、媳妇等都要虔诚相信，大家一时倒也无话可以反驳。不过杜粹的嫂嫂青年守寡，很是可怜，背地里常说既然菩萨保护，为什么自己的丈夫却一病不救，累自己刚才花信年华，已做了孀妇呢？因为杜粹哥哥杜纯，生前曾做到某银行的副经理，刚在走鸿运的当儿，忽然有一个夏天，患着真性霍乱，送到医院里时，已不救了。杜粹的嫂嫂方绮霞也是书香人家的女儿，读到中学毕业，不料和杜纯结婚不及一年，遽尔鸳鸯折翼，做了未亡人，怎不悲痛印心，含恨入骨呢？杜太太膝下除了一个晚年所得的爱女明宝，只有此一双玉树。而杜纯天性很孝的，杜太太最是钟爱，谁知老天生生地把他夺了。杜太太的心里自然也是不胜哀伤的，却怪伊媳妇的命运不好，娶到家中，克死了伊的儿子，真是千百个懊悔，所以对于方绮霞很有些憎厌之心。而绮霞也在背后说伊婆婆一生相信神佛，毫无灵验，还要念什么经呢？所幸绮霞虽在学校里读过书，而伊本来的家庭是极旧的，伊在家里读过什么《列女传》《孝经》等一类书，所以杜太太虽然待伊不好，而伊却仍能忍耐度日，相安无事。这些事慧君早知悉的。伊也知道杜太太的脾气，因此便不再客气，跟着杜粹到书房那边去了。

那间书房陈设新旧兼有，杜粹住了学校，除了星期日，也不往书房里看什么书的。倒是明宝年纪虽小，很能用功，时常一个人坐在里边抄书习字，比较别的地方静得多了。慧君走进去时，见明宝穿着一套新式的洋装衣裙，低倒头伏在桌子上写字，便唤了一声小妹妹。明宝掉转脸，见了慧君，连忙丢下手中的笔，跳跳纵纵地跑到慧君面前，握住了慧君的粉臂，仰着伊的小脸，嘻嘻地说道：

"姊姊来了，我盼望得你好苦呀！你的病完全好了吗？前一次我哥哥到医院里去探望姊姊，我要跟他同行，偏是他不答应，使我好不难过。今天姊姊到了我家，我不放你去了。"

慧君也握住伊的手说道：

"小妹妹，多谢你，我生了病，累你们都挂念我，对不起得很。今天我匆匆前来，没有带些东西送给你，惭愧得很。"

明宝道：

"我见了姊姊，已是快活万分，要什么东西呢？姊姊请坐，我去唤

33

下人送茶来。"

说罢，一撒手，早如飞鸟般跳跃出去了。这里慧君脱下外面的短大衣，杜粹连忙接过，向壁间衣钩子上一挂，一摆手请慧君坐在东面的沙发里，带笑说道：

"密司有好久不来我家了。"

慧君答道：

"他乡游子，时蒙照拂，甚为感谢……"

伊的话尚没说完时，只见明宝急急地跑来道：

"嫂嫂来了。"

跟着便见一个年可二十三四的少妇，穿着一件淡灰哔叽的旗袍，白滚边，脸上不敷脂粉，鬓边斜扎一朵白绒花，手里托着一大盘水晶葡萄，颗颗圆洁可爱，这就是杜粹的寡嫂子绮霞了。慧君忙立起招呼，绮霞将葡萄放在圆桌上，对慧君说道：

"慧妹，你的身子可曾完全恢复？好多时候没有来了，你在校内怎样用功？"

慧君道：

"多谢嫂嫂垂念，我患了好多天病，自然没有时候来趋谈了，嫂嫂身子可好？"

慧君称呼绮霞为嫂嫂，是跟了杜粹兄妹叫的。绮霞以为慧君的情形十分静娴，所以和伊很亲近，常常盼望慧君来谈谈，解去伊的枯寂。当时二人略为寒暄一番，绮霞便请慧君一同吃葡萄，说道：

"是亲戚送来的大葡萄，非常之甜。"

慧君也不客气，便坐到圆桌边来，四人同吃，女佣献上香茗和四只茶盘。四个人一边吃葡萄，一边谈笑，很是有劲。

不到一会儿，杜太太托着水烟袋，也走到书室中来了。大家连忙立起让座，女佣端了一面盆水和香肥皂进来，请大家洗手。杜太太坐在靠窗一只横沙发里，一边吸着水烟袋，一边端相着慧君的脸庞，说道：

"潘小姐，你生了那次病，虽然为日不多，幸即霍然，可是你已清减瘦了。你读书又很用功的，粹儿说你又在平民夜校里当主任，天天晚

34

上要去授课，格外辛勤了，所以希望你要保重玉体。"

慧君走过来，坐在杜太太对面，带笑说道：

"伯母说的是金玉良言，敢不拜受。夜校里的事也是为平民教育而牺牲一点儿，实在我们中国的文盲太多了，许多低下阶级的小民，他们为生活而忙，忙得恐不能得一饱，一家数口目的只求衣食，哪里再有机会给他们识字？所以他们永远不能有知识，也不明白国民对于国家有什么关系，安能爱国？安能救国？泰西各国的人民都受相当教育，为农为工都能看报读书，他们国富兵强，未尝不靠在这个基础上啊！我们国内义务学校，寥若晨星，一班儿童尚且不能入学校受教育，何况已过求学时代的成人呢？补救之法，只有多多开设平民义务学校，利用他们的余暇去灌输给他们有用的知识，所以我校学生自治会便捐款设立这个夜校，可惜地方偏僻一些，来读书的人尚不多。我担任了主任，独力难举，也幸有密司脱杜等诸同志一同相助，方才略有一些成绩呢！"

慧君滔滔不绝地说，杜粹和绮霞坐在两边，明宝靠在伊母亲的怀里，张开着嘴听慧君讲话。杜太太却笑笑道：

"潘小姐，你说的固是不错，但我看现在外边那些卖国贼和祸国殃民的贪官污吏，以及土豪劣绅，他们都是识字的，其中很多受着高等的教育，研究过东西洋的学说。他们总该知道怎样爱国，如何救国，对于我国的存亡危急，有了深切的认识了。为什么倒行逆施、瘠公肥私，不想流芳百世，而愿遗臭万年呢？倒是那些不识字的小百姓还有些良心，没有他们坏到极点呢！"

慧君不防杜太太说出这些话来，可谓以子之矛攻子之盾，十分爽快，不觉顿了一顿。原来杜太太虽然佞佛念经，以前在小姐时代也曾在家里读过不少书的，自命通文，很喜欢和人家辩驳，只是伊的头脑很是腐旧罢了。此时杜粹知道他母亲又要向人驳诘了，好在慧君胸有学问，不愁无话回答，自己落得静默。绮霞也是和杜粹一样心理，瞧着慧君微笑。倒是明宝口里嚷道：

"哪一个是卖国贼？我中国土地人民都要被他们卖掉了，待我买一支手枪去打死他，大快人心。"

慧君想了一想，便又说：

"是，伯母说得甚是，但是其中别有原因。那些人所以做卖国贼，做贪官污吏，为民之蠹，并非为了识字之故，也非为了受过教育，实在是由于环境的引诱和压迫，不知不觉地丧失了他们的人格，什么寡廉鲜耻的事都肯做了。孟子说的'乡为身死而不受，今为妻妾之奉为之'，他们利欲熏心，失去了良知，为了物质上的享受，白昼谈道，暮夜秘商，笑骂由人笑骂，好官我自为之，平旦之气早已无存，国人皆曰可杀，无可救药的了。《礼记》上说得好，'临财毋苟得，临难毋苟免'，这是要平日养成的。我们断不可说是教育之故，因噎废食。但教育的方针和目标当然也须讲究的，这不是三言两语所能说尽。"

杜太太听了这一大段话，哈哈笑道：

"潘小姐，你肚里的书甚多，牵动你的话匣子。"

杜粹本来在旁边听得有些不耐烦，今天他约慧君到来，另有目的，却在此文绉绉地谈什么教育，论什么义理，未免令人沉闷，万一彼此讨论下去，慧君真是一座活动的话匣，那么一个整整的上午都要白花去了。他遂说道：

"讲起'临财毋苟得，临难毋苟免'这两句话，我倒想起一个笑话来了。从前有一塾师，是读别字老先生，有一天为学生讲解至《曲礼》上这两句，他把'毋'字读作'母'字，'苟'字读为'狗'，变为'临财母狗得，临难母狗免'了。他说世界上最便宜的要推母狗第一了，逢到钱财，母狗先得；遇到患难，母狗独免，它只有便宜而不会吃亏的。这种曲解《曲礼》，真是曲尽其妙，引得人们都要喷饭，那么我们说的卖国贼等等都是母狗了。"

众人听了，一齐大笑起来。明宝道：

"这里谁是母狗？哦！母亲养下我和哥哥的，母亲不是母狗吗？"

杜太太道：

"那么你是一只小雌狗。"

明宝笑道：

"母亲虽是母狗，却不做卖国奴的，我不骂你，母亲放心。"

众人又不禁失声而笑。杜粹便说道：

"密司潘是难得来的，病体新愈，理当出外去散散心，挨些新鲜空气。今日天气爽，秋光大好，我想在午后陪同密司到北极阁五洲公园那儿去一游。"

明宝听了，将一只小手拍拍道：

"好的！我也要一起去。"

慧君道：

"我们在此坐谈一会儿也好，不必一定要到外边去。"

杜太太道：

"是要出去散散的，我们赶快去把午饭端整好，让你们可以早些吃了饭，出去游玩。绮霞，你去吩咐汤妈快快预备，今天烧的清炖鲫鱼和油酱蟹，还有豌豆藤炒肉丝，都是潘小姐喜欢吃的。"

慧君道：

"哎呀！我是常来的，你们何必当作客人？倒是来烦忙你们了，难以为情。记得我在开学之时，也到这里来住几天的，多谢你们十分优待，吓得我不敢来了。"

杜太太摇摇手道：

"潘小姐，你别这样说，我望你常常前来，我和你很是谈得来的。你虽是新女性，却没有新女性的不良习气，凤毛麟角，很是难得，我何尝把你作外边人呢？"

慧君道：

"伯母如此过奖，愧不敢当，我是不懂什么的，还请你们指教。"

杜粹在旁笑道：

"不要客气。"

绮霞听伊的婆婆夸赞慧君，便对慧君笑了一笑，先走出去了，杜太太跟着也到外边去。

书室中只剩杜粹兄妹和慧君了，东拉西扯地闲话一番。壁上挂钟铛铛地已鸣十二下，明宝道：

"我们要吃饭了，可以早些出去游玩，待我去看看他们可端整好？"

伊说着话，刚才跑出书室门，绮霞已走来请他们出去用午膳，杜粹遂招待慧君到餐室里去吃饭。

杜太太请慧君上坐，慧君哪里肯依？杜粹道：

"我们不客气的，随意坐吧！"

杜太太坐在正中，慧君与明宝并肩坐在左边。因为明宝对于慧君很是亲昵，慧君每在杜家吃饭，明宝必要紧跟着伊，和伊同坐的。绮霞坐在右边，杜粹独坐在下首。慧君见桌子上摆了不少菜肴，便又向杜太太等道谢。杜太太和绮霞都拿了另一双筷子敬菜，慧君哪里吃得下许多呢？饭后，杜粹又去冲了几杯可可茶来解渴。杜太太道：

"你们若要出去游玩，可以去了，今天晚上潘小姐可以在舍间住一宵，明天和小儿一同到校。"

慧君谢了一声，没有答应，也没有不答应。明宝道：

"我也要去的，今天哥哥一定要带我同去了。"

杜太太望着杜粹的脸上，说道：

"你哥哥可曾允许带你同去吗？"

慧君早抢着说道：

"当然同去。"

杜粹便对明宝说道：

"去便一同去，不过你须听我们的话，不得淘气。记得春间带你同游燕子矶，你在江边岸边乱石上胡乱奔跑，险些一失足掉到江中去，若没有密司潘将你拉住时，你这条小性命今天早已没有了。"

明宝道：

"我知道的，我只听姊姊的话便是啦！"

杜粹道：

"好！你只听姊姊的话，我的话不要听的？"

明宝带着笑对伊母亲说道：

"我要不要换件衣服？"

杜太太道：

"早上你已换好了，难道这件新制的还不称心吗？不如去洗过脸傅些粉吧！"

明宝道：

"我不要拍粉。"

绮霞道：

"不拍粉也好，脸总须洗一下子，你同潘家姊姊一起到我房里去便了。"

慧君一拉明宝的手腕道：

"我去同你洗脸。"

二人跟着绮霞，走到楼上去了，杜粹也回到他自己的房中去走一遭，杜太太独坐在客堂中吸水烟袋。隔了一会儿，杜粹走来，挟着一只柯达克的照相镜。他穿的西装上换了一条新的领带。杜太太瞧着伊儿子说道：

"今天你该快乐了，早些回来，我们等候你们同吃晚饭。"

杜粹道：

"六点钟左右一定要回家了，母亲可要出去玩玩？"

杜太太道：

"今天不出去，明天我要到准提庵去，那边有佛会呢！"

杜粹笑道：

"母亲独忙了那个，别的事都不要了。"

杜太太道：

"你们少年人怎会知道呢？恐怕你年纪老了，也要如此的啊！"

母子俩说着话，见慧君携着明宝的手，和绮霞一同从楼上走下来，

杜太太道：

"你们到哪儿去游？"

杜粹道：

"五洲公园坐船去。"

杜太太道：

"很好，明宝早嚷着去，去吧！"

杜粹对慧君身上看了一看，说道：

"你的短大衣脱在书房里，待我去拿来。"

说毕，立刻奔去，一会儿，早取了过来。慧君接过，披在身上，杜粹又戴上呢帽。三人向杜太太和绮霞告辞一声，走出门去。

杜粹问道：

"我们可要坐汽车去？"

慧君摇摇头道：

"我们只到那边，也不必坐什么汽车了，还是坐马车吧！"

杜粹说道：

"好的。"

于是两人携着明宝，走过去雇了一辆马车，先到鸡鸣山去。一路马蹄嘚嘚，向前奔驰。过了鼓楼公园，遥望鸡鸣山盘衍起伏，远接紫金，山色苍翠，越显出秋色可人。

不多时，已到了北极阁，三人下了车，走上去游览一遍，又走进鸡鸣寺。这地方四周树木很多，浓荫满地，清爽宜人，一些没有尘嚣。有数头苍鹰盘旋林上，天空里非常晴好，只有一二片白云缓缓地移动。三人走进鸡鸣寺去，寺僧殷勤款接，到得豁蒙楼上，饮茶小坐。这楼是临山结构的，三个人凭窗远眺，只见钟山峰岳，奔腾东来，山势很是雄伟，而清凉诸山，高峙于西。慧君指着清凉山，对明宝说道：

"我们的学校便在那边。"

明宝却指着前面林中一片大圆镜问道：

"这个是什么？"

杜粹道：

"这就是玄武湖，我们稍停要去游的。"

明宝道：

"我们不是要到五洲公园去坐船吗？为什么要到玄武湖去，那边好玩不好玩？"

慧君扑哧一声笑出来道：

"小妹妹，你不知道玄武湖就是五洲公园呀！是现在改了名的，我们在此盘桓片刻，同你去坐船，好不好？"

明宝点点头，把一只手指含在嘴里，向四面眺望不已。果然风景清幽，足以使人怡悦。隔了一刻，三人喝够了茶，杜粹付了茶资，走下豁蒙楼，又到寺后去走走。见那边有一口古井，杜粹指着这井，对慧君说道：

"密司潘，这个也是古迹呢！"

慧君笑笑道：

"是不是胭脂井？"

明宝听了，又问道：

"怎么叫作胭脂井？难道那井水是红的吗？"

杜粹笑道：

"不是，既名古迹，自然有一段故事。"

明宝道：

"我最喜欢听故事，哥哥你快讲给我听。"

杜粹和慧君立在井边，一拍明宝的肩膀说道：

"我来讲给你听吧！这里本是六朝旧址，以前都是宫城楼台，在陈朝的时候，这里有个景阳楼，这井便唤景阳井，一名胭脂井，又唤辱井。为什么称它辱井呢？因为陈朝的君王陈后主，他好似一个纨绔子弟，荒淫酒色，不理朝政，虽有敌国外患，他也不知道防守边境，却是朝朝夜夜和他的宠姬张丽华、孔贵嫔寻欢作乐。他对着美人儿只知道左拥右抱，做着粉红色的梦，其他的一切都不闻不问。等到隋师南下，烽火临境，他仍是在宫里轻歌妙舞，不知抵抗。直至韩擒虎的大兵进了石头城，陈后主才如梦初醒，仓皇出奔，还舍不得身边的孔、张两个美人儿，遂带了她们，跳入这个胭脂井中来避难。不料仍为隋兵搜索所得，把他们三个人钩了上去，结果是美人死了，国家亡了，他的命运也随之同归于尽了。不爱江山爱美人，国破身辱，后人所笑，因此人家称他全无心肝，而这井也唤作辱井。我要为这井水叫屈，本来握政权的头脑，必要有清醒的头脑、忠实的良心，自己先能够吃苦，夙兴夜寐，任劳任怨，用大无畏的精神去领导群众，消弭内乱，遏止外侮，方才对得住全国的人民，生则泽被天下，死则名垂青史。像历史上的一班贤君明主、伟人俊

41

豪，他们是常常被人称道不衰的。倘然自己没有才能，又不肯牺牲一己，反而尸位素餐，荒淫酒色，平日作威作福，拥兵自豪，争夺权力，祸国殃民，一旦发生外侮，却竟弃甲曳兵而走，城下之盟，日蹙百里，那么不是与陈后主这种糊涂虫一样无异吗？后之视今，亦犹……"

杜粹正说到这里，忽听背后扑通一声响，把伊吓了一跳，就此剪断说话，回转身来，忙问：

"怎的，怎的？"

明宝张着双手，笑嘻嘻地对他们说道：

"你们不要吓，是我投下一块石头到这井里去的。"

原来明宝起初听伊哥哥讲故事，倒很好听，后来啰里啰唆地说出许多不相干的话，伊哪里要听？恰见井旁有一块三角青石，伊就悄悄地去拾在手中，用力向井里一掷，激起了井水。慧君便把自己的手按在伊胸口，带笑说道：

"小妹妹，我当你一个不留心跌到井里去了，吓得我此刻心里还在跳呢！"

明宝笑道：

"姊姊！你请放心，我又不是那张丽华、孔贵嫔，为什么要投这辱井呢？"

伊这样一说，杜粹、慧君都笑起来了。杜粹道：

"小妹妹，我对你说过，若跟我们出来，必要听人说话，不可乱动，你怎样又吓人呢？"

明宝噘起嘴说道：

"我并没有不听你们的说话，我吓了谁？"

慧君道：

"好了，不要说了，时候不等人的，我们去游五洲公园吧！"

遂一拉明宝的小手，回身便走，杜粹也跟在后边，一同走过来，向北面徐步而去。

那边正是台城旧址，以前梁武帝饿死于此乱石颓垣，尚有遗迹可寻。旁边有几株老柳，临风摇曳，那柳丝已变成黄色，无复濯濯之姿。

有几只小鸟在树上唱它们的嘤嘤之曲，四下里静得没有一个人瞧见。杜粹不觉吟着："无情最是台城柳，依旧烟笼十里堤。"明宝笑起来道：

"哥哥又要作诗了，你带了照相镜，为什么不代我们摄影？"

杜粹道：

"哟！我倒忘怀了。"

便看定一处，请慧君和明宝并立在一起，正在柳树之下，合摄了一影。杜粹又说道：

"密司潘，你可要独摄一影？"

慧君摇摇头道：

"我们到五洲公园去拍吧！"

杜粹答应一声，三个人遂沿着台城而走，到得丰润门，走下城来，便到了五洲公园。湖水溦滟，微波荡漾。杜粹因为慧君和明宝都要坐船，便去雇了一只小艇，一齐坐入艇中，向湖中划去。湖中有五个洲，风亭水榭，很是清幽。他们并不上岸，只在湖中轻漾。四围芦荻已白，枫叶初红，一派秋景，动人遐思。杜粹打着桨，见了水中的影子，不觉又微吟道："蒹葭苍苍，白露为霜。所谓伊人，在水一方，溯洄从之，道阻且长。溯游从之，宛在水中央。"慧君听了，微笑道：

"今天密司脱杜怎样饶有诗兴？"

杜粹道：

"我哪里会作诗？我不过是吟咏前人的诗。你看秋水澄清，蒹葭已苍，如何使人不动伊人之思？"

杜粹这两句话是无心说的，慧君却微微一笑道：

"秋水伊人，这首诗果然作得很好，现在的新体诗即有佳作，安能及此？但你所思念的伊人是哪一个？可能明以告我？"

说罢，又对杜粹笑了一笑。杜粹被伊这样一问，倒觉得有些不好意思，便答道：

"我思什么呢？所谓伊人，思君子也。古时的贤人君子大都遁世无名，不事王侯，高尚其志，人家虽要求他出来而不可得，因此便有这种好诗。这'宛在水中央'一句，寥寥五字，而所说的伊人，若隐若现，

43

似近似远，今人大有可望而不可即的感想。那么我所说的伊人，当然也是贤人君子了。"

慧君笑道：

"原来你是熟读《诗经》的。"

杜粹道：

"'熟读'两字不敢当，但其中的佳句，虽然以前读过的，很不易忘记。还有四句诗，乃是'昔我往矣，杨柳依依。今我来思，雨雪霏霏'。描写征人之怀，神妙欲到秋毫颠。我每逢雨雪天，常要想起的。"

杜粹这样回答了，低着头弄他手中的桨。慧君手中本也握着一桨的，现在却停了手，瞧着水里自己的倩影，好似正有深思一般。明宝却嚷起来道：

"我们是出来游玩的，谁要谈什么诗？你要吟诗，不如到书房里去，真是讨厌。"

说得二人又笑起来。杜粹道：

"你说错了，古人作诗，往往在山巅水涯，驴背船唇，观感所及。乃有佳句，若然躲在房间里，又哪里能得好诗呢？"

明宝道：

"我不管，我们今天不是出来作诗的，我不要听。"

遂把双手掩住了伊自己的耳朵，一张小嘴又将噘起来了。杜粹道：

"小妹妹，你真嘴凶啊！我代你们摄影可好？"

明宝听了，便道：

"好的，哥哥快与我摄。"

杜粹遂代明宝摄了一影，又在湖中划了一会儿。杜粹瞧慧君似乎有些疲倦，遂说道：

"我们回去吧，密司玉体新愈得不长久，恐怕久游乏力。"

慧君道：

"小妹妹可要回去？"

明宝道：

"姊姊要回去，我也自然要回去呢！"

于是他们划到原处，舍舟登陆。日影已西，那辆马车正守候在道旁，乃是方才杜粹吩咐他们到此伺候的。杜粹又代慧君在公园门前摄了一影，三人遂坐上马车，一路回去。觉得这数小时之游，甚为畅快。

到得家门，杜粹扶着她们下车，付去车资，走将进去。见了杜太太和绮霞，盘桓一会儿，天已近晚了。慧君道：

"此时我还来得及返校，再迟不成了。"

杜粹道：

"方才母亲已留你在此下榻一宵，密司怎好回去？"

杜太太也说道：

"潘小姐，明天去吧！我已吩咐下人把客房里的床上的被褥整好了，有屈你住一夜吧！"

明宝也过去挽着慧君的手，说道：

"无论如何，今晚我不放你回去的，明天早上，我哥哥和你一起去，岂不是好吗？现在你若回去，到校时天已黑了，那边很冷僻的，你不怕遇见歹人吗？"

绮霞笑道：

"小妹妹说的话真不错，我们大家留你，你总不能走了。"

慧君点点头道：

"谢谢你们的盛情，只是又要叨扰了。"

杜粹道：

"好！我们到书房里去坐吧！"

杜太太道：

"你们先去，我到楼上去一遭。"

杜粹等四人走到了书室中，杜粹把电灯开亮了，大家随意坐着，讲些学校里的事情。停一会儿，杜太太也来了。杜粹便去开着收音机，听弹词，因为杜太太很喜欢听这个的。收音机里正播送着《描金凤》里的"暖锅为媒"一段，极尽滑稽突梯的能事，杜太太听得津津有味。但是慧君却无心听这种东西，因为今天没有看报，恰见桌上有一份《新闻报》，是刚才送来的，还没有人看过，伊遂取过来展阅。杜粹却坐在书桌边，拿了钢笔，蘸着墨水，在一张白纸上随便乱涂，绮霞傍着杜太太而坐。明宝却忽而立在收音机前，忽而倚在母亲怀里，忽而靠在桌子上看杜粹写字，忽而跑到慧君坐的沙发上去，坐在沙发横边，跷起一只脚来，一手放在慧君的肩上，说道：

"姊姊看什么报？快听收音机。"

慧君被明宝这样一说，只得将报纸放下。杜粹道：

"小妹妹走过来，好好儿地坐在一边，不要和人家打搅。"

明宝道：

"我要和姊姊坐。"

杜太太道：

"你的脚不要搁到人家的身上去，小孩子坐相也没有的。"

慧君把身子一让说道：

"小妹妹同我坐。"

明宝便一侧身，从沙发横端上躺下来，正坐在慧君身边，一只手却去摸着慧君的下颌，笑嘻嘻地说道：

"姊姊怕痒吗？"

杜太太喝住道：

"不要胡闹！你叫人家听收音机，自己却为何不听？你听钱笃笤喝醉了酒，在那里许亲了，世上岂有暖锅可以做大媒的道理？"

明宝笑道：

"暖锅可以为媒，马桶也可以做媒人了。"

众人又笑起来。杜太太道：

"你真顽皮得很，不许胡说！"

明宝遂将舌头一伸，闭着眼睛不说话了。隔了一刻，收音机中的弹词已终止，换了留声机片，杜太太便过去止住。女仆走进来请吃晚饭，大家遂走到外边去。吃过了晚餐，又吃些水果，杜太太遂请慧君楼上去。大家便又上楼，一齐走到了杜太太的房中，坐定了闲话一番。那头小狸奴已跟了上来，蹲在杜太太怀里，口里咕咕地响着。杜太太说是猫念经。这是杜太太心爱的猫，晚间常睡在杜太太房里的。杜太太吸着水烟袋，对慧君说道：

"潘小姐，我们是同乡，你和粹儿又是同学，既然你在外边读书，此间没有什么亲戚，希望你常常到我家来玩，千万不要客气。"

慧君道：

"多谢伯母的好意，我在南京求学，也难得出外的，休沐之暇，除了偶然到女同学黄美云家里去盘桓，此间倒是常来的。也因为伯母等待我非常之好，所以当作家里一样，你们叫我吃就吃，叫我住就住，我是不懂客气的。"

杜太太道：

"是要像这样的，不过你虽说不客气，总是有些客气。我记得你初次到这里来盘桓的时候，更是客气。我背地里称赞你非常有礼貌呢。后来知道你的父母早已亡故，只剩下你一人，却能耐苦求学，力求深造，在校中成绩很好，使我十分佩服。"

慧君听了，双目下垂，把手指在身上轻轻摩着，答道：

"我是一个孤女，能够在大学里读书，在我看来，已是侥幸得很，岂敢言苦？不过我孑然一身，好像浮萍飘蓬，当然是倍觉凄凉。看到人家有很快乐的家庭，心里终不免有些感触。尤其是生了病，更要思前想后，百感丛生。难得密司脱杜等到院中来探疾，真使我心里感激的。"

杜太太道：

"不错，一个人生了病，除了小孩子，十九必要胡思乱想地动心事。本来一个人睡在床上，不能活动，冷冷清清的，不是太无聊吗？前天粹儿探疾回来，把你告诉他的话转告我听，我们听了，也不觉一阵心酸，落下泪来。潘小姐，你的身世果然是可怜的，但是像你这样地孝思不匮，敏而好学，真是难得的了。现在外面的一班摩登女子，她们上有双亲荫庇，席丰履厚，可说非常幸福。然而大都饱食终日，无所用心，一味骄奢淫逸，把父母辛苦得来的金钱，浪费浪用，将来嫁出去，骂公骂婆，和丈夫淘气，只要享受荣华，不懂稼穑艰难，令人见了，不由不生气，哪里记得一个孝字呢？"

慧君摇摇头道：

"我也哪里敢当得孝字？哀哀父母，生我劬劳。我的父母生了我这个不祥的女儿，可怜他们早已都到了别一个世界了。即使我求学有成，他们也是不能知道。唉！树欲静而风不停，子欲养而亲不在，我再能到哪一处去找他们、养他们呢？这是我毕生最大的憾事。那些有父母的青年男女，方是真的幸福之子呢！"

慧君说到这里，眼皮又红了。杜太太叹道：

"能够孝亲的人，只苦没有了父母。有父母的，却又不能孝顺，提倡什么非孝，把父母虐待得如奴隶一般，世间的事真是不平。我家表亲徐太太，伊的儿子现在上海某银行做经理，很是红的。他在外边组新家庭，不和他的父母同住。有一次，他回乡去，他的母亲徐太太问他要些零用钱，他却从大衣袋里摸出一个双角小银币，交给他的母亲。徐太太便问他，这算什么意思？他冷冷地答道：'给你的。'徐太太不由一气道：'你把我当作什么人看待？我又不是你的下人，拿你两角小洋做什么？'他却一句话也不答，划上一支雪茄，在口里吸着，挟了皮包，大踏步走出去了。徐太太气到不知所云，把两角钱向地下一丢，回到房里去哭了一天。伊说人家都说伊好福气，生了这样的好儿子，谁知是白生的，毛羽丰满，飞到了外边去，连亲生的母也不要了，亏他怎样拿出这两角小洋来的，还不如乌鸦倒能反哺呢！"

慧君道：

"真的吗？"

杜太太道：

"我哪里肯说谎？我以为孝与不孝，这是一个人的天性，不能勉强的。"

伊说着话，瞧着杜粹。杜粹却说道：

"咦！小妹妹到哪里去了？"

杜太太四下一看，果然明宝不在房中，不知在什么时候走出去的，便喊道：

"明宝，你在哪里？"

只听间壁房里答应一声：

"我来了。"

便见明宝如小鸟一般跳进房来，笑嘻嘻地站定。慧君眼快，把手向明宝怀中一指道：

"这是什么东西？"

大家看时，乃是一只小小松鼠，拖着一根短小的银链，被明宝双手托着。杜粹便说道：

"小妹妹，这松鼠我藏好在房里的，你怎样把它取出来？又把系上的银链弄断了，真是淘气，不要给它逃走了，我要问你的。"

明宝把头一偏道：

"不会逃走的，我拿给姊姊看。"

说罢，走向慧君身边去。慧君把手摇摇道：

"我不要看。"

明宝道：

"很有趣，这只松鼠会做把戏。"

伊说着话，手里一松，这头松鼠如箭离弦地一溜已到慧君身边的短几上去，蓦地里一声响，跟着有一物向这松鼠扑来，把大家吓了一跳。原来就是蹲在杜太太怀里念经的那狸奴，它见松鼠，投其所好，垂涎欲滴，如何不想擒拿？所以跳跃而出。杜粹一见，说声：

"不好！"

连忙奔过来要抢救时，这松鼠十分乖巧，见狸奴蹿来，知道不好，从几上又是一溜，跳到了慧君的身上。慧君最怕这样东西，急将手去赶时，松鼠前无去路，后有追兵，发了急，很快地向慧君旗袍的开跨里忽地一钻，慌得慧君跳起身来，喊道：

"不好了！这松鼠钻到我衣服中去了。"

其时，那头狸奴还奔到慧君脚边，乱抓乱跳。杜粹跑过来，一脚将那猫踢开，自己虽想捉住松鼠，无奈松鼠已到了慧君的衣内，叫他怎能去捉呢！明宝却把手去一按，越发不好了，那松鼠钻向腰的上面去了。慧君自己把旗袍拉拉，那松鼠又跑到了伊的胸口。慧君更是慌张，顿足说道：

"在我胸头了，怎么好？"

杜太太走过来说道：

"潘小姐，不要害怕这东西，不会咬人的。"

慧君皱着眉头道：

"肉痒得很，它不出来，如何是好？"

绮霞道：

"你伸手把它掏出来，不好吗？"

慧君道：

"我哪里敢去捉它？它伏在我胸口不动了。"

杜粹摇摇头，一时也没有法想。绮霞道：

"那么你快将旗袍脱下，我与你捉去。"

慧君没奈何，连忙去解纽扣。绮霞帮着伊，将短大衣旗袍等一齐脱下来，露出里面白丝绸的内衣。那松鼠失了根据地，无处可躲，竟又向慧君衣袖里一钻，便到了慧君的胳肢窝里。这样更使慧君奇痒难熬，娇羞难当，又不好再脱内衣，缩紧了身子，转了两转，哭丧着脸，对杜粹说道：

"这……这东西好不可恶，快快想个法子吧！我要痒死了。哎哟！它又钻到我胸口来了。"

慧君一边嚷着，一边把身子向沙发里一滚，双手掩着面，像要哭出来的样子。黄昏闲话，谁料到横生出这个趣剧来，可是慧君受了这小动物的侵略，一时竟无人能够代伊解围，弄得啼笑皆非，不知所可。

第四回

同顾农家殷勤为义教
独临僻野猖獗有强徒

小妹妹明宝闹出了这个岔儿，却无法收拾。在这个时候，杜粹瞧着慧君窘急的情形，心中非常抱歉。他虽然不怕幺麽小丑，不难手到成擒。可是那松鼠业已蹿入了人家防线所在之内，有恃无恐，自己不经过人家的同意，不得着人家的允许，断难调遣五指大将去探囊取物，肃清妖孽的，所以他也只能在旁边跳脚发急。幸亏绮霞有主见，便将杜粹往外一推道：

"叔叔，你跳脚有什么用？快快跑到外边去，我倒有法想了。"

杜粹被绮霞这么一说，恍然有悟，点点头，立刻跑出房去。绮霞跟过去便将房门合上，杜粹立在外边，听房里七手八脚地忙乱又一阵，方才渐渐平定，不觉又好气又好笑。一会儿，听绮霞喊他进去，他遂推门步入。见慧君身上衣服都穿好了，脸上微有红晕，立在杜太太的床前。他就问道：

"松鼠捉到了手吗？"

绮霞答道：

"还是我去动手的，现在闭在一只空的饼干罐头里，稍停，你取去吧！"

杜粹道：

"很好，多谢嫂嫂收拾了这个乱子。"

又对慧君说道：

"今晚累密司受惊了，这是大大对不起的，都是小妹妹不好。我们本在讲话，不知怎样的，伊把这东西拿了出来，以致大闹而特闹，务请密司原谅。"

明宝呆呆地立在母亲的身边，听杜粹怪伊，便噘起着嘴说道：

"哥哥，你又要怪我了。我因为这头松鼠很是好玩的，想着了它，便拿出来给姊姊看着玩的，谁知道它要如此恶作剧的呢？这都是那头猫的不好，它想吃松鼠，松鼠就跳到姊姊衣服中去了，那头可恶的猫呢？稍停，捉住了它，必要把它打一顿，看它以后还敢猖狂吗？"

杜太太喝住道：

"明宝，你自己错了，却怪猫吗？那松鼠好好地养在你哥哥房里，谁叫你手指痒，要把它拿出来呢？你自己闯了祸，却怪东怪西，还不认错，仔细我也要打你的手指骨呢！"

明宝听了，更是发急道：

"好！母亲你帮猫吗？你们怎样都说我错的呢？"

说着话，眼眶里含着眼泪，几乎要哭出来了。慧君便将明宝拉到伊身边去，带着笑抚摸着明宝的头发，说道：

"这事不能怪你错的，其实大家没有错，算了吧！"

明宝一怔道：

"怎么你说都没有错？"

慧君道：

"你把那松鼠给我看，当然是一段好意，猫是喜欢捕鼠的，它见了松鼠，在桌上跑，如何不要捕捉？而松鼠为要避免危险起见，急不暇择，遂不管三七二十一地逃到人家身上来了。我是素来怕痒的，松鼠钻进了我的衣内，一时止不住慌张了。"

明宝点点头道：

"还是姊姊说的话公平。"

大家听着，都笑起来了。慧君又道：

"天下本无事，庸人自扰之。我太胆小了吧！"

明宝道：

"姊姊刚说大家都不错，怎么又自己怪起来了呢？"

杜粹微笑道：

"密司潘，真是劳谦君子了，人家不肯认错，你却很坦白地自责，这不是躬自厚而薄责于人吗？君子之道，忠恕而已矣！"

慧君笑道：

"密司脱杜，你说我是君子，使我愧不敢当。"

杜太太道：

"潘小姐的性情一向是很谦和的，我背地里时常称赞，谁看得出你是一个学术丰富的大学生呢？"

众人说着话，绮霞却坐在一边，态度很是静默，杜太太遂叫伊去拿出些糖果来吃吃。大家又谈了一会儿，已是十一点钟了，杜太太道：

"你们明天要到学校的，可以安睡了。"

于是大家各道晚安，自去睡眠。慧君以前在杜家常常住过的，所以一切很熟，不需他们多招待。

次日早上，伊遂和杜粹别了杜太太等，坐着车子，赶回校里去上课了。又次日，慧君又接到益智的来函，告诉伊说，近来几天他又咯血了，医生代他注射过数次，无甚效验。独居山上，非常凄清，风寒木落，触景生悲，正在求学之年，而病魔一再困厄，恐怕此生已矣！说了许多感愤的话，伊看了，心里自然异常难过。益智在山上病榻缠绵，毫无乐趣，而我却在此间和人家泛舟秋水，驾车出游，更觉有些不安，恨不得化身为飞鸟，展动双翼，飞到莫干山上去一晤知心人。想到这里，不由暗暗嗟叹。但是自己在此求学，不是容易的事，怎能够抛却了学业回到那边去侍奉病人呢？只有写一封回信去安慰他了。

下午散课时，伊正挟着两本书走到寝室里去，忽闻背后有人唤伊。回头一看，正是杜粹，便立停脚步。杜粹跑到伊身边，从他手里拿着的一本皮面西装的书中，取出几张小照片来，递给慧君道：

"这是前天我代密司清游时所摄的，今天已晒出来了，你看摄得还好吗？"

慧君接过一看，说道：

"甚佳，甚佳，小妹妹的态度也很活泼自然。"

杜粹指着其中一张慧君俯身船舷倒映入水的说道：

"我以为这张摄得最好，大有诗情画意，正是所谓'宛在水中央'了。"

慧君听了，微微一笑，说一声：

"谢谢你！"

杜粹正要说别的话，可是慧君要紧回寝室里去写信，又对杜粹说道：

"稍停我们在夜校相见吧！我还有些事情，恕不奉陪了。"

说毕，把照片夹在伊自己的书中，向杜粹点点头，望东边走去了。杜粹呆呆地立在那里望着伊的背影，有两个同学走过来，拍拍他的肩膀说道：

"你在这里呆看什么？我们去拍网球吧！"

恰巧黄美云叽叽咯咯地从他们背后走来，一见杜粹，便指着慧君很远的倩影问道：

"密司脱杜，你要找潘吗？伊正要跑到楼上去了，我去通知伊，好不好？"

杜粹忙答道：

"谢谢你，我已见过伊了。"

黄美云点点头，跟着又匆匆地跑向那边女子宿舍里去了。那两个同学又说道：

"杜，你要和密司潘谈话，停一刻夜校里总要见面的，你们是同志，又是好友，差不多天天相见，还怕谈得不畅吗？哈哈哈！你莫非已堕情网了，有些意思吗？"

杜粹忙摇头道：

"你们不要胡说八道，被旁人听了，我要大受影响的。"

一个同学又道：

"杜，你不要瞒人，将来总要明白的。"

杜粹道：

"不错，你们日后瞧吧，我们拍网球去也好。"

遂一同走向网球场去。

慧君回到房中坐定了，并不和人讲话。黄美云只和伊点头笑了一笑，因为有别的事情，换了一件衣服，便走出去的。慧君等大家走后，伊一个人静静地坐着，支着下颐，想了多时，便取出信笺来，用钢笔蘸着墨水，写了足有半小时。自己拿起信笺来读一遍，微微叹口气，开了信面，又想着一件事，便从书中取出杜粹代摄好的小照片来，选了一张杜粹所说的"宛在水中央"的，在照片后面又写上四句小字道："病中把晤，如见其人。悠悠我思，实劳我心。"夹在信笺里，一同封好了，贴上邮票，跑到学校门前的邮筒旁去，丢了进去。见同学们三三两两地在外边散步，伊却心头闷闷，仍回到寝室中去，只觉得懒洋洋的，随手取了一本书，横在床上，无意识地瞧着，虽然看了一二页，却不知书中说的是什么，好像没有看一般，遂把书放下，想要假寐一会儿，但也睡不着。

看看天色将晚，黄美云走进室来，一见慧君张着双眼，躺在床上，便走过去拉了伊的手臂问道：

"怎么你今天闷睡起来呢？我瞧你的面色似乎很不愉快，不知你究竟为了何事？可能告我吗？"

慧君摇摇头道：

"没有什么，我不过感到有些疲惫罢了。"

一边说，一边翻身坐起，和美云握着手，并坐在床边。黄美云又说道：

"潘，你前次患了一场病，大概身体尚没有复原，这几天课程又是很紧的，晚上你还要到夜校里去教授，不是太觉冗忙了吗？我在夜校里，一星期中不过去两回，今晚你若精神欠缺，不妨由我代庖前往，你再休息休息可好？"

慧君道：

"谢谢你，夜校里我缺课得太多了，并且还有些事情，必要我自己去办的，我不得不去。"

黄美云道：

"像你这样热心义教，肯多多牺牲，真是很难得的了。"

慧君道：

"想到外面文盲的多，一班人需要知识的恐慌，我们用这一些些时间，办这一些些的义务教育，真是渺小得很，够不上什么的，又岂能怠惰呢？我们捐了许多同学的钱，又得着少数热心的人士相助，方才创办了这座学校，也不是容易的事情。况且诸同学也都是牺牲了光阴和精神来共同合作，我忝为主任，自当格外尽力。倘然我躲懒不去，非但良心上过意不去，而诸同学也许都要灰心，前功尽弃，那么都是我的罪过了。现在夜校里学生一天一天地增多，正要加倍努力去想法扩充，加多一个人识字，便多一功德，我们应该尽我们一分子的天职。"

黄美云听了慧君的话，便带笑说道：

"教育家，你又发宏论了，你真是不肯放弃责任的人，有大禹治水、后稷教民稼穑的精神。倘然我们政府里那些要人都能像你这样地肯负责而积极进取，夙夜匪懈，那么一切内政外交，必能有显著的进步。"

慧君道：

"你把大禹、后稷来比我，真是折死我了，这还是希望我们的领袖吧！"

两人说着话，听得一阵钟声，知道要进晚餐了，二人遂立起身来，出了寝室，下楼去进晚餐。

餐毕，慧君回到楼上，带了一个电筒，对黄美云等说声停会儿再见，便走了出来。到得校门口，见杜粹早立在旁边等候。慧君向他点点头道：

"你还没有去吗？"

杜粹道：

"我因今晚密司黄那边没有功课，你一人独仃，似乎冷静了，所以我伴你一同走。"

慧君道：

"很好！我们快走吧！"

杜粹便和伊并肩向东首走去。他们创办的义务学校，是在清凉山下，一个火神庙里。那庙宇本来早已荒废，只有一个老道士和他的徒弟在内主持。慧君等看定了这个地方，商得庙中同意，把旁边几间较为宽敞的房屋出资重修，做成了数个教室，还有一个教员室和储藏室，装好电灯，一切布置虽不能说完备，而已楚楚可观，至于校役就请庙内的香司务兼任的。离开他们的南京大学约有一二里路，那边夜间车辆很少，若然下了雨甚不方便。并且还有一段路是很冷静的，就是那桃花桥边，横着一道干涸的小溪，一边是麦田，一边是许多松林，在黄昏时候，行人甚少，电灯更是稀而暗淡，过了桃花桥到火神庙以东去，人家就渐渐多了。杜粹和慧君一路走去，大家手里拿了一个电筒，走上桃花桥，那边树林内忽然蹿出一条狗来，向他们猖猖狂吠，慧君不免有些胆怯，脚步走得慢一些。杜粹道：

　　"密司不要怕这畜生，恐怕它见了我们的电筒光，所以跑出来叫，我们不要理会它，它也不敢就上前咬的。"

　　于是杜粹打前先走，到了那狗吠之处，又让慧君走前一步，他好似保驾将军一般，在后面保护。又向前走了百十步，道旁就有人家，一直走到了火神庙。电灯光下悬着一块青地白字的瓷牌，上有"行余平民义务夜校"几个字。走到里面，见男男女女挤满了一院子，都是夜校学生，其中农工商三等人都有，而以农工为最多，也有无业的人，男子占三分之二，妇女占三分之一。因为这里非但不出学费，且不出书籍用品费，凡是学生读书成绩优异的、不缺课的，尚有奖赏。慧君等上课时，非常热心教导，且能引起众人的趣味，因此学生日多了。众人见慧君等走来，都上前叫应，还有两个同学担任教职的，也已先来了。二人到教员室里坐定后，彼此略谈数语。慧君一看手表上，已是七点钟，便立起身来，取了一个铃，丁零丁零地摇到外边去，大家遂到教室里去上课。那些学生本是分着两班的，大概年龄轻些的为一班，年龄较长的又为一班，不分男女，列坐一室。近来慧君因见有年龄很轻的农人子女，以及小户人家的女儿来此求学的日众，所以又分出了一个特别班，其中女子多而男子少了，伊自己便担任教授这特别班里主要的课程。在这特别班中，伊有一个心爱的女学生，姓周名雅南，是本处农家的女儿，本名周二媛，慧君代伊换了这雅南二字为名的，二八年龄，是农人之女，衣服也穿得很不入时，还不脱乡女装束。而伊的容貌却是生得秀丽，不假修饰而自得天然之美，在众人之中可算翘楚，而且资质又很聪颖，在夜校里所授的课程都能领悟，性情也是很静，和人家不大理会。对于慧君却很亲近，每见慧君时，必上前鞠躬，叫一声潘先生，因此慧君不期然而然地心目之中很是爱伊。今晚上课时不见周雅南，暗想：昨晚也没有来，瞧这点名簿上好多天没有来了，伊平日非常用功，不肯旷课的，为什么接连数天不到校，也没有请假条子。难道伊生了病吗？或是家里有些事情吗？当时也不便声张，下了课，便问杜粹可知周雅南为何不到校上课。杜粹知道这个学生是慧君的得意高足，但他也没有明晓，遂答道：

"不错，周雅南缺课将近十天了，还是在你患病时就来的。我记得伊曾经问我潘先生为什么不来，我把你生病的情形告诉了伊，伊紧蹙双眉，好像是不快活，过了两三天便不来了，也许伊因为你不来教授，所以也不来上课了。"

慧君摇摇头道：

"不会的，学校里不是只有我一个先生，况且我病好了便要来教的，伊何必为我牺牲？"

杜粹道：

"这不过是我的猜想，过几天再说吧！也许伊明天就要来的。"

但是，到了明天，慧君授课的时候，见周雅南的座位上仍是空着，依旧没来。这样过了三天，周雅南始终没有到校，慧君再也忍不住了，在星期六的下午，杜粹有事他去，黄美云也要回家，想要邀慧君到伊家里去盘桓。慧君却说隔天随你回去，今天我要到一个地方去，请你陪我走一趟好不好。黄美云便问伊将上哪儿去，慧君说道：

"我要和你到周雅南家中去看看伊。"

黄美云想了一想道：

"周雅南这个名字，似乎也有些熟。哦！莫非就是夜校里的学生吗？"

慧君点点头道：

"是的，我因为伊有半个月不到校来，不知道伊为了什么缘故，所以想到伊家里去探望一遭。请你做伴，你可高兴？"

黄美云笑道：

"你真是热心之至了，夜校里的学生虽不十分多，但也有百十多人，倘然一有学生缺了课时，便要去探望，不是要费功夫了吗？譬如我们这个南京大学，共有二三千学生，那位校长先生对于许许多多的同学毫不相识，有的面孔虽熟，也叫不出什么姓名，要叫他一个个去探望病生，这是绝对不可能的事吧！"

慧君道：

"这当然是不可同日而语的，我们的校长先生一天到晚地奔走联络，也算是二等要人，他们做了要人，自有所谓要人的忙，哪里能够管到这种细微的事？便是我们许多同学，除了一系中，也没有许多人相识的。但是在这夜校里却不然了，我们要深入到学生里面去，尽力引导他们。那周雅南读书很好，又是很讨人欢喜的，只要瞧着伊苹果一般的两颊，便令人可爱。我以前在闲暇时，曾向伊问起伊家庭的情形。伊告诉我说，伊的父亲名叫长根，一向是种田地的，伊的哥哥帮着种田，伊的母亲却早已故世。父亲娶了一个乡间的寡妇回来做伊的继母，管理家事。伊以前曾在小学校里读过两年书，后来在母亲死的当儿，就此辍学，在家中帮着做事。夏天时候，伊父亲和哥哥在田里耕耘，伊也要去送饭。养蚕的当儿，伊采桑伺蚕，整日整夜地没得休息，没得安睡。最可怜的，伊的继母性情十分不好，时常要虐待伊。雅南又告诉我说，伊到这夜校里来读书，无非想多得一点儿知识，然而伊的继母却大不赞成，说伊偷懒，借着读书为名，好少做家里的事，一个农家女孩儿不能和大户人家的小姐相比，只要能够多做生活，何必要识那些劳什子的字呢？因此时时在伊父亲面前媒孽。幸亏雅南的父亲很爱伊的，他说夜校里读书不要出钱的，现在的时世不识字是不行的了，无论男女都要识几个字，较为便当，只要女儿日里能够帮助做事，晚上就让伊去识几个字，也是有益无损的，所以雅南照常能够到夜校里来读书。现在伊已有好多天没有来上课了，我疑心其中必有道理，莫非又被伊的继母阻挠了吗？那些乡民本是知识不通，很难以理喻的。今天我想同姊姊前去一探究竟，倘然能够想法使雅南仍得继续来求学，未尝不是一件好事情。"

美云点点头道：

"你真是想得到，我同你去走一遭便了。"

于是二人携着手，一同走出校来。

雅南的住址慧君早已查问明白，离开夜校也不远的。二人走到那里，见是三间矮矮的瓦屋，门前一个小园，一株合抱不拢的垂杨，笼罩在屋上，园里养着鸡和鸭子，地上很是污秽。二人低着头，一步一步地走进去。门里忽跳出一条黑犬，对她们汪汪地叫上数声。慧君立刻站定，不敢走前去。里面却走出一个三十多岁的乡妇来，面色很黄，头上梳着一个扁而且大的髻，扎上红绒绳的心，身穿一件青布的罩衫，却补上两块深色的布脚，上穿着花鞋子，张大着眼睛，见了慧君和美云，立刻脸上露出奇异的样子，上前问道：

"两位小姐到哪一家去的？"

黄美云先开口道：

"你家是不是姓周？"

乡妇答道：

"正是。"

慧君道：

"很好，我们就是到你家来的。"

说着话，雅南早从里面跑出来，一见慧君，十分欣喜，便带笑说道：

"原来是潘先生。"

又向黄美云叫了一声黄先生。慧君指着那乡妇问道：

"这位就是你的继母吗？"

雅南点点头。此刻，雅南的继母已知道二人便是平民夜校里的先生，遂赶去了黑犬，请二人到里面去坐，二人跟着走进一间泥地皮的客堂。农人的家中自然没有什么陈设，雅南端过两张白木凳来，拂拭一下，请二人坐了。雅南的继母又去倒上两杯茶来，破旧的洋瓷碗，浓黑的茶汁二人见了，哪里喝得下？放在一边。雅南的继母拉过一张生椅子，在两人对面坐下。雅南却立在左边黑洞洞的房门口，一只手放在伊嘴唇边抿着，脸上似乎有些不自然。慧君先向伊问道：

"雅南，你已有两个星期不到校了，我以为你也许同我一样地生了病，所以不能来读书，我们心里很是怀念。今天下午没有课，我遂和黄先生一同到此探望。"

雅南答道：

"潘先生，你的病早已好了吗？我并没有患病，谢谢二位先生，特地前来探望，真是使我不敢当的。"

慧君笑道：

"你不要客气，你既然没有生病，这是最好的事，为什么不到学校里来读书呢？"

雅南被慧君这么一问，默默然说不出话来。伊继母却在旁说道：

"谢谢潘先生，我家二媛不来读书了。"

慧君听说，十分惊奇，暗想：大概这一定是雅南的继母在里面作梗了，忍不住说道：

"咦！雅南有这很好的求学机会，为什么要不读书？伊天资很聪敏，又很喜欢读书，对于功课非常用心，在校里的成绩很好，若不读书，岂不可惜？哦！我知道了，大约你们做父母的，往往头脑旧些，以为女儿家只要能够在家里做事，读书识字是没有多大道理的，虽然外面有了不要钱可以读书的学校，仍旧不肯放女儿出来求学的。即如你家的雅南，资质很好，倘能给伊多有机会求学，将来一定可以造就的，你们却又不让伊来求学了，真不知怀的什么意思？你们要知道，我们本来都是学生，自己尚在求学，为什么捐出了金钱，又牺牲了时间来办这个平民义务夜校呢？"

慧君说到这里，顿了一顿，正要继续发挥伊的言论。雅南的继母却把手摇摇道：

"潘先生，照你这样说，好像我们不放雅南来读书。但是你却不知道，我们的二媛不敢到你们学校来读书啊！这是不关我们做父母的，须要怪你们自己的学校办得不好。"

慧君闻言后，倒不由大大一怔，暗想：我本要怪伊，怎么倒被伊怪起来了？黄美云也忍不住在旁插口道：

"到我们学校里来读书的人很多很多，雅南以前不也是我们的学生吗？为何现在不敢到校？难道我们校里有什么不好的地方吗？我们真是不明白。"

雅南的继母笑笑道：

"两位先生真的不知道吗？你们问问二媛便可知道了。"

慧君便把手向雅南招招道：

"你来，我问问你，我们校中又没有毒蛇猛虎，怎样你的继母说你不敢来呢？又说要怪我们的学校办得不好，我们学校方面有什么欠缺之处呢？这倒要请你直言无隐，快快告诉我。"

雅南对伊继母看了一眼，答道：

"这是我继母说的，你去问伊吧！"

雅南的继母搔搔头说道：

"好！你自己的事却不肯说，反要我来说吗？"

慧君又道：

"你说伊说总是一样的，请你不必推辞了。"

雅南的继母只得说道：

"二媛本来是很喜欢读书的，自从进了你们的夜校以后，常常拿着一本书偷暇观看，有时大风大雨，我叫伊不要到校，伊也不肯听我的话，我也做不动伊的主，只得由伊来读书。但是现在为什么伊自己不肯到你们学校里来读书呢？其中也有一个道理。"

伊说了这话，指着桌上的茶杯，忽又说道：

"你们二位没有喝茶啊？这茶冷了，待我去换两杯来吧！"

慧君和美云都紧要听伊讲出什么道理来，谁要喝这肮脏的茶呢？遂摇摇头道：

"谢谢你，我们不要喝，请你快将真相见告。"

雅南的继母带着踌躇的样子，向二人问道：

"我说了出来，可有妨碍吗？"

二人不知伊要说什么话，很是焦急。慧君吐了一口气说道：

"你说我们学校方面的不好，尽管批评，我们如有不好之处，经你说明后，我们自当随时改良，努力做去，绝不怪人家的。"

雅南的继母却又说道：

"这也不能怪你们的，都是别人不好。"

慧君听伊的话，前后矛盾，吞吞吐吐地不知说些什么，令人好不气闷，更是发急道：

"你说了吧，不说不明白。"

雅南的继母方才说道：

"这是在半个月以前的事吧！晚上我在灯下做蓑衣，二媛的父亲坐在客堂里喝老酒，伊哥哥在一旁拿着牌打五关。忽见二媛跌跌冲冲地走进来，身上衣服水淋淋的，沾着许多泥浆，额上又跌了一个很青的大块，手指也擦碎了。我们很是惊讶，便问伊可是跌了跤。伊哭起来道：'我不到学校了，有人欺我。'伊父亲便问有谁欺伊，到底是怎样一回的事。二媛遂说，伊回家的时候，走至半途，前后有两个夜校里的学生，一个姓詹，一个姓尹，大踏步追到伊身边，拦住了伊，不让伊走，说许多不干净的话，调笑伊。二媛不睬不理，想要跑掉，他们却搂住伊。伊发了急，口里大呼救命，用力摔脱了他们，向家里逃走。他们还是不肯舍弃，在后紧紧追赶，伊心慌意乱，脚下一个不留心，绊跌了一跤，恰巧跌在一个水潭里，衣服都污了。幸亏路上有行人走来，那两个不要脸的东西方才矗开去，伊遂爬起身来，一口气跑回家中，已把伊吓够了。伊的父亲得知情形，十分恼怒，伊哥哥也不肯放过那两个坏东西，本想次日要到学校里来找寻他们，我劝住他们父子的。二媛吃了这个亏，不但伊胆怯不敢到校，我们家里的人自然也不放伊来校了。今天二位先生来问二媛为何不到校读书，我只得老实奉告了。"

慧君听了这一大番说话，不由顿足说道：

"有这种事吗？真使我痛心得很。"

黄美云也说道：

"那么你们为什么不早些告诉我们呢？我们可以将那两个人布告开除的。"

雅南的继母冷笑道：

"我们已决定不来读书了，何必空做什么冤家？本来你们学校里收学生的时候，应该留意鉴别一下，不能阿毛、阿狗一例收进，多多益善的。尤其是男女不分，混合在一处，最容易发生坏事情。宛如你们读的什么中学、大学，现在都是男女同学，常常听得人家说男学生吊女学生膀子，女学生和男先生结婚，闹出什么三角五角恋爱来。"

雅南的继母这样大放厥词，慧君和美云的脸上不由大红。慧君暗想：今天到这里，本待把伊责备一下，谁知却反受了伊的一顿教训，伊还要信口侮蔑，乱说乱话，越说越难听了，遂忍不住把手摇摇道：

"你不要这样说，这也不可一概而论的。世界上何地何时没有坏人？只要能够洁身自爱，意志坚定，不去同流合污，便不怕外界的引诱和压迫了。现在我既然知道了这事，当然不能不问，后一天到校，必要彻底查明，倘有害群之马，我唯有忍痛开除。须知我们所以要多收学生，也无非想使外边多一个人识字而已。"

说罢，又向雅南招招手道：

"你来，我有话问你，你继母所说的两个学生，莫非就是詹菊生和尹其祥吗？"

雅南点点头。慧君对美云说道：

"这二人都在二十左右年纪，像做工人的，詹菊生似乎说话有些油滑，而尹其祥却很粗暴。我听杜粹说过，这两个人有些不规矩，曾经警诫过一回，但上我课的时候，却又并没有什么荒谬的行为暴露出来。不料他们这样大胆，到校外路上去做这不道德的事，明明是两个小流氓了，有了他们在内，以后我们夜校里还能够招收女生吗？"

黄美云道：

"不错，那尹其祥在我授课时，也有些不安分，喜欢去和女生们多

64

说多话，但是雅南却不是和他一班的啊！"

雅南说道：

"黄先生，我虽不和他们同班，但是他们下课之时，常常跟着我说笑话，有时还要丢个纸头团给我。我知道他们没有好意的，总是不睬。自从潘先生病了以后，他们越发肆无忌惮了，我每每吓得躲在教室里不敢出去。他们见我不理会，又恨起我来，曾向我说过恫吓的话，我虽然有些胆怯，却不敢告诉杜先生。谁料到他们竟在路上拦住我，向我调戏呢？他们不但向我胡闹，还有我同班里的李四宝、钱元珍，也被他们时常取笑的。李四宝对我说过，读过了这学期，也不敢到夜校读书了。"

慧君听了这话，把牙齿咬紧，恨恨地说道：

"这两人真是浑蛋！我后天和别的先生商量了，一定要把他们开除，惩一儆百，方才可以肃清败类，整顿校风。雅南，我们倘然把那二人开除去了，那么你可安心仍旧到学校呢？"

雅南一边看着伊继母的脸，一边慢慢地答道：

"我现在不读书了，爸爸和母亲叫我在家里学刺绣了，不知他们可许我再来读书？"

雅南的继母说道：

"潘先生，这件事情要待伊爸爸回来后再定了。"

慧君瞧雅南的继母一种神情，要希望雅南再到校读书，恐怕是很渺茫的了，于是伊和黄美云立起身来，说道：

"很好，你们自己斟酌一下吧，再会。"

遂向她们告别，走将出来。雅南的继母和雅南送到门口，慧君又和雅南握着手说道：

"你若能再来读书，当然是很好的事，万一不能如愿，也不要悲伤，在家里自修自修，未尝无益，全在自己留心罢了，有便时也可到校里来玩玩。隔几天我送些书给你自己看看，好不好？"

雅南低着头，含泪答应了一声，伊的手仍紧紧地握着慧君的柔荑而不放，似乎不舍得慧君走去的样子。慧君又安慰了数语，方才放脱了手，和黄美云向西边路上走去。走了数步，回转头来，看看雅南仍旧立在门口痴望着她们。慧君伸起手臂，向伊挥了几下，意思是叫伊进去吧，渐走渐远，已彼此望不见了。

慧君一路回校，心里不胜怅惘，黄美云只得独自回去了。

慧君在宿舍里，看了一会儿书，心里总觉得不快。因为伊不能够助一个有长进的女子多读一些书，这是很大的遗憾。到了星期一，伊把这事告诉了杜粹，要将詹、尹二人立即开除，杜粹当然同意。慧君又说：

"我们收取学生是觉太宽泛，以后不可不谨慎一些，免得再有这种类似的事情，坏了学校的名誉。"

杜粹道：

"这也很难的，我们所办的义务学校，当然是不论什么学生，只要肯读书的，都可收入，和别的学校宗旨不同。而且学生的程度很不一律，低下阶级的人也很多，一时自难辨别，因为希望人家都有机会来识字。若然甄别稍严，恐怕学生更少了。往后我们只要在学生的品行上严密注重一些，如有不肖之辈，早些叫他们停学就是了。况且周雅南这件事，是出在校外，而不在校内的，我们有什么方法管到校外的事情呢？"

慧君听了，便不说什么。

晚上到校时，黄美云一同去的，先聚了一个教职员会，慧君把事实报告一遍，后问众教员的意思是否把詹、尹二人开除，众人自然赞成。这个晚上，詹菊生和尹其祥一同到校的，他们自从调戏雅南不成，雅南辍学以后，便去和李四宝等胡闹，得意扬扬，以为慧君等没有知道这事的，万不料自己的恶行已被发觉了，忽然瞧见告白板上贴出一个布告，大众拥前去读着道：

"学生詹菊生、尹其祥行为不端，损坏校誉，着即退学，以维校风。主任潘慧君白，某月某日。"

两人看了，面色陡变，众人有的指着他们笑，有的拍手称快，有的窃窃私议。李四宝和钱元珍的脸上却各有喜色。詹、尹二人恼羞成怒，便对众人说道：

"潘先生要把我们斥退吗？我们有什么不端的行为？如何损坏了校誉？不能平白地冤枉人家的，我们要去质问伊呢！"

二人说着话，揎拳捋袖，大踏步走到教员室里来。慧君正和杜粹讲话，一见二人走来，便说道：

"很好，我本要找你们说话，因为你们在这夜校里不守校规，所以要使你们退学。"

詹菊生此时也不怕什么了，便大声嚷道：

"我们有什么地方不守校规？你无缘无故地布告开除，我们岂肯甘心？"

慧君冷笑一声道：

"你们品行恶劣，不消细说，一向是容忍的。你们当知道周雅南为什么不来读书？你们失去了人格，我们还能够让你们再在校中胡闹吗？现在我和众教员业已决定，你们快快回去吧，不必到这里来读书了。"

尹其祥知道此事已无可挽回，遂一拍胸脯道：

"我们读书不读书也不打紧，你们开了这个学校，也没有什么稀罕。你还是黄毛丫头，老了脸做先生，不识羞，往后去看你能够做得成？"

慧君听他们说出这种话来，不觉有些着恼，遂也板起面孔说道：

"谁和你们斗口？你们不要读书，我们也不屑教诲，快走吧！我们要上课了。"

便拿起铃来，丁零丁零地摇着走出去。二人本要再说，杜粹又斥道：

"快去！快去！业已开除，还有何说？你们要怪自己的不好。"

二人见他们人多，只得悻悻地走了出去。慧君摇过铃，回到教员室里，对杜粹说道：

"你看这两人何等倔强，也不像学生了。"

杜粹道：

"他们有些像小流氓，尹其祥的相貌更其凶狠，这种人岂是真心来读书的？"

慧君叹道：

"想不到办义务学校也有这种难处，天下果真有弃材吗？"

二人说着话，大家挟着书去上课了。

过了几天，仍不见雅南到校，慧君知道雅南是再没有求学的希望了，便叫人送了几本书去给雅南自己阅读的。雅南竟写了一封白话信来，谢谢慧君的美意。慧君又听庙里的老道士说，詹、尹二人在外边扬言将纠众来捣毁夜校，以泄愤恨，叫他们好好防备。慧君听着，不免有些怙惙，告诉了杜粹。杜粹道：

　　"密司不要担忧，这种虚声恐吓是小流氓的惯伎，我们不要去睬他。他们倘然敢来校中搅闹时，我们报告警厅，把他们捉去严惩。在这首都地方，非穷乡小镇可比，怕他们会闹出什么不法的事来吗？"

　　慧君微笑道：

　　"当然，我也不怕他们怎样的。"

　　又过了好多天，安静无事，大家也不放在心上，早已忘怀了。天气渐寒，时下小雨。

　　这一天，正是星期四，校里在晚上有个音乐会，杜粹平日擅奏口琴，所以他也有一项秩序，是四人合奏。黄美云擅钢琴之技，也参加在内。据杜粹的意思，要想把夜校里的功课暂停一日，临时宣布放假。慧君却不赞成，伊说道：

　　"今晚我的功课最多，我在音乐会中没有担任什么，你担任的秩序不妨移至后面，也来得及了。至于美云，是本来没有功课的，更无妨碍，何必放什么假呢？况且那些学生昨晚都没有知道，今晚当然要来读书，倘然临时叫他们回去，这是很不好的，我们不可以私废公。"

　　杜粹听慧君说得振振有词，遂又道：

　　"密司的话不错，今晚夜校确乎是不必放假。但我在时间上局促一些，因为我们的音乐会在七时开幕，十时左右也要完毕了。夜校里的功课须到九时可以竣事，我还要从夜校里赶回来，岂非太迟了呢？"

　　慧君想了一想道：

　　"八点半至九时一课，你们不妨都回去，我可以想法把成人班放去，我独自上过了特别班，然后回来。好在我不要听什么音乐，这样岂非比较完全放假好得多呢？"

　　杜粹笑道：

"主任的话，我们理当谨遵，准这样办便了。"

到得晚上，风丝雨片益发厉害，慧君等冒雨到校，夜校里的学生因为天雨之故，却有小一半没来。慧君道：

"我们不怕风雨赶来授课，他们做学生的却躲懒起来了。"

杜粹在旁听了，不免暗暗好笑。铃声一响，大家照常上课，在五分钟休息的当儿，杜粹却带着一只口琴，从西装袋里拿出来，凑在嘴边吹着，学生们都拥到教员室门前来听。慧君向杜粹摇摇手道：

"密司脱杜，你的妙曲留在音乐会里奏给众来宾听吧！你看门前挤满了人，你再吹时，害他们挤挤推推，说不定要打架了。"

杜粹笑道：

"不吹不吹，我不过练习练习而已。"

便随手将口琴向桌上一放，门口的人果然都散去了。慧君又摇着铃上课，到九点半时又下课，慧君先向学生说明了早放的缘故，成人班的学生都很欢喜地走回去了。杜粹和一个同学匆匆忙忙地离校，但他们临走时，却回头对慧君说道：

"我们先走了，你一人回来不怕冷静吗？我想你可以吩咐庙祝去喊好一辆人力车，坐了回校。"

慧君点点头道：

"不错，我坐车子回来了，你请放心。"

杜粹去后，夜校里只剩慧君一人授课，到九点半时方散课。慧君走到教室里，见桌子上放着一只口琴，乃是杜粹的东西，暗想：这是杜粹忘记在此的，他今晚正要用，如何没有带回去？不如待我携回吧！便把口琴放在自己袋里，吩咐庙祝去雇一辆人力车前来。但是，隔了一歇，庙祝回来说雇不着。慧君要紧回校，遂撑起雨伞，仍走回去。庙祝道：

"待我送小姐回校吧！"

慧君道：

"你有你的事情，我自己一人回去，也不妨事的。"

说罢，走出校门，向西面灯光暗淡的路上走去。

那雨下得说大不大，说小不小，可是风势很猛，有时一阵风来，无数雨点儿从斜刺里打到身上，很难遮蔽，手里的伞也被风吹得东摇西摆。路上静静的，没有一个行人。伊一步一步地向前走去，似乎瞥见那边横路上好像有两个人影一闪，但是再仔细看时，却又没有，心里不免有些狐疑，也有些虚怯，前面将近桃花桥了，那地方更是冷僻，假使有什么暴徒出行劫，无处呼援，很是危险的。继思：暴徒的目的无非要得金钱，好在我身上没有重价之物，衣袋里只有几块钱，他们若来时，我不妨奉送与他们便了。伊一边想，一边走。早到了桃花桥，心里总是带着几分胆怯。那边一丛松林，被风吹着，好似波涛怒惊，听了这声音，更使人害怕。伊加紧着脚步，头也不敢回，向桥边很快地走着，恨不得一口气就跑到了自己的学校。伊走上桃花桥，望着桥下的电灯光，好似在伊虚怯的心灵上得着一些安慰。刚才走下桥时，忽听背后有脚步声，伊回头去一看，见桥上有两个人并肩走着，合撑了一把伞，两颗头钻在伞中，只望见下半身，不知是什么人，想是行路的，倒使自己壮些胆子，所以伊瞧了一下，若无其事地向前走。但闻身后脚步声紧急，一会儿，早被他们抢到前面，正在电灯木杆之下。慧君心里有些怀疑，那两人把伞一横，露出他们的面目，不由使伊一呆。

原来，这两个不是别人，正是詹菊生和尹其祥，对着慧君一阵冷笑，把伊拦住去路。慧君也只得立定身子，向二人说道：

"我要回校去，你们拦住我做什么？"

詹菊生说道：

"潘慧君，你年纪轻轻做了先生，便瞧不起人家，竟敢把我们开除，不顾我们的脸子，此仇不报，非丈夫也！我们守候你已有好多日了，今日恰巧夜校里的先生都先回去，只有你一人独行，真是天赐予我们的机会。现在请你跟我们到一处地方去。"

慧君听了这话，便娇声斥道：

"你说这种话，狂妄之至！你们做了不道德的事，毁坏校誉，因此我把你们开除，这是按着校规而处置的，你们怎好怪怨我，说什么报仇不报仇？你们这种行径，真像匪徒了！谁肯跟你们去，不怕国法的吗？"

尹其祥见慧君发话，不肯服从，立即大声说道：

"你不要多说废话！此间不是评理的所在。今晚你撞在我们手里，休想脱身。你骂我们是匪类，哈哈！现在是强盗世界，杀了人也不过碗大的疔疮，打什么紧？你快跟我们去，好让我们乐一会子再说吧！"

说着话，忽地从他腰袋里掏出一柄小小匕首，在电灯光下霍霍闪光，向慧君扬着。慧君骤见凶器，不觉喊声"哎哟！"尹其祥道：

"乖乖，你喊也不中用。在这个时候，此地是难得有人来的。你莫要挨延时光，快跟我们去，不走时老子要动手了。你再敢喊时，就请你吃一刀。"

慧君自知没有抵抗力，吓得玉容失色，心头小鹿乱撞，进退狼狈，无法摆脱。那无情的风雨一阵阵打向伊的身上，益发猖狂。

第五回

如此复仇人心叵测
为谁流血友爱堪钦

弱女子荒野独行，黑夜遇暴，此情此景真使人心悸胆寒。想不到今晚遇见的两个强徒便是昔日亲自教诲的弟子。慧君当此，真急得够了，勉强镇定着说道：

"你们可是人吗？不应该对我如此。还是各人走各人的路，大家无冤无仇。"

尹其祥冷笑道：

"你倒说得这样坦然，看你的样子，不动手是不行的了！"

说着话，挺着匕首，赶上前要拉慧君的手腕。慧君急忙用力摔脱时，一柄亮晶晶的匕首已到了伊的胸前，紧触在绒线大衣上，只要顺势一送，虽有衣服，怕不要搠一个小小窟窿。慧君丢脱了伞，双手掩着脸，把足一顿道：

"随你们把我刺死了吧，你们总难逃避法网的！"

两人见伊决心一死，倒也不即动手。尹其祥把手一拍慧君的肩膀道：

"你若跟我们去，我们也不害你的，只要你肯和我们……"

说到这里，二人都笑起来。慧君道：

"呸！你们休要妄想，真是放狗屁，我偏不肯跟你们去！"

尹其祥说道：

"你又要倔强了吗？快走快走！"

72

在这个时候，前面灯光一亮，有一辆自由车疾驶而来。慧君忙喊一声"救命！"车上早有一个人跳下地来，径奔这里。尹其祥一咬牙齿，将手中匕首向慧君左乳下刺将进去。慧君急缩身躲避，已中了一刀，连忙回身奔逃。那自由车上跳下的少年已迅速跑到尹其祥的背后，尹其祥回身举刀去刺那来的少年。慧君什么都不顾了，在风雨中向着那边松林跑去。詹菊生不肯让伊跑掉，好在那边只来一人，尹其祥膂力很大，手里又有家伙，十九可以对付得下的，他自己遂跟着慧君，紧紧追去，喝一声："小丫头，你逃到哪里去？"这地方实在太冷僻了，既无冈峦，又少行人，又是风雨大作，谁知道有这种惨剧发生呢？慧君拼命向前飞奔，要想逃到林子里去藏身。等伊跑到松林前，詹菊生和伊相距不过五六步了，慧君向林中一钻，不防脚下踏着一块小石，滑了一下，跌倒地上，口里便高声呼救。詹菊生心里暗暗喜欢，走到林子中来找伊，忽听林子背后一阵狗吠声，他停住脚步，又见有两盏灯笼移动得很快，正向林子里来。此时，慧君也不再怕犬了，赶紧连连呼救。詹菊生知道不妙，回身便走，跑到桃花桥下，尹其祥迎上来问道：

"潘慧君逃到哪里去了？你没有追着吗？"

詹菊生把手向林中的灯火一指道：

"那边已有人来，我们快走吧！你把那厮对付过去了吗？"

尹其祥道：

"我已把他刺倒了，走走！"

两人遂往桥南小径里飞也似的跑去了。慧君在林子里虽跌一跤，幸亏地下树叶和草甚多，没有跌痛，只见一头巨獒早已蹿到伊面前，又把伊吓了一大跳。那巨獒见伊跌在地下，并不来咬，却把鼻子凑在慧君的衣服上嗅了又嗅。背后有两个少壮的男子，手里都照着灯笼，握着很粗的木棍，一齐走到慧君身边，喝退了巨獒，把灯笼提近慧君头上，向慧君看了一下，便问道：

"方才呼救的是你吗？"

慧君道：

"正是，有暴徒追我，我已受了伤，逃到这里，跌了一跤。"

73

说着话，要想挣扎起来。一个男子早伸手将伊扶起，问道：

"暴徒在哪里？"

慧君道：

"他追我到林子里，见了你们的灯火，已跑回去了。在那边桃花桥下，尚有他的同党和一行路人相斗呢。"

一个身体稍长的男子说道：

"好大胆强徒！竟敢在首都之区如此猖獗，还当了得！二弟，你扶了这位姑娘，待我去救那边的人。"

他说毕举起木棍，很快地跳出林去，那巨獒立即跟着他主人一同跑去了。这里的男子也扶着慧君一齐走出松林。走到桃花桥边去，却见那长身的男子挺着木棍，立在桥上，向四下瞭望，见他们走近时，便说道：

"二弟，暴徒都逃去了，茫茫黑夜，无处追踪，那边地上又伤着一人。"

慧君听了，不觉说道：

"哎哟！那个援救我的人也受伤了吗？不知伤势危险不危险？"

男子道：

"且去看看，再作道理。"

三人冒着风雨，走到那边，见巨獒正在一个躺在地下的少年身边乱嗅。那少年仰天僵卧着，雨点儿洒在他的身上，口里发出呻吟之声，右手还握着慧君所抛弃的那柄雨伞。可是那伞早已破裂不堪，想是他刚才就用那柄伞去抵抗暴徒的，他的左肩上和右大腿上都有鲜红的血尚在流出。慧君一看那少年穿的衣服，心里就突突地跳跃不住，再走近两步，细细一看时，不由颤声呼道：

"哎哟！原来是他，不好了。"

二男子见伊惊呼，又问道：

"这是谁？姑娘认识的吗？"

慧君答道：

"他是我的同学，天哪！他莫非已被强徒刺死了吗？"

那少年虽然受伤很重，可是神志尚清，听得慧君的声音，便开口道：

"密司潘，不幸得很，我被尹其祥刺倒了，你有没有受伤？"

慧君被他这一问，想起了自己左乳下也被刺一刀，便觉隐隐有些发痛，伸手到里面一摸时，手指上都是血了，遂说道：

"我也受着一刀的，大概尚不至于妨碍，你伤得重了，要紧不要紧？"

少年答道：

"尚非致命伤，不过血流得太多了，你不要为我发急。"

二人这样一问一答，二男子站在一旁，忍不住说道：

"你们不要多讲话了，二位在哪一学校里读书？现在都已受伤，亟须医治，快请告诉了我们，好把你们送到医院里去，一面可以报警缉凶。"

慧君方寸已乱，便说道：

"我们是在南京大学里读书的，我姓潘，他姓杜，名粹，他的家里是在利济巷七十号。"

二男子听了，点点头道：

"知道了，我们可以马上去报信。但是老天正下着雨，杜先生受了伤，躺在这地方，风吹雨打，也不是个道理。舍间便在松林背后，不如请你们先到那里去坐了歇息，然后我们到校里去报告了，唤救护车来送你们进医院。"

杜粹道：

"好的。"

他将右手在地下一撑，想要坐起来的样子，但竟动弹不得。长身的男子见了，便摇摇手道：

"杜先生不要勉强，待我来负你去吧！"

杜粹道：

"谢谢你了。"

那人便俯身将杜粹背在他的背心上，又道：

"二弟，那边有一辆横倒的自由车，大约是杜先生的，你可把它带回家去。潘小姐，请随我们来吧！"

说着话，拔步便走。他的兄弟过去扶了自由车，照着灯笼，陪着慧君，在风雨之中跟在后边走。穿过了林子，见那边有一道很长的竹篱，矮树重重，沿着竹篱走去，有数间平屋，便是二人的居庐了。到得门前，那头巨獒早已先跑在门口等候。大家走到里面，有一个女佣掌灯来迎，陪着慧君的男子问道：

"老太太睡了吗？"

女佣答道：

"睡着了。"

男子道：

"很好，不必去惊动伊。"

一边说，一边把自由车停在门后，让慧君走进一个宽敞的客堂，连忙到里面去搬出一张藤榻来。长身的男子把杜粹慢慢地放在榻上，众人身上都湿了，各自拂拭，女仆立在一边呆看。慧君喘息略停，便向二人问道：

"多蒙二位仗义相助，非常感谢，还没有请教尊姓？"

长身的男子说道：

"我们是弟兄二人，姓石，我名宏中，他名允中，都是粗鲁之辈，请潘小姐勿笑。现在你们二位都已受伤，我们赶快要去报告。我想还是先到校里去吧！"

慧君道：

"很好，又要有劳石先生了。"

宏中道：

"不要客气，我自己就坐杜先生的自由车前往，二弟在此好好陪伴二位。"

宏中说着话，早已拔步便走。允中吩咐女仆去倒两杯热茶来，请两人喝。慧君坐在杜粹身旁，柔声问道：

"你到底怎样了？"

杜粹道：

"痛得很，大概出血过多吧！"

慧君又瞧杜粹的脸色十分苍白，精神不佳，口里微微呻吟，像是忍痛的样子，也就不敢和他多说话。伊忘记了自己的创伤，一心代杜粹担忧。女仆献上两杯热茶，慧君先将自己的一杯喝过，然后托着茶杯问杜粹道：

"密司脱杜，你可要喝些热茶？"

杜粹点点头，要想伸手来接茶杯时，慧君早把杯子凑向他的嘴唇过去，说道：

"你喝吧！"

杜粹喝了两口，摇摇头。慧君便回身将杯子交与女仆，把一手去按着伊的左乳。杜粹恰巧对伊瞧着，忍不住问道：

"密司的伤处怎样了？"

慧君道：

"我没有你重，不过微微作痛，请你不要顾虑我。"

允中在旁问道：

"我冒昧，要问二位可和那暴徒有什么冤仇？否则他们为什么目的不在抢劫金钱，而在刺人呢？"

慧君道：

"毋怪石先生不明白了，我告诉你吧！"

遂将詹、尹二人在校行为不检、调戏女生，勒令退学，黑夜行凶的经过约略讲给允中听。慧君本来也有些不明白杜粹已从夜校里回到校中去参加音乐会了，怎么又坐着自由车赶来呢？他虽然救了我，自己却受了伤，叫我怎样对得住他呢？要想询问杜粹，却见杜粹闭着眼睛，似乎无力讲话，所以也不欲问他了。允中听了慧君的话，不由叹道：

"那两个暴徒真是人面兽心，社会之蠹，全不想人家为什么要逼令退学，不知悔悟，反敢持刀伤人。像这个样子而称报仇，将来社会上人们的仇，将要报不胜报了。潘小姐和杜先生等这样热心义教，完全是帮助人家，牺牲了宝贵的光阴和有限的精神，而结果却被人暗算，岂不痛心？这种败类不除，他日恐怕更没有人肯担任义务教育了，稍停便去报告警厅，务要把两个暴徒捉将官里去严办，他们太藐视国法了。"

慧君点点头，又说道：

"我们此次遭逢危险，幸赖贤昆仲前来相助，很使我们感谢的。不知二位一向在何处得意？当此风雨之夜，如何知道那边有人行凶而来救援？"

允中答道：

"承潘小姐垂问，敢不奉告。我们弟兄二人居住在此也有多年了。先严早已逝世，只有老母在堂。我大哥前在陆军学堂毕业，曾在直军第三师里当过连长，恰巧那年直奉之战，吴大帅失败下野，遁迹蜀中。我大哥遂被解散回里，便在这里开辟一个果子园，种树为业，暂戢雄心。我也在一个农业学校里毕了业，没有什么建树，惭愧得很。九一八事变后，我们弟兄二人激于义愤，曾别了老母，出关从军，直到热河沦陷，义军解体，我俩只得垂头丧气重返故乡。从此杜门养晦，为灌园吏，怕谈国事。但我们日常仍锻炼身体，预备将来国家有用得着的时候，好使我们这个七尺之躯为我国家民族伸一些正气，争一些光荣，虽死无恨了。"

允中说到这里，指着他自己左颊上的一个瘢疤说道：

"这就是我所受的创痕，却没有死，可称侥幸。不过大丈夫马革裹尸，强如在这肮脏的尘寰中闷着一肚皮的气，过这不死不活的日子。我这颗好大头颅，当掷向何处去呢？"

慧君听了允中的话，点点头道：

"原来二位都是爱国男儿，当此存亡危急之秋，只要你们救国有心，不久总有用处的。"

允中冷笑了一声，接着说道：

"今晚也是凑巧，有一个朋友从华北来，我们遂奉陪他到外面去吃了馆子回来，方才进门，忽听得林子里有女子呼救之声，我们连忙取得两条棍子，照着灯笼，跑来援救，看是谁吃了豹子胆，在那里做伤天害理之事？无意中遂救了潘小姐等。我们十分快慰，却不敢自己居功啊！"

慧君微微一笑，刚要再说话时，听得门外足声杂沓，宏中早引导一群人跑进来了。

慧君定睛一看，见当先走进来的乃是自己的主任先生吴伟和杜粹的同级陈景星，背后便是黄美云等夜校里的几个先生，神情十分紧张。伊忙叫应了吴先生，正要开口，吴先生早站立在二人面前，把手中电筒向二人照着说道：

"暴徒逃去了吗？他们胆敢持刀伤人，你们怎样遇见的？"

陈景星也对杜粹说道：

"我们的音乐会刚才完毕。杜，你既已担任了口琴合奏，为什么偏偏不肯登台奏技，背着人家再到夜校里去，以致在路上受着这个不测之祸呢？"

杜粹哼着道：

"谁能料得到呢？不过这事是有来由的，请你们问密司潘，便知道了。"

黄美云见慧君胸前衣服已破，遂握着慧君的手问道：

"慧君姊，在这个重要地方，你受了伤吗？那暴徒可是要行劫吗？"

慧君答道：

"幸亏我躲避得快，受的伤处尚觉不重，可是密司脱杜却被刺了两刀，伤势不轻呢！黄，你可知道暴徒是谁？"

黄美云道：

"你这话说得奇了，我在学校里，没有瞧见他们行凶的情景，如何会知道呢？"

慧君道：

"说出来时，你也认识的，乃是詹菊生和尹其祥。他们的目的是要找我复仇，密司脱杜是为我而受伤的，我很对不起他呢！"

美云听了这话，更觉惊奇，便顿足说道：

"啊！是他们吗？该死该死！"

慧君遂把自己怎样遇暴，杜粹怎样来救，以及石氏弟兄闻声来助的经过，约略告诉了一遍，大家遂明白了这事的真相。吴先生不由咋舌道：

"这种学生吗？老师真不容易做了。现在两位都受了伤，赶紧要医治，但是那两个凶手也不能放松的，你们可知道那二人的住址？可以报告了警厅，连夜前去缉捕，不要被他们逃走。"

慧君道：

"他们的住址在夜校里学生报名簿上可以查得的，只是料想他们干了这事，今晚未必敢住在家里了。"

吴先生道：

"这个却不管他，我们报捕时必要说明的。"

黄美云道：

"不错，我陪吴先生到夜校里去查明了二人的地址，即请吴先生费神去走一遭吧！"

吴先生点点头道：

"很好，但是你们二位急需送入医院，就请陈景星去雇辆汽车前来，快送到新生医院去吧！"

陈景星答应一声是，吴先生便和黄美云向石氏弟兄点点头，走出去了。陈景星也拖着一个同学去喊汽车。

一会儿，汽车已驶来了，仍由宏中把杜粹背到了汽车上，慧君也向石氏弟兄道谢告别，坐进车中。陈景星陪着他们，一同上医院去，其余的同学也回校去了。雨点儿渐小，而狂风仍是怒吼不止。不多时，已到了新生医院门前，汽车夫捏着喇叭，把汽车直驶入里面空地上去停住。陈景星开了车门，首先跳下来，去和院中人说了，便有两人带了绳床来，舁着杜粹到病房里去。慧君下车后，也有一个女看护引伊到了一间病室，叫伊坐定后，解开伊的衣服，察视创痕，见左乳下有一小小创口，鲜红的血慢慢地在那儿沁出来。慧君便问道：

"这个大约没有妨碍吧？"

女看护点点头，便出去取了药水、棉花和净水来，来代伊拭抹创口，内衣上已沾染了一大片血渍了。跟着医生来了，察视后，对慧君说道：

"密司的伤口只有二分，出的血也不多，一些也没有妨碍，我代你消毒后，敷上了药，再用纱布棉花裹住，休养一二天，创口结合后，便无事了。"

说罢，遂用一种黄色的油涂在创口，女看护帮着裹伤。慧君听了医生的话，心里很觉安慰，但伊又惦念着杜粹，便问医生道：

"和我一起来的同学杜君可是先生看的吗？"

医生道：

"我已医治过了，他受的伤比较密司重大，并且出的血也多，所以寒热也有一百零一度四分。"

慧君听了，蛾眉紧蹙，又问道：

"那么可有妨碍吗？"

医生答道：

"好在里面的筋骨没有伤着，而且不是要害之处，绝无性命之忧。"

陈景星见慧君伤势甚轻，很是安慰，便又对慧君说道：

"这件事实在是很不幸的，不知凶手可能捕获？我现在要和密司告别了，大约吴先生必能办妥，明天我再来报告吧！"

慧君道：

"多谢密司脱陈。"

于是陈景星道了一个晚安，告辞去了。女看护陪着慧君，谈了一刻话，便叫慧君早早安睡，伊自己也走去了。慧君坐在病室中，听着窗外的风声和雨声，伊心里本想再去看看杜粹的光景，但知在事实上不可能的，因此伊也只得解衣而睡。

等到醒来时，天已大明，医院里的报时大钟铛铛地正鸣八下，觉得那伤痕的地方已不再作痛了。不过昨夜受了这个大惊吓，精神方面有些疲乏，便披衣下床。见有一丝阳光透进窗来，从玻璃窗中望出去，天空里的云虽然尚多，而风势已杀，日光时时从云背后照射到大地，倒可见老天颇有晴意了。伊盥漱已毕，把头发略理一下，见自己身上的衣裳已破，大衣上且有数处泥渍，但是天气很冷，不得不勉强仍旧穿在身上。当伊独自进早餐的时候，想起了昨夜的情景，尚有余悸，自己一心想把

81

夜校办得完善，却不料遭受着人家的暗算。若没有杜粹赶来相助时，我不知要被他们怎样摆布了，好不可恨，但愿杜粹的伤处早日医愈，而那两个暴徒也没有漏网。又想起石氏弟兄，觉得他们好似游侠传中的人物，幸亏有他们来救援，不然虽有杜粹，也是无济的，此德不可轻易忘却。伊一边吃，一边想，吃了碗后，忽见院中仆役领导着一个学校里的校役，送来一个包裹和一封信。慧君忙放下碗，接过来信一看，乃是黄美云写给自己的，信上大略说，伊在昨夜随吴先生同至警厅报告，已允当晚即去捕凶。今晨接到电话，知詹、尹二人当夜不在家中，不知藏匿何处。待黎明时，经侦探，在火车站边缉获到案，一准依法严办，所以先来报个好消息。并知慧君衣服已污，所以代为检出数件，命校役送上。闻陈景星说慧君伤势甚微，很是安慰，日间因有课，所以要待放学后前来探望云云。慧君知道詹、尹二人没有漏网，心中稍觉一快，于是伊打发了校役回去，把房门关上，从包裹里取出衣服来换了，又将肮脏的衣服收拾起。只听门上有剥啄之声，连忙跑去开门，见是那个女看护走来了，向伊点点头道：

"潘小姐，你早餐已用过吗？精神觉得怎样？"

慧君答道：

"谢谢你，我的精神尚佳，伤处也不觉痛了，今天我可以出院吗？"

女看护道：

"很好，大概可以的，待医生诊察过后再说。"

慧君又问道：

"现在我可以去看看我的同学杜君吗？"

女看护答道：

"医生快要来了，你待他诊视过后，我再领你去。"

慧君听伊这样说，也只得耐心稍待，女看护走出去了。一会儿，伊又跟着医生走来。那医生向慧君略问数语，把过脉，量过寒热。慧君便问自己今天可能出院，创痕处可要再敷什么药。医生道：

"恭喜，恭喜，你受的伤真是微乎其微，不算什么一回事的。不过若在夏天时候，身上衣服单薄，那就没有这样便宜了。你今日可在医院中休息一天，明日不妨出院，伤处谅已结合，也不必再敷药，隔几天便可痊愈。至于行刺你们的暴徒，今天报上已有登载，说在车站上已双双擒获了。这种人必须要严办的，否则一来对于南京的治安大有影响，二来再没有人敢热心去办义教了。"

女看护在旁也说道：

"害群之马，不可不除，但这种事也是难得闻见的。"

慧君道：

"原来报纸上已有登载吗？唉！我很不愿意给多数人知道啊！"

医生笑道：

"昨夜报馆里已有人到此访问消息过，要亲自来见你们二位，被我们再三回绝的。你想这种好题目，新闻记者怎肯轻轻放过而不大做其文章呢？密司潘，这么一下子，你的芳名可以传遍首都了，只要被他们找到你的照片，怕不会漏夜赶制铜版，一齐在报上刊出来吗？"

慧君把头摇摇道：

"我不愿意这样地出名，这是我的不幸。"

医生笑道：

"别人遇不到这种机会，密司却不愿意吗？"

说着话，又笑了一笑，走出室去。慧君遂对那女看护说道：

"此时你可能引导我去看杜君吗？因为他为了我而受重伤，我心里很挂念的。"

女看护道：

"好！我就陪你去。"

慧君遂同伊走到病房，把门带上，从阳台上走过去。

杜粹的病室是在楼下，二人下得楼，走到杜粹病室之前，见别有一个女看护从室中走出来，便问道：

"杜先生可醒着吗？"

那女看护便是以前看护过慧君的，所以大家认识，遂笑笑道：

"杜先生醒着，刚才服过药，他也曾向我问起潘小姐呢，你请进去吧！"

那陪伴慧君到此的女看护听了，也对慧君说道：

"潘小姐，我尚有他事要干，恕不奉陪了。"

说着话，回身便和同伴一齐向东边甬道上走去。慧君遂独自推开房门，走进室中，见杜粹正仰卧在病榻上，双目瞧着天花板，默默地不知在那里想什么。听得声音，侧转脸来一看，见是慧君，脸上立刻发出笑容，说一声："密司潘，早安。"慧君已走至榻边，瞧着杜粹，柔声问道：

"密司脱杜，你的伤处是不是没有妨碍？我代你很是忧急。"

杜粹道：

"密司放心，我受的伤幸亏都非要害，昨夜多流了血，以致一时不克支持，经医生上过药后，痛势大减，今日自觉精神已好些。并且今日早上医生已来看过，据他说，伤势经过良好，又换了一次药，服过药水，且寒热也退至九十八度六，所以我自己也很乐观。但不知密司受的伤怎样了？"

慧君微笑道：

"我的伤甚是微细，医生说我明天便可出院。不过昨夜所受的惊吓可算是出世以来第一次，且也万万料不到那两个强徒就是我们的学生。当我被他们困住时，风雨黑夜，又在冷僻的地方，真是非常危险，幸亏密司脱杜突然前来解围，我遂得乘机逃遁。尹其祥刺我时，他恶狠狠地照准我的胸口猛刺，只因他背后有你赶来，分了他的心，而我也躲避得快，他的刀在我大衣上滑了一下，遂没有刺入胸窝，而伤在左乳下了，岂非我的侥幸？然而那时候，詹菊生还不肯放过我，随后紧追不舍，我逃入林子，跌了一跤，不得已大声呼救，又有石氏弟兄前来援助，方得出险。回想起来，真令人不寒而栗。但是我还有一件事不明白，就是你业已从夜校里回校去参加音乐会了，怎么在那时又坐着自由车赶来呢？"

慧君说着话，便拉过一张椅子，在杜粹榻旁坐下，把双手插在大衣袋里，因为天虽放晴，而气候冷得多了。杜粹听慧君问他，遂笑了一笑道：

"我回校以后，本来挨到我们的口琴合奏，但是一摸衣袋里，我的口琴却不知到哪里去了，仔细一想，乃是遗忘在夜校里。我本来是勉强加入的，我吹惯了自己的口琴，虽有人家借给我，而我很不愿意，所以没有参加。见外面风雨很大，又想起了你一人回来，太孤单了，况且那边人力车在下雨的夜里，也许一时雇不到的，因此我有些不放心。好在既已不参加了，左右无事，不如迎上来吧！遂穿了雨衣，借了一辆自由车，踏着赶来。将近桃花桥边，遥见有两三个人立在桥下，不知做什么。恰巧你们的所在正有街灯，我细瞧，内中有个女子，很像你的，心里不由一动，赶紧鸣着铃，脚下加快速力，向桥边冲来。果然是你被他们围住在那里，我遂不顾一切，跳下车便想来解围了。不料尹其祥手中挟着利器，那厮又很有蛮力，尽向我头上、身上猛刺，无奈我手无寸铁，不能招架，见地上有一柄雨伞，是你抛下的，忙拾起来，即作为防御之具，极力和他相斗，那柄伞也被戳穿了数处，肩窝上已中了一刀。但是在这个时候，我心里还顾念着你。自己虽然受了伤，仍旧一心要想将他打倒了，好来救你。无如他紧紧逼住我，而一柄破伞究难招架，我又不是练过拳术的人，未能出奇制胜地打退他，所以腿上又中了一刀，忍不住痛，跌倒在地。那厮本想下毒手结果我的性命，幸亏你那边有了人声和灯，遂丢下我，急急兔脱而去。我没有死，真可谓千钧一发了。总之，我们昨夜若没有石氏弟兄拔刀不平，冒雨来助时，我和你都没有命活了，他们二人的恩德，我们不可忘记的。"

慧君听了，点点头道：

"不错，改日待你痊愈后，我们一同去拜访，赠送些礼物与他们。但是你为了我而受这重伤，叫我怎能对得住你呢？至于你的口琴，是你忘记在桌子上，我已代你带回来，也要谢谢这口琴呢！"

说毕，从伊衣袋里取出杜粹的口琴，双手放在杜粹的枕边。杜粹微笑道：

"密司潘，你不要这样说。我早已告诉你，受伤尚轻，不算什么事的。我只要密司无恙，心里便愉快了。"

慧君微笑道：

"你真是侠骨热肠的勇士了，我告诉你，那两个暴徒业已被擒，也不能让他们幸逃法网。"

杜粹把右手加在他额上道:

"我真是恰恰活,方才医生已报告给我听了。"

两人正说着话,听得门外脚声响,院役领着杜太太走来,背后还跟着明宝,身穿一件豆沙色绒绳的大衣,踏着一双小皮鞋,一见慧君坐在伊哥哥的榻前,立刻抢先跑进房中,说道:

"姊姊也在这里吗?我哥哥怎样了?你们昨夜遇见强盗吗?"

慧君忙立起身来,含笑相迎。杜太太走到房中,颤声说道:

"潘小姐,你受的伤没有妨碍吗?粹儿怎样了?"

慧君便把自己坐的椅子一拉,说道:

"伯母请坐,请你不要发急,我们虽都受伤,医生看过后,幸亏都没有大碍的。"

杜粹叫声:

"母亲,你们怎样得知这事情而跑到这里来的呢?"

杜太太道:

"这件事我本来不会知晓,不过昨夜我忽然心惊肉跳地不得安睡,心里很害怕,而有什么祸殃降临。今天早起,我正点了香坐定,要想念经,却不料你的妹妹从学校里跑回来对我说,你们昨夜都被暴徒刺伤,送在新生医院里医治等语。我听了,急得什么似的,一句话也说不出了。你嫂嫂问伊这消息从何而来,可是确实。明宝说这事载在本地报纸上,是校中先生告诉伊的。你嫂嫂忙叫下人去买了一份报来,读过后,方知你们虽然被刺,尚未送去性命,同时校中也送信前来。我就雇了一辆汽车,和明宝坐着,到此来探望你们。阿弥陀佛,幸亏你们死里逃生,受伤尚不深重,然而我的心已几乎急碎了。阿弥陀佛,但愿救苦救难的观世音菩萨保佑我儿,早日痊愈。但是听说那两个强徒就是你们夜校里的学生,怎么做了强盗,行刺起先生来呢?"

慧君便把这事的因果详细告诉一遍,且用话安慰。又因杜粹受伤是为了救护自己起见,所以更对杜太太表示歉意和谢忱。杜太太听了这一番说话,且见杜粹精神很好,心中安慰得多,便说道:

"这大概是你们两人命宫里应受的磨折吧，潘小姐伤势更较粹儿轻微，我心里更觉安慰，回家后要代你们在菩萨面前焚香拜谢，也要向天帝前献奉一百副钱粮，代你们消灾免祸。"

杜粹不由笑道：

"母亲，我们已受了灾祸，还要消什么灾、免什么祸呢？"

杜太太道：

"你不要不相信，若没有神灵保护，那么石氏弟兄怎会来得这般凑巧？强徒又为什么没有将你们刺死？况且听说他们已在火车站缉获到官了，这不是天网恢恢，疏而不漏吗？"

杜粹道：

"既有神灵保护，为什么仍不免刺伤呢？"

杜太太道：

"我早已说过，这是你们命里当受的灾殃啊！"

杜粹笑笑，也不和他母亲辩论下去了。慧君去倒了一杯开水，双手捧给杜太太，说道：

"这里没有茶的，请喝一口水解渴吧！"

杜太太接过便喝，明宝拉着慧君的衣襟，絮絮地问长问短。隔了一歇，杜太太又问杜粹几时可以出院，杜粹道：

"只要寒热退尽，便可无事，大约也要有一星期吧！当然是愈早愈妙。"

杜太太又问杜粹可要吃什么东西，家中可以送来。杜粹道：

"我也不想吃什么，我手边零用的钱告罄了，母亲若有时，可以给我一些。"

杜太太便从怀中取出十多块钱交给杜粹，且说道：

"你的医药费待你出院时再算便了。"

慧君在旁说道：

"密司脱杜为了救护我而受伤，我已大大地对不起，又要出钱医药费，更使我心里不安，都是我的祸种头，还是归我一起算吧！"

杜粹道：

"密司说哪里话？我们彼此相知，这一些医药费难道也要你赔偿不成吗？况且祸种头又不是你，乃是詹、尹二人，现在他们已被捕，当可严惩，我也没有什么抱憾了。"

慧君道：

"我若不开除他们，那么他们也不至于要请我吃刀，而连累及你了。"

杜粹道：

"岂能这样讲的？你斥退他们，为公道而非私怨，整饬校风，不得不如此。况且也是众教员的意思，岂可专向密司寻衅呢？"

杜太太道：

"这些暴徒岂有什么理由可以讲的？潘小姐，你们办的义务夜校和外边出学费的学校大不相同，不论年老年少，阿猫、阿狗都可以做学生。况且男女兼收，一室而读，其中自然良莠不齐，容易有不规矩的事情。你又是年纪轻轻的小姐，如何能够去管教他们？我本不赞成的。偏偏你说什么提倡识字，普及教育，费了不少精神去干。好！你是热心义教的，现在闹出了这个岔儿，自己有什么益处？我劝你们从今以后，还是专心读书，不要管这种事吧！"

慧君听了杜太太的话，笑了一笑道：

"伯母所说的当然是金玉良言，理当遵从。但是我想象我们遭逢的事恐怕也是难得的，断不能因噎而废食。何况我人若欲办一种事业，多少总要受到些挫折。最怕的是一遇挫折中道而退，那么任何事情都不能贯彻始终，而达到成功了。我们要有战士荷戈赴敌的勇气，航海家鼓轮前进的毅力，因为将来我们毕业后，处身社会，不论大小的事总要干一些的，断不愿为天地间的寄生虫。那么在这练习的时期中，倘然见难而退，将来还有什么办事能力呢？并且夜校里的学生未必见得个个人都像那个不良分子的，我绝不因此而自馁，仍要继续做下去的。"

伊一边说，一边向杜粹瞧着。杜粹在枕上频频点头，脸上布满笑容，好似十分赞成慧君说话的模样。杜太太见慧君说得毅然决然，大有勇气，使伊倒也没有什么话可说了，遂说道：

"你们少年人主意打得很是坚固，我不过劝劝你们罢了。"

杜太太说了，心里暗想：平时见慧君的态度言语很是温和柔顺，却不料伊今日也会这样说得非常坚执的，大概他们读了书，自信力很强，不肯听人家的劝谏，并且热心任事，不计利害，所谓年少气盛，我不必再去饶舌了。伊又坐了半个钟头，将近午时，便要回去，叫杜粹在医院中好好儿静养，明后天当再来探望。杜粹也请他母亲安心勿念。慧君一路送将出来，送到甬道尽处，杜太太便止住伊休送，也叫伊静养一二天。慧君却说伊明天便要回校上课了。杜太太和明宝别了慧君，走出医院，仍雇这汽车回去。

慧君送了杜太太，回到杜粹房中，略谈几句，也觉得自己精神欠缺，一面恐怕杜粹多说了话，于身体有碍，便告辞回房。午后，看护劝伊静卧，伊因黄美云等要在下课后方来，左右无事，便和衣而卧，身上只盖了一条毯子。想想杜粹对于自己的感情，一步一步地浓厚，杜太太等也是待得非常之好，彼此如同家人一般。我幼时是一直孤苦伶仃，举目无亲的，唯有陈氏父子提携爱护，方得有今日，而益智待我更是一片深情，胜过了兄妹。可惜他身体软弱，不幸而患了肺病，以致中作辍学，在山上疗养。他屡次来函，满纸商音，不忍卒读，总要使我有不少时候的难过，叫我怎样安慰他呢？当然我的心里只有虔诚祝祷，愿他病魔早去，转危为安。可是事实上他的病一天深一天，前途希望很少，如何不令人忧闷？近来自从我寄去了一函和小影以后，不知为什么消息沉沉，有好多天不接到他的来鸿了？难道他的病越发加重，自己不能作书吗？而我却在这里求学，朝夕有良朋过从，似乎和他因隔离而疏远了。唉！倘使万一益智有了不测，他对我的举动情厚谊，叫我如何再能报答他呢？想到这里，心头顿时跳跃不止，极力自安自慰，强自镇定，丢开思虑。又隔了些时，方才渐渐睡着。

良久，睡梦中听得有人唤伊，睁开眼来一看，乃是那个女看护，带着笑对伊说道：

"潘小姐，你的同学们都来探望了，此刻正在杜先生房中，稍停他们就要到你这里来的，所以我来报个信给你知道。"

慧君闻言，一翻身坐了起来，点点头道：

"谢谢你，他们在杜先生房中吗？我去看他们吧！"

便立起身，整整衣襟，和女看护很快地走出病房，下了楼，伊跑到杜粹那里，见吴伟先生和陈景星、黄美云等几个同学们或坐或立，都围在杜粹的病榻前谈话。他们回头见了慧君，彼此招呼。黄美云走过来，握着慧君的手，问伊的伤势。慧君笑道：

"我受的伤很轻，敷上药便止痛了。倒是密司脱杜为了我而受创，使我心非常不安。且蒙你们为了我而奔波繁忙，费去不少精神，也觉抱歉得很。"

黄美云听了，便哈哈笑道：

"吴先生和诸位同学，你们可听得慧君姊说得这样客气吗？"

吴先生笑笑道：

"慧君总是这个样子的，你受伤虽轻，而昨夜受的惊吓已是够了。据警厅中人说，那两个暴徒既已擒住，必要严办的。并且此后桃花桥那边大约亦将添设岗位，以防宵小窥伺。"

慧君道：

"倘能这样办便好了。"

黄美云又问慧君道：

"我们办的这个夜校，今晚缺少人去上课了，姊姊受了这个不幸的事件，以后可不要灰心了吗？"

慧君微笑道：

"倘使我们受了这种小小挫折，立刻自馁，那么将来还能够做什么事呢？我当然仍要继续努力的。好在这两个暴徒已拘禁囹圄之中，再也不能来寻衅了。"

杜粹在榻上也接口说道：

"密司潘对于义务教育是发有宏愿的，伊曾对我说过，伊一生愿为教育而牺牲，百折不挠。当然现在伊是不肯自行退却，为人讪笑的。"

陈景星道：

"不错，密司潘是一个有志者，那么你将如何呢？"

90

杜粹微笑道：

"我自然也要追随努力。"

慧君笑道：

"你这样说，使我愧不敢当了。我不是先总理，你追随在后，更是不敢的。"

说得众人都笑起来了。慧君又对黄美云说道：

"我明天便好出院，今晚夜校里要有劳你去代庖一下，且请诸位同学帮忙。"

陈景星叹道：

"你们这样热心，我的心也热起来了，我自愿代杜粹兄去授课。"

杜粹道：

"谢谢，尼姑养儿子，全赖众神出力，我可以保险你们前去，绝不会再有暴徒来行刺的了。"

大家谈了一会儿，都告辞回去。慧君又拉着黄美云到伊自己的病房里去坐谈一刻，才别去。

次日一清早，慧君预备出院，遂去看杜粹，略谈数语，见杜粹精神又比昨天好得多了，便说：

"我虽然回校去，可是心里依然挂念你，希望你也能够早日出院，使我心安慰，自己有暇当来探望。"

杜粹对伊微笑道：

"愿密司善自珍重，夜校里的课暂请黄美云或别人代庖数天吧！"

慧君答应一声，向杜粹告别了，坐着车子回校去。

伊到了校中，同学们纷纷前来，围住伊瞧看，更是特别注意于伊了。伊仍照常上课，因为身子有些疲倦，所以仍请黄美云代理。且闻桃花桥那边已添设一个岗位，此后当可平安无事了。

星期四的下午课后，慧君抽个空，离了学校，到新生医院里来探望杜粹，见杜粹已能起坐，不胜愉快。晤谈之下，杜粹告诉伊说，他的母亲又来过两次，送了一些菜肴来，自己的伤势好得很快，因此决定要在星期六出院，回到家里去住两天，然后在下星期一到校上课。慧君听了很赞成。杜粹又问夜校的情形，慧君据了美云所说的报告给他听，夜校里的学生照常上课，不过对于他们二人很是惦念罢了。两人谈谈说说，不觉天色将晚，慧君便要告辞，杜粹向伊道谢。慧君想起前情，便带笑道：

"一个月以前，我卧病在这里，曾蒙你来探视，想不到今日密司脱杜忽然受了伤，也在这里疗养，人事无常，谁能先知呢？不过你受的无妄之灾，都是为了我，我心里终觉歉疚的。"

杜粹摇摇手道：

"密司不要再这样说了，见义不为，是无勇也，古人已有明训。那晚我在路上，假使撞见的不是你，而到了那时，我自然也要上前相救的。否则，石氏弟兄和我们素不相识，毫无关系，为什么他们冒着风雨赶来相助呢？这是人类的一种同情心，若然没有这心时，便是禽兽了，所以我虽然受伤，而心里却很畅快。哈哈！我们俩总算和新生医院有缘吧！"

慧君闻言，笑了一笑，遂和杜粹说了一声再会，告辞回校。

到得下星期，杜粹已到校，创口已好，没有妨碍身体的健康，所以他们二人照常到夜校里去教书，真是不辞劳瘁，热心教育了。慧君想起石氏弟兄相助之德，暇时和杜粹商量，怎样去报答他们。看他们的性情非常慷慨热烈，金钱是不受的，但是自己却不可不有一些感谢的表示。杜粹主张送一个大银盾，作为纪念，慧君当然同意，遂想定了"今之黄衫"四个字，下款是杜粹和慧君并署的，即由杜粹到银楼里去订制。慧君遂写了一函，寄给她的寄父陈柏年，把这事的经过大略奉告。且因益智杳无来信，顺便一问，另外又写一函到莫干山去探问，却不提起自己受着狙击之事，一齐投入邮筒，专待回信。

星期五的下午，杜粹取了银盾回来，给慧君看。恰巧黄美云也在一边，见那银盾式样很是壮观，一齐称好，一问价钱是三十块钱，当然是由二人对半出了。杜粹便问何时可以送去，慧君道：

"我们要郑重一些，明天下午我们没有课，我和你亲自去奉赠，且向他们道谢，好不好？"

杜粹道：

"我也是这样想，明天下午我准和密司亲自去跑一趟便了。"

黄美云道：

"我跟你们同去可好？"

慧君道：

"你能同去吗？当然不胜欢迎。"

于是将银盾仍放在杜粹处，约定明日午后，三人一起前往。

到得明天，天气甚佳。慧君在膳堂里吃罢午饭，和黄美云同到宿舍中，预备到石家去。黄美云先对着镜子，敷粉涂脂，修饰一会儿，然后换上一件绿色萝娜绸的驼绒旗袍，外面披上最新式的夹大衣，脚上却换一双银灰色的革履，手里挟着一只新式的绿皮夹，催着慧君快走。慧君却只穿着一件半新旧的咖啡色绸的衬绒旗袍，外面也罩一件夹大衣，可是和黄美云比较起来已是旧式了。二人出了宿舍，走到楼下，见杜粹穿着一身新式的西装，手里挟着一包东西，在走廊里徘徊着，一见二人，便点点头道：

"我已等候多时了。"

三人遂走出校去，一路走到石氏弟兄的门前。慧君退后一步，让杜粹打先，伊说道：

"我是怕狗。"

杜粹笑道：

"那天晚上，你只怕人不怕狗了。"

遂伸手上去敲门，接着便听里面犬吠声，有人出来开门，正是石允中。那头巨獒跟在他身旁，目光眈眈，向着三人狞视。允中见他们前来，连忙含笑相迎，请他们到里边去坐。三人一齐跟着走进去。那巨獒跳到慧君足边来嗅伊，吓得慧君躲避不迭。允中见了，便说：

"潘小姐，你怕狗的吗？"

慧君点点头，允中回头呼斥一声，又将手望外一挥，那巨獒早退到外边去了。允中笑笑道：

"现在的世界，狗不足惧，最可怕的是人，你争我夺，尔虞我诈，世界人类大屠杀的惨剧将快要开幕搬演了！"

　　杜粹听着，微叹一声。到得里面，分宾主坐定。杜粹向允中问起宏中，方知宏中今天恰巧不在家，侍奉着老母，有事到龙潭去，须明天可返。允中便问潘、杜二人的伤势如何。二人把医治的经过告诉了他，又谈起那晚的事，向允中表示感谢。允中十分谦逊。杜粹遂把带来的银盾双手奉上，说道：

　　"贤昆仲见义勇为，热心救援，我们二人不忘大德，当一生铭在心版上。现在无物相赠，只得奉这个银盾，略表纪念而已，务请哂纳。"

　　允中果然十分伉爽，忙接过去，放在正中桌上，向二人答谢道：

　　"这是我们应尽的义务，何足挂齿？蒙二位宠赐隆重的礼物，实在是却之不恭，受之有愧的。但是你们把我们兄弟称作黄衫儿，未免过誉了。"

　　慧君笑道：

　　"世常说，古今人不相及，其实古人的事迹，往往有经过名家的记载，加以渲染，传神阿堵，有声有色，自然和寻常不同了。即如你们二位以前喋血战场，都是爱国男儿。那晚黑夜救助，侠骨热肠，称以黄衫，还嫌其浅小呢！"

　　允中道：

　　"潘小姐言重了，更是使我们愧不恨当。"

　　他一边说，一边重又坐在下首，陪着三人闲谈了一番，杜粹等方才告辞出来。

　　回至桃花桥，向着原路走去。依慧君的心里，想返校读书。可是黄美云因为天气清朗，又无风沙，想到近处清凉山上去散步小游，杜粹也很赞成黄美云的提议，不让慧君回校，于是慧君又只得徇了他们的意，一同去游清凉山。三个人安步当车，向着清凉山麓慢慢地走去。途中杜粹等又讲起石氏弟兄，慧君带着笑，对杜粹说道：

　　"我对你失礼了。"

　　杜粹问道：

　　"失的什么礼？"

慧君道：

"你那晚因为要救我，徒手挺身去和暴徒格斗，岂非也是一位侠士吗？我想也要制个银盾，题着'见义勇为'四字，预备送给你。"

杜粹笑道：

"哎哟！我这种无用之辈也能称着什么侠士，那么天下的侠士多了！也不值钱了。"

黄美云道：

"密司脱杜若不称侠士，也可以说是一个勇士，你拿身体和人家的利刃相拼，若非有勇气的人，怎敢如此？"

杜粹摇摇手道：

"请二位不要这样说吧，比骂我还厉害呢！"

三人说着话，忽听背后呜呜的喇叭声，知是汽车来了。南京的汽车行驶得特别飞快，三人忙向道旁避让，回头看时，见有一辆簇新的轿式汽车从后面疾驶而过，车中坐着两个丽人，一瞥即逝，向前面清凉山驶去。黄美云道：

"今天幸亏风小，不然我们要大吃灰了。"

三人仍向前走，到了清凉古道，见那辆汽车却停在那边，车中的人大约也是来游山的吧。三人先走到善庆寺的扫叶楼，这楼正在山腰，地不甚高，本为前清昆山书画家龚半千氏隐居的所在，龚氏别名扫叶僧，所以此楼也唤作扫叶楼了。楼上下都有茶座，可以供游客烹茗。三人走到楼上去，拣了一个沿窗的座头坐下。忽见东边座上正有两个摩登女子，坐着饮茗笑谈，都在二十左右的年纪。一个面圆肥胖，身穿夹金软绸的衬绒旗袍，脚上踏着一双黑色高跟皮鞋，烫着一头云发，飘开在两旁，把耳朵几乎隐了，背着三人而坐。那一个年纪较轻的却向着这里，所以格外看得清晰：烫着云发，一张脸蛋儿生得吹弹得破，明眸如水，好似含有无数的情波，两道蛾眉弯弯地覆在上面，一张樱桃小口红润可爱，笑时露出雪白的牙齿，颊上涂着两小堆黄胭脂，耳边悬着一串奇样的珠环。身穿一件嫣红色的衬绒旗袍，衣袖短到臂弯里，露出两条嫩藕也似的玉臂。臂上套着一只新式的金镯，手指上戴一钻戒，在阳光里映照着，晶莹耀眼。脚上穿一双紫色的高跟革履。杜粹等一齐不知不觉地向她们注意瞧着。杜粹觉得这年轻的女子比较伊的同伴还要美丽，婉媚的姿态，好像电影明星陈燕燕，巧笑倩兮，美目盼兮，面貌似乎有些熟，却不记得在哪里见过。那女子见杜粹等向伊瞧着，伊就向杜粹紧看了一眼，端起茶杯喝茶。这时，早有人送上一壶茶来，和两碟瓜子，放在杜粹等桌上。杜粹便取过茶壶，先把茶杯洗一洗，然后代慧君、美云各斟上一杯。黄美云道：

"我们好多时候没有在外边游玩，本来闲坐品茗也是无聊的事，只因今日天气温暖，一些不像已交冬令，所以邀你们到此散心，不过耗费了你们的宝贵光阴了。"

慧君暗暗向那边的茶座一指道：

"谁说耗费光阴？名山俊游，可称吾道不孤呢！"

杜粹也笑了一笑。黄美云正坐着对窗子，却把手向窗外远处一指道：

"你看枫叶虽老，尚是殷红可爱，秋光已逝，郊野木落，唯有这丹枫还在那里点染自然的风景，别有一种风致的。"

慧君便立起身携着美云的手，走到窗边去，凭窗远望，四围景色虽然带着寂寥的样子，而有此红枫点缀，便觉尚有生气。记得自己从莫干山到此时，正是新秋，风光大好。现在转瞬之间，江山竟如此萧条，想莫干山上也是这样，岂不令人感慨？黄美云却不知慧君对景感怀，又指着前面平铺着的莫愁湖道：

"若在夏日，我们可以到莫愁湖去赏荷花了。"

杜粹也走过来指着南面的几个山头说道：

"这是牛首山，这是雨花台。"

三人正在凭眺，却听后面起了一阵清脆婉转的歌声，好似花底莺语，天半笙歌，唱着"桃花江是美人窝"。三人回头看时，原来就是那两个摩登女郎，她们也在那边倚着窗子眺望远景，歌声便是从那个年轻女子的樱唇里发出来的，唱得真好听，在这空旷之处，四边都有回音。杜粹等静静地听着，但是唱到末一句，忽然咯咯地笑起来了，伊的同伴也笑道：

"你不要在这里唱吧，大可以到电台上去播音了。"

那女子回转身带笑说道：

"上星期我被他们硬拖去播过一番，但我不欢喜躲在里边唱，闷得很的。"

伊同伴又说道：

"明晚钟山清泉别墅的茶舞，你要去赴会的吗？"

伊微笑道：

"倘然没有别的事情，当然要去的，我要和你一同去。"

伊同伴又道：

"那么在下午五点钟以前，你打电话通知我吧！"

伊点点头道：

"好！我若去时，一定通知你，且开汽车来接你。密司脱高、密司脱许、密昔司戴、密昔司孔，他们都要到的。我也是答应了密昔司孔，难为情失约呢！"

两人一边说着，一边却旋转着纤腰，在楼上试舞起来。恰巧堂倌提了一把很大的热水壶来开水，那年纪轻的女郎旋转着，快要碰到他身上去了。那堂倌忙喊：

"小姐，不要动，热水烫痛。"

伊别转脸来，瞧见那把大热水壶热气腾腾地从壶嘴喷出来，忙一缩身，喊声"哎哟！"走回茶座去。杜粹等瞧着，也觉好笑，也就回至茶座坐下。杜粹暗想：这两个女郎非但十足摩登，而且很放浪形骸的，不是交际之花，便是富家之女，一种骄奢的色彩，不要说慧君和她们是大不相同，就是很爱修饰的黄美云也觉比她们不上了。慧君见杜粹默然不语，便嗑着瓜子和黄美云闲谈。不多时，杜粹偶然回转头去看那两个女郎时，那年纪轻的正向着杜粹上下凝视，一见杜粹瞧伊，便很不耐烦地对伊的同伴说道：

"我们在此等候多时，可恶的曹，到此时还不来，必然失约了，我们何必尽坐着守候，不如快到莫愁湖去吧！我们既然出来了，必要畅游一下。他若来的话，见我们不在这里，一定也会赶到莫愁湖去的。他若不来，后天罚他在金陵春请客。"

伊同伴说道：

"不错，我们也好去了，也许他在夫子庙麟凤阁老坐呢!"

伊点点头道：

"霞姊，你说得对了。近日我听人说，曹正迷恋着一个新走红的歌女呢。唉！我们去吧!"

说着话，从伊皮夹里取出一块钱，当的一声丢在桌子上。两人一齐起立，取过旁边椅子上搁着的大衣，各个披到身上去。堂倌连忙献上热手巾去，假意问道：

"要找吗?"

伊说道：

"给你们吧!"

堂倌带着笑道：

"谢谢两位小姐。"

她们遂叽咯叽咯地走下楼去了。杜粹便对潘、黄二人说道：

"你们瞧那两个女子是何等人?"

黄美云道：

"大概是富家闺秀，但是似乎太觉轻狂一些吧！她们能歌能舞，我和慧君姊真赶不上呢!"

慧君一手支着香颐，微微一笑道：

"人各有志，不可一概而论。我们要学她们，固然是难能，但是我料她们绝不会像我们这样的。不过今日何日？我们的国家，风雨飘摇，正在危急存亡的时候。一班人往往说年老的不中用，但我们青年人应该怎样做呢？救亡的责任要我们全国人民一齐努力来担起的。然而放眼看，那些大都会里的摩登男女，他们这种行为，可能够说到什么救亡吗？一班号称知识分子的，也会这样放浪和颓废吗？他们的志气何在?唉！我真是不忍说。"

杜粹笑道：

"密司潘，你又要大发议论，先觉与后觉，你是一位先觉者，所以思想与众不同了。"

　　慧君把手摇摇道：

　　"我哪里好称先觉，不过我愿同胞快快觉悟，等到做了亡国奴是来不及了。"

　　三人又坐了一会儿，黄美云见时候不早，便要回去了。杜粹遂付去茶资，陪着二人走下扫叶楼，在夕阳影里一路下山，缓缓地归去。

第六回

憔悴芳心何来不速客
缠绵病榻忍话当年情

　　两性间的情愫往往在不知不觉间渐渐增加而成强烈化，真是其来也莫之能御，其去也莫之能阻。情海之中，变幻无常，能够乘风破浪，走准了航线，得登乐土的，当然是幸福之子了。但在起初的时候，谁能预料到呢？大家也不过循着他们的过程，向前进行，如磁石吸铁，如琥珀拾芥，爱慕之心，油然而生。既已彼此接触了，虽欲抑制而不能，这就是世俗人所说的缘了。然其中有急进的，有渐进的，有顾虑环境的，有不顾环境的，那也是各人有各人的关系，说不定了。

　　杜粹和慧君同学已有数年，而且又是同乡，二人接触的时候甚多，意气相投，于心莫逆，大家是青年，当然不是超人的，怎能免情愫的增厚呢？所以，杜粹对慧君由爱慕而满抱着一种热情，渐渐地灌输到慧君的心坎里去，这也不能说是他的妄想。因为他只觉得慧君在他的心目中看起来是非常爱慕的，意志也是非常可敬佩的，不知不觉地从他的灵台里发生出恋爱之忱。他只管爱慕而已，别的问题也不能计及。他未尝不知道在慧君的心窠里早深深地贮藏一个人，这人是谁？自然是除了伊寄父的儿子——陈益智，还有什么别人呢？陈益智的爱心，已在慧君的心中筑了深沟高垒的防线，他人难以冲过这防线而占临新阵地，可是杜粹依旧不顾成败地进行。至于慧君当然也觉得杜粹是在那里向伊自己渐渐输爱，伊的芳心未尝不感激杜粹，然伊的意志是早已定了，并没有什么犹豫，人家对自己一片好心也不能用恶意报答，所以完全将最诚恳的友谊回答杜粹。伊在南京求学，很少亲密的人，杜粹的母亲、妹妹、嫂嫂都待伊很好，除去故乡的陈家，要算杜家最亲了。这几年来，杜粹虽不断地向着慧君输爱，伊心里的防御线一些也没有突破，可是情海中的事是变幻无常的，自从他们在桃花桥经过詹、尹二人的狙击后，慧君觉得杜粹这样爱护自己，真有一种深切的情、伟大的爱存乎其间，伊心里所筑的旧有防御线，险些受着这强大的攻击而被毁灭了，虽没有毁灭，而至少也有些摇撼了。这恐怕也是不知不觉地渐成强烈化的吧。

那时候，天气已严寒了，慧君在校中用心求学，晚上仍旧到夜校里教书。杜粹每晚伴着伊同去同来，寸步不离。那桃花桥边已增加了一个岗位，一班夜行的人壮了不少胆。他们二人晚间走到那地方，有时要想起那可怖的一幕来，遥望着前面的松林，便又想到那边有一双侠丈夫闭户灌园，不知哪一年要用得着他们一双的铜筋铁肋去饮马长城之窟呢？其余的时候，慧君在星期日偶然徇杜粹之请，到杜家去盘桓一天，或是到黄美云家里去吃饭。

时光是很容易过去的，似乎一些也不寂寞了。然而伊心里却藏着无限的苦闷，不足为外人道。就是因为伊好多时候没有接到益智一封信。伊前次写信给伊的寄父，报告自己遇暴的经过，顺便询问益智的病情。但是陈柏年虽有复函前来，寄给伊三十块钱，却没有提起益智的情形，叫伊怎不满腹狐疑呢？伊何尝不觉得益智生的肺病是非常危险，难以医治的，益智的一生也就此完了。他们俩虽然心心相印，有很深的爱情，然而前途的希望是十分渺小的了。不过女娲补天，精卫填海，伊总存着一种痴心，要想在万分之一中挽救过来，这真是很可怜的了。

国历新年有三天假期，连了星期日，共有四天闲暇。伊心里暗暗盘算，倘然益智那边再没有信来时，自己想抽身回去一次，探问消息。可是一则时间局促，来去匆匆；二则要费去金钱，陈柏年寄来的款项是有限制的，自己把钱用完了，不能再去向他要；三则又非放寒假，短短的时期中，无缘无故地回乡去，也要被寄父责备的。因此伊煞费踌躇，徒唤奈何。

正在忐忑不定之际，有一天忽然校役入内报称，打从宁波来一位客人，要求见伊，现在会客室中等候。慧君正下了课，一听校役的报告，不知来的是谁，便问可有名片的。校役道：

"那人不肯拿出名片，只说有几句要紧的话，必要和本人面谈。"

慧君遂走到会客室里来，见椅子上坐着一个少年，戴着獭绒帽，身上穿着黑呢大衣，约莫有二十多岁，也是个学界中人，却不认识是什么人。那少年见慧君走进室来，忙起身点头问道：

"这位是密司潘慧君吗？"

慧君答道：

"正是，请问先生尊姓大名？何事下访？"

那少年说道：

"敝姓董，名骧，刚从宁波来，有一些小事要和密司谈谈。"

慧君觉得有些蹊跷，自己从来不认识这个人，也没有听得人家说起过，他有什么事要和我谈呢？只得带笑说道：

"董先生请坐。"

董骧微欠身子，仍在椅子里坐下。慧君坐在下首，静静地等候他要说什么。董骧向旁边看了一看，轻轻问道：

"密司潘，你可知道陈益智现在怎样了吗？"

慧君听了这话，心中便突然一跳，连忙问道：

"益智乃我寄父的儿子，本在莫干山养病，不过我有好多时候没接到他的来信了，先生敢是为了益智而来吗？"

那人点点头。慧君忙又问道：

"那么先生必然知道益智的近状了，究竟他是不是仍在山上？还是……"

说到这里，顿了一顿，似乎盼望董骧快快能够把益智的情形真实告诉伊的。董骧遂从大衣袋里摸出一封信来，说道：

"这是益智兄叫我带奉密司的，请你看了，自能明了一切了！"

说罢，便将这信双手送过来。慧君接到手里，不住地颤动着，只得当着董骧的面，把信封撕开，抽出两张信笺来，上面的笔迹真是益智自己写的，而潦草得很，最后数行竟有许多字歪歪曲曲的，须得人家仔细辨认。伊一口气将这两张信笺读毕，方才明白益智所以没有信寄来的缘故了。

原来，益智在山上养病，不见良好的效验，在重阳节后又大吐了数次，发得很厉害，注射新药也是无用，睡倒在床上不能起来了。益智的父亲柏年得知情形，便又将益智从山上异回家中，别请了一个专以运气治人的医生，天天在家里诊治。且叫益智一天到晚休睡，不许写一个字，不许看一本书，因此益智不能再寄信给慧君了。而慧君所有寄到山上去的信札，虽经医院里批明了，转送到家中来，然而都被柏年接去，益智不得过目，自知病已危殆，不可救药，一切的希望都断绝了，抛弃了。但是心中却仍非常挂念着慧君，很欲在将死之前得见一面，以安慰他一颗空空洞洞的心，却因自己不能叫家中人寄信，没奈何，只得忍耐着，期待着。然而他的病是一天加深一天，其势不能久待下去了。恰巧有他昔日的同学董骧前去探望，他遂瞒着他父亲，向人索得纸笔，在枕上勉强写成这封信，托董骧亲自带给慧君，望伊接到此信后，速即设法回家一见。因为董骧有事到南京来，情愿代益智一做临时的绿衣使者。

这信写得并不长，而上面的语句非常哀怨，一字一泪。人之将死，其言也善。最后几句写不动了，断断续续地语气上下不接，使慧君看了，好像每一句是一颗枪弹，有无数的枪弹向伊脆弱的心灵射去。慧君的悲痛，断乎非笔墨可以形容了。所以伊也不管有素不相识的董骧坐在一边，伊的眼泪竟如泉水般涌出来，扑簌簌地落到衣襟上，那只拿着信笺的手颤动更厉害了，呆若木鸡，一句话也说不出来。董骧微微叹口气说道：

"我与益智是多年的老同学，现在见他病得如此，心中也觉得十二分的难过。斯人也而有斯疾也，这真是无可奈何的事，可怜得很。益智的意思，非常盼望和密司做最后的一面，他写这封信给你，也不是容易的，出了许多汗，喘了好几回，无怪他父亲不许他写字。我在旁看着，很是不忍，因此特把这封信紧紧藏在身边，带到这里来，交与密司亲识启。密司和益智的感情谅又非他人可比，务望密司答应他的要求，回里一行，否则益智要疑心我是殷洪乔呢！"

他说罢，紧瞧着慧君，等伊回答。慧君将手帕揩着眼泪，颤声答道：

"谢谢董先生，我准回去看他一遭便了。"

董骧道：

"很好，不过密司回去，在陈柏年先生面前千万不要提起益智托人带信的事。"

慧君道：

"这个我当然理会得。"

董骧遂立起身来，又说道：

"这样我不负益智兄的嘱托了，再会吧！"

便向慧君告别而去。

慧君送走了董骧，把益智的信藏在身边，低着头一步一步地走回宿舍里去。恰巧黄美云从房里匆匆地走出来，向伊问道：

"慧君姊，听说方才外边有客人来见你，不知是什么人？"

慧君道：

"是我寄父家里来的便人，带给我一封信的。"

伊说着话，依旧低倒了头。黄美云竟没有觉察，很快地走到楼下去了。慧君走进室中，见房间里没有他人，便将门关上，很颓丧地倒在椅子里，重又取出益智的信，展开在桌上，回环默诵，笺上却湿了不少泪痕。隔了一会儿，又把信藏起来，横在床上，自思：我虽然答应了董骧，要设法回去安慰益智。可是我有我的困难地方，也不能任意自由，我将怎样想法回乡去呢？屈指计算，离开新年假期尚有一星期多，在那个时候，倘然我不能回去，那么失去了这个当儿，非要等到放寒假时不能回里了，益智的病如此沉重，恐怕难以能够挨过这许多日子呢！那么我岂非更对不起他了吗？唉！我还是不顾寄父的谴责，毅然走上一遭吗？这件事叫我好去和谁商量呢？伊左思右想，心里十分不安宁，实在是使伊非常为难的。

晚上，伊到夜校里去上课，虽然勉强抑住不欢的情绪，然而伊的脸上竟现着一团愁容。下课时，杜粹、黄美云等在教员室里都是有说有笑，而伊却说话很少，时时仰起了头，好似在那里动心事。杜粹如何不觉得？只是不便贸然询问。

过了两天，又是星期六了，杜粹想要邀伊到家里去，慧君婉言谢绝，杜粹只得一个人去了。星期一的下午，散课后，杜粹特地候着了慧君，和伊一同走到校园里去散步谈话。杜粹看慧君蛾眉微蹙，意兴很是不佳，像是勉强和他敷衍的。一连几天了，伊脸上笑容很少，必然有什么不快活的心事，我将怎样得知伊的所以然，而安慰伊呢？遂对慧君说道：

"我们自从清凉山游后，天气冷了，好久没有出去游玩。国历新年转瞬将至，我们将预备在这假期内做些什么呢？最好到别地方去游一次，不知密司可有兴致？"

慧君摇摇头道：

"这样冷的天气，到哪儿去玩呢？我在这几天心绪恶劣，很不高兴，却想返里一行呢！"

杜粹听说伊要在这时期内回去一趟，颇觉讶异，便乘机说道：

"怪不得我见你脸上时有愁容，像有什么难解决的心事，却不敢冒昧向你穷诘，不知你何以心绪恶劣，忽然要回乡去？是否有什么要事？密司倘能告诉我，如能借箸代筹，自当尽力效劳。"

杜粹说了这话，慧君沉吟了一会儿，和杜粹徐徐走到一株天竹之前，伊立停了向杜粹说道：

"我很感谢你的美意，只是我虽欲回里，却也不能说有何事。不过我很想回去一次，无如有种种阻挡，踌躇不能决。"

慧君说这几句话，吞吞吐吐，断断续续，又好似有难言之隐。杜粹是个聪明人，他对于慧君的身世十有八九明悉的，于是他就想到那个陈益智了，便又问道：

"密司回去，是不是有什么事要和陈柏年先生商量，还是要和益智晤谈？近来他可有信寄给你？他的病能不能日见起色，恢复健康呢？"

慧君听杜粹问起益智，知道自己的心事已被他猜着，好在伊自己和陈家的渊源，杜粹早已明白，而益智和伊感情浓厚，杜粹也不是一些儿不知道的，他既然问起了，我何以再隐瞒呢？不如和他商量一下看，遂向杜粹说道：

"你问益智吗？他已有多时不给我信了。"

杜粹道：

"益智不是在莫干山上养疴吗？他为什么不写信给你呢？"

慧君微微叹道：

"他在山上养病，仍无功效，我寄父遂又叫他在家中疗养了。一个人生了这种病，实在是希望很少的了，虽也有人能够治愈的，然而还是少数中的少数。何况益智的性情是个喜欢急进的人，一旦遇有病魔的侵袭，挫折了壮志，他便一切都灰心，日坐愁城，自怨自艾，一些不能旷达，因此他的病虽有医生医治，却依然不能日起沉疴啊！现在有人从家乡来，说起他的病已是危殆，恐怕没有多时可以淹留，所以我很想在新年假期里抽身回到甬江去探望一下，万一他从此长逝人世，也可以得一次诀别，否则……"

慧君说到"否则"两字，已悲哽不能成声，强自忍住眼泪，低着头说不下去了。杜粹听了这个消息，不禁叹道：

"唉！大好青年，却被病魔生生地吞了去，这真是最可痛恨的事。使人听了，发生许多悲悯，难道果已不可救药吗？可惜了！"

杜粹说了这话，慧君的头益发低倒得下了。杜粹又道：

"这毋怪密司要想回去探望一遭的，你已决定了吗？"

慧君别转了身子，把一只脚上的皮鞋在草地上践着，颤声说道：

"我不过想如此，因为我若回去，也有我的困难之处。"

便将伊自己所顾虑的数点告诉了杜粹。杜粹道：

"不错，在你寄父看来，以为你这一趟的回乡，没有好题目呢。然而你若不去，却又未免太辜负了益智了。我想他虽然没有信给你，他心里一定很念念于你的。"

慧君默然不答，暗想：信是有一封的，只是没有告诉你罢了。杜粹把两手插在大衣袋里，掉转身往返走了数步，又伸起手来搔搔头道：

"有了！我倒想得一个计较在此，不知密司以为如何？"

慧君也回转身来问道：

"密司脱杜，你有什么想法？"

杜粹把手向天空画了一圈，说道：

"因为密司的事，想到我自己的事了。先兄病故在此，他的灵柩一向寄厝在城北僧寺里，尚没有卜葬于祖茔。家母本想在这个冬里将灵柩运回安葬，曾托家乡倪子钧先生前往墓地看穴，以便择吉告窆。无如那位倪先生虽精堪舆之术，而生性疏懒得很，他家里也是素封的，对于人家的生意，总是漠然不放在心上的，非得人家再三催促，或是盯牢着他去做时，他是一辈子难得会自己想着，爽爽快快干去的，所以至今杳然没有复音。有了我的主张，既然有地在家乡，看什么穴，拣什么日，自己何时有便，何时去安葬了，岂不是好？无奈我母亲认为这事是十分紧要的，不能轻举妄动，必须要请教阴阳，而别人伊又一概不相信，偏偏独深信那位倪先生。前星期日我回家去，我母亲也曾和我提起这事。嫂嫂心里也很急欲办去，因为这一次倘然耽搁过去，那么又须待到来冬了。现在我想在这新年假期中，既没有别的事情，不如待我亲自回家乡去，找着了倪子钧，逼着他到墓地上察看，叫他选定日子，火急地办好了，也未尝不妙。那么密司也可以和我一起回去了。"

慧君听了，却不由微微一笑道：

"如此，你办你的事，我干我的事，在我寄父面前，岂非仍没有交代吗？"

杜粹道：

"我还有下文呢！密司若同我一起走时，在陈柏年先生面前，你不妨说徇同学之请，做伴同返，代为向倪子钧那里接洽事情的，这样不是总算有了一个交代吗？至于密司，倘然缺少盘缠，我也可以借给你，不必向你寄父取钱，也没有别的问题了。只要密司赞成我的建议，我就可以去告知了家母，预备这样做，我们在星期三的下午便可动身了。"

慧君听杜粹这样说，虽不十分惬意，但自己并无别的计划，为了探望益智的缘故，也只有赞同这个主张了，遂点点头道：

"承你如此热心相助，我当然是赞成的。"

杜粹见慧君已同意，很是欣喜，又说道：

"那么请密司千万要珍重玉体，休要郁郁不乐。莎士比亚说：'忧虑乃人生大敌。'希望你撇去忧虑，为你的前途努力才好。"

二人说了一刻话，回身走出校园，恰逢陈景星从横里走来，遥遥地对二人点头微笑，高声嚷道：

"好！你们俩在那边做清谈，不怕北风冷吗？"

慧君听了，不由两颊微红，没有理睬，便离开杜粹，独自走回宿舍去了。

明天的晚上，杜粹伴着伊到夜校去，走在路上时，告诉慧君说，自己已禀明了母亲，取得川资。杜太太闻有慧君同往，也很赞成此举。慧君听了，心里较觉安定，又把此事告诉了黄美云。美云道：

"我在元旦日，因为家兄自沪回来，要和我们一起到扬州去，否则我也好和你们同去了。"

慧君道：

"我们此次回乡，日期匆促，一大半的时光恐怕都消磨在旅程中，谈不到游玩，你还是骑鹤上扬州来得好呢！"

黄美云笑了一笑道：

"我本想也要约你同去，家兄一向闻名，亦渴欲和你一见。现在听说你要返里，我也不必空邀了。"

慧君点点头道：

"下次我再叨领盛情吧！"

到得星期六的午后，全校师生都欣欣然地各自回家的回家，出校的出校，去预备度快乐的新年。杜粹和慧君早已端整好行李，预备出发。杜粹穿着西装，外面披驼绒大衣，戴上皮手套。慧君却只穿上一件深色的丝绵旗袍，一件黑呢大衣，黑狐皮的领头，戴上洁白的手套。两人带着行李，离了学校，坐着一辆汽车，赶到火车站去，坐京闻通车到了杭州，然后再坐火车返乡。

次日，到了甬江。杜粹因离开家乡长久，虽有戚友，大都疏远了，好在不过耽搁一二天，不必去搅扰人家，遂投宿一家逆旅，慧君便和杜粹告别了，回到陈家去。门口下人一见慧君，便带笑上前叫应一声，要来代伊拿物。慧君只带一只手提小皮箱，自己携着，毫不费力，便不要他拿，却问道：

"老爷没有出去吗？三少爷的病可好些吗？"

下人答道：

"老爷在家里，三少爷的病仍是这个样子。"

慧君一直走进去，到了厅上，恰逢陈柏年手里挟着一卷东西，走将出来，连忙向他立定了，鞠躬行礼，唤一声："寄父近来福体康健吗？"陈柏年蓦地见了慧君，不由一呆，遂问道：

"慧君，你怎么此时回来？可有什么事情？"

慧君忙将肚里预备好的话照着杜粹所说的对答一遍，且又道：

"我顺便回家向寄父贺年呢！"

陈柏年摇摇头道：

"在这种年头儿，国将不国，还有什么新年可贺？一年一年地虚度过去，不知老之将至，蒿目时艰，蓬心不振，只令人增加不少感慨罢了。你这次回里，日期很短，来去匆匆，当然不能多住，可知道益智已从莫干山回来，卧病在家吗？"

慧君假作不知，答道：

"寄女也有好多时候没有接到智哥来信了，不知他的病好不好？"

柏年叹口气道：

"犯了这种病，哪里会好？现在我改换方针，天天请一个运气治病的太虚居士来诊治，但依旧没有效验，听说昨天又呕了一次血呢！"

慧君听着，双眉顿蹙，低倒了头不响。柏年道：

"此刻我有些事情要出去，稍停再和你谈吧！"

说毕，便走到外面去了。慧君微微叹了一口气，独自走至里面，又有一个女仆迎上前来叫应。慧君便把小皮箱交给了伊，问道：

"太太在哪里？三少爷可住在后楼上？"

女仆答道：

"三少爷现在住在前楼，太太大约也在那边看他。慧小姐，你到楼上去吧！你的箱子我代你拿到房间里可好？早知你要回来的，我们可以先代你收拾收拾了。"

慧君不答，匆匆转到后面，打从西边一只转弯扶梯走将上去，来到靠西向南的一间睡室之前，听得里面正有益智咳嗽的声音，暗想：这本是客室，益智为什么不卧在自己房里而调换到这里来呢？哦！大概他家中人以为他生了这个病，有传染之患，为防免起见，所以换到这地方来了。一个人生了肺病，人家见了他，便有害怕之心，不敢亲近，几乎视为毒物了，可怜不可怜？伊心里想着，把手一推室门，走了进去，早见益智拥被坐在朝南一张没有帐子的床上，他母亲蔡氏却坐在旁边一张椅子上，和他离得很远的，因为慧君踮起了脚跟行走，没有什么声息，他们初时没有觉得。及至慧君走进室来，蔡氏回头见了慧君，不觉十分惊异，忙立起身来，慧君上前叫声寄母。

原来陈柏年自从嫡妻死后，因儿女都是蔡氏生的，所以早把蔡氏扶正，慧君自然也改口称呼了。蔡氏和陈柏年一样不明白慧君何以突然返乡，便问道：

"慧小姐，你回来了吗？怎么预先没有信？"

慧君道：

"我本不回来的，只因有个同学邀我到此陪看墓地，所以顺便回家省亲。寄父寄母身体谅必康健，益智哥的病怎样了？几时不在山上的？"

伊一边说，一边早走至益智榻前后，唤声智哥。益智明知慧君此来必然是自己托董骧带去的信已到达了，遂勉强带笑说道：

"慧妹，你好，我的病日见沉重，已到第三期，比较在莫干山的时候更是恶劣得多了。"

慧君听益智说话，喉音也有些低哑，又见他面色更较夏天时苍白得多，两目深陷，毫无神气，不觉心里一酸，几乎落下泪来，遂说道：

"既然智哥的病没有良好，何以不仍住在山上疗养呢？"

蔡氏道：

"你不知道你寄父见他尽是不愈而不耐了，又因山上在冬令天气更冷，益智自己又嫌太孤单，乏人照料，因此遂把他想法迁回在家里，吃

110

些滋补的东西，别请了一个太虚居士来运气治疗，希望他的病或能变好，然而……"

蔡氏顿了一顿。慧君却又道：

"那么为什么智哥的病没有起色呢？"

蔡氏道：

"可不是吗？他经那太虚居士诊治一个月，仍无效验。那太虚居士的架子很大，自以为得秘术，将来可以炼气成仙，轻易不肯出来看病的，诊金昂贵，每次要十二块钱，又加上舆金两元，虽然一个月，已花去了四百多元了！"

益智说道：

"那个人也是徒有虚名，父亲相信他，我是随便处置的，我自知我的病是不会好的了，你们瞧见生肺病的人能有几个会好的吗？慧妹来了，很好。唉！只此一面，也许就是我们的永诀吧！"

慧君听了，眼泪却忍不住滴下来了，忙别转脸去，见蔡氏也在那里淌泪。益智也知是自己的话使她们悲伤了，然而不由不说。

室中静默了一会儿，忽然一个小丫头上来报道：

"太太，城外的王太太来了，现在楼下。"

蔡氏眉头一皱道：

"无事不登三宝殿，王太太来时无非又要向我借钱罢了，真是讨厌。"

说着话，便走出去了。益智见室中并无他人，遂将手指着他母亲坐的椅子说道：

"慧妹，你请坐了，我有话和你谈谈。"

慧君点点头，却把椅子搬近榻前，徐徐坐下，柔声说道：

"智哥，你叫董君带来的信，我已看过，心里很是辛酸，因此乘这新年假期回来探望，有一个同学伴我一起来的。方才已见过寄父了，你的病怎样不见痊愈？我们都代你忧愁的。不过有了病的人也是没法想，千万要好好地疗养，心里不能自悲自伤，使身体更受妨碍。但是我接到你的信时，总是充满着愁苦之言，这是很不宜的，天定固能胜人，人定亦能胜天，安知你的病不会好呢？你倘然以为自己的病不会好了，任它去休，那么你的病当然难好，所以不要抱悲观而抱乐观，努力与病魔战斗，你望后退，便是自弃阵地，病魔便要做进一步的占领。我在莫干山上时，不是常常和你说的吗？"

益智道：

"我很感谢你常常这样安慰我、鼓励我，可是照事实上讲起来，我的病哪里能够有好的希望呢？在山上疗养也不好，在家中医治也不好，我好似在这里等死。现在自知去死不远了。当然我不忍离开我的父母而到另一世界去，重增双亲的悲戚，并且从此再不能和我可爱的慧妹相见，真是极可痛恨的事，但也无可奈何的。如此活着，却不如一死为愈。我自回家后，父亲不准我写信，所以一直没有信给你，你的来信，我也自然接不到了，不过我的心里却没有一日忘记你啊！"

慧君听着，泪珠又簌簌落下，颤声说道：

"我也知你所以没有信来，必是你病不好的朕兆，身虽在外面，心却牢系在你的身上。不过为了求学计，不能够回到家里来陪伴你、看护你，这是我很抱歉的。"

益智道：

"慧妹，不要这样说，当然你要为你自己的前途而努力。我是垂死之人，岂可因我而荒废你的学业？好在明年快要毕业了，你的志愿成功了，可贺可喜，此后希望你献身社会，大大地干一番事业，我虽在九泉也是快慰的。"

说罢，唏嘘泪下。慧君忍着泪，用话安慰益智，叫他不要多思念。益智休息了一歇，却又对慧君说道：

"慧妹，我所以要你回来相见一次，正因有几句心话奉告。"

他说了，眼睛望着慧君，却不说下去。慧君问道：

"智哥，你有什么心话不妨明告。"

益智咳了两声嗽，说道：

"我们彼此有了很深固的爱情，相知在心，毋庸讳言。我父亲以前也有些知道，默察老人家的心里，也未尝不赞成的。只因我们都在求学时代，学业未成，谈不到婚姻问题，遂没有向我们明言。我们也悬着未来的希望，不急急于目前。可是不如意事常八九，天下的事情往往不能圆满无缺，老天好似在那里妒忌我们的幸福，而必欲加以破坏，尽力摧残，这真是令人最可悲痛的。我正在黄金时代，而偏被病魔袭击，要将我置之死地，这又是何等残酷的。起初我常想经过长时间的疗养，得能逃出死亡，继续奋斗。但是到了今日之下，山穷水尽，沉疴难起，死神已在那里狞笑着等候我去了。那么我既不能做最后之挣扎，只有准备着死吧！我死了以后，我父母当然要不胜悲痛，然幸我尚有二兄，他们虽在外边各立门户，而他们必能善慰双亲的。唯有你和我相聚了好多时候，可谓年相若，道相似的心心相印，大家有了很深的默契，一旦我抛弃了你而长逝，恐怕你不知要伤心到怎样情景。你又是自幼没有父母的孤雏，再加上你这个重大的刺激，唉！真是使我不忍的。然而这一个残酷的悲痛的末日，不久必要降临，不如预先向你说明了，劝你看得淡一些，我总是不救的了，在世上多受痛苦什么呢，人生无不散之筵席，我不过早死罢了。古人也有齐彭殇之说，那么十年一死，百年一死，千年一死，死就是归宿，你不必为我多悲哀。你有你自己的前程，希望你依旧打起精神，创造你的事业，追求你的幸福。”

益智说到这里，两手索索地抖个不住，又咳了两声嗽，从枕边拿起一个小小痰罐，吐了一口痰，微微喘着。慧君低倒了头说道：

“智哥，你说这些话，句句都像有极锋利的刀刺向我这颗脆弱的心上，使我受不起。今日我回来探视，希望你从无可奈何之中得到一些快乐才好。你身受的苦痛我都知道，劝你放宽怀抱，不要再说这种伤心话了。”

益智道：

“慧妹，你说得不错，我的本意并非要引起你的悲伤。不过我觉得今番我们在这里见面，可以说是难得的了。我心里所有的话，恨不得都向你倾吐一个罄尽，也不能顾到别的了。我若不说时，恐怕此后没有给我能向你说话的时候了。唉！慧妹，我只得辜负你的深情了，你千万要答应我的请求。”

慧君听了，叹口气道：

"智哥，既然要说，我也只好忍着痛听你。"

益智道：

"倘我死后，一定不要为着我而深深悲戚，你努力求学，将来好好得到一个对偶，享受人世间一些幸福，也不枉我父亲的一番相助。这是我向你最后的请求，你若能答应我时，我也没有牵挂了。"

慧君一听这话，别转脸去，双肩耸动着，禁不住呜咽而泣，一句话也说不出了。益智也伸手揩他自己的眼泪，颤声说道：

"你不要哭，给我母亲知道了，他们便要不许我说话的，你能够答应我的请求吗？快些点点头，我的心里便安慰了，因为我十二分不愿意使你为了我而牺牲你前途的幸福，重增我的罪过啊！"

慧君别转脸来说道：

"我想不到你竟有这种请求，使我心里益发难过了，叫我回答你什么？你若有不测，我的心也片片碎了，还要谈到什么别的问题呢？"

益智见伊不肯表示，真是无可奈何，自己的话说得多了，两颊发绛，心里十分烦躁，将头倒在床栏杆上，和慧君四目相视。这个时候真所谓流泪眼观流泪眼，断肠人对断肠人了。外边楼梯上有了脚声，慧君便把手帕去揩伊的眼泪，只见蔡氏和益智的小妹妹锡珍走将进来。慧君连忙立起和锡珍叫应，锡珍跑过来握着伊的手，带笑说道：

"姊姊一向好吗？我想不到你今天会回来的。哎呀！你脸上怎么有泪痕？你哭的吗？"

锡珍这样问着，慧君也不好否认，只得搭讪着谈别的。蔡氏瞧见伊儿子和慧君都像哭的样子，心里如何不明白？便对慧君说道：

"快要用午饭了，慧小姐，我们一同到楼下去吧。少停那位太虚居士就要来的，让智儿安睡一歇吧！"

慧君只得听了蔡氏的话，和她们一起走下去了。午饭时，慧君心里充满着悲伤，食不下咽，勉强吃了半碗饭。旁人见伊呆呆地发怔，也知是为了益智的病而担忧，蔡氏心里自然也有些难过。倒是锡珍拉着慧君的手腕，到伊房间里去闲谈。但慧君哪里有这种心路呢？一会儿，听得下人说太虚居士来了，慧君便和锡珍走到楼上去看他怎样医治。只见那太虚居士是一个五十多岁的老者，银髯飘垂，岸然道貌，正在益智床前闭目趺坐，旁边桌子上点着三支香，大家静悄悄的不敢作声，益智也仰卧着待他医治。十分钟后，那太虚居士张开眼来，起身走到益智身边，先用两手按在益智的额上，然后从上而下，从下而上，循环不息地在益智身上轻转按摩，约有半点钟之久方才停止。又取一杯热水，向杯子里捏着一诀，叫益智喝下，闭目安睡。他也没有别的话说，立刻告辞去了。慧君瞧着，将信将疑，既是伊寄父深信着而请来的，伊也不能说什么。蔡氏因要伊儿子静睡，所以叫各人都出去，慧君也只得退出，走到伊自己房里去。坐了一会儿，心绪十分不宁。

冬日很短，一会儿天已晚了，慧君问问下人，知柏年尚未回家，便再走到楼上去看益智。蔡氏正在房里，伊因蔡氏在一边，也不便和益智谈什么心话，并且益智的意思伊也领会了，不欲再牵动益智的悲伤，所以把学校里的事情讲些给益智听。益智的精神似乎比较好一些，其实都是为了慧君而勉强装出来的，所以潮热仍升起来，颊上像涂胭脂一般。慧君见益智的病状确乎比较在莫干山上时又深重了，当然是希望很少，厥疾不瘳，无怪益智方才要和自己说那绝话了。

黄昏时，柏年从外边回来。吃晚饭的时候，柏年对慧君说道：

"少停你到我书房里来。"

慧君答应一声。餐毕，伊和蔡氏母女等坐谈一会儿，便走到伊寄父的书房里去。见陈柏年正坐在写字台前看书，背后壁间火炉里火光熊熊，一室尽暖。伊叫声寄父，陈柏年将手一摆，叫伊在旁边椅子上坐下。慧君小心翼翼地坐了，不知伊寄父有什么吩咐。陈柏年很温和地对伊说道：

"前次我得到你信，知你曾遭暴徒袭击，幸而受的轻伤。现在外边不良分子很多，你在外读书，务须自己当心。好在你明年快要毕业了，毕业之后，你可以照你的志愿去服务于教育界。你的成绩很好，不愧是一个有志的女子。"

慧君道：

"这是要多谢伯父的栽培和教导，寄女一向引以自勉的。"

陈柏年道：

"天助自助者，你能立志向上，所以能够如此。对于你，我很快慰。不过你当知道近来我为了益智的病，心中很是不乐，他也是一个有志的青年，不料一病如此，天道茫茫，安能凭信？伤心地说益智没有希望的了，你此番回来，瞧见了他的情景，大概也是这样想吧！"

慧君点点头道：

"这也是寄女所不料的，寄女很代杞忧。"

陈柏年叹口气道：

"他是完了，现在还请太虚居士诊治，也不过聊尽人事而已。只是我还有一句很要紧的话要和你一说，因为你和益智自幼两小无猜，一同相伴着长大起来的。我知道你们的感情很厚，意见很合，我暗地里本来也很快活，很愿你们二人将来成为佳偶。但是天不从人愿，它要把我的爱子夺去了，这也是无可奈何的。同时我恐防你一旦见益智离开这个世界，你的心一定要大大地悲痛。然而我要先向你劝告，你不必为了他而灰心一切，妨碍你的学业，影响你的健康，沮丧你的人生观，你仍旧要奋斗，仍旧要努力。因为益智已到了如此地步，即使侥幸不死，他已是有了肺病的人，如何再能够和他人结身的伴侣呢？你是我亡友的爱女，你老人家临终的时候把你谆谆托付我的。那时候，你年纪虽轻，却也很能解事，至今想你还记忆着的。"

柏年说到这里，略顿一顿。慧君低着头在旁静听，心中本已凄楚万分，又听柏年提起伊的亡父，脑海里顿时回忆到那风冷雨凄之夜，伊父亲易箦时的情景，不觉更是心酸，泪珠已夺眶而出。陈柏年又道：

"我受了你亡父的嘱托，很当心地抚养你，使你去受教育，希望将来你能够成功，方才不负故人之托了。且喜你已读到大学毕业的时期，也非容易，所以我对于你的期望很切，万不能和益智相提并论。宛如两朵嫩蕊，你已到了含苞欲放的时候，他是没有开放而先遭受着风雨的摧残，如昙花一现，即已枯萎了。你必须要解脱，此时就不要放在你的心上，且向你的前途进行，莫受益智的影响。你是慧心人，当能体会我意

116

的。所以益智从山上回家的时候，我也没有告诉你。你寄来的信都被我收去，不给益智瞧见，也不许他写什么信寄你，你该明白的，这并不是我的专制或是忍心，因为对于你们彼此无益的。你若然得知了他的病势增剧，必定要分你的心，影响你的求学。他得了你的信，也不过多生一种思虑，也许使他的心头更要难过。你以为我说得对吗？"

慧君听陈柏年问伊，遂颤声答道：

"寄父一向是爱护小辈的，所以都能想得到。寄父的金玉良言，寄女敢不遵命？但是智哥病得这样，确乎太可怜了，人非木石，怎能不悲痛呢？"

慧君说罢，双手掩着面呜呜咽咽地哭泣起来。陈柏年见伊一哭，自己眼圈儿一红，也滴下两点眼泪，向上一抬头，强自忍住，叹了一口气，把手摇摇，说道：

"慧君，你不要说他吧，徒然使人伤心而已。希望你自己努力，不负我的厚望。你大概明天便要回南京的，是不是仍由你的同学伴着同行？"

慧君道：

"是的。"

陈柏年便开了抽屉，取出一卷纸币，递给慧君道：

"这里三十块钱你带去用吧，免得我再汇寄你。倘然寒假回来时不够用，再可以写信告诉我的。"

慧君接过，谢了一声。陈柏年又道：

"你进去睡吧，明天就要动身的，我对你说的话切切牢记在心，不要自贻伊戚。"

慧君只得答应一声是，立起身来，向伊寄父道一声晚安，告退出去。

这夜，伊回到自己房里，上床睡的时候，对着孤灯，心事重重，一时哪里睡得着？想到了益智的病，自己袖手旁观，一些没有法儿想，眼瞧着他走向死亡的路上去，回天乏术，此恨绵绵，心里的难过可能和谁人说呢？又想起以前自己和益智相亲相爱的情形，以及在普陀山海滨游

117

泳的快乐，曾几何时，而已如过眼云烟，此情可待成追忆了。唉！难道这也是一个噩梦吗？伊这样想着，眼泪不知不觉地流到枕边，由益智而又想到伊自己故世的亡父，心里更是悲伤。一会儿又细味陈柏年方才再三叮咛自己的话，和益智所说的意思，仿佛他们父子对于伊的一片深情厚谊，真是铭心刻骨，永永不忘的。不过益智若然物化，无论如何，在伊的心灵上总是一个重大的打击啊！伊回环地想着，夜深人静，窗外的西北风狂吼着，每一阵风吹过时，万窍齐鸣，发出凄厉的声音，若有鬼哭，伊竟一夜没有安眠。

天亮了，就披衣起身，觉得头脑昏昏，精神欠缺。女仆进来伺候伊洗脸漱口，送上早餐。慧君吃了碗粥，走到外边来。见今天气候不佳，天空里彤云满布，阴沉沉的没有阳光，北风吹得很大，像要下雪的样子。便想起杜粹，大约他去接洽的事已办妥了，那么今天必要动身，否则要赶不及回校。下了雪，旅途中更不便了。自己答应他在今天早上要去看他的，那么我也不能失约，免得他一人枯坐在旅馆里盼望。此时，蔡氏等众人尚未起身，益智也许尚在睡梦中，左右无事，不如就去看杜粹吧。想定主意，遂披上大衣，走出门去。看门的垂着双手站在一边，带笑叫应道：

"潘小姐早啊！往哪里去？"

慧君道：

"我去看个朋友。"

走出门外，寒风刮面，比较昨天冷得多了。一径走到旅馆里，见杜粹也已起身，正坐在椅子里看报，一见慧君前来，连忙立起身含笑相迎。彼此道了早安，杜粹请慧君坐下，代伊斟上一杯茶，便向伊问起益智的病情。慧君老实告诉了他，杜粹只是摇头太息。慧君也问他所办的事怎样了，杜粹道：

"巧得很，我昨天去看倪子钧时，他正在家里用午饭，没有出去。我把来意告诉了他，他当然只好答应，便留我在他家一同吃饭，饭后我便逼着他一同到墓地上去察看一遍。回来时天已黑了，我便请他在外边吃酒，先送了他五块钱，请他必须把日子择定，约好今天我自己再到他门上去取的。我又说今天必要动身回京，不可耽误。这样硬逼着他，绝不至于再拆烂污。今日天气转变，恐怕要下雪了，我想便在今天下午坐轮船到上海，再搭乘京沪车回去，较为便利，不知密司可能即去？”

慧君道：

“假期只有数天，当然我要跟你一同走的。”

杜粹道：

“好！停刻我去订舱位。”

慧君道：

“又要有累你了。”

坐谈一刻，慧君便起身告辞，约定下午三点钟再到此地相见。杜粹遂和慧君一同走出旅馆，分道而去。

慧君回到陈家，蔡氏等都已起来了，慧君请过了安，又走至益智房中去，伴着益智闲谈一会儿。益智的妹妹锡珍常在一起，所以也不能提起别的话，慧君也不欲益智再和她提起，徒然惹动益智的悲痛，反而讲些有趣的笑话。午饭后，慧君见了陈柏年，也没有多讲话，因为陈柏年有些要紧事情，正和两个账房先生赶办呢。两点钟敲过后，慧君硬着头皮到楼上去和益智告别，叫益智安心静养，寒假回来时重行相见。益智对慧君苦笑了一下，说道：

“慧妹，你千万要保重自己玉体，不必挂念我，我一准安心静养，等候你寒假回来便了。可是我昨天所说的话，请你莫要忘记，我就更觉安心了。”

慧君听着，险些掉下泪来，勉强忍住，向益智点点头，回身走出房去，只听得益智长长地叹了一声气。伊下去携了行箧，便向伊寄父、寄母拜别了。又走到旅馆，杜粹已等候多时了。两人遂赶到轮船码头，乘轮赴沪。当轮抵沪埠时，杜粹正代慧君携了手提箱，要想登岸时，忽见慧君双手捧着胸口，身子缩作一团，面色惨白，向地上蹲下去，顿时使他大大惊异起来。

第七回

冒雪晤良朋请尝旨酒
观梅论刺客聊吐感怀

这个突如其来的变化，是出于杜粹所不料的，所以他吃了一惊，连忙把慧君的手提箱放下，伸手扶起慧君，向伊问道：

"密司潘，你怎样了？"

慧君呻吟着说道：

"我痛得很。"

杜粹一时摸不着头脑，以为慧君或有什么急病，扶着伊不敢放手，又问道：

"你痛得这样厉害吗？是不是你在船上染着了时疫？却不可忽略的。"

慧君摇摇头道：

"不是的，我是旧疾复发了。"

杜粹听了这句话，便想起了慧君的肝气病，这病发起来时是很厉害的，现在恰巧在外边，倘然病倒了，如何是好？遂说道：

"原来是贵恙复发，不可不从速医治，现在我送你到这里妇孺医院里去诊治吧！"

慧君无可无不可地答应了一声。这时，凑巧有一个汽车夫模样的人走上来问道：

"二位坐汽车去吧，可有什么行李？"

杜粹知是在轮船码头兜揽生意的汽车夫，便道：

"你快把汽车开来，我们没有行李，赶紧要到妇孺医院去看病。"

汽车夫答应一声回身便走，一会儿早有一辆轿式汽车呜呜地驶至身边，杜粹便扶着慧君坐到汽车上去，又将手提箱拿上了车。坐定后，对汽车夫说了地址，汽车便一径驶向前去。

顷刻之间，已到了妇孺医院的门前停住。杜粹一手提着手提箱，一手扶着慧君，走下车来，付去了车钱，便走入医院，挂了号，待医生来诊治。杜粹瞧瞧慧君坐在候诊室中的沙发里，面色仍旧很不好看，便又问道：

"我真想不到密司又发起病来了，现在仍痛吗?"

慧君道：

"痛虽好一些，可是心头难过得很，我的病根不除，真是很讨厌的。"

杜粹道：

"大概密司坐不惯船吧？昨晚半夜时忽然海面上有些风浪，我们坐的船小一些，不免起了颠簸。也许密司受此影响，或是受了些寒，这都是我的不好。今天却没有下雪，早知如此，我们还是坐火车好了。"

慧君道：

"这也没有关系的，要发起来时火车上也是一样。"

杜粹暗想：慧君不先不后，在这个当儿发起肝胃旧病，谁不要疑心到伊十分之九是为了陈益智的病情，使伊受了刺激，心里悲伤了，以至于复发的呢？倘然伊不回来探望益智，那就未必见得骤然间又痛起来呢？我早已对伊说过，伊有了这种病，须要常常寻快乐，不可陷于悲伤憔悴之境的，否则很灵验地定要复发。此番发病，可知伊的芳心为了益智有很深的悲痛呢。那么伊和益智的情感自然是既深且厚，高出我之上了。伊对于一个病夫竟如此一往情深，始终不变，在我私心看起来，固然是大足嫉妒的。但是在第三者立场而言，伊的用情很专，又是可敬的了。却不想益智病到如此田地，还有什么希望？况且伊又不是不懂生理卫生学的，伊难道将来可以和一个有肺病的人结婚吗？这不是牺牲得太大了吗？唉！世上往往有一班人，情到深时，便不顾其他的一切，真是很可怜的。我还有一个疑问，假使益智一旦脱离了人世，那么慧君又将如何？伊对于我的情感能不能增厚，移爱益智之心而加到我身上呢？杜粹这样回环想着，把一手支了下颐，低头静默无声。慧君也颓然坐着，心里一阵阵地痛，很不高兴讲话。幸亏隔得不多时候，已有一个看护招慧君到里面一间诊病室里去看了。杜粹没有跟进去，便立起身在候诊室中踱来踱去，等候慧君出来。不多时，慧君走了出来，杜粹忙走过去问道：

"医生怎样说？"

慧君道：

"那医生当然也说我是宿疾，他代我注射了一针止痛的药剂，又代我开了两样药，我们快去配药吧！"

杜粹道：

"密司可要在院中住一夜再说？"

慧君紧蹙双眉，摇摇头道：

"我为什么要住院呢？今天我想赶回南京的，万一旦夕间未能痊愈，那么耽搁在外边更不方便。我回到了南京，可以再到新生医院王医生那边去求医，他看熟我的，我吃了他的药，倒很有效验呢。我要回去的，我们此刻配好药后，马上可以赶到火车站搭乘快车返京。"

杜粹见慧君态度很是坚决，自己本来也最好如期回去，免得缺课，遂点点头道：

"只要密司可以坐火车的话，当然今天回南京的好，密司自觉不妨事吗？"

慧君道：

"我心里痛得好些。"

杜粹遂从慧君手里接过方子，说道：

"密司请在此稍坐，我去配了药来再说。"

他说罢便走到前边去，慧君坐在沙发里等候。一会儿，杜粹拿了两小袋药走回来，说道：

"都是药粉和药丸，携带很便利。"

慧君问他一共付去多少钱？杜粹道：

"连诊金注射费等一共十块钱。"

慧君便从身边取出一张十元的纸币交还杜粹。杜粹道：

"何必急急，我已付去了，以后再算吧！"

慧君道：

"不要以后再算了，你代我付去的很多，要使我还不清。现在我身边有钱，很够用，你拿了吧！"

杜粹见慧君说得很坚决，便接了过去。慧君立起身来说道：

"我们就到火车站去吧，不要脱了车。"

杜粹道：

"密司果真痛得好些吗？回南京去，路上也很长久呢！"

慧君道：

"方才注射的止痛针很是有效，不妨事的，我今天一心要回南京。"

杜粹点点头，遂代慧君携了手提箱，陪着伊一同走出妇孺医院，到邻近汽车行里去雇了一辆汽车，坐着到火车站，赶回南京。

在车上的时候，慧君倚身在椅背上，闭目养神，不多说话，只用开水吞了一包药粉和两粒药丸。杜粹因为没有吃饭，腹中饥肠雷鸣，煞是难受，又因慧君发胃病，当然不能吃什么东西，自己不好意思一人独吃，瞧见对面座上有人在那里吃大菜，一样一样地到口大嚼，不禁使他馋涎欲滴。慧君想起了，便向杜粹说道：

"呀！我真糊涂，密司脱杜还没有吃午饭呢，饿吗？"

杜粹笑道：

"五脏殿里有些空虚了。"

慧君道：

"我今天是不能吃什么了，与其忍痛，还是挨饿，你不可陪我饿肚皮的，吃一客大菜吧！"

遂将手一招，早有一个侍者走来问道：

"二位要用什么？"

杜粹道：

"简便些，来一盘咖喱鸡饭和一杯牛奶好了。这位小姐有胃病，不吃东西。"

侍者答应一声而去。不多时，早已送来，杜粹便老实不客气独自吃了。车行如飞，早已过了苏州，慧君看看手表上的时候，又服了一包药粉，喝些开水，觉得精神稍为好些。杜粹见伊的脸色已转变得大好，不像起初时的苍白了，遂向慧君说道：

"密司，大概昨夜在轮船上受了些冷，以至于此。方才在轮船码头的时候，我不知道密司发病，倒使我受惊不小呢！"

慧君道：

"在天明时我就有些痛了，只是没有和你说，并且希望它不要复发。谁知病魔欺人，刚从轮船上走上岸去，忽然大痛而特痛，使我不能支持了。幸亏一则发得还轻，二则医治得早，所以还能够坐火车，否则早已睡倒了。"

杜粹道：

"此次密司还乡，来去匆匆，为了探望友人的病，真是菩萨心肠。但我希望密司自己也要善自珍重，抛开愁怀，因你的玉体也不是十分强健的，何况在幼时候已有了这种疾病，总要望它少发，或是不发才好啊！"

杜粹的几句话说得很婉约，可是慧君听了，觉得难以置答，便低着头不响。杜粹见伊不说下去，当然也不便再说，遂又和伊讲些别的话，直到晚上，方到南京。杜粹又雇了汽车，把慧君送回学校，自己方才回家去，向他的母亲交代一切。

次日赴校，见慧君已上课了，杜粹又问伊可已痊愈，要不要再到王医生处去诊治一遭，慧君道：

"我已好了，妇孺医院里的药颇有灵效，等我吃完了再说吧！"

这样，杜粹更可知伊是完全一时受了刺激所致了，不觉暗暗叹息，便又劝伊对于夜校里的课程休息两天再去，因夜间往返，天气较寒，于病体上有妨碍的。慧君只得答应了。伊心里并不顾虑自己的身体，却为了益智的病而非常的挂念和忧闷。午夜梦回的时候，常常想起了益智一种殗殜病榻的情形，宛然在目，以及他恳切的表示，真是使伊越发难过，暗向枕边洒泪。因为伊心里的事，能够和谁去诉说呢？只好闷在肚里罢了。便是在杜粹或是黄美云面前，伊也是竭力地掩藏着呢。这时候，校中快近大考了，在大考期中，同学们一个个大开夜车，预备应度课程，其他的事都不讲了，义务夜校也提前放了假。慧君也只得把伊的愁怀暂时抛开，朝夕预备功课。等到考试全毕，大家如释重负，轻松不少，校中聚了一次同乐会，寄宿的同学大多归心如箭，忙着要回家乡去。慧君思念益智，便要即日回甬。杜粹猜知伊的心事，倒不便挽留。

在星期五的晚上，他请慧君到他家里去吃一顿夜饭，和杜太太等聚聚。黄美云知道了，便约慧君在礼拜六上午也到伊家里去盘桓一天，请求伊缓一日返里。慧君起初不肯答应，黄美云发了急，说道：

"人家请你吃饭，你如何答应的，难道我的脸子真小吗？多耽搁一天也有何妨？否则不成其为好友了。"

慧君没奈何，也答应下来。这天晚上，慧君便在杜粹家中和杜太太、明宝等欢聚，就耽搁在那里。

次日早上起身，见天气忽然转变了，北风吹得很急，天上堆满着彤云，像要下雪的样子。明宝校里还没有放假，伊依然夹着书包上学去。杜太太正坐在客堂里，高声念佛，杜粹的嫂嫂陪着慧君在楼上用早餐。杜粹已走了上来，对慧君说道：

"密司潘，今天一定要下雪了，黄美云那边你要不要去？"

慧君答道：

"昨天伊再三和我约定，我自然不好失约，只得去一趟，可是我今天就不能动身了，假若下了雪，岂非不便？"

绮霞带笑说道：

"横竖校中已放假了，家乡也没有什么要紧事，倘天下雪，妹妹不妨在此多住数天，等天好后再走。"

慧君道：

"我已决定明天回去了，今天是已经答应了人家，只得不动身，明天即使天气不好，我也要回去的。"

说罢，又回首向窗外望了一望，两道眉峰已紧蹙起来。杜粹料知伊的心事，笑了一笑道：

　　"密司一定要走的话，明天我准到校中来送你。"

　　慧君道：

　　"不敢当的，谢谢你了。"

　　慧君用过早餐，又到绮霞房里去临镜略略修饰一下，披上大衣，走出来，对杜粹说道：

　　"已有十点钟了，我要到美云处去了，免得伊盼望。"

　　杜粹道：

　　"好！我们明天再见吧！"

　　三个人说着话，一同走下楼来。杜太太还在那里念经，慧君便向伊道谢告别。杜太太道：

　　"潘小姐，你回去后常常要写信来，免我等盼念，明春希望你早些时候来，可以在开学之前先到我家里盘桓数天。"

　　慧君诺诺答应。杜太太又叫绮霞代为送至大门口，杜粹早已代伊雇好一辆人力车，付去了钱，请慧君坐上去。慧君和他们说声再会，那人力车夫便托着伊向前去了。跑在途中的时候，风势吹得更紧，扑在人面上，如同利剪攒刺一样。慧君把头缩在大衣的皮领头里，天空中已在那里飘着小小雪花。人力车夫停了车，把车篷拉了上来，再向前奔。呼呼的大风挡住了车篷，那车夫益发跑得慢了。

　　隔了一会儿，那雪下得渐渐大，人家屋上已有积起来，车子到得萨家湾，早望见富丽堂皇、皇宫般的铁道部馆舍堆上了粉装玉琢般的雪，更像敷上一层银色，越加好看。黄美云的家里便在后面相距不过数十步路，也是一座新式玲珑的洋房，到得门前，静悄悄，没有一人，只有一辆汽车碾雪而过。慧君吩咐车夫停下，跳下车来，用手在自己身上拍去了一些雪花，便过去向门上一掀电铃，早有人来开门，乃是一个俏丫头，笑嘻嘻地上前叫应道：

　　"潘小姐来了吗？我家小姐盼望好久了。"

　　慧君以前来过数次的，认得伊就是黄太太身边的使女阿香，便带笑答道：

"二小姐在哪里？"

阿香刚要回答，对面白石阶前的玻璃洋门一开，黄美云早已走将出来，身上只穿了件驼绒旗袍，两手缩紧在肋下，对慧君说道：

"慧君姊，我等了好多时候了，只是不见你来。老天偏又下雪，恐防你要失约不来了，好不心焦。"

慧君马上跑到伊身边，握着美云的手说道：

"我坐的车跑得很慢，在路上费去不少时候。我昨天已答应了你，怎会失约呢？"

黄美云道：

"我也知道你不会失约的啊！快到里面来吧，外面的风真厉害。"

说着话，拖着慧君走到里面。阿香跟着进来，把门关上，笑嘻嘻地走去了。黄美云便和慧君并肩走到会客室里去，慧君问道：

"伯母在家吗？"

美云摇摇头道：

"不在家，伊昨天到亲戚家里去打牌的，没有回来，大概今天又须吃了饭回家了。伊老人家别的都不欢喜，却是爱赌如命，一天到晚只想打牌，好像吸大烟的人有了瘾，到时非过瘾不可，使我最恨的。"

慧君笑了一笑，不便说什么。伊到得会客室的门前，黄美云停住脚步，又对慧君说道：

"我先要告诉你，这里面还有一个人。"

慧君不由一怔道：

"是谁？你既然想要请别的客人，为什么不先告诉我一声？"

黄美云道：

"请原谅，里面的并非外客，也算是主人的一分子，就是家兄天乐。"

慧君道：

"那么你也何不早说？"

黄美云微笑道：

"我若是早说了，恐防你不肯来。家兄一向听我讲起了你，很欲和姊姊一见，不过因他在海上求学，没有机会，恰巧今番他们学校的寒假放得早，他已于前几天回家了，所以我请姊姊到舍间来，特地专诚代你们介绍一下。"

慧君把手向黄美云额上轻轻一点，说道：

"原来如此，我上了你的当，我不见，我要回去了。"

说罢，掉转身躯，像要走的样子。黄美云道：

"你真的要走呢，还是假的？你到了这里，既来之，则安之，即使要走，我也不放你去的了。你又不是新嫁娘，怕见什么人？"

说着话，一手将慧君的大衣拉住。慧君又回转身说道：

"你下回再敢瞒人吗？"

黄美云忙打个招呼说道：

"不敢，不敢，我再也不敢了，你饶了我一次吧。今天晚上罚我跪踏板，好不好？"

慧君道：

"你说话总要讨人家的便宜，我不来了。"

二人正在闹笑的当儿，忽然客室的门轻轻开了，走出一个西装革履的美男子来，向慧君鞠了一个躬，问美云道：

"这位就是密司潘吗？"

慧君连忙回礼。黄美云便说一声是的，又指着美男子对慧君说道：

"这是家兄天乐。"

天乐遂一摆手，请慧君进去。慧君跟着走进室中，里面炉火熊熊，身上顿觉一暖，便把大衣脱下来。天乐忙接了过去，代伊挂在衣架上。黄美云遂和慧君坐在火炉旁边的一张大沙发上，天乐坐在她们的对面。使女阿香早托着茶盘进来，放在圆桌上，还有老妈子送上三杯香茗。慧君指着那四只高高的茶盘，对黄美云说道：

"我又不是第一次来，你怎么把我当作贵宾看待呢？"

黄美云道：

"今天你肯答应来，我的脸子不小了，明天你就要回乡去，这番欢聚，宛似代你饯行，难道不好当你贵宾看待吗？况且这是我哥哥预备的。"

说到这里，天乐带着笑，接口说道：

"这是我在上海买来的一些糖果，恐怕不好吃，请密司不要客气。我一向听舍妹说起密司道德和学问都是高人一等，又能热心义务教育，不辞劳苦，真是难能可贵的，使我很是钦佩。今天能够得识玉颜，非常荣幸。我虽在上海读书，却是一知半解，徒有其名，真是惭愧得很，还请密司不弃鄙陋，多多赐教。"

慧君听黄天乐这样说，脸上不由微红，也就答道：

"密司脱黄言重了，我是不善辞令的，并且学术浅陋，所得的也不过沧海一勺罢了。"

黄美云道：

"你们都不要客气，慧君姊是教育家，家兄是政治家，只有我是酒囊饭袋。"

慧君道：

"哎哟！美云姊，你说的是不是客气话吗？你若是酒囊饭袋，叫人家算什么呢？"

黄美云哈哈地笑着没有回答，便过去拈了几个可可糖请慧君吃，说道：

"我当你小孩子了，吃糖吃糖。"

伊自己先撕去了很美丽的包皮，把一块糖塞在口中，慧君也就吃了一个。天乐便和慧君谈些学校里的事情，又问问宁波的风景，且说素慕普陀山风景佳妙，明年夏间或者想到那里去避暑，谈笑风生，似乎倜傥非常。慧君觉得天乐言语流利，交际娴熟，而且所说的话大都带些名学上的语句，又和杜粹不同了，风姿也比杜粹美一些，真是个摩登少年，初次交接已是十分殷勤，可见他的交际手段是非常高明的了。

原来，黄美云的父亲黄琪在政海中浮沉多年，资格很深，交友颇广，着实多了些家财，所生一子一女，都栽培他们读到大学。天乐是在上海某大学肄业，研究的政治经济，因为黄琪希望他儿子将来也可以在政界中活动，博得高官厚禄，青云直上，做一个未来的要人。而天乐长有口才，对政治很有兴趣，在校里一向有个小政客的别号。黄琪见了，心里暗暗欢喜，以为天乐真是个跨灶之儿。但是，天乐还有一个脾气，就是挥金如土，毫无吝啬，而且喜欢结交女朋友。黄琪对于这个，也有些知道，然而他要儿子在外交际，也不能顾惜金钱。他的主张，金钱本是活动的东西，只要你有本领，今天用去一万，明天可能有二万进门，岂不是比较之下便是值得吗？倘然挣紧了金钱，一个也不用，至多做守财奴，盘剥利息而已，没有事业可以做出来了。因此天乐是很放任的，对于家庭方面无所顾忌。他母亲是每天管了一百三十六张，其他也不问了。伊相信伊的儿女都是聪明能干出人头地的，不过想早些代伊儿子娶一个媳妇，添个孙儿，家中热闹热闹，更是锦上添花了。无奈天乐的目光很高，凡是来做媒的，他都不要，他主张男女之间先要有了爱情，然后可成对偶，并且他又要学问好、容貌美，所以他虽有女友，尚无真正的意中人。他父亲黄琪在南京购置了一些田地房屋，预备年老休养时安居的，他自己现在却在甘肃省政府里任要职，因为那边路途弯远，又多盗匪，所以将家眷仍留居首都的新宅，他只带一个心腹健仆到兰州去的。他还有一个兄弟却在北平做事，名唤黄珏，一岁之中，彼此往来得很少。但是黄珏也很爱天乐的，所以，叔侄之间倒常有书信来往呢。黄美云在家里也很自由的。此次他们兄妹俩请慧君来吃饭，黄太太在外游竹园，也没有知道此事呢。

当时三人坐谈一会儿，已是午刻，阿香进来请吃饭了，于是美云兄妹把慧君让到餐室里。那边也生着火炉，只有他们三个人在一张大圆台边坐下，桌上放了许多菜。正中有一个火酒炉子，上面安着一个洋铁锅，里面微微作响，有一些热气从盖边喷出来。天乐对慧君说道：

"今天下了雪，天气很冷，我特地叫厨子杜办火锅，且煮了几样菜，都是他的拿手货。我们大家欢饮一番，请密司切勿客气，多用些菜，虽是人数少，也可说是一个小小的消寒会呢。"

慧君谢了一声，天乐便斟了一杯威士忌送到慧君面前，说道：

"我有旨酒，请密司一尝。"

慧君知道这酒性是很强烈的，遂说道：

"我不会喝酒的。"

黄美云道：

"慧君姊简直是不能喝的，不如换绍酒来，还可以喝一二杯呢！"

天乐遂叫阿香去烫一壶上好的绍酒来，他自己却斟满了一大杯威士忌，说道：

"这样冷的天气，喝些酒可以增加体内的温度，也可助兴，但不要喝醉就是了。"

黄美云笑道：

"哥哥喜欢喝酒，慧君姊平常却很反对酒的，酒能戕性伤身，真的不是好东西。不过会喝酒的人无不嗜饮，所以刘伶、阮籍之徒都是以酒闻名的。"

天乐立即说道：

"原来密司潘是不喜欢喝酒的，云妹何不早说？不错，古时的圣贤对于酒大都深恶，我今后也要戒酒了，今天喝了这一杯威士忌，便算了事了。"

黄美云又说道：

"那么你何不连这一杯威士忌也不喝了，岂不是好吗？"

天乐被美云这么一说，倒不觉有些尴尬，带笑说道：

"斟了不喝，未免太扫兴了，这又何必？密司潘你说喝不喝？"

慧君微微一笑道：

"密司脱黄，其实能够喝酒的，这一杯酒喝了也不妨。"

天乐点点头道：

"对了，我就喝这一杯，你们俩各喝一杯绍酒，稍助一些兴，未为不可。我们中国酬酢的礼节，必要有美酒享客，这也是一种习惯。便是美国禁了许多年的酒，也没有什么效验，到后来仍是解了禁。风俗的改革真不是容易的事啊！"

慧君道：

"人的嗜好不同，这是要看各人的志愿如何的。但是我们倘然知道了这是一样有害的东西，消极方面讲起来，至少要不饮，或是少喝一些，不至于受它的害处才好。"

天乐道：

"密司潘说得真是先获我心，我们各喝一杯，谁也不多喝。"

黄美云笑笑道：

"哥哥你记好了，往后你就不要喝酒。"

天乐道：

"不喝了，我也知道酒是有害的，只是一向没有决心，今日听密司潘的话，当下决心和那曲蘗绝交了。"

说着话，阿香已送上一壶绍酒，黄美云接过去，代慧君斟了一杯，自己也斟上了，说道：

"我也不会喝酒的，至多喝一杯。"

天乐拿起自己的酒杯来，喝了一大口，便开了锅盖说道：

"既不喝酒，我们吃菜吧！"

大家便用箸夹鸡片、鱼片，凑在锅里端熟了吃。阿香和老妈子一道道的热菜送将上来，件件精美可口，美云和天乐轮流敬着菜，慧君哪里吃得下许多？说道：

"今天的肴馔丰富极了，实在你们不必预备这许多，使我过意不去，何必如此靡费？"

天乐道：

"家常便饭算不得什么，不过添了几样可口的菜罢了。密司能够赏光，我们已觉十分荣幸，千万不要客气。"

慧君道：

"我若客气时就不来了，不过我是很不会说话，美云姊一向知道的。"

美云道：

"是的，你是不会说话的人，但你是常常演说的，究竟会说不会说，我不知道了。"

天乐道：

"密司潘是演说大家吗？请你把演说的稿子收集起来，我可以想法代你去出一本演讲集。"

慧君摇摇手道：

"更不敢当了，美云姊你当着令兄的面，莫非有意挖苦我吗？"

三人说着话，阿香又送上一大盘虾仁春卷来。慧君吃了两个，放下筷，连说吃不下了。美云问伊可要用些稀饭？慧君再三谢绝，于是天乐和美云也不吃了。

大家揩过脸，吃了一些水果。美云便拉着慧君的纤手走上楼去，到美云的房里坐了一会儿。从窗里望出去，见那雪一片一片地下得益发大了。黄美云道：

"这一片片的雪好像许多柳絮旋舞，看了能使人目眩，因此我想着古人谢道韫的那句'未若柳絮因风起'了。"

慧君点点头道：

"说它像柳絮，果然比较撒盐来得好，但是我以为还不及'战退玉龙三百万，败鳞残甲满天飞'那两句诗的神情酷肖。"

黄美云道：

"一以清丽著，一以雄壮胜，各有不同，也各有好处。"

慧君又道：

"我又想到明代福将胡大海所作的咏雪诗，真是与众不同，妙之又妙了。"

黄美云道：

"我倒没有见过，胡大海是一个粗莽的武夫，他只会喝酒，也只会拿着斧头去上战场，怎会作诗呢？"

慧君笑道：

"此其所以为妙也，我来念给你听：'大雪纷纷下，下得满瓦垅。黑狗身上白，白狗身上肿。遇坟一鼓堆，遇井一窟窿。江山浑宇宙，大明归一统。'这种好诗你见过吗？"

黄美云拍手道：

"果然妙极，尤其是那中间，'黑狗身上白'的四句，形容绝倒，非胡大海不会体贴出来的。现在的新体诗作家哪得有此写实妙句？”

说毕，两人都笑起来。这时候，天乐手里拿了一个罐头走进房来，问道：

“你们笑什么？”

黄美云告诉了他，天乐也大笑不止，又把那罐头开了，取出里面的脆松糖来，请二人吃，说道：

“这是一个苏州朋友送给我的脆松糖，是苏州著名的糖食，又香又甜又松脆，你们尝尝看。”

慧君和美云各拿了一长块，细嚼起来，都说其味甚佳，比了巧克力别有风味。天乐走到窗前，望到外面去，屋顶树杪处处都堆满着雪，那铁道部的华厦又好似琼楼玉宇，而天上的雪花兀自飘个不停，遂回头对二人说道：

“雪景也是非常好看的，不过在家里还是不能畅观宇宙之奇，如密司潘和云妹有兴时，我们何不雇一辆汽车到幕府山去一游？那边前有大江，后有名山，如此江山，一望尽白，这洁白的雪点染出一片干净土，把人间世的一切罪恶污掩盖了去。我们虽没有灞桥踏雪、驴背吟诗的闲情，若登玉皇阁取雪煮茗，游目四顾，江天一览，尽在眼底，也未尝不是一种快意的事啊！”

黄美云道：

“那边雪景果然是好看的，只是风雪交加，到这种地方去，不是更要冷得厉害吗？有谁高兴到那儿去赏雪呢？”

慧君也说道：

“我也十分怕冷的，与其出去踏雪冒寒，不如坐在这里围炉闲谈，安适得多了。方才我从杜粹那边坐着车赶到这里，路上已喝了不少西北风了！”

黄美云道：

“我倘然早知道慧君姊昨晚一定住在杜家的，我必要叫汽车来接你了，对不起得很。”

慧君笑了一笑，没有说什么。瞧天乐两手在胸前合抱着，在室中走来走去，忽然走到慧君身前立定，笑嘻嘻地向二人说道：

"我倒忘怀了，今晚有个很好机会，我请你们看戏去。"

黄美云欣然问道：

"是不是请我们去看梅兰芳？"

天乐点点头道：

"是的，这几天本地赈灾会特地到上海去把梅兰芳请来，在金陵大戏院奏演三天义务戏，更有其他名伶一同前来，今晚是第二天了。听说昨晚曾卖满座，成绩甚佳，今天早上陆先生来看我，就是要将戏券挪卖给我，每券要五块钱。虽然很昂贵，但他说为灾民请命，这是一种慈善的性质，倒使我不好推辞，便花了二十块钱，买了四张戏券在此。左右无事，到晚上我们一同去吧！"

黄美云道：

"很好，梅兰芳的戏值得一观的。慧君姊，你一定要和我们同去的。"

慧君道：

"我对于戏剧是门外汉，并且明天就要动身，今晚若看了戏，不能回校了，我想……"

黄美云不等伊说毕，忙接口道：

"不要紧的，你看了戏就住在我家，我陪你同睡。密司脱杜的家中你能够住，难道不能在我家住宿一宵吗？"

慧君被美云这样一说，倒不能再行谢绝，只得默允了。天乐又道：

"密司潘能够同去时，我这钱也不算白花了。"

黄美云道：

"哥哥，你错了，你却不能这样说的。梅兰芳来做义务戏，为的是什么？你出钱买戏券也为的是什么？岂不是都为了灾民吗？怎好算白花？可见得你没有诚意赈灾了。"

慧君笑道：

"赈灾如救火，数千万的灾民流离失所，嗷嗷待哺，本来是一件刻不容缓的事。恻隐之心，人皆有之，凡为同胞正应该存着己饥己溺之心，尽力去救助的。若要等到请了名伶演剧筹款，那么这效果也是很微细的了。以前我听得有几处借着赈灾的名，演剧啦，赛球啦，可是大家忙了一会儿，实际上灾民受惠很少，因为他们除去一切开支，剩下的数目已是没有许多了。这到底是为的什么呢？"

天乐点点头道：

"你们二位都说得不错，赈灾本来不能专靠在这个上的。热心的慈善家早该把钱捐出去了，还等到别人家来劝募吗？这也是赈灾会从无法可想之中想出来的下策。现在买戏券的人，当然十有八九是为了看梅兰芳的戏而买的，他们以为花去了钱有好戏看，又算是尽了赈灾的义务，不是一件吃亏的事，所以有钱的人落得买几张，给家中人一饱眼福。拆穿了说，岂非假公济私吗？因为我们的同胞计较心是很重的，若要叫他们白白地慷慨解囊，真是很难的事。现在给他们一些娱乐，他们便很爽快地拿出来了。本来娱乐不忘救国，救国不忘娱乐，是我们同胞一种很好听的口头禅，娱乐既可救国，当然也好救灾了。我老实承认买这几张券也并非为了赈灾，有了券在此，当然要去寻娱乐，不让它白花去的了。好在我对于赈灾的事早已捐出了一百块钱，也算尽了我一分子的责任了，我何必假公济私？"

说罢，哈哈地笑起来。美云道：

"你这样说法，我也不来责备爸爸了，少停我们去看戏吧！"

三个人谈了一会儿，又走下楼来，回到客室中。黄美云开着收音机，听了一刻，不觉天已垂暮，天乐早已吩咐厨房早些预备夜饭，黄美云扳亮了电灯，对天乐说道：

"此刻时候，我母亲为什么还不回来呢？"

天乐道：

"不如打个电话去问一声吧！"

二人正说着话，阿香早推门进来报告道：

"太太回来了。"

大家立起身时，黄太太早已走进室中，身上披着一件狐皮的斗篷，手上戴一只亮晶晶的钻戒，年纪不过四十多岁，脸上还涂着粉，可是一只眼睛已微微蒙着，见了慧君，便带笑说道：

"潘小姐，你在这里吗？很好，我是昨天就出去打牌，直到此时才回来。荒唐不荒唐？你在此盘桓几天吧，他们放了假，没有事做，很少伴侣呢！"

慧君便道：

"谢谢伯母，我明天要回去了。"

黄太太道：

"怎么你不隔几天再回去呢？家中可有什么事吗？"

黄美云接着说道：

"慧君姊已决定了，我再三留伊不住，所以今天请伊来盘桓一日，晚上哥哥要请伊去看梅兰芳的戏呢。"

天乐又说道：

"母亲，你也一同去吧，我购的券正好四个人去。"

黄太太摇摇头道：

"你们陪着潘小姐去吧，今晚我是不能去看戏的。因我在昨天四点钟打牌直到现在方歇，不知打了许多圈数，打得筋疲力尽，今宵再也支持不住，要赶紧睡眠了。"

说毕，打了一个呵欠，又向慧君打个招呼，走回楼上去了。美云笑道：

"我母亲打了一日一夜的牌，弄得这个样子，真是何苦？伊既不去，我们不如早些用了饭去看吧！"

天乐说好的，一按叫人铃，接着阿香走了进来。天乐问道：

"你可知厨房里晚餐可预备好吗？快去叫他们端了出来，我们马上就要吃了。"

阿香答应一声，回身走出去了，一会儿，又跑进来说道：

"晚餐已开出来，请少爷小姐到那边去用吧！"

美云兄妹遂招呼着慧君一同走到餐室中去，桌上又是摆满着许多碗碟，中间放着一个高高的暖锅。慧君也不再说什么客气话，三个人坐下同吃。

晚餐以后，慧君又跟着美云到房里去洗脸修饰。美云换上一只高跟革履，穿一件墨绿软绸的丝绵旗袍，外面披上一件灰背大衣，手上又套一只小小钻戒。伊因为今晚看梅郎的戏，所以格外装饰得富丽一些。慧君笑了一笑，仍是原来的装饰，只在脸上薄施一些脂粉罢了。两人走下楼来，到得室中。天乐也戴上一顶皮领大衣，拿了手杖，立着等候，对二人道：

"我已打电话喊汽车来了，外面的雪尚在下个不住呢！"

说着话，听得门外喇叭声，接着电铃的声音，天乐道：

"来了，我们出去吧！"

便取过慧君的大衣，帮着慧君穿了上去。老妈子早来说道：

"少爷喊的汽车吗？已在门前了。"

天乐等遂一齐走到门外，寒风扑上面来，宛如刀割，急忙坐到车里，那汽车便碾着雪驶向前边去了。不多时，眼前电光照耀，已到得金陵大戏院门口，汽车停住，三人走下车来，天乐吩咐那汽车在戏院散时再来送他们回去。黄美云首先叽咯叽咯地走上阶沿，早有案目招待到里面优等官厅上，饶他们来得早，已坐到第八排了。台上正演《游龙戏凤》，茶房送上香茗和水果盘子。戏园里十分暖热，三人将大衣都脱了下来，交给案目拿去，嗑着瓜子。大家向台上瞧看，观客也络绎而来，男男女女，鬓影衣香，坐得座无隙地。《梅龙镇》演罢，又来一出《虹霓关》，因是二等角儿，所以观众不十分注意。等到《虹霓关》过后，便是李万春的《林冲夜奔》上场了。这剧本是杨小楼的拿手剧作，李万春却也在这个戏上唱得很红，大家顿时聚精会神地观看。见那李万春扮相英俊，唱做果然俱佳。天乐对慧君等说道：

"梁山泊一百八人中要算豹子头林冲的遭遇最是困苦凄惨，他吃尽上司的苦头，弄得家破人亡，无处可以申冤，而他的对头定要把他置之死地而后快，火烧草料场，风雪之中，下此最后的毒手。那时他没有烧死，真是万分之一的侥幸，无怪他遇到了仇人，分外眼红，要把他们一个个搠死了，怨毒之于人甚矣哉。到后来，只落得投奔梁山，落草为盗，还要受着王伦的一番腌臜气，一身武艺竟无用武处，看到这里，大

138

家都要废卷三叹了。"

慧君点点头道：

"不错，我读《水浒传》，最为惋惜的也是林冲。不过在今日的时代，吏治还未脱离黑暗，社会上的魑魅魍魉何处无有？还有些地方，天高皇帝远，封建的势力尚没有铲除，像林冲这等人无家可奔、有国难投的，恐怕也多得很呢！为丛驱鹊，是谁的过呢？"

他们正慨叹着，台上的《林冲夜奔》已现尾声，接着高庆奎的《豫让桥》上场了。这是高伶新编的好戏，不但唱得非常有味，而且表演得慷慨激昂。慧君看到豫让漆身吞炭，化装为丐，行刺赵襄子的当儿，伊不觉又发生了感触，便问天乐道：

"密司脱黄，你以为豫让这个人如何，也值得称为国士吗？"

天乐正剥着一只大蜜橘，擘了四瓣，取去了上面的橘络，敬到慧君手里，不防慧君突然发问，遂沉吟着答道：

"豫让可算国士吗？"

黄美云早抢着说道：

"豫让不能称为国士，他不过是个刺客。"

慧君把一瓣橘子送到口里吃着，带笑说道：

"美云姊，你说他不是国士，有何理由？"

黄美云道：

"豫让自称国士，却不知所谓国士，贵能销患于未然，戡乱于事后，豫让在智伯请地无厌的时候，他不去忠善道，劝智伯谨慎防敌，直等到智伯已死，国士已灭，而他方才致力于报仇雪恨。即使赵襄子被他刺中，也不过泄怨于一人，于大局又有何补？所以我说他也不过像聂政、专诸等一流人罢了，哪里称得起国士呢？"

慧君听了美云的话，不由微微笑道：

"美云姊，你是不是熟读了方孝孺的《豫让论》，所以也是这样说法？须知道批评自批评，和当前的事实是不同的。豫让不能在智伯未死之前有所作为，有益于国，这固然是大大的憾事。不过他的志向很坚定的，衷心很苦的，说的话也是很悲的，他再接再厉地欲为智伯复仇，其间曾有他的朋友劝他，有了这种才能，为什么不去臣事襄子？可以见机而作，何必残身苦形，做这种很难的事？豫让却说道：'既已臣事他人，再要去杀他，这是胸怀二心，不足为训的。我所做的虽是很难，然而可以使得天下后世胸怀二心而事主的人，知道惭愧。'那么他决意复仇，死志早定，忠心耿耿，义重如山，比较那些朝秦暮楚、觍颜事仇、寡廉鲜耻、倒行逆施之徒，不是远胜千万倍吗？无论如何，他总算是一个舍生取义的国士了。你们试看现在的时代，社鼠城狐到处皆是，'节操'两字早已不在一班人们的脑海中，丧心病狂，幸灾乐祸之流，唯恐天下不乱，国家不亡，他情愿肉袒牵羊以迎敌人，也有背叛了祖国，去做敌人的鹰犬，贪了目前的富贵，贻害自己的同胞，甚至四毛钱两个馒头也可出卖了自己。人心坏到极点，国安得不亡呢？所以我要赞美豫让了。"

天乐拊掌称快道：

"密司潘说得痛快淋漓，我也说豫让不愧是个烈士，并非一班普通的刺客，并且我们怎知道他没有在智伯面前劝谏过呢？也许智伯不能用他的言啊！古来人主中要算桀、纣最恶了，但是桀有龙逢，纣有比干，他们都是尽了忠告善道之责而死的，桀、纣何尝肯听他们的一言呢？然而孔子称殷有三仁，所谓求仁而得仁，又何怨焉？豫让的为主复仇，杀身成仁，岂不是殊途同归的吗？"

黄美云听了，点点头说道：

"好！你们的见解都比我高超得多了，豫让确乎是刺客中第一流人物。哈哈，我总要是称他刺客的，不然太史公何以把他写入《刺客列传》呢？"

慧君笑道：

"以事实而论，他当然是刺客，若考其心迹，他又是烈士或国士了。不过你说他是刺客中第一流人物，须知刺客中还有几个也可称得第一流呢？"

美云笑道：

"今晚我们不是来看戏，却是来做一夕刺客谈了。好姊姊，你比我读的书多，索性告诉我吧！"

慧君笑道：

"说出来时，你们二位当然也知道的。第一个是鲁国的曹沫，他三战三北，都败于齐，鲁庄公献了土地同齐国媾和，曹沫引为奇耻，所以后来齐、鲁两国盟会的时候，曹沫握着匕首劫齐桓公，要他尽还侵地，到底如了他的愿，一雪前耻，他完全是为了国而蹈险。第二个是荆轲，他本是一个剑客，游于燕市，后来受了太子丹嘱托之重，单车入秦，行刺暴君，虽然图穷匕见，未能成功，然而白衣饯别，易水高歌，壮士一去兮不复回，也不愧是个以身许国的烈士。至于后人怪他剑术太疏，以致偾事，但是当时的情势，连横已成，合纵解约，燕赵都是首当其冲，重兵压境，眈眈逐逐，也不容你逡巡犹豫，慢慢想法，所谓刺亦亡，不刺亦亡，不能以成败论英雄而错怪他的。第三个是张良，他一心为韩国复仇，散财结客，趁着秦皇帝出巡的时候，他结识得一个力士，以大铁锤狙击秦皇帝于博浪沙，可惜误中副车，否则也不等到大泽戍卒、江东重瞳等揭竿而起了。太史公虽没有把他列入刺客，而他的行刺暴秦，竟是为天下苍生，可不称为第一流刺客吗？"

慧君说完了，喝了一口茶。天乐接口说道：

"密司说得甚是，我以为曹沫雪耻之心，当然是值得钦佩的。不过他的短兵要挟，也是行险侥幸，倘使对方不是齐桓公，恐怕也未必能够听了管仲的话而把土地还给他的。至于荆轲之事，慷慨热烈，当时还有田光、樊於期、高渐离等一辈人，都是不可多得的。可惜荆轲要等候同去的客人没有来，且不知道是哪一个，《史记》上没有他的姓名，这个无名英雄使人萦念。假使荆轲等着了那客，和他同行，也许可以成功，这真是天意了。那个客人必然是个剑术高明之辈，不然，荆轲何以要守候他呢？"

黄美云接口说道：

"若是换了今日，一支白朗林手枪，或是小小一炸弹，那么秦皇帝还有命活吗？当时荆轲用的是短剑，而且初意要生劫暴主，稍一疏忽，以致功隳我倾了。至于张良自然更是可敬，而那个力士也不知姓名的，如神龙见首不见尾，一样使人缅想无穷了。"

他们滔滔而谈，引起了旁人的注意，许多目光都射到他们身上来，而台上的《豫让桥》已演毕，接着《刺虎》登场。梅兰芳饰费宫人。慧君还是第一次看梅郎的戏，顿时暂敛词锋，一心观剧。但是今天二出压轴戏都是表演行刺，费宫人痛心国难，不肯失身于贼，洞房花烛之夜，劘刃贼胸，然后从容自戕，又节烈，又勇敢，真所谓"姜手纤纤软玉枝，事成不成未可知。姜心耿耿精金炼，刺虎还如刺绣时"。因此，又触动了慧君的感怀，忍不住又向天乐兄妹称赞起费宫人来。谈到今日社会上的暗杀案日多，竟有许多是不合理无价值的。倘然丢了公义而报私仇，那么杀人之父，人亦杀其父，推刃之道，复仇不除害，冤冤相报，到何时始尽呢？并且有许多刺客都是以金钱买来的，不问目的，但知行刺，像古时聂政不过为了百金的私酬，便牺牲了自己，裂面碎体，为人争主宠，报私仇，是智者所不取的。刺客中要算春秋时候的锄麑最能识大体、明是非了。他不情愿刺死为国为民的良相，同时觉得无以复命，所以触槐而死，显出他的义气，这也是很难得的啊！他们一面谈论，一面观剧，觉得非常有味。可是一会儿《刺虎》已成尾声，大家纷纷离座归去。茶房送上大衣，三人披上了，天乐取钱赏给了茶房，一同走出戏院，坐上原来的汽车。那时，已是子夜，大雪已止，虽在黑暗中，而因地上堆满了雪，一片白色，好似黑暗之中得到光明的映照呢。三人回到了家里，天乐还要吩咐下人去预备夜点心，但是慧君已觉得十分疲倦，明天又要动身的，所以急欲眠眼，黄美云遂陪着伊到楼上去，说道：

"我恐怕你胆小，不敢请你住客房，将就些和我同睡一宵吧！"

慧君道好。二人走到房中，阿香早捧着一条丝绵被头，过来代她们安排，铺好两个被窝儿，抱着一个绣花洋枕，回头向二人带笑问道：

"潘小姐和二小姐睡在一头，还是两边？"

黄美云早把手一摆道：

"并头并头。"

又对慧君说道：

"今日是洞房花烛夜，我与你是甜甜蜜蜜的一对儿，你愿意不愿意?"

慧君笑道:

"叫我愿意什么啊?"

美云道:

"我是新郎,你是新妇。现在新郎、新妇早入罗帐,同圆好梦了。"

慧君道:

"你想做新郎吗?不像不像,还是我来做吧!"

美云道:"你到我家来,睡在我的床上,当然是新妇,我是一个现成的新郎呢!"

慧君道:

"亏你想得出,古人有雀屏中选的,我不可以入赘吗?"

说罢,二人都笑起来。阿香立在旁边,又笑嘻嘻地说道:

"两位小姐早些安睡吧,将来早晚都要做新娘子的,不必你推我推你的。"

美云道:

"阿香,你倒也会调侃人家,但是你呢?听说你在乡上早已配了人家,说不定明年便要把你娶去了。"

阿香把头一扭道:

"我一辈子不嫁人了,谁肯去嫁给那个阿木林?"

说着话,悄悄地溜到外边去了。二人也就彼此一笑,真个同入罗帐,解衣安睡。

次日一早,慧君早已披衣起来,黄美云见慧君已起身,也跟着穿衣下床,过去一掀窗帘,晨曦从窗外射入,天色已晴,可是远近屋顶上白雪皑皑,一些也没有融化,可见外面天气很冷了。开了房门,阿香早端盆洗脸水来,带笑对二人说道:

"两位小姐早啊,昨夜究竟是谁做的新郎?"

黄美云道:

"你不许胡说,快去叫厨房里预备煮面,潘小姐吃了便要回校的。"

阿香答应一声,走下去了。二人梳洗已毕,阿香早已上来请用早点。美云陪着慧君到得楼下餐室中，见天乐已在那边等候了，大家各道一声早安，谈了数句。老妈子早已端上三大碗白汤面来，另外有四个菜碟。三人坐着吃完了面，慧君一看手表，便向美云兄妹道了谢，要告辞回校。美云道：

"你可是坐十二点钟的特别快车动身吗？"

慧君道：

"是的，时候不早了，我回去略一收拾，带了行李，便赶上车站去。"

美云道：

"好，我们不留你了，少停我们当到火车站来送行。"

慧君把手摇摇道：

"这是不敢当的，昨天我已叨扰多多了，这样冷的天气，还要你们跑到外面来送我吗？何必如此呢？不要送吧，我心领了。"

天乐道：

"我们不怕冷的，密司可以出来，岂有我们不能出外之理？现在我代你打电话喊汽车坐了回校吧！"

慧君刚要说不用坐汽车，而天乐早已三脚两步地跑去了。慧君遂要去向黄太太告辞，美云道：

"不必了，此时我母亲还在睡乡中呢，不如待我代言一声吧！"

慧君道：

"我自己去的好，否则老人家必要说我太不懂规矩。"

美云只得又陪着慧君走到楼上伊母亲的房里去。黄太太已醒了，只是还睡在被窝儿里。慧君走到床前，叫应了。黄太太道：

"昨晚我真是好睡，你们几时回来也没有知道，梅兰芳的戏好看吗？"

慧君道：

"好看的，只是我叨扰了。"

黄太太道：

"不要客气，你能够到这里来住，我们已是很快活的。"

略谈了数句，慧君归心如箭，便向黄太太告辞，走下楼来，天乐喊的汽车已在门外等候了。兄妹二人送至门前，看慧君坐上汽车，彼此点头，说声再会，汽车夫捏着喇叭，立刻向前驶去，一刹那间已瞧见南京大学的校门迎上前来。

　　汽车停住后，慧君走下车来，早见校门口有个少年立在日光里，向伊点头，原来就是杜粹。慧君便走过去，大家道了一声早安。杜粹开口说道：

　　"昨天下得好大雪，密司在美云处作何消遣？怎么此时回来？我已等候了一个多钟头了。"

　　慧君道：

　　"对不起，昨晚美云等一定要请我去看梅兰芳的戏，看到夜深始归。今日早上匆匆赶回，局促得很。"

　　杜粹道：

　　"原来密司去看梅博士的戏的，听说昨晚的戏很好，券资虽贵，但是为了灾民而破费一些，也是应该的。"

　　慧君把手摇摇道：

　　"虽然是人家请我的，我不要假仁假义说什么冠冕话，看戏是看戏，何必要连带赈灾这个好名字呢？"

　　杜粹刚又要说下去，慧君已望校门里走，杜粹也就跟了伊走到里面。慧君道：

　　"你在楼下稍待，我到宿舍里去叫校役把行李拿出来，我还要到校务主任那边去讲几句话呢。"

　　杜粹道：

　　"时候还来得及，我准在此稍待。"

　　慧君便翩然而去。杜粹遂坐在日光中晒太阳，望着校中的雪景。其时校中的同学十九都已离校，所以静悄悄的，难得见个人影，遥望网球场上铺满着很厚的雪，好似洁白的大地毯，一群麻雀在雪里跳跳纵纵，正在那里觅食，那雪虽晒着日光，但是仍不软化，更显得晶莹。约莫等了二十分钟，慧君方才走来，一个校役代伊携着一只手提箱和一网篮，杜粹问道：

"此刻好走吗？"

慧君点点头道：

"走了，我也没有多带行李，好在不久开学便要回来的。"

说着话，一同走到校门口。杜粹便到门房里去取一只小藤篮来，对慧君说道：

"这里是一些板鸭和花生米以及四个罐头食物，是家母送给你的。"

慧君道：

"还要送东西给我吗？使我不敢当的。"

杜粹道：

"这是便物，毫不值钱，请密司不要客气。"

说毕，便和网篮等放在一起，又说道：

"我们坐汽车去吧，路上可以快一些。"

慧君道：

"好的。"

于是杜粹便叫那校役快到附近汽车行去雇汽车。他们俩站在校门外等候车子的时候，又讲了一会儿话，杜粹再三叮嘱慧君回里后要好好保重玉体，多赐些瑶函。慧君听了，很是感动。一会儿，汽车已到，杜粹遂陪着慧君，带了行李，坐着汽车赶到火车站。当他们走进车站的时候，前面早有人叫应，黄美云和伊的哥哥天乐已立在那边等候了，脚边还放着许多件东西。杜粹和天乐也是素不相识的，起初不知是何许人，黄美云便代他们介绍相见。杜粹因为要紧去买票，所以不及多谈。此次慧君一人回去，不再到上海搭乘轮船了，杜粹代伊买了京闸联运的车票，又买了三张月台票，匆匆地跑回来，把车票交与慧君，又把两张月台票交给美云，说道：

"大约你们两位也要送上车的了。"

黄美云点点头，接过票子笑道：

"谢谢你！"

于是杜粹喊脚夫代他们搬着行李，四个人一齐走进月台去，轧过了票，坐到一节二等车厢里。杜粹等三人看慧君坐下了，陪着伊又谈了数语，车上的乘客拥挤起来，火车快要开了，黄美云和慧君握了一下手，说道：

"慧君姊，愿你一路平安，返里后即写一信来，我们再会吧！"

天乐也说道：

"密司潘，昨天简慢得很，我们以后再见吧，倘然贵校开学时，密司能够早数天来，也许我们可以重晤。我送的几瓶肝精，确是滋补的圣品，我有几位朋友在病后服了，都能培养得宜，恢复健康，请密司回去后即试服。"

慧君道：

"承赐珍品，实在不敢当的，感谢感谢。"

天乐兄妹遂回身先走，杜粹也只得和慧君叮咛了两三句，跟着也下车来。黄美云和天乐并立在一起，杜粹反负着手独自立着，三个人都靠了慧君坐的车窗一边。慧君早把大衣脱下，侧转着娇躯，一手倚在窗槛上，探出了蟪首，和黄美云且笑且谈，却不和杜粹或天乐说什么话。天乐却有时插上一句两句，很献殷勤。杜粹在旁边冷眼瞧着他，估料不出美云的哥哥和慧君究竟有几许交情，因为以前从没有听得慧君提起过此人呢。不过天乐的风姿态度，比较自己似乎漂亮得多，而身上的皮大衣和西装也是比较自己豪华得多，好一个摩登的美少年，我竟是不及徐公之美了。他正在暗暗打量，汽笛一声，火车已向前蠕蠕而动。慧君将一块手帕向三人扬了一扬，说声："谢谢，再会了。"黄美云等三人也举起手来，向那边挥着，表示送别之意，车站一角好似南浦销魂之地了。

慧君坐着火车，离了南京，在车上看看报纸和书籍，一路又瞧瞧田野的雪景，倒也不觉寂寞。次日，换了车回到家乡，急忙赶回陈家，心里惦念着那缠绵病榻的益智，不知现在作何光景，可能有万一的希望吗？

伊到了门前，恰巧有一个下人走出来，叫应了慧君。慧君便将行李等物交给下人拿进去。伊匆匆走到大厅上，见一个婢女立在一边，便问道：

"三少爷在哪里？"

那婢女向东首一指道：

"在花厅对面的小方厅上。"

慧君不暇细问，连忙转了一个弯，跑到小方厅上去，暗想：益智怎么在那边？难道他的病已好些吗？奇了。但当伊走到方厅前面时，口里唤了一声智哥，然而静悄悄的，鸦雀无声，不见有人答应，厅前的玻璃窗也紧紧关着，不像有人在内的样子。伊推开两扇窗，一脚跨进去，向里面一望，陡然如有一勺凉水在伊当头浇下，心里一阵惨痛，不觉晕倒于地。

第八回

花残月缺古刹哭灵
酒绿灯红名园惊艳

　　慧君跌下去的时候，幸亏那个婢女跟着伊蹑足走入，窥探动静，忽见慧君栽倒在地上，喊了一声小姐，不见回答。那婢女吃了一惊，立刻回身跑去报告。蔡氏正在楼下和一个亲戚宋少奶谈话。益智的妹妹锡珍立在一边，伊先瞧着下人送慧君的行李进来，便对伊的母亲说道：

　　"慧姊回来了，我去接伊。"

　　飞也似的跑到厅上，却不见慧君的倩影，嘴里喊一声好奇，立刻回身奔入，恰好那个婢女跑来报告。蔡氏听了，眉头一皱道：

　　"怎么办呢？谁引伊到那地方去的呢？"

　　说着话，一伙人都跑向方厅上去。锡珍首先跑至慧君身边，一瞧慧君的脸，忙回过头来向伊母亲说道：

　　"不好了！慧姊死了。"

　　蔡氏道：

　　"不要胡说。"

　　伊走过去一看，果见慧君双目紧闭，面色惨变，仆倒在地，不省人事，遂搓着双手，只说怎的怎的。宋少奶奶道：

　　"这是昏厥啊！快快施救。"

　　遂俯身下去掐慧君的人中，蔡氏和锡珍等都在旁呼喊，慧君方才悠悠苏醒，哇的一声哭了出来。原来慧君瞧见的乃是益智的灵座，陈设在这方厅上，上面还挂着一张益智的铅照，两道温柔的目光正向人凝视着，但是他永远不会开口的了，这是多么刺痛慧君的芳心啊！那婢女见慧君已醒，便揩着伊自己额上的汗，说道：

"好了！"

伸手将慧君扶起。慧君见了蔡氏，便把革履向地上一蹬道：

"哎哟！智哥死了吗？他是几时故世的？"

一边问，一边眼泪簌簌落落地滴下来。蔡氏见慧君如此悲痛，遂也揩着眼泪答道：

"可怜的益智，自从你去后不到三天，他的病势忽然剧变，竟离开了这个人世，我们好不伤心。现在接眚之期已过，快要三七了。你寄父恐怕给你知道了，要害你没有心绪去考试，所以没有通信与你。慧小姐，谁领你到这里来的？你不要这样悲伤，快些跟我们到里边去歇息吧！"

蔡氏说话时，那婢女在背后暗暗伸着舌头。但慧君听了蔡氏的话，并不回答，却对着益智的灵座伤心，掩着脸呜呜咽咽地尽哭。锡珍见慧君哀泣，伊也在旁边哭起来了。蔡氏弄得没摆布，亏得那位宋少奶奶很会说话，把慧君等劝住了哭泣，一同回到里面。

大家坐定后，蔡氏便又将益智弥留时的情景很详细地告诉一遍。锡珍在旁插口道：

"小哥哥临死时很是清爽，他件件都叮嘱到，且说慧君姊姊是很可怜的孤女，现在能够读到大学毕业，足见慧君姊姊的有志学业，他请求父亲好好安慰你。倘然姊姊再要深造，也要尽力相助到底。总之，不要灰了慧君姊姊的心。"

慧君听了，又淌下泪来，遂问蔡氏那益智的灵柩现在何处，可曾下葬。蔡氏道：

"你智哥的灵柩现在权厝在城外珍珠庵中，因为那边的当家师太和我们很相熟的，大约清明节时你寄父要把他葬在祖茔上去了。"

慧君听了点点头。蔡氏便劝伊不要伤心，回房去休息休息。这时，宋少奶奶也告别而去。慧君独自回房中，颓然坐在椅子里，双手掩着脸，冥想益智生前对自己的感情，想不到此次回家，不能再见他的面了，那么前番回里探疾，不是竟成了永诀吗？他待我何等深情，可是他病了，甚至于死，我总是不能救他。回天乏术，此恨绵绵，叫我怎样能够消释这个苦痛呢？伊越想越悲痛，一个人偷偷地又饮泣了一番，顿时觉得万念皆灰，天地虽大，此身虽渺，然而竟没处安放自己这个不祥之人呢？到晚餐的时候，陈柏年尚未归家，慧君和蔡氏等一同吃过晚饭，便拖着锡珍到伊房里去，又谈起益智。锡珍道：

"我有一句话要告诉你，益智哥哥临终之前，曾给我一本日记，是他在莫干山养疴时所写的，叫我放好了，等姊姊回来时交给你，作为纪念的。我约略读过一遍，日记中间常常提起你的。"

锡珍的话还没有说完，慧君早说道：

"谢谢你，请你快把日记交给我吧！"

锡珍把手摇摇道：

"哎哟！你此刻要我交出他的日记吗？叫我到哪里去拿呢？"

慧君不由一怔，道：

"咦！你不是说日记在你处吗？怎么又拿不出来呢？"

锡珍道：

"你慢慢听我告诉吧，我本来把这本日记很小心地藏在我处，以便将来交给你看。可是不知怎样的，被我爹爹知道了，他一定要我拿出来，且说人已死了，这种东西留着给人家做伤心资料吗？这又何苦？千万不能留给慧君姊姊的。爹爹这样说了，我只得拿出来给了他，他就到益智哥哥的灵前，把那本日记焚化了。"

慧君叹口气道：

"原来是这样的，唉！连一本日记也和我没有缘的吗？"

两人讲到更深，锡珍疲倦欲睡，便告辞回房。慧君没奈何，也就解衣上床。可是伊的头一横到枕上时，脑海中的思潮一齐涌将上来，这个夜里叫伊怎能眠得着呢？

次日起身后，闻得伊寄父在书房里，遂走过去请安。陈柏年见了慧君，想起他的亡儿，不由叹一口气。他等慧君坐定了，先向慧君问问学校里的事情，然后谈起益智的事，对慧君劝慰了一番。慧君也不好说什么，只得连连点头，却忍不住暗暗落下泪来。陈柏年瞧着，便又说道：

"我虽不能做太上忘情，然以为益智已死了，你再哀哭也是无用，灵魂之说究竟如何，尚在不可知之数。这譬一棵树，当然从发芽抽青的时候，我希望它将来长大起来，绿叶成荫，蔚为栋梁之材，所以很有心地培植。但是它忽遭罡风吹折，虫蚁剥蚀，以至于枯萎而死。不消说得，我的希望当然是完了，自己的亲骨血，倘然一些也不悲痛，似乎太不近人情。不过完了就完了，我的力量已用尽了，我再有什么法子使它不完呢？我只能学王阳明先生，在瘗旅文中所说的'是我为尔者重，而自为者轻也，我不宜复为尔悲矣'。慧君，你是读书明理的人，可和我有同感吗？我盼望你不要为了益智而多多悲哀，你仍要抱定着以前的人生观，努力奋斗到底。你是一个有希望的人，不要为了一个无希望的死者而发生忧伤憔悴的情绪，你以为我的话说得对吗？"

慧君只得答应一声是，坐了一歇，告退出来。在午后，伊想到珍珠庵去一吊益智的灵柩。蔡氏不肯放伊去，说道：

"你寄父叫我不要告诉你的，我却老实说了出来，你若然前去，给你寄父知道了，不要大大地埋怨我吗？"

慧君当着蔡氏的面，不便违拗，但伊自己也认得珍珠庵所在的，所以隔了一天，伊瞒着众人，推说到市上去购物，悄悄地独自走到珍珠庵去。

那珍珠庵地居僻巷，小桥流水，大有乡村意味。慧君走至相近，遥见桥东沿河矮树中露出一角黄墙，知道就是珍珠庵了。路旁北首日光晒不到的地方，还有好多积雪未曾融化，寒风吹着林梢，呼呼作响，小径上僻静无人，河里横着一只破船，浸了半船的水。慧君瞧着，心里已有几分伤感，走到了庵前，见庵门紧紧闭着，遂伸手去敲门，里面便有人问：

"是谁？"

慧君说：

"我是陈家来的人。"

跟着门就开了，立着的就是当家师太慧因。那慧因年纪不过三十多岁，本是一个好人家的女儿，只因伊嫁了丈夫，不到三个月便钿劈钗分，花残月缺，做了未亡人，自怨红颜薄命，便到这珍珠庵来带发修行，青灯梵贝，蒲团木鱼，一尘不染地了此余生。庵中的老尼对于伊很是敬爱，后来老尼物化，这庵便归伊主持了。陈柏年是庵里的大施主，且因慧因和寻常的尼姑不同，特别看待，着实捐出些金钱的，时常来来往往，因此慧因对于陈家的人都很相熟。当时伊见慧君到来，便含笑相迎，一直引到伊的云房里坐定，吩咐老佛婆送上果盘和香茗，殷殷款接。慧君便向慧因问起益智灵枢在哪里，慧因叹道：

"提起了陈家的三少爷，真是可惜的，年纪轻轻的人犯了这种绝病，以致抛弃了父母和家人，离开这个人世，老天玩弄苍生，好不残酷。他的灵枢便停在送子观音殿的右边，小姐此来，莫非是要一吊吗？"

慧君点点头道：

"正是的，请师太便引导我去。"

慧因遂立起身，陪着慧君走出云房，转了几个弯，早到了送子观音殿。殿后有一扇小门掩着，慧因推开小门，同慧君走进去，乃是一个小小庭院，有一株蜡梅正在开花，朝南两间小小屋子，门窗都紧闭着，寂静无声。慧因开了第一间的室门，慧君便见室中益智的灵枢赫然现在眼里，蕙帐风凄，灵座尘积，忍不住一阵心酸，眼泪已像断线珍珠般落下来，踏进去抚棺哭了一场，哭得真是十分悲哀。慧因在旁听着，触动伊的感伤，也洒去了不少同情之泪。隔了一歇，遂把慧君劝住。慧君虽然止泪，却呆呆地立着，瞧着那眼前的桐棺，一声不响，恨不能唤起棺中人，一倾肺腑。可是幽明远隔，生死殊途，伊亲爱的智哥早已做了长眠人，芒乎芴乎，杳杳渺渺，不可得知了。慧因向灵座上敲了一下磬子，口里念一声阿弥陀佛，又劝慧君出去。慧君长长地叹了一口气，方才回身走将出来，仍回到慧因的云房里休坐。慧因叫佛婆打上一盆热水来，请慧君洗脸，又换过香茗。慧君洗过脸，坐在桌子边，把一手支着粉颊，眼睛望着地板，默默地没有说话。慧因便劝道：

"人死不能复生，小姐，请你自己保重身体，不要过于悲哀，这是和死者无益的。"

慧君道：

"师太，你劝我不要悲哀，别人也是这样对我说。可是这出于自然而然的，尤其是彼此有情感的，一死一生，怎能遏住心头的悲痛呢？乐者不能使悲，悲者也不能使乐。智哥的死，确乎是十分可惜，十分可怜。回忆前情，我怎能不悲呢？"

慧因点点头道：

"不错，我所以在此遁入空门，也因自己以前遭遇了莫大的悲哀，这是小姐已知道的吧！十数年来，心如槁木死灰，倒也忘记了一切。但今天见了小姐抚棺痛哭，又不禁刺痛了我心上的创痕，陪着洒几点眼泪。我想天上的云最是变幻无常，人间的事一切当作如是观，而所谓欢乐也是一刹那间的事，不可常留，真是花无长好，月无长圆，徒成过去的一种回忆。悲欢离合，恍如舞台上的戏剧，上了台是父母妻子朋友，下了台便什么都没有了。便是那一刹那间的欢乐也岂能握得住呢？真即是幻，幻即是真，天上的云推过便没有了。小姐，你以为我的话太说得空洞了吗？"

慧君听了慧因的话，不由想起以前益智在普陀山海滨和自己所说的话来了，在那个时候，自己和益智不是曾沉浸在爱河情浪中吗？岂想到有今日悲惨的结果？世间的事真个像天上的云，变幻无常的了。这几句话的大意，益智也和自己说过。当时我疑心他为什么说出这种衰飒语？他或是为了我要到南京去求学而感慨到聚散无常，遂借天上的浮云来譬喻。到今朝回想着，却是竟成谶语啊！不错，碧海清游之乐，真耶幻耶？岂非像天上的白云，已在太空里推过了吗？益智是没有了，我这个人将来不知如何归宿呢？伊这样沉思着，把脚尖不住地在地板上颠动。慧因见伊这个样子，知道慧君的悲痛很深，要劝伊不要悲伤，却非口舌之力所能奏效的，遂要去烧些点心给伊吃。慧君因为来的时候已长久了，要紧回去，遂取出一块钱，放在果盘里，向慧因起身告辞。慧因送至门口，又说了几句劝慰的话。慧君含糊答应着，离了珍珠庵，走回家来。

一路走到了陈家大门前，因为伊低倒了头走路，心中又在思想，所以不知不觉地已走过了陈家的大门，直走到巷口方才觉察，遂回转身来。恰巧锡珍从里在走出，见了慧君，便问道：

"姊姊到哪里去的？我正在找你呢，看门的说你到市上去买物了，是不是？"

慧君点点头。锡珍笑道：

"姊姊不要骗我，你手里为什么没有东西呢？"

慧君不防露出破绽，只得说道：

"说也好笑，我本来出去买物的，却因身边忘记带钱，以致空手而回了。"

遂携着锡珍的手，一同走到里边去。当着蔡氏等家人之面，竭力抑住自己的悲伤情感。可是一到晚上，便又独自在枕上淌泪，真是内心的痛苦不能为外人道的。

次日，写了两封信，一封是寄给杜粹的，附带告诉益智的噩耗；一封是寄给黄美云兄妹的，谢谢他们的盛情。过了数天，已是废历新年，陈家难免俗例，依然很热闹，许多亲戚都来贺年，常有宴会。不过陈柏年因为幼子初丧，心中总觉得有些不快活。慧君见了新年的一切景象，在在足以引起伊的悲哀，更觉百无聊赖，眼见着人家欢笑，难过得很。其间曾接到杜粹的来函，写得很长，充满着劝慰的论调，并劝伊早些到校，免得在陈家多受刺激。又接到美云的来函，附着天乐的两张信笺，所写的都是景慕之言，无非大大恭维一番，他们兄妹俩也都劝伊早回南京去欢聚数天，慧君都一笑置之。年初五是益智死后五七之期，家中大做佛事，慧君在益智灵前哭了好几次，血泪斑斑，比较益智的母亲还要悲伤过度，因此有几个下人见了这情景，不免在背后窃窃议论道：

"三少爷死后，哭得最悲哀的要算慧君小姐了。他们虽然是寄兄妹，可是平常时候很是亲爱，像小夫妻一般，听说老爷很有意思要把他们俩结成夫妇的。现在三少爷不幸病死，慧君小姐好似做了望门寡，莫怪伊如此悲哀了。不过他们没有订婚的，打什么紧呢？此后慧君小姐尽可自由去嫁人啊！"

慧君听在耳朵里，更受刺激。次日便觉心里又痛起来，肝疾复发，卧倒床上，粥饭也不能吃，只吃些流汁。陈柏年听得慧君病了，他一向疼爱伊，如同自己女儿一样的，忙请医生前来，代伊诊治，一面又叫蔡氏等好好照料。慧君病倒了数天，顿时觉得万念俱灰，恨不得追随益智同赴九原，因为心版上的创痕实在太深了。幸亏锡珍常在病榻之旁陪伴，服了数帖药，渐渐痊愈。可是身体仍软弱得很，医生叮嘱伊一方面快些寻快乐，一方面要常服些补品。于是慧君想起天乐所赠的数瓶肝精，丢在箧中，没有服过，一问医生，知是很合配的补剂，价钱也很贵的，可以常服，遂先取出一瓶肝精来，开了试服。

转瞬寒假之期已满，在元宵节边，慧君离了家乡，重又回到南京去求学。临行之前，曾在益智的灵前又哭了一场，陈柏年又向伊劝勉一番，慧君心里未尝不感激伊寄父的美意，不过芳心已碎，在短时期内无论如何不能平复这个创痕了。

伊到了南京，重和杜粹、黄美云等见面。美云对伊说道：

"你何不早来数天？我哥哥很盼望你的，现在他已到上海去了，曾托我向你致意。"

慧君谢了一声，也不说什么。杜粹是知道慧君心坎里的人已不在世间了，这无异老天代他去了一个情敌，此后慧君芳心或可被他一人所独占，而早奏情场凯歌了，所以他格外要和慧君亲近，得时间常进些安慰的说话。但见慧君发上常插上一朵黄色的绒花，不问而知，是代益智戴的了，可知伊人的心里兀自不忘逝者呢。又觉伊近来面貌憔悴一些，便想邀伊出去游玩，可以散散心，把伊心中的悲哀稍杀。慧君未尝不感觉杜粹的诚意和热情，然而伊一颗粉碎的心再也整理不来，一切事情都看得很淡，更有何兴去和人交际？所以蛰伏在校内，不欲出外。至于夜校里的事依旧担任，因为益智死后，伊心上的事不过教育两字了。杜粹见慧君的情绪十分颓丧，也知伊一时振作不起的，只得慢慢地劝伊。杜太太因慧君回了南京有一个多月不到杜家去，且因伊儿子曾将慧君寄兄病故的事告诉过伊，所以伊的心里也想劝劝慧君，并希望慧君将来可以和伊儿子配成一对儿，那么杜家得一贤妇，如了杜粹之愿了。伊老人家遂买了许多食物，特地到校里来探望慧君，且再三约慧君在星期六到伊家里去盘桓一天。慧君却不过情，只得答应。

到了星期六，便往杜家去游玩，杜粹母子自然格外竭诚招待。在黄昏的时候，杜太太和慧君絮絮地谈个不休，起先无非赞美慧君的学问和性情，后来又劝慰一番，末后说到杜粹，隐隐吐露些意思，想探探慧君的心里是怎么样。慧君是个聪明人，如何不觉得？但伊不欲有什么表示，所以佯作不觉，故意拉扯到别的上去，和杜太太远兜远转，回答些不着边际的话。杜太太也无可奈何，仍旧捉摸不出伊的芳心。杜粹心里虽有些不耐，然他以为益智已死，多少总是与自己有利的。况且自己和慧君的情感也不可谓不深，只要自己采取渐进主义，把热爱灌输到慧君身上去，大概情海不波，这希望终能有一天成功的。圣人说得好，至诚而不动者，未之有也，不问收获，但勤耕耘，自己只有如此了。

时光很快，春日又临，南京大学也要循例放春假一星期。在春假的前两天，当杜粹伴着慧君从夜校里走回的时候，在路上且行且谈。杜粹对慧君说道：

"天气和暖，春已到了人间，我们学校里将有一星期的春假，春光明媚，正可及时畅游，所谓阳春召我以烟景，大块假我以文章。密司好久没有出游了，我想邀密司同往苏州一游，不知密司可能答应吗？"

慧君道：

"苏州风景清幽，本欲往游，但我已决定要到上海去走一遭了，你能一同赴沪吗？"

杜粹闻言，有些奇异，又说道：

"密司要到上海去吗？一个人去呢，还是有什么伴侣？"

慧君道：

"我到上海去的目的，不在游玩，乃是趁这春假期中往那里去参观。"

杜粹道：

"参观什么呢？"

慧君道：

"江湾有个义务学校，是西国教会开办的，听说成绩很好，学生非

157

常之多。我一向想去参观，只苦没有机会和时间。黄美云告诉我说，那边校中有个教员是伊的亲戚，曾写信请伊去参观，所以美云约我同去。并且上海正开古物展览会，可以顺便一看。我已经答应伊了，你若能一同去时，更好的。"

杜粹道：

"原来密司和美云同往吗？那我也不必奉陪了。"

说了这话，便低着头向前走。慧君道：

"奇了，你不也是很热心教育的吗？便是一同去看看，多少可以广些眼界，怎么说不必奉陪呢？"

慧君说了这话，也不响了。两人一路走着，彼此都是默然，只听得脚下皮鞋声却很和谐地一起一落响着。杜粹的心里很不愿意慧君到上海去，尤其不愿意伊和美云同往，这当然因为美云有一位很漂亮的哥哥之故，所以自己劈头就回答了那一句。不过说出以后，却又觉得太直率了，不免要使慧君感觉到不愉快，一时要想说句转圜的话，反觉得很难。隔了一歇，方才说道：

"借着假期去参观，正是利用闲暇，很好的。此时我还不能说定，倘使我不到苏州去，也许可以奉陪。"

慧君听杜粹刚才说过不必奉陪，现在又说也许可以奉陪，前后的说话似乎太矛盾了，这是什么意思呢？遂微笑道：

"你一心要到苏州去吗？那么奉陪不奉陪，悉听尊便吧。"

杜粹听了这话，脸上不由红起来，暗想：我说错了一句话，你就要这样不高兴，为什么如此不原谅人家呢？也就不说什么。这时，两人已走到了学校，大家道了一声晚安，各归寝室。

星期六的下午，慧君遇见了杜粹，便问他道：

"明天是星期日，放春假了，我和美云便在明天要动身，你可仍要到苏州去吗？"

杜粹答道：

"苏州没有伴侣，不去了，家里正有些琐事，想要趁此闲暇办去。"

慧君道：

"你不能一起到上海去吗？"

杜粹微微点点头，却不答话，似乎有些犹豫的样子。慧君再问了一句，杜粹又说道：

"我想不去了，密司你看如何？"

杜粹说这句话时，因为他前天自己向慧君说的话太孟浪了些，心中又想去，又想不去，回绝了，恐怕慧君更要不欢，不回绝时，自己说话不免又矛盾了，逼得如此说法。倘然慧君必要叫他同往，这可见得慧君有了诚意，不把前话放在心上，他也就跟着去了。但是，慧君觉得杜粹的态度很不自然，明明是不赞成伊到上海，所以吞吞吐吐，说什么奉陪不奉陪，那么自己何必勉强人家同去不愿意的地方呢？遂笑了一笑，道：

"你既然因为府上有事，不想到上海去，那么你就不必奉陪我了。你邀我作姑苏之游，我没有答应你，很是抱歉，且待以后有机会时，我必履行前约，以补我过。"

慧君这样一说，杜粹自然更不好和伊同去了，只得说道：

"很好，我愿密司沪游快乐，早日回来，我虽不能奉陪，却可以听听游踪所至，清兴如何了。"

慧君又勉强笑了一笑，各自别去。次日朝上，慧君便和黄美云一齐束装登程到上海去了。

杜粹放了假，守在家中，很觉无聊，连日天气晴和，花红草绿，点缀出大地春意。自思慧君倘然答应了自己一同去游苏州时，此刻驰马虎阜，吴王之古冢，泛舟灵岩，探西子之遗迹，正是快乐的时候。偏偏伊忽然到上海去，以致未能偕行，九十韶光，未免辜负，放了假倒使得自己感觉沉闷了。他越想越不高兴，上午看看书，下午却去打午睡。他自己满以为慧君失了益智，对他必然更要亲热，不料伊反而淡薄，难道伊竟为了益智一切都灰心了吗？还是别有心肠呢？伊不该在此春假期中抛了我而和人家作海上之游，岂不更使我失望而乏味吗？我总是一片诚心待伊的，试看伊以后对我怎样吧！杜太太见伊儿子吃了饭去睡觉，却不出外游玩，并且呆思呆想，似乎有些心事，遂去问他道：

"校中放了春假，你不想到什么地方去游玩吗？潘小姐为什么不来？莫非伊又回宁波去吗？"

杜粹道：

"伊到上海去了。"

杜太太道：

"那么你何不也到上海去一游呢？你若要钱，我这里也有的啊！"

杜粹摇摇头道：

"我不想去。"

杜太太又问道：

"潘小姐没有约你同行吗？谁伴伊去的？"

杜粹不答，微微吁了一下气，不说什么。杜太太有些料得到伊儿子心里的念头，又道：

"潘小姐这个人我是很敬爱伊的，你和伊同校数载，感情很好，但今年你们都要毕业了，此后彼此难免要分开，当然不能再聚在一处。你的婚姻问题，我是一向放在心上的，只因你的眼界很高，以致迟迟未能成功。自从你哥哥死了以后，我只盼望你早日可以娶个妻室，养个孙儿，以遂我向平之愿，这是我天天在菩萨面前祝祷的呢。近来我觉得你和潘小姐意气很投合的，大家程度平等，大概伊这样的人，你心上总满意了。但不知潘小姐心里的意思如何？这个只有你一人知道，我却不能说。不过我以为你若然对于伊有了爱情的，那么你可以早些向伊求婚，看伊能够答应不答应，或者我托人去向陈柏年先生那里去做媒。陈柏年先生是抚养伊长大的人，也许可以做几分主的。况且大家都是同乡，家世深晓，门第相对，别的都是不成问题。倘能成就的话，岂不是美满姻缘吗？"

杜太太说了这些话，杜粹只是不答。杜太太又问道：

"你究竟意思如何？在我的面前尽可实说。难道你丈二豆芽菜竟老嫩起来了吗？"

杜粹勉强笑了一笑道：

"母亲，事情不是这样简单的，欲速则不达，你不要费心吧！"

杜太太道：

"我以为很便当的，是则是，非则非，说什么欲速则不达呢？"

杜粹听了这话，却侧转了头睡眠，装聋作哑，不高兴多说，杜太太只得走到外边去了。一连三天，杜粹总是这个样子。

星期三的下午，杜粹和家人吃饭。饭后，杜太太说道：

"今天你不要去睡了，多睡觉也要生病的。这样好的天气，不出去散散心吗？你妹妹放了假，也没有出外游过，你带伊出去玩玩吧！"

明宝在旁听了伊母亲的话，遂也嚷起来道：

"哥哥，快带我出去。"

绮霞也说道：

"你们到夫子庙去玩玩吧！"

杜粹道：

"这种地方我不高兴去，妹妹倘要出去，我就和你到第一公园去一走吧！"

明宝道：

"好的。"

遂去换了衣服，催伊哥哥快走。杜粹遂换了西装，带着明宝到第一公园去了。在公园里散步的时候，杜粹毫无兴致，而明宝也说道：

"今天倘然有慧君姊姊同来便好了，伊每到一处地方，总喜欢将风景古迹告诉我听的。去年我们游北极阁、鸡鸣寺等处，你们不是讲故事给我知道的吗？"

杜粹听了明宝的话，心里更觉怅怅所之。游了一会儿，便和明宝出了公园，到一家馆子里去吃些点心。却见东座上有一个西装少年，瘦长的面孔，嘴边有一个小小黑痣，头上的发朝后梳得光光的，很是摩登，立起身来，向杜粹点头招呼，认得他就是商科三年级里的同学王君荣。平常在校内的时候，两人的感情很淡漠。因为王君荣是富家子弟，虽在大学读书，而性喜冶游，跳舞啦，赌博啦，无一不精。家中早已有了妻子，兀自在外边拈花惹草，自命风流，所以学校中有个别号，唤作白相博士。凡是好学的同学，当然和他不甚投合的了。此刻在外边遇见了，既然他殷勤招呼，杜粹倒不好意思望望然去之，也就点头笑了一笑。王君荣又把手招招道：

"密司脱杜，坐到这里来吧！"

杜粹遂和明宝走到他座边去一同坐下，说道：

"你一个人在这里吃什么？"

王君荣道：

"随便吃些什么，我们在这里邂逅，倒很难得的，你们要吃些什么？"

杜粹道：

"吃面吧！"

王君荣道：

"好的，我也吃面。"

又指着明宝问道：

"这位是你的妹妹吗？先来两客虾仁馒头可好？小儿们大都喜欢吃这个的。"

杜粹道：

"很好，这是我妹妹明宝。"

明宝向王君荣笑了一笑，拿着一双筷子在桌边敲起来。王君荣遂吩咐侍者先来两客小笼虾仁馒头，再来三碗上好的鸡火面。侍者答应一声而去。杜粹觉得没有别的话可说，遂说道：

"密司脱王，你在春假里常常去游吗？"

王君荣点点头道：

"大好春光，岂可辜负？当然要出游了。前天到扬州去玩了一天，但觉无多大趣味。现在每天总在飞龙阁听清唱，有一个姓赵的姑娘，脸蛋儿生得真不错，喉咙也好，能唱的戏很多，因此捧的人也着实不少。每次上台，总有许多人点伊的戏。有人说伊的面貌和身材很像当年的北地胭脂刘喜奎，可是现在刘喜奎已成了时代的落伍者，伊却是新兴的角儿，娟娟此豸，我见犹怜，无怪某部长也大加赏识，红得了不得呢！"

王君口讲手画地说着，但杜粹是门外汉，不过唯唯而已。王君荣又说道：

"此刻我吃罢了点心便要去了，再隔不多时候，伊便要出场呢。密司脱杜，你可高兴同去一听吗？"

杜粹摇摇头道：

"这种地方我始终没有去过，不见得有什么兴味。"

王君荣道：

"你们大家知道我是白相博士，一向荒乎其唐的，凡是欢娱场中我都喜涉足。那么你在春假中做些什么呢？"

杜粹答道：

"我本想约一个朋友到苏州去玩的，后来没得伴侣，也就作罢了。在家里看看书，没有出去过，今天是带了妹妹出来散步。"

王君荣笑道：

"光阴是很宝贵的，像你这样岂非辜负韶光？可惜得很。我是抱享乐主义的，我现在少年真是黄金时代，不要忽略了现实。劝君莫惜金缕衣，劝君惜取少年时，花开堪折直须折，莫待无花空折枝。杜秋娘的这首诗，大概你也很熟的吧？我们为什么不要及时行乐呢？学跳舞，听清唱，国家事，管他娘！"

王君荣说到这里，明宝在旁边笑起来道：

"咦！什么管他娘不娘？我的先生常教我们要爱国家的。"

王君荣哈哈笑起来道：

"小妹妹，这是你先生对你说的话啊？但你不知道国家的事，自有大人先生做主，我们做学生的只要埋头读书，安守天命，不必多管闲事，尽可放高枕头睡觉，所谓天塌下来，自有长人去顶，小孩子便是要闹也闹不出什么把戏的。可是春愁黯黯不成眠，我们自然要出来寻些娱乐。好在怡情悦性是不妨碍国家禁令的，我们若不寻欢作乐，难道真的去学贾长沙痛哭流涕，做讨人厌的事吗？我也不是傻子，密司脱杜，你以为我的话说得对吗？"

杜粹听他这样说，正是别有见解，也又笑了一笑，却不说什么。王君荣又道：

"今夜我还要到一个地方去，你若不喜欢听清唱，那地方大约总高兴去参加的了。"

杜粹问道：

"是什么地方？"

王君荣道：

"薛家巷兰心别墅的主人薛小修，你可认识这个人吗？"

杜粹道：

"薛小修，我闻其名而未见其人。他是一个风流跌宕的美少年，在首都是很有名声的啊！"

王君荣道：

"不错，他最近联络一辈文艺家、书画家、美术家、音乐家，组织一个香草联欢会，参加的大都是青年，每月有一次茶舞，灯红酒绿，鬓影衣香，足当'盛会'两字。今晚是第三次聚餐，我在飞龙阁听了姓赵的清唱以后，便要到兰心别墅去，你左右无事，何不一同去走走呢？"

杜粹听了，在沉闷的情绪中不觉有些活动起来，便说道：

"我和薛小修素不相识，又非会员，怎能去贸然参加呢？"

王君荣道：

"你若肯一同去的，我可以介绍，因为我们这个香草联欢会并无什么一定会章，很是自由，只要不是正当的青年，不论何时，会员都可介绍。只要出餐费六块钱，在联欢簿上签一个大名，便得了。今晚你一准去。薛小修十分好客，有小孟尝的雅号，见了你一定欢迎，我愿意请你。"

杜粹道：

"这倒不必的，餐费我自出便了，不过对于跳舞，素不擅长，如何能去参加？"

王君荣道：

"交际舞你是会的，不要瞒我，因为前次学校里开过一次交谊会，你不是和女同学做过一回交际舞的吗？况且那边舞不舞也由你的。"

杜粹点点头，带笑说道：

"那么我就跟你去长些见识也好，我尽可做羊公不舞之鹤啊！"

两人说着话，侍者已端上两笼馒头来，热气腾腾地放在桌上，于是三人拿着便吃，觉得味道很好，跟着面也来了，大家又吃面。明宝吃了半碗面，小肚皮已饱，便放下筷子不吃了。杜粹将面吃毕，也觉得很饱，便抢着还去了钞。王君荣也不客气，对杜粹说道：

"你此刻可以送小妹妹回府，回到飞龙阁，我一准在那里等候你来了同去。"

杜粹道：

"好的。"

三人走出了店，杜粹向王君荣说了一声再会，和明宝坐着车子，赶回家中去了。

到得家里，杜粹便到房中去对镜修饰了一会儿，觉得容光益发俊秀，端的是一个美少年，和王君荣比较起来，真是五雀六燕，铢两悉称。又换了一条新的浅色领带，走出房来。绮霞瞧见了，便带笑问道：

"叔叔，晚上要出去吗？"

杜粹道：

"有一个同学邀我去聚餐呢，我不在家中吃晚饭了。"

遂又到杜太太面前交代过，欣欣然走出大门，雇了一辆街车，坐到贡院西街，走进飞龙阁。

只听那边清脆的歌声跟着弦索，悠扬纤徐地，送到自己耳朵里来，有许多人正列坐其中做顾曲的周郎。杜粹挤进去一看，见正中台上电炬照耀，陈列着不少银盾、立轴、花篮等物。中间立着一个年轻的歌女，烫着头发，穿着一件桃红色的旗袍，生得颇有几分姿色，身材苗条，眼波妖媚，正在唱着一段《玉堂春》。四围有数百道目光一齐注射在伊的脸上身上。杜粹又向座上客仔细瞧了一下，便见王君荣坐在东首场角里一张桌子前，把一手撑着下巴，昂着头，张开嘴，全副精神都贯注在那歌女身上。他笑了一笑，便从人丛中挤到王君荣的背后，而王君荣仍没有觉得。杜粹伸手向他肩上轻轻一拍，王君荣回转头来一看，便笑着道：

"呀！你来了，我竟没有瞧见你呢，请坐请坐。"

遂立起让座。杜粹和他并坐着，一看手表，说道：

"时候快近了，我们要不要就去？"

王君荣道：

"且慢，等我听完了伊的清歌再走不迟，好在伊是最后一人了。"

一边说，一边把手指着那歌女说道：

"你看此人脸蛋儿和身材生得真不错啊，尤其是伊的一双妖媚的眼睛，好似具着绝大诱人的魔力。我只要被伊送一个媚眼，便觉得全体酥麻了。"

说着话，王君荣把臂弯向杜粹腰边挤了一下，说道：

"你看伊的眼睛瞟到我身上来了，触电触电！"

杜粹低低说道：

"要不要叫茶房端一张藤榻过来？"

王君荣道：

"做什么？"

杜粹道：

"你刚才不是说遍体酥麻了吗？"

王君荣笑道：

"别打趣，你听这一段《玉堂春》快成尾声了。此曲只应天上有，人间哪得几回闻？今天我们的眼福、耳福都好。"

杜粹听了他的话，觉得王君荣真是着了魔了。隔得一歇，《玉堂春》已告尾声，全场报了一个彩声。那姓赵的歌女横波一笑，翩然下台，跟着便有许多人怪声叫好地起身出场。王君荣也立起来说道：

"走吧！"

于是二人一同走出飞龙阁，喊了车子，坐着到薛家巷去。

不多时，已至兰心别墅的门前，电炬光明，歇着不少汽车，足见贵宾之多了。二人走进铁门，先到左边一间室中去，在联欢簿上签名。当二人签名的时候，旁边早有一个人取过两块镶银边白瓷的徽章，把二人的姓名写在上面，交与二人。杜粹接过一看，见徽章上有他自己的名字，用蓝墨水刚写好，便问王君荣这是什么玩意儿，王君荣道：

"今晚在这里聚餐的往往有彼此不相识的人很多，所以赴会的各将这牌悬在自己胸前，使人家一瞧便知是谁，不须通名道姓了。"

杜粹笑道：

"这个办法倒也新颖，省却许多麻烦了。"

他们遂各自悬上。王君荣便抢着付去餐费，杜粹谢了一声，一同回身走出，慢慢地踱到里面去。正中一条水门汀的人行道，直通到一座三层洋楼之前，里面电炬灿然。王君荣却不一直去，导着杜粹走向右边斜出的水门汀路上。两旁花木甚多，来到一个月亮式门之前，正有一个下人立在门口含笑招呼。杜粹和王君荣走进门来一看，乃是一个园林，一处处花木扶疏，假山玲珑，远望风亭水榭，曲槛回廊，都有一盏盏电灯亮着，因此园中十分光明。并且更有奇景触目的，绿树之间，缀着数百盏大大小小的灯笼，有杏黄色的，淡红色的，紫色的，绿色的，银色的，光怪陆离，映照明妍。南首一座厅上人影幢幢，有收音机送出音乐之声，一阵阵香风送入鼻管。杜粹顿觉惝恍迷离，处身别一境界中，便对王君荣说道：

"昔人说城开不夜，这里竟是个不夜园了，到处灯光，无须秉烛夜游，恐怕李白等春夜宴桃李园也不能胜过于此了。"

王君荣笑笑道：

"不错！我来介绍你去见园主人吧！"

一边说，一边走，早走到了一座广厅之上，坐着七八个青年，正在谈笑忘形。当王君荣走上厅时，便有一个少年穿着华丽的西装，起身相迎，各道了一声晚安。王君荣便代杜粹和那少年介绍，方知这少年便是薛小修，果然雍容华贵，与众不同。薛小修听说杜粹是王君荣的同学，也很欢迎，便请二人在圆桌前坐下，敬过香茗，寒暄数语。又有别的会员来了，薛小修又到那边去招呼。杜粹静静地坐着，鉴赏厅上精美的陈设。王君荣却说道：

"园中地方很大，你初次来游，不可不去一走，此刻还没到聚餐时候，我陪你去走走吧！"

杜粹说声"有劳了"，两人起身出厅，走到园里去遨游。穿过一条走廊，遇见几个青年男女迎面走来，王君荣向他们点点头，招呼了一下，又绕到一个堂前，有一条九曲桥直通到一个水榭上。二人走到桥的中间，立在两盏红灯之下，灯光映射到水里，水中也有一盏盏的灯光，五色灿烂，煞是好看，杜粹不觉喝一声彩。却见东边水面上有一只瓜皮小艇，上面缀着几盏小灯笼，有两个妙龄女子划着桨向桥边一摇一摆地荡来。杜粹指着对王君荣说道：

　　"妙绝趣绝，可惜没有快镜，一摄水中艳影。"

　　王君荣还没有答话，却听艇中娇声唤道：

　　"表哥，你也来了吗？"

　　跟着一阵哧哧的笑声，这小艇已荡到了桥下。

第九回

腻友舞良宵销魂蚀骨
清流看倩影粲齿慧心

　　灯光下，杜粹细瞧，那艇中划桨的两个女子，一个年龄较轻，装束完全欧化，蜷曲的云发，雪白的粉颈，酥胸微袒，玉乳高耸，风姿绰约，宛如凌波仙子。那一个穿着一件桃红色的衬绒旗袍，面圆微胖，态度活泼得很，都是新时代的女儿。此时，王君荣也留意一瞧，便带笑对洋装的女子说道：

　　"表妹，你来得早啊！"

　　杜粹见王君荣和她们招呼，方知道那年轻的女子就是他的亲戚了。只听伊又仰着脸说道：

　　"我们来得很早的，所以在这里荡舟为乐。"

　　王君荣道：

　　"现在快近聚餐时候了，你们上来吧！"

　　那女子答道：

　　"好的，我们可到那边柳树下上岸，请你们也到那边去。"

　　说罢，划着桨，小艇便向南边荡去。王君荣回头对杜粹说道：

　　"我们到那边去等候她们吧，这两位是擅长交际的新女子，我代你介绍可好？"

　　杜粹笑了一笑，跟着他便走，忍不住又问道：

　　"那位洋装的女郎就是你的表妹吗？还有那一位呢？"

　　王君荣一边走，一边回答道：

"正是的，伊姓项，名锦花，是个世家女。我和伊是姨表妹称呼，不过伊是庶出的，我的姨母早已故世了。伊家叔父项怀仁是在国民政府身任要职，目下也是很红的政客呢。至于那一个，姓魏，闺名明霞，是伊昔日的同学，又是伊的盟姊，所以常常在一块儿的。"

说着话，两人走得很快，早到了柳树之下。只见那小艇在池中打转，她们俩乱划着桨，嘻嘻哈哈地笑得不可开交。原来项锦花要想赶快摇到岸边来，而魏明霞故意和伊同伴打趣，偏把小艇荡到对方去，一来一往地，彼此挣扎着，团团地打起转来了。项锦花弄不过魏明霞，不由娇声唤起来道：

"霞姊，别再要这样了，须防艇子要侧翻的，倘然我们跌到了水中去，变作一对落汤鸡，便见不得人了。"

明霞笑道：

"你本来是有名的清炖鸡，就拿你请客也好。"

锦花道：

"啐！我是清炖鸡，你是一只填鸭，多么肥的。"

说了，两人又在艇中笑起来。杜粹在岸上听着，也觉得好笑，又觉这两个女子似乎在哪里见过的，一时记忆不起，脑海中搜索了一下，遂记得去年时候自己陪着慧君和黄美云游清凉山的当儿，曾在扫叶楼头遇见过的。那项锦花曾唱着《桃花江》，非常流丽，和慧君等又不同了，想不到今晚竟在这香草联欢会中重逢了。他默默地想着。项锦花和魏明霞已把艇子荡到南边柳树之下，先后跳上岸来，彼此道了一声晚安。项锦花向杜粹胸前悬的徽章一看，向王君荣问道：

"这位密司脱杜可是表哥的同学吗？"

王君荣点点头道：

"密司脱杜是我们商科里的高才生，今年就要毕业了。今晚我在街上遇见了他，特地邀他来赴联欢会的。我们都是少年，当此春日，正宜多做些赏心乐事，是不是？"

锦花和明霞都点点头。王君荣又对杜粹说道：

"这位是我表妹项锦花，那一位是密司魏，好在胸前都有姓名，恕

170

我不多说什么介绍话了。"

四个人正立在柳树下，听得钟声铛铛，宴会的时候已到。王君荣道：

"我们到席上去吧！"

四人一同从小径上抄到那边厅中，早有一个下人托着一只红木小盘，盘里放着许多折叠好的纸阄，走到四人面前来，请他们拈阄。四人各拈了一个，拆开来看时，王君荣拈的是十九，明霞是二十八，杜粹是七，锦花是八。锦花看了，便带笑说道：

"巧得很，我和密司脱杜坐在一块儿了。"

王君荣道：

"今天大概是吃中菜，所以拈阄定座，八个人一桌，我和密司魏都要分开，你们俩却拈的号数相连，正是最巧没有了。你们俩一见如旧，坐在一起，不会寂寞，从此做了朋友吧！"

锦花微微笑了一笑道：

"今晚赴会的都是朋友啊，我们走吧！"

于是四个人也不用主人招呼，望走廊里一径走到餐厅去了。餐厅上安排着五六桌上等的酒筵，灿烂的电炬，照着白银的杯盘、鲜艳的水果。到厅上来的人都拿了阄子去认座位，依着号码，一一坐定。共有四十多人，都是摩登的青年男女。其中装饰新奇的也不少。香风四溢，云裳生绡，杜粹竟如到了山阴道上，目不暇接。他和项锦花并坐在一起，得傍玉人，也是巧事。主人薛小修见众会员都已坐定，便起立致欢迎词。大意是说这个一月一次的香草联欢会，承蒙诸位有兴参加，渐渐盛大起来，心里非常快活。希望到会的都是快乐种子，人生不行乐，戚戚何为者？所以今晚愿大家都要十二分的快乐，不致辜负这个良宵。餐后，还有跳舞会，请大家都要伴舞，尽一夕之欢云云，薛小修说毕，众人都鼓掌欢和。薛小修又送给众会员每人鲜花一朵，缀着香草，色香可爱，大家都插在襟上。席间，杜粹和项锦花交谈起来，项锦花叩问杜粹的家世甚详。杜粹当然回问伊，方知项家住在龙蟠里，锦花的父亲曾在民国初年袁项城执政时代做过某部部长，红极一时。自从袁氏窃国不成，身死新华以后，锦花的父亲徒然做了一场攀龙附凤的梦，解职回乡，便一直住在南京，不久便得病逝世。现在锦花尚有一个哥哥，在湖北建设厅供职，其余的事也不便细问。杜粹对于其他会员都不相识，所以只有和锦花喁喁而谈，因此众人对于他们也不觉格外注意。杜粹偶然回转头去，见王君荣在那边席桌对他扮着鬼脸，连忙侧转头来。又见那边的魏明霞也对他微微一笑，自己倒觉得有些不好意思，只得取箸去夹着菜吃。但是锦花又凑过来带着笑向他问道：

"我们似乎以前在哪里见过一面的？我记忆不起，你能告诉我吗？"

杜粹道：

"密司项，不记得了吗？就是在清凉山的扫叶楼，我曾遇见密司和密司魏一同在那里品茗的啊！"

锦花点点头笑道：

"给你一说，我又记得了。那时候，我和明霞为了应一个姓曹的朋友之约，去游莫愁湖的。但是可恶的，那朋友不知怎样竟失了约，使人大为扫兴。现在姓曹的已到青岛去了，我不情愿和这种人交友。"

杜粹听得不明不白，不知是怎样一回事，也不知姓曹的是何许人，只好含糊答应。锦花便又问道：

"我还记得当时密司脱杜是和二三女友一起的吗？不知她们是谁？"

杜粹答道：

"只有两位，一位姓潘，一位姓黄，都是我的女同学。"

锦花笑笑道：

"是女同学吗？"

也就不说什么。恰巧送上一道热茶来，大家都用茶。因为没有什么主客可分的，所以彼此都不客气，一道一道的菜来时，吃个畅快。杜粹觉得今晚的筵席精美丰富极了。直等到酒阑席散之后，杜粹跟着王君荣等众人又走到舞厅上去，见那舞厅里电炬通明，各色各样的，极尽奇丽之至。四壁饰着光怪绚烂的图案画，又扎着许多红花翠柏，和五色灿烂的万国旗，以及各种纸彩。正中音乐台上坐着几个乐师，脚踏实地下的地板滑泽得光可鉴人，男男女女相伴而坐。桌上都有一簇鲜花，橘子汁、咖啡茶、果子露、汽水随意点喝。杜粹和王君荣、项锦花、魏明霞等一同坐在一张桌子前。一会儿，乐声奏起，会跳舞的人大家都觅侣起舞。这因为南京非上海可比，市上没有跳舞场，私人宴会，难得一舞，欲求兰心别墅这样布置齐全，舞侣众多，却已是不可多得的了。此时，项锦花伸个懒腰，立起身来，对杜粹说道：

"密司脱杜，你可喜欢这个玩意儿吗？"

杜粹摇摇头道：

"我于此道不谙的。"

锦花有些不信，便向王君荣说道：

"表哥，杜粹说的可不打诳语吗？我不相信他不会舞的。"

明霞道：

"不会舞的人不来了。"

王君荣道：

"我喜欢老实说，密司脱杜对于跳舞虽没有三折肱，却也能够勉强应付，不过他似乎兴致不十分浓厚罢了。如今我和密司魏舞，杜君伴表妹舞，不要客气。你看大家上场了。"

锦花听说，便笑嘻嘻地走近杜粹身旁，软语道：

"我们去吧！"

这时候，杜粹身不由主地站了起来，只见王君荣已搂着魏明霞的纤腰，走到场中去舞了。项锦花软绵绵的身躯已偎傍过来，于是他不再学羊公不舞之鹤，跟着锦花亦步亦趋地试舞起来。场中一对对的青年男女，约有十四五对，随着靡靡的音乐声，翩跹而舞。锦花故意卖弄伎俩，左右回旋，身如转波，杜粹跟着伊，不由额汗涔涔。锦花却很从容地，还要和杜粹谈笑一二语，将伊的一颗螓首紧贴在杜粹胸前，口脂微度，星眸娇盼，水蛇一般的腰肢，扭着殿波，此情此景，多么令人销魂荡魄。杜粹乍临乐境，如入迷宫，婆娑而舞，尽享受此一刹那间的陶醉，忘记了人世其他的一切。直到乐声终止，舞伴皆去休息，杜粹和锦花手携手地回至原座。王君荣和魏明霞一齐走来，便对杜粹说道：

"密司脱杜，此道不是很够味的吗？"

杜粹笑了一笑，坐到椅子上，喝了几口橘子汁。锦花笑道：

"密司脱杜并非门外汉，方才舞的时候很得门径的，怎说不会呢？"

杜粹道：

"你们的舞技已臻上乘，我的功夫尚是下乘，班门焉敢弄斧，只好算不会了。"

王君荣道：

"不要客气。"

一会儿，乐声又作，主人薛小修换了一身浅色的西装，履声托托地走到锦花面前，带着笑说道：

"方才我瞧密司项舞得很有兴味，现在请与我舞五分钟可好？"

锦花嫣然一笑，露出洁白的贝齿，点点头说道：

"主人招舞，敢不奉陪？"

薛小修笑道：

"今天我们大家都是主人，密司不要这样说。"

遂一挽锦花的手臂，走到场中去了。跟着又有一个西装少年走过来，请明霞同舞。王君荣对杜粹说道：

"她们都被邀去了，要不要我来代你介绍一位？"

杜粹把手一摇道：

"不必了，我坐着作壁上观吧！"

王君荣笑了一笑，便去别的桌子上邀了女伴同舞。杜粹独坐着，瞧场中一对一对的舞侣，都跟着乐声进退有序，疾徐中节，舞得花团锦簇，凤翥鸾翔，而锦花和薛小修的一对更如鹤立鸡群，堪为个中翘楚，不觉暗暗点头。不多时，乐声又止，锦花等重返原座，杜粹向伊称誉数语，锦花满面春风，很是快活，等到乐声再起时，杜粹又和锦花在一起舞了。其间杜粹曾和明霞舞了一会儿，而王君荣也曾和锦花舞过两次，看看时候已近子夜，众会员去了小一半，留着的都是跳舞健将了，乐声益发奏得靡曼。杜粹瞧王君荣等舞兴正酣，尚无归去之意，但是自己的家里离此很远，倘然再不回去，家人要盼杀了，想自己以前虽也曾出外赴戚友之宴，可是无论如何，迟至十一点钟必要回家了。夜深人静，尽在外边逗留，我母亲不无怀疑我到了什么地方去呢？于是就对王君荣说道：

"我要失陪了，此处不知到几时方散？"

王君荣道：

"今晚这里大约要到两点钟了，你难得来的，不如到时一同走吧！"

杜粹道：

"我家里路远，况且出来的时候未关照，所以我决定要回去了。下次倘来参加，或可从容些。"

锦花道：

"密司脱杜不好打个电话家里去告诉一声吗？"

杜粹道：

"舍间没有电话的，两位密司请原谅，允许我先走可好？"

明霞笑笑道：

"若是不允，你又怎样呢？此刻时候，我们做女子的尚在外边，你是男子，怎可以说先走？"

杜粹听了这话，脸上露出尴尬的样子。锦花道：

"密司脱杜既要回府，我也不敢勉强，否则你不要背地里说我们太荒唐了吗？此时又要舞了，请你再伴我舞一会儿，然后一同回去。府上既然路远，好在我有汽车在此，停刻先送你回府可好？"

杜粹只得说道：

"多谢密司的美意。"

说着话，乐声又响起来了，杜粹便和锦花又到场中去舞，王君荣却搂着一个很风骚的少女，大家称伊密司戴的，且旋且舞，魏明霞也和别的少年同舞。当舞的时候，锦花把伊身子紧紧贴在杜粹怀里，仰着脸和杜粹有说有笑，桃靥上泛着两朵红霞，似玫瑰花一般的鲜艳，映着红灯，觉得伊更是艳娇动人。自己心旌摇荡，不知所可，不知觉地舞得十分有劲。因为他舞了数回，步伐滑溜得多了。舞罢回至原座，杜粹对锦花说道：

"今晚很对不起密司，承密司不弃，伴舞多次，觉得一半儿荣幸，一半儿惶愧，不胜感谢之至，此时我总可以回去了吧？"

锦花笑道：

"密司脱杜怎样又一连串地说起客气话来？我是不会说话的，以后千万不要如此。现在我送霞姊和密司脱杜回府吧，表哥怎么样？可要同走？"

王君荣道：

"你们先走吧，我要等到散的时候方回去呢！"

锦花道：

"我知道你也不肯走的，那么我们失陪了，你到密司戴座上去吧！"

杜粹觉得自己本和王君荣同来的，此刻自己丢了他先走，又有项锦花等伴送回去，似乎对于他有些歉然，便说道：

"你还不回去吗？真是白相博士了。对不起，我要先走了啊！"

王君荣笑笑道：

"你请吧，今晚我邀你前来，总算没有辜负你的，有我表妹等送你回府，也是你的幸运，我不相送了。"

薛小修在那边座上，见他们像要走的样子，也走来招呼。杜粹等遂和他握手告别，王君荣便说了一声再会，就先走到密司戴的座上去了，于是锦花等又和相识的会员们点头告别。

三个人走出了舞厅，见园中的灯笼兀自亮着，杜粹不认得路径，遂由锦花、明霞二人引导，一路曲曲弯弯，走到了别墅门口，将胸前所悬的徽章交还了会中的执事。出得大门，锦花娇声唤了一声福生，便见那边靠着的一辆黑牌汽车，里面有人答应了一声，跟着将汽车驶近身来。锦花对杜粹一摆手，说声请坐，于是三个人一齐坐到了车内，杜粹坐在左首，锦花中间，明霞居右。锦花向汽车夫关照了几句话，叭的一声，汽车便向前驶去了。锦花在车上陪着杜粹很随便地谈话，一会儿，汽车已驶到了一条较狭的巷口，徐徐停住。明霞立起身来，向二人说道：

"再会吧！"

二人也说了一声再会。锦花又道：

"霞姊，你明天下午可到我家里来吗？"

明霞道：

"好的，你若要我相陪，可以打个电话来通知我一声便了。"

说着话，开了车门，走下车去。汽车夫把车门拉住，捏了两下喇叭，回转车身向东边一条马路上疾驰而去。锦花把身子挪过些，让杜粹坐得宽舒，又向杜粹说道：

"密司脱杜，今晚舞得疲倦了吗？"

杜粹摇摇头道：

"不觉得，不过我自问非密司之匹，请密司休要讥笑。"

锦花道：

"你很好的，只要多舞几回，不难纯熟。我很喜欢跳舞，以前曾跟一个法国女子学习过，什么狐步舞、探戈舞等，我都有些会的。你若有兴，便时我可教你。"

杜粹含糊答应了一声。锦花又问道：

"密司脱杜今年要毕业了吗？你的学问当然是很高深，非我的表哥所可几及。不知你毕业之后将要到什么地方去做事？"

杜粹道：

"若不在南京，便到上海，大概银行里的机会多。"

锦花道：

"好！我希望你将来成一个银行界里有名的人物。"

说罢，笑了一笑。无意间伊的玉臂触着杜粹的手腕，杜粹觉得滑泽而冷，便带着笑对锦花说道：

"密司身上穿得太少了，此时已是深夜，不要觉得冷吗？"

锦花道：

"我不冷。"

这时，汽车已驶到了利济巷。杜粹对锦花说道：

"谢谢你送我回家，此刻我要和密司分别了，时已夜半，否则我要请密司到舍间去盘桓的。"

锦花道：

"不要客气，明天下午我倘然无事，必来拜访。"

杜粹道：

"此话当真吗？"

锦花道：

"当然不是戏言，你要我来吗？"

杜粹道：

"不胜欢迎之至，明日我准在舍间恭候。"

锦花道：

"很好，你下车吧！"

说着话，伸出伊的皓腕来，给杜粹握了一下。汽车早已停住，车门开了，杜粹又向锦花说了一声晚安，跳下车去，立在一边，瞧着那汽车掉转身疾驶而去。一刹那间，车影已杳，惨淡的街灯照着沉静的道路，一阵阵的夜风扑到面上来。他如梦初醒地回身走到自己家门前，叩了几下门，便有一个下人来开门。杜粹走到里面楼上，见明宝和绮霞等都睡了，只有伊母亲尚坐在房中听收音机。杜太太见儿子回来，便将收音机停住，问伊儿子道：

"怎么你今晚出去赴宴，直到此刻方才回来？我们等得好不气闷，再不来时，我和下人也要睡了，守到几时去呢？你究竟到什么地方去的？"

杜粹答道：

"母亲，这是我的不是。今晚我到的地方很远，恰巧又有茶舞，被友人们轧住，一时不能脱身，所以回来得不早了。"

杜太太因为伊儿子难得这样流连忘返的，遂也不去说他，叫杜粹快去安睡。

杜粹告辞了，回到自己房里，看看钟上已有两点一刻，将襟上插的花取下来，放在桌上，对着那花凝视了片刻，笑了一笑。又取过镜子，照照自己的容貌，在房中踱了几步，脚尖儿在地上轻轻转着，很像跳舞的样子，然后解衣安寝。但是，脑海中很不宁静，一时哪里睡得着？闭着眼睛，想想兰心别墅联欢会经过的情景，项锦花婉媚之态很活跃地在他脑膜上映出，生平没有经过这样狂欢的，今夕何夕？见此粲者，而出于自己意外的就是项锦花和他初次见面，竟同作腻舞，又用汽车相送回家，处处地方都对他表示特别的好感，这岂非是不可多得的吗？以前在清凉山见到了伊，以为不知是谁家名媛，很是放浪的，也不放在心上。岂知这番竟和自己重逢而做了伴侣？虽然尚是初交，而觉得伊的魔力多么动人，使我不知不觉地欢喜亲近。伊真是一个非常活泼、非常烂漫的摩登女儿，若把伊和慧君比较，那么慧君好像冷艳的绿萼梅，锦花却像撩人的红蔷薇。慧君又像雨前香茗，使人解渴，锦花却如玫瑰佳酿，使人陶醉，各有各的好处啊！我不是一向羡慕慧君的吗？怎样一朝见了锦花，便又不能自持起来，而和伊亲近呢？岂不有负于慧君？既而一想，慧君对于自己虽有很深的感情，然而只徘徊在友谊之间。以前伊的芳心中早被姓陈的占据着，直到姓陈的死后，我觉得伊还是未能忘情于地下长眠之人，对于我没有更深的进步，伊的心我还是不能完全明了。此时，伊又和黄美云到上海去，说不定美云的哥哥必然也是沪上游侣的一分子，那么他们也很快活的。我反而躲在家里，辜负了春光，相形之下，未免不平。那么我偶然到别处去寻欢一下，也未必见得就对不住慧君吧。想到这里，心上安慰了许多。又默想那王君荣在馆子里说的几句话，和兰心别墅里诸青年欢聚的情形，真觉得人生最难得的就是欢娱，自己若然不逢王君荣，也不知道首都之中有那样快乐的地方呢。自己本来不甚欢喜跳舞的，为什么和锦花一舞以后，便觉得津津有味呢？锦花说明天要到这里来，大约这句话是真的。伊是善于交际的女子，当然会驱车而来，我倒要打叠起精神去招待伊呢。杜粹在床上想来想去，只是在锦花身上，加以方才喝过了数杯咖啡，情绪很是兴奋，不想睡眠。直到天色将曙时，不知从哪里送来数下禅院里的晨钟声，他听了，方觉脑中清醒一些。自己有些好笑，何以为了一个女子，竟会如此颠倒起来？难道相交数年的慧君反不如伊吗？像项锦花那样的人，虽是够人陶醉，然而总觉得浪漫一些，我和伊只可逢场作戏，偶一接近，不可迷恋在心头的啊！今日伊要到我家里来，我不过一尽主人之谊罢了，我还是不要忽略了慧君。想到这里，思潮渐渐平静，蒙眬睡去。

等到醒来时，红日上窗，已近十一点钟了。连忙披衣起身，叫下人打水进来，洗过脸后，走下楼来，杜太太已念好了经，和绮霞、明宝等一同坐在客堂里。明宝见杜粹走来，便说道：

"哥哥，昨晚同那王君去赴什么会的？怎么到了夜深时始归？"

绮霞也带笑问道：

"叔叔可是去看戏的？否则宴会何以如此长久？"

杜粹笑笑道：

"我老实告诉你们吧，昨晚同学王君荣邀我到兰心别墅去参加一个香草联欢会。在那会里，都是些青年男女，艺术家、音乐家、文学家都有的。"

明宝早嚷起来道：

"那么你是什么家呢？为什么不带我同去，使我也好玩玩？"

杜粹摇摇手道：

"那边像你这样年纪小的人，一个也没有的，带了你去，不是笑话吗？况且席散时又有跳舞，没有小孩子参加的。"

明宝道：

"跳舞吗？我很喜欢看的。是不是什么梅花歌舞团？我爱听他们的唱，爱瞧他们的盘丝洞。年纪轻轻的小姑娘，赤裸着身，扮着蜘蛛精，跳了，唱了，煞是好玩的。"

杜粹笑道：

"小妹妹，你别要冬瓜缠到茄门上去，哪里有什么歌舞团呢？我们的玩意儿是一种茶舞啊！你懂什么？"

绮霞笑道：

"那么叔叔昨晚和谁同舞的呢？"

杜粹微笑道：

"那边舞侣很多，但我和密司项舞的次数居多，所以到了夜深始归。"

绮霞道：

"密司项是谁？我们却不认得，你以前没有提起过此人啊！"

杜粹道：

180

"我和伊也是第一遭相逢呢，是我同学王君介绍的，昨晚就是伊用汽车送我回家的。"

绮霞道：

"伊的芳名是什么？大概是一个富家女子了。"

杜粹点点头道：

"不错，伊名锦花，家住龙蟠里，伊的父亲在世时曾做过部长，伊的叔叔又做过盐运使，现在正供职在国民政府，所以伊是个大家闺秀。"

绮霞笑道：

"大家闺秀却这样轻易和陌生男子跳舞的吗？不要是个浪漫女子啊！"

杜粹道：

"密司项是交际之花，也是时代女性，没有什么男女顾忌的，伊的社交似乎很广阔。"

绮霞道：

"生得美丽吗？"

杜粹道：

"容貌很好，态度又是十足摩登，伊说今天要来拜访我，停一会儿你们瞧吧！"

明宝不觉嚷起来道：

"哥哥专喜结交女朋友，慧君姊姊不是和你很好的吗？现在伊到了上海去，你又到外边去和不相识的女子跳舞，做什么呢？那姓项的又不是你的同学，等到慧君姊姊回来时，要不要我去告诉伊？"

杜粹对明宝紧瞧了一眼，说道：

"没有什么关系的，不用你多嘴。"

杜太太起先听着他们问答，只是静听不响，现在见杜粹喝住明宝，便忍不住说道：

"明宝的话说得也不错，你不要在外胡乱结识，有了一个女朋友已够了。"

杜粹笑道：

"朋友之数岂有限制的？那校里女同学也很多，不过我和她们都没有什么往回罢了。交友是不一定的，情感好的不妨友谊长久些，情感不好的，真合着苏东坡的诗：'人生到处知何似，应似飞鸿踏雪泥。泥上偶然留指爪，鸿飞那复计东西。'何必要执着呢？"

绮霞点点头道：

"叔叔倒也说得旷达，然而一个人往往事到其间，无从摆脱，怎能说得定呢？"

伊说了这话，顿觉自己不应如此说，遂缩住了，别转身去，抚摸着明宝的头发。杜太太问杜粹道：

"那么项小姐今天一定要来的吗？"

杜粹道：

"是的，还有伊的朋友魏明霞小姐一同来。我们早些吃了午饭，等候她们来便了。"

杜太太笑道：

"现在的男女交友竟这样容易，我倒要瞧瞧那位项小姐是个怎么样的人呢？"

杜粹道：

"母亲，你等着吧！"

说着话，就走到书房中去，四下端详，重行布置了一回。又叫下人端整清水，烹好上等的细芽香茗，以及精美的茶点。

等到吃过饭后，杜太太和绮霞、明宝等都坐在楼下客堂里等候，杜粹却常常走到门外去瞧瞧锦花等可来。但是直到三点钟还不见倩影来临，杜太太对杜粹说道：

"痴儿子，你莫要上人家的当，想她们不过口头上说一句话罢了，你却当了真。那些摩登女子说到哪里是哪里的，岂像潘小姐都说老实话的呢"

杜粹给杜太太一说，心里也有些忐忑起来。绮霞道：

"她们可说定时候吗？"

杜粹摇摇头道：

"时间没有说定，不过密司项不像骗我的样子。"

杜太太一撇嘴说道：

"让她们不来也好。"

正说着话，一个女仆跑进来说道：

"二少爷，外边有两位小姐要见你。"

杜粹欣然道：

"来了，到底不是骗人的。"

他马上跑出来。杜太太对绮霞笑了一笑，大家立起身来向外望着。先听叽咯叽咯的高跟革履声响，接着便见杜粹陪着两个花枝招展的女郎走将进来，眼前顿觉一亮，鼻子里又闻到一阵芬芳之气，中人欲醉。靠近杜粹身边的一个女子，身材更细，穿着一件色彩鲜妍的软绸衬绒旗袍，衣袖短到臂弯里，胸前罩着桃红色坎肩，更是夺目，手里挟着一只桃红色的皮夹。那一个穿着一件绿底银花的衬绒旗袍，外罩一件单大衣，手里提着一只柯达克照相机。两人都烫着头发，脚上又穿着新式的皮鞋，脸上都是涂脂抹粉，装饰得非常摩登，神采飞扬，和慧君又不同了。杜粹笑嘻嘻地陪着走到客堂中，便代她们介绍，方知靠近杜粹走的就是项锦花，那一个就是魏明霞。二人见了杜太太，都叫一声伯母。杜太太等自然含笑相迎，招呼到书房中去坐。仆人献上香茗，杜粹亲自拿着茶盘敬给二人吃。二人嗑着瓜子，和杜粹等谈话，毫无羞涩之态。绮霞在旁瞧着，自叹不及。杜太太见项锦花右手中指上戴着一只钻戒，晶莹照眼，估计起来非二千金不办。又瞧伊耳上悬的长珠环，都是又圆又光的，珠光宝气，果然是大家闺秀，且也并不见得十分浪漫，遂向伊问问家世。锦花说出来都是值得夸耀的，又知伊曾在艺术大学里读过两年书，因为生了一场病，所以辍学的。魏明霞也是富家之女，明霞的父亲做过市长，现在到海外参考去了。

杜太太谈了一歇，便和绮霞、明宝等都走出去了。书室中只有杜粹、锦花、明霞等三人，讲起昨宵的事来，大家很是欢洽。杜粹又指着照相机问明霞道：

"密司魏擅长摄影术的吗？"

明霞答道：

"这个不是我的，乃是锦花姊的，我不过代伊拿着。"

杜粹又向锦花问道：

"密司大概精于此道的了？"

锦花笑道：

"我刚才学习呢！今天明霞约我代伊摄影，所以带了出来，我是不会摄的。密司脱杜，你会摄吗？"

杜粹道：

"会是会的，不过摄得也不好。"

锦花道：

"你代我摄几张可好？"

杜粹点点头道：

"可以，但摄得不好时不要笑我，我这里也有照相机的，但没有密司项的好罢了。"

锦花道：

"不要客气，你代我们摄影去吧！"

回头向窗外一瞧，道：

"那边有花有树，我等先摄一影好吗？"

一边说，一边立起身来。杜粹也立起身说道：

"待我试试看。"

便去取了自己的照相机出来，陪二人走出书房。来到庭中，指着那边开着花的贴梗海棠说道：

"请你们立在树下摄一影，那么可以称得'人面桃花相映红'。"

明霞道：

"这贴梗海棠开得正是烂漫明艳，像桃花一样。"

锦花一拉明霞的手腕道：

"我们去摄吧！"

明霞将单大衣脱下，挽在臂弯里，一同走到那边树下，左右立着。明霞右臂向上靠在树上，身子微斜，锦花却一手攀住垂下的花枝，一手叉在腰里，对着杜粹张开嘴，一脸的笑容。杜粹对准了光，正要摄取时，明霞忽然说道：

"锦花姊张开着嘴想吃天鹅肉吗？"

这一句话引得锦花格勒一声，笑将出来。明霞见锦花笑，不觉也笑了。杜粹见她们一笑，便不好摄，只得说道：

"请两位密司忍住笑，别动！否则都要像开口和合的。"

但是二人听了杜粹的话，非但不能忍住，反而格外笑得厉害，左倾右摆的几乎站不定。绮霞和明宝听得笑声，都来观看。隔了一会儿，二人好容易忍住笑，让杜粹摄毕。杜粹道：

"这里没有什么风景，还是到外边去摄吧！"

锦花道：

"那么我们就去游玄武湖可好吗？"

杜粹答应一声，二人便要立刻就走，遂到杜太太面前去告辞。杜太太道：

"两位小姐难得来的，怎么点心也不吃，便要去呢？"

杜粹把她们要游玄武湖的话告诉了，杜太太说：

"很好，时已不早，你们可以就去了。"

于是锦花、明霞别了杜太太等，由杜粹陪着，走出了杜家，雇了一辆汽车，坐到了玄武湖。

他们的目的是来摄影，所以只拣好地方去摄。有时锦花独自留影，有时明霞独摄，有时双姝并照，杜粹也摄了一影，是锦花代他摄的。园中游人甚多，绿水激滟，小艇荡漾，锦花便提议坐船，于是三人坐了一只小舟到湖中去。杜粹自己拿着一桨坐在船首，锦花、明霞同坐中间，各棹一桨，三个人努力地荡开去，把前面的小艇追出了不少，大家莫不对他们注意。到得绿荫深处，三人有些力乏，轻轻地放下兰桨，让这小艇在水中自己慢慢地荡着。上面绿树遮盖，如张翠幕，睍睆黄鹂隔着叶在枝头轻弄好音。杜粹背转身向锦花等对坐着，喁喁而谈，鼻子里闻到馥郁的香味，几不辨是花香和人体之香。此时，杜粹觉得已被环境陶醉了，良久，良久，约有二十多分钟的光景，他们又摆着桨驶开去。杜粹瞧着水中的倩影，不由心里陡地一动，想起了到上海去的那个人，伊人伊人，宛在水中央，不过镜犹是也，而人则已非，溶溶秋水也变成了粼粼春波了。锦花忽然带笑问道：

"你低着头想起心事来吗?"

杜粹摇摇头，把手中桨指着水中的倩影道：

"不，我正在瞧着水中的倩影呢!"

锦花横波一笑道：

"什么艳影不艳影，你何必向水中看? 请你看我们的人究竟艳不艳?"

杜粹道：

"影而称艳，那么人更艳了，我不敢唐突西施。"

锦花把左手一掠云发道：

"我们都是无盐，哪里敢当西施，并且也不情愿做西施，因为西施是亡人之国的祸种头啊!"

杜粹笑道：

"密司错怪了西施了，亡吴国的到底是吴王夫差自己，他若然不好色，那么虽有千百西施，也是徒然，何至于杀害忠良，轻弛国防，忘记了当前的仇敌，轻易许和，自耽逸乐呢? 并且在越国方面讲起来，西施可算是一个大大的功臣。越王没有了伊，恐怕也不能从容地十年生聚，十年教训，达到他沼吴之志了。所以，我说西施是爱国的女子，密司何乐而不为?"

杜粹说了这话，见锦花微笑不语，自以为说得很有见解。但是锦花却又笑一笑道：

"照密司脱杜这样说，你尊称我们为西施，好像赞我们是爱国女儿了。我们的中国，外侮如此紧迫，国势如此凌夷，我们二万万妇女，虽不有荷戈杀敌，效花木兰、秦良玉，却大可以学做西施，去牺牲色相，献媚强敌，为国家复仇，挽救颓势了。唉! 却不知此一时彼一时也，现在的敌人岂是吴王夫差这一种人呢? 若非我们整个的民族完全醒悟，上下一心，团结起来，用整个的民族力量去挽救，那么总是不足以救危亡的啊！"

杜粹听锦花慧心綦齿，侃侃而谈，说出这番道理来，竟把自己的话驳倒，言辞很犀利，很爽快，遂点点头说道：

"密司这话说得不错，佩服佩服。我方才自知说得不对，再不愿希望你做西施，而愿你做花木兰。"

锦花道：

"我们做花木兰，你做什么呢？"

杜粹笑道：

"我做班超，好不好？"

这时，背后又有一小艇很快地划向前来，明霞道：

"你们不知怎样的又谈到国事了，我最不喜欢听人家谈国事。须知自有一辈大人先生在那里调度一切，我们即使要管也不得，还是得逍遥时且逍遥吧！"

杜粹听明霞的话说得和王君荣仿佛，便微笑道：

"密司既不喜听，我们尽可谈风月，只是……"

杜粹话又未毕，背后的小艇已驶近他们，舟中坐着三个纨绔少年，六道目光一齐注射在锦花、明霞身上，嘴里却哼哼地唱着《大路歌》，跟着他们而行。杜粹的小艇快，他们也快，慢时他们也慢。锦花白了一眼，道：

"真讨厌，我们不要坐船了，回去吧！"

杜粹道：

"我请你们去吃馆子可好？"

明霞道：

"还是看影戏吧，国民大戏院今天映的《双蝴蝶》，是很好的片子，密司脱杜，你可请我们去看吗？"

杜粹道：

"好的！我一准奉陪，不知密司项意兴如何？"

锦花笑着点点头道：

"我跟你们一同去看看也好。"

187

三人划到了原处，便舍舟登陆，回头瞧着那尾随的小艇，兀自在湖中荡漾，舟中人指着杜粹等叽叽咕咕的，不知说些什么话呢。三个人遂慢慢地踱出五洲公园。

　　这时，夕阳衔山，西边一抹红霞映着绿树，很是好看，而东边的天空里淡月一钩，已露出伊的俏面庞来窥人。杜粹提着照相镜，和锦花等说说笑笑，刚走到园门口，忽听背后有人娇声唤道：

　　"杜先生！"

　　杜粹不由一愣，三人一齐回身瞧时，只见有两个年纪很轻的女子，身上都穿着暗色布的罩旗袍，头皆截发，脸上敷粉，像是小家碧玉的样子，颇有几分姿色，三脚两步地跑过来。杜粹认得她们就是李四宝和钱元珍，便点头说道：

　　"你们也来这里游玩的吗？"

　　李四宝手里搓着手帕子，嘻开着嘴说道：

　　"是的，我们现在要回去了，方才瞧见你的背后影，我说是杜先生，钱元珍说不是，我遂喊了一声。哈哈，果然是杜先生，黄先生和费先生没有一同来吗？"

　　李四宝一边说，一边向锦花、明霞二人紧瞧不已。杜粹答道：

　　"她们到上海去玩了。"

　　李四宝道：

　　"下星期一我们要读书了，潘先生可要回来的？"

　　杜粹道：

　　"自然要回来的，你们到这里玩很远啊！"

　　钱元珍道：

　　"我们一半是走，一半坐车子的，都是前次潘先生讲起南京的风景，说这里的玄武湖风景美好，所以我们在春假中来此一游了。"

　　杜粹又点点头。李四宝和钱元珍见杜粹不说下去，便立正了向他行了一鞠躬礼，然后走开去。杜粹仍伴着二人走出园门。锦花问道：

　　"这两个是密司脱杜的女弟子吗？"

　　杜粹遂把他们学生会办的行余平民义务夜校的事，约略告诉一遍。

锦花听了，说道：

"密司脱杜又是教育家呢！"

杜粹道：

"不敢当的。"

于是他们又坐着汽车，到得贡院西街，杜粹陪着二人走到金陵春番菜馆中去用西餐。锦花、明霞都是在外交际惯的女子，杜粹请她们点菜，她们也就不客气，各点了数样，又喝几瓶啤酒，一边吃，一边和杜粹谈笑。虽然初次交友，却已像彼此很熟的了。吃罢西餐，杜粹付去了钞，又一同至国民大戏院去观电影，坐的楼上座位。这张《双蝴蝶》是香艳旖旎的言情歌舞巨片，三人看得很是满意。散出来时，锦花对杜粹说道：

"今日多多叨扰，谢谢密司脱杜，我们要再会了。明天是星期六，我有些小事情不能够出来。后天星期日，我想请你在上午就到舍间来盘桓，聊备一些粗肴，请你吃一顿苦饭。霞姊也请做个陪客，不知密司脱杜可能不我遐弃，惠然肯来？"

杜粹微欠着身子答道：

"承蒙密司宠召，我必来趋谒，顺便拜见伯母大人。"

锦花笑道：

"不敢当的，不过一准请你前来，不要失约。"

杜粹答应一声：

"是，我代你们去雇一辆车子坐着回去吧！"

锦花道：

"你今天款待我们十分周到，谅必也疲乏了，请你就回府休息吧。我和明霞同行，自会雇车，不必再费你的心了。"

说着话，伸出玉手来让杜粹握，杜粹和伊紧紧握了一下手，又和明霞握了一下，说道：

"再会，再会，愿密司晚安。"

遂别了二人，走向街头去，锦花等也望东边走去。

杜粹坐着一辆车回到家中，他母亲正和绮霞坐在房中讲话，明宝在一边看小朋友画报。杜粹叫应了她们，杜太太遂说：

"今天你该乐了，在什么地方吃的晚饭？"

杜粹一一告诉了她们。绮霞只是瞧着杜粹微笑，杜太太却说：

"这种富家女子，举止豪华，恐怕你和她们相交不上的。"

杜粹笑了一笑，也不说什么，走回自己房中去，把照相镜所摄的软片取出来洗过，在灯下照视，摄得都不错，心中很喜，遂放好了，预备明日晒出。又一摸身边的钱，半日之间，竟用去了二十多元，以前自己很少这样浪用的。然而对着锦花等，似乎还处处见得平常呢。他独坐着想了一会儿，锦花的倩影已印在他的脑海中，虽欲制止而不可得了。

次日早晨起来，他也不出去，便将昨天所摄的小影从事映晒，晒在片子上，果然张张都好，而锦花婉媚之态更是可人意，遂自己留下一份，又代她们各留了一份。明宝瞧见伊自己和锦花合摄的影，夺了一张去给伊的母亲和嫂嫂看。杜粹为了这几张照片，整整忙了半天。到得星期日的上午，他换了一身西装领结，修饰一番，又换上一双新购的革履，带了照片，告知了杜太太，便出了自己家门，坐着车，赶到龙蟠里去拜访锦花。

第十回

华屋聆高论联欢新雨
香车载芳侣沉醉东风

一间陈设精雅的大会客室中，大菜台边坐着几个人在那里谈话。一个坐着主位的乃是四十岁以上的妇人，身上穿着一件很紧窄的衬绒旗袍，外罩一件绒绳马甲，头上也截着发，脸上也敷着粉，是个半老徐娘，风韵尚存。右面坐着两个年轻貌美的女郎，左边却坐着一个丰神俊秀的少年，态度很是恭敬。瓶花含笑，芳泽袭人，彼此心里都觉得异常快慰。那少年是谁呢？不问而知，是踵门访美的杜粹了。至于那四十以上的妇人，便是锦花的母亲卢氏。

杜粹到了项家，和锦花、明霞相见后，锦花立即请伊的母亲出来代杜粹介绍。因为锦花在昨日已将自己怎样认识新朋友，以及约杜粹来家吃饭的事，一一告诉了伊母亲。而卢氏膝下只有这一个千娇百媚的女儿，当然钟爱非常，一向放任惯的，锦花要怎样便怎样，所以锦花在家庭中一切绝对自由，而伊的脾气也是养成得十分骄恣。女儿长大了，得了一些学问，便自作主张，父母也奈何伊不得。伊在外边交际，卢氏也都知道，且以为自己女儿聪敏活泼，将来可以嫁得如意郎君，成美满的姻缘，因此这几年来虽然常常有人来做撮合山，而伊不敢把伊的女儿许配与人。锦花曾对伊母亲说过，在现今的时代，儿女婚姻必由自己做主，以前一切买卖式的婚姻制度已被打倒，而不容存在。男女结婚，先要有了恋爱，方可缔结夫妇而去成立新家庭。不自由，毋宁死，伊的婚姻问题绝对不愿任何人参加意见的。卢氏一半溺爱，一半降服于伊女儿的新学识，更加不敢做主了。然而伊一生所说没有别的事了，总希望早早得一个乘龙快婿，在人前夸耀夸耀。现在听锦花说起杜粹如何品学兼优，是南京大学的高才生，所以在杜粹来的时候，很愿自己见见他。及至相见之下，果然温文尔雅，一些没有伧俗之气，谈吐之间，非常大方，毋怪自己女儿看得上他了，遂向杜粹问问世家。杜粹很恭敬地回答。卢氏笑逐颜开，知道他尚没有和人家订婚，更觉安慰。锦花在旁听伊母亲和杜粹絮絮地问答，只是脸上笑嘻嘻地和明霞吃着巧克力糖。卢氏讲了一会儿话，觉得这样要使锦花和明霞觉得太冷静了，遂对杜粹说道：

"杜少爷，锦花的学问是很浅薄的，请你时常指教伊。今天可在此用午饭，千万不要客气。你们在此坐谈，我尚有些事，恕不奉陪了。"

杜粹只是谦谢。卢氏说完了话，便走出客室去了。

锦花等伊母亲走后，便对杜粹笑了一笑道：

"密司脱杜，我母亲的话不是说得太多吗？你要不要厌恶？"

杜粹道：

"不敢，不敢，伯母大人一片好意向我垂询，我岂有憎厌之理？"

明霞道：

"年纪大些的人都如此的，你看今天伯母对于密司脱杜很是殷勤，恐怕换了别人，便不见得如此啊！"

锦花听了这话，对明霞紧看了一眼说道：

"何以见得？我母亲待人接物一向很好的。伊常说我脾气太大，爱摆架子呢！"

杜粹微笑道：

"伯母果然是和蔼可亲，而密司的性情也是很好的，并不见得摆架子啊！"

明霞接口道：

"密司脱杜你没有瞧见锦花姊摆架子的时候呢！"

锦花一拉明霞的手腕说道：

"我怎样摆架子？你说你说。"

明霞笑道：

"你要说吗？你摆起架子来时，身坐水帘洞，手执金箍棒，许多儿孙齐拜服，四围妖魔都倒躲，厉害不厉害？"

杜粹听着，哈哈地笑起来。锦花啐了一声道：

"好！你骂人吗？"

明霞道：

"我没有骂你。"

锦花道：

"你说我像孙行者，还说不骂我呢！"

明霞道：

"孙行者是齐天大圣，曾经大闹天宫，天神天将都被他使动金箍棒打得落花流水，我就是形容你的厉害啊！"

锦花道：

"你骂了人还要狡辩，我是孙行者，你是猪八戒。"

明霞把一手掩着面笑道：

"哎哟！提起猪八戒这副尊容，吓死人也，你不是骂我吗？"

锦花道：

"这叫作人必自侮而后人侮之，谁叫你先挖苦人家呢？"

明霞又笑道：

"好了，那么彼此抵过，你放手吧！"

锦花道：

"我要你讨了饶，方才罢休。"

明霞道：

"这不是显见你的厉害，我偏不讨饶，看你怎样摆布我？"

锦花道：

"我怎样摆布你呢？将来自有人摆布你的，现在我要罚你请客。"

明霞道：

"奇了，今天你不是请客吗？怎么赖在我的身上来？"

锦花道：

"你不要发急，不要你花钱的。"

明霞道：

"不花钱又怎样请客？"

锦花道：

"我今天请客，肴馔件件都有，只少一样主菜。"

明霞道：

"少什么？"

锦花指着伊笑道：

"就少你一样填鸭，把你请客可好？"

明霞听了，脸上不由一红，说道：

"啐！你要把我请客吗？还是你现成的清炖鸡先请了客再说吧！"

两人这样说着，都不禁笑将起来。杜粹在一边听着看着，当然也觉得十分好笑，只是不便插话。锦花又说道：

"霞姊，你说我厉害，你这张嘴也未尝不凶啊！谁叫你先来挑衅？请密司脱杜评评理看。"

杜粹乘此机会说道：

"我来做和事佬，好不好？善戏谑兮，不为虐兮。你们俩一个半斤，一个八两，不要伤了和气。"

锦花听了，便将明霞的手放下道：

"好！有密司脱杜做和事佬，我就饶你一次吧！"

明霞缩回了手，一掠云发，对杜粹说道：

"我们是戏谑惯的，再也不会伤和气。密司脱杜要说我们太狂放了吗？"

杜粹道：

"哪里话？足见得你们的天真可……"

说到这里，把一个"爱"字缩住在喉咙边，没有出口。锦花指着台上的茶点说道：

"密司脱杜请用些，何以这样的客气呢？"

杜粹伸手抓了一些瓜子，慢慢嗑着，且说道：

"光阴真是过得很快，眨眨眼一星期的春假便要过去，明天校中要上课了。"

明霞道：

"我们现在出了学校，却天天觉得空闲，很想找些事做做。但是自己的才能浅薄，不足以胜任啊！"

锦花道：

"我的感想也是如此，并且觉得自己不惯在人矮檐下供人驱使，不做事也罢，做到了事的时候，总求能够出人头地，不居人后才好。"

杜粹点点头道：

"密司真所谓不鸣则已，一鸣惊人了。"

锦花笑道：

"虽不敢说惊人，而也要使人家能够知道。否则，庸庸碌碌，与鸡鹜争食，还要干脆地不做事的好了。"

杜粹听锦花这样说，暗想：伊说的话似乎太夸大了，喜欢说大话的人往往未能见之事实的，但也不便去驳伊。锦花说道：

"所以下半年，我想到上海去读法律，将来做女律师，可以保障人权，独树一帜，而且也可以为我妇女界多出些力，拥护女权，把旧有的不良制度彻底去改革一下，方称我心。"

杜粹道：

"密司真是巾帼须眉了，我希望你的志向能够达到。"

锦花给杜粹这样一说，更觉得意，便又说道：

"密司脱杜，你说巾帼须眉，似乎在那里赞美我。其实我也是平常，而且从这四个字上，可以见得古时重男轻女的积习了。否则男女同是人，巾帼自巾帼，须眉自须眉，何必要说是巾帼须眉？又说什么女中丈夫，若说女子像了男子便是荣誉，这不是可以见到了平时社会上不重视女子吗？这些重男轻女的习惯在历史上很多，大家知道的，我也不必再引证。现在我们新时代的女子，要怎样去使得同胞除去这个重男轻女的积习，力求女子解放，脱离数千年的束缚与压迫，使女界同胞得到天赋的自由、应享的权利。因为在上古的时候，男女做事本无轩轾，自从男性自私自利，一意征服女性，剥夺女子的权利，摧残女子的能力，以便供男性的玩弄，其间一切都显着不平等。因此女子的天才一步一步地压低了，不使表现。久而久之，女子也甘心在男子奴役下讨生活做了。虽有些人不甘心受束缚，要想脱离男子的压迫和旧礼教加到伊身的束缚，然而伊的行为总不能得到社会的谅解，伊的说话不能得到社会的同情，反而一班人把种种的恶名加到伊身上去，使伊不得不含冤负屈，埋没了一生，不得出头。这又是何等可怜的事呢？"

锦花说到这里，将手向大菜台上一拍，表示伊的愤激。杜粹和明霞静听着不语。锦花剥着一块巧克力，又说道：

"我是一向主张女性中心的，要把女子的地位抬高，和男子平等地享受一切应有的权利，从黑暗中走到光明之域。我想凡是时代女性，都有这个思想的吧！实在女子受压迫已久了，即使今日有些过分的行为，也是一种反动力使然，不足为奇。我们看到欧美的女子，何等自由活泼，在社会上一切和男子平等，且获到女子参政权。难道中国的妇女天生低能，不会这个样子吗？我不相信的。不过我国事事守旧，社会上一切的旧习惯很难改革，女子的教育没有多大进步，以致大多数的女子仍在半生半死之中，还不能完全从黑暗的深渊里爬到高山的顶上，呼吸自由的新鲜空气。所以，我们还须从事解放运动，然后可以巩固女子的独立，获得一切的自由。但是，在今日之下，女界中还缺少自动的能力。且有一班人竭力提倡贤母良妻的主义，仍想将女子深深地关在家庭里，蔽听塞明，做他们的驯羊，不放到社会上去。这仍旧是男子们一种自私自利的心思，恐怕女子真的解放了，好像和他们有不利的模样。然不知有见识的女子岂肯再俯首帖耳，受男子的束缚呢？密司脱杜，你是男子，对于我的说话以为如何？如有卓见，不妨赐教。"

杜粹听锦花说的一席话，有的地方是对的，有的地方却觉得有些矫枉过直，只是片面的理由，自己不欲和伊辩论，以致惹伊说袒护男性，压迫女性，又是自私自利的见解，遂笑了一笑道：

"密司说得很是，足见密司是醉心自由，提高女权的先觉。不过自由两字也很有研究，而贤母良妻之说未可全非，今日中国社会上一切都是紊乱，妇女解放的问题提倡了好几年，然而效果甚微的，而且流弊也不能说没有，确乎缺少真正的领导者。而且现在社会的经济仍是大多数操在男子手里，女子若然不能先达到经济独立，什么平等自由都谈不到了。我对于妇女问题平日缺少研究，学问也是浅薄，恕我没有什么意见可以贡献，惭愧得很。"

锦花嚼着巧克力，带笑说道：

"你太客气了。"

杜粹道：

"并非客气，这问题实在是很大的，不是可以随便讨论，须得有真知灼见才好。我希望密司继续研究，将来真个能够达到你的志向，为妇女界放一异彩。"

锦花笑了一笑。明霞忽然向杜粹问道：

"密司脱杜，你前天代我们摄的小影可晒出来吗？"

杜粹道：

"哎哟！我只顾讲话，几乎忘记了。"

一边说，一边从衣袋里拿出两个粉红色的小信封，说道：

"都已晒好，我代你们分开各一份，不知二位可要笑我不会摄吗？"

锦花和明霞接在手里，从信封里一张一张地拿出来看，都说很好。

杜粹道：

"侥幸没有拍坏是了。"

二人又谢了一声，明霞便放在伊的手皮夹里。锦花却拿去给伊母亲看，一会儿又走来说道：

"密司脱杜，肚子饿了吧？再等一刻钟可以用饭了。"

杜粹又和她们随意谈谈，听是会客室东面的走廊里常常有妇女的笑声，来来往往地走动，大约锦花的叔父那里人数很多的。

隔了一刻钟，女仆来请吃饭，锦花便陪着杜粹、明霞走出会客室，打从回廊里走到餐室中去时，忽然旁边一个小门里跳出一头巨獒来，全身毛色黄白相间，足长踵尖，一双金黄色的眼睛睒睒然可怕得很，飞快地跑到杜粹身边，蓦地耸身一跃，两爪已搭到杜粹的肩上。杜粹不防有这么一下的，大吃一惊，正想抵御，可是已不及逃避。明霞在旁也不觉失声狂喊，幸亏锦花回转身来，嘴里喊一声"却利"，双手不住地摇着，那巨獒遂舍了杜粹，跑到锦花身边，向伊玉臂上嗅了一下，摇头摆尾地十分亲昵。锦花把手在巨獒的头上摸了一下，说道：

"却利，去吧，别惊了客人！"

那巨獒听了这话，又对杜粹看了一看，掉转身跑去了。杜粹伸着舌头说道：

"吓得我够了，今天若没有密司同在，我一定要被它咬一口呢！"

锦花道：

"却利是我叔父豢养着的，非常勇猛而灵敏，见了陌生的客人，往往放出凶恶之状。但是你不瞧见它套着嘴罩吗？此刻不会伤人的。密司脱杜，对不起得很。"

杜粹笑笑，三个人一同走进一间餐室。锦花的母亲卢氏也走进室来，四个人遂分宾主坐定。杜粹见桌上放着许多肴馔，连忙向锦花母女说了几句客气话，卢氏却说简慢的。锦花亲自取过一瓶白兰地来，方要开饮。杜粹道：

"这个恐怕太烈吧，我是不大会喝的。"

锦花道：

"那么喝葡萄酒可好？"

杜粹点点头道：

"最好了。"

锦花便叫女仆取过两瓶葡萄酒来，代杜粹斟上一杯。这杯子是西洋货，非常玲珑，葡萄酒斟在杯中，透出鲜艳的紫色来，真是"葡萄美酒夜光杯"了。锦花很喜欢喝酒的，便一杯一杯地劝杜粹饮。女仆托着热菜，也是一道道地送上来。四个人一边吃，一边闲谈，两大瓶葡萄美酒早已喝个罄尽。席散了，卢氏便问锦花道：

"停会儿你们要不要同杜少爷去看电影？"

锦花道：

"还没一定，密司脱杜可想到什么地方去玩？"

杜粹道：

"无成见，我们在此谈谈也好。"

锦花道：

"可惜这里不像上海，还没有跳舞的地方，否则我最欢喜跳舞。"

卢氏道：

"痴妮子，你独知道跳舞，但这又有什么玩味呢？我想下半年你还是继续求学去吧，否则人家也要笑你太好玩呢！"

锦花道：

"人家的说话我向来不管的，若叫我去求学，我就读法律。"

一边说，一边陪着杜粹、明霞仍回到会客室里去，卢氏又走去了。

到得室中，随意坐着。下人送上三杯可可茶来，锦花又取过几只花旗蜜橘，用小洋刀切了，请二人吃。自己又去开了收音机。恰巧里面唱着《渔村之歌》，锦花也和着唱起来：

　　　潮水涨，波声狂，渔船儿漂漂出渔乡……

明霞在一边击着节，杜粹坐在沙发里，双手支在膝上，静坐着听。一会儿歌声终止，跟着梵婀玲和钢琴合奏，播出爵士乐声。锦花不由跟着乐声旋转着娇躯，做出跳舞的姿势来。杜粹和明霞看了，都觉好笑。

明霞道：

"算了吧，这里不是舞厅，你做什么起舞？下次联欢会上你再去狂舞吧！"

锦花对杜粹带笑说道：

"密司脱杜，到时请你必要去的，我来通知你，好不好？"

杜粹道：

"好！"

明霞道：

"我们不要听了，到什么地方去走走？"

锦花道：

"到哪里去呢？你们想想看，这里我玩得多了，觉得没有什么地方去，我想以后还是一起到苏州或上海玩几天吧！"

明霞道：

"以后的事以后再说，我们先解决了今天。"

锦花道：

"霞姊，你说吧！"

明霞道：

"还是去看电影，你请客可好？"

锦花道：

"今天当然是我的东道了。"

便停止了收音机，取过一张本地报纸，看了一下，说道：

"国民大戏院今天开映《双雄夺美记》，是在蛮荒所摄的，我们看多了艳情片，换换口味也好。"

明霞道：

"好的。"

三人正这样说着，忽听外面一声咳嗽，走进一个人来，约有四旬开外的年纪，胖胖的圆脸，架着一副黑眼镜，嘴边一撮八字须，蓝袍黑褂，手里拿一支燃着的雪茄，十足的官僚化，对着杜粹只是紧瞧。明霞早立起身来，叫声老伯，锦花也带着笑叫应道："叔父回家了吗？"那人点点头，指着杜粹问道：

"这位是谁？"

锦花笑了一笑道：

"我来介绍吧，这位密司脱杜粹是南京大学的高才生，也是我表哥的同学。"

又指着伊叔父向杜粹说道：

"这就是我的叔父怀仁。"

杜粹连忙向怀仁立正了一鞠躬，怀仁一摆手，说声请坐。锦花又向伊叔父问道：

"今天有客人来吗？"

怀仁吸了一口雪茄烟答道：

"刚才实业部长请客，我在部里陪了半天，三点钟后李次长要到这里来看我，约我同去拜见吴委员。这几天应酬多了，忙得很，府里要办的事也很多，所以没工夫玩了。"

说着话，回头喊一声："来。"便有一个侍从的男下人走到门口立定，双手垂下，撮着笑脸，问道：

"老爷有什么吩咐？"

怀仁道：

"你去打个电话到钱局长那里去，说停会儿李次长要到我处来，他若来见见的说话，你就去吩咐汽车夫放汽车去接。"

下人答应一声是，立即退去。怀仁又吸了一口烟，正安坐下时，又有一个年轻的女仆走进室来，笑嘻嘻地向怀仁说道：

"三姨太太请老爷去。"

怀仁点点头，也不再向杜粹招呼，大踏步走出室去了。杜粹见了怀仁这种大模大样、旁若无人的态度，心里觉得有些不爽快，但也不便说什么。锦花瞧着杜粹说道：

"密司脱杜，你看我叔父真是忙得了不得，一从外边回家来，又要打电话去接什么客人，什么局长啦，次长啦，闹得人头昏。而家里除了大太太不算数，还娶得三个姨太太，一会儿这个要和他说话，那个要问他索钱，常是纠缠不清。这里是大太太和三姨太太同住的，还有两位姨太太却住在下关，他间日必要去的，所以出入不能不坐汽车，俨然要人了。今天他没有工夫敷衍你，我很代为抱歉的。"

杜粹笑笑道：

"此其所以为要人也。"

锦花又道：

"我们不必多坐了，就去观电影吧！"

杜粹说道：

"很好，伯母在哪里？我要去告辞一声。"

锦花道：

"不必的。"

刚说着话，卢氏又走来了，向他们问道：

"你们究竟要不要出去？还是……"

锦花早抢着说道：

"我们要去看电影，密司脱杜正要向你辞别。"

卢氏带笑说道：

"不敢当的，今天怠慢得很。"

杜粹谢了一声，于是三人别了卢氏，走出室去。只见那头却利又从斜刺里跳跃起来，杜粹见了它，不免有三分胆怯，便紧傍着锦花，很注意地防备着。锦花叫了一声却利，却利早直立起来。锦花道：

"不要纠缠，下来。"

却利遂一伏身子，蹲在地上。锦花回头陪着杜粹等走出大门，却利又追将上来。明霞道：

"却利要跟我们出去，你要不要带了同行？"

锦花道：

"却利不肯安静的，不能带它出去，万一失踪，我叔父和三姨是十分心爱的，必要怪我了。"

遂将手向却利头上一拍道：

"你到家里去，不要再跟我。"

却利听了这话，果然立定不跟了。

三人走到马路上，锦花道：

"今天我叔父有事，不能借用他的汽车，只好坐人力车去吧！"

杜粹道：

"一样的，时间还早呢！"

三人遂雇了三辆人力车，坐着到国民大戏院。锦花买了票，一同进去，比肩而坐。银幕上正映新闻片，接着便映《双雄夺美记》，果然非常奇险而紧张，黑人野兽，火山深涧，都是蛮荒奇迹，三人看得很是满意。映毕，散出院来。因为魏明霞晚上有一处应酬，急欲回家去，于是三人握手分别。锦花对杜粹说道：

“明天密司脱杜要到学校了，下星期六倘然有暇，请到舍间来盘桓。”

杜粹随口答应了。

回到自己家中，杜太太便向他细细问询。杜粹把项家情形约略说了一遍。杜太太道：

“锦花果然是一位官家女呢，我瞧伊手上戴着的一只钻戒，颗粒不小，光亮得很，价值二千多金，可见伊的阔气了，面貌也生得着实不错。惜乎太喜交际了，怎么一认识你，便你来我往地做起朋友来？我们做小姐的时候，男女授受不亲，怎能像这个样子呢？”

杜粹笑道：

“此一时也，彼一时也，母亲你怎能把你做小姐的时候来相提并论呢？”

杜太太道：

“是啊！所以你和潘小姐交友，我也并不奇怪，总是很赞成的。不过你和潘小姐是同学，尚可说，至于现在那项、魏两位小姐突如其来的，叫我怎不奇呢？”

杜粹道：

“朋友都是交际出来的，有何奇怪？她们俩是交际之花，所以一见如故，没有什么拘束了。”

说罢，便走开去了。

次日到校，在上课的时候，不知怎样的，常要想起兰心别墅联欢会夜舞之乐，以及项锦花活泼流丽的姿态。散课后，他去找慧君，恰巧慧君已和黄美云走来看他，三人遂一同坐在健身房门前的铁椅上谈话。杜粹先问道：

“二位这一遭到上海，想必游得很是畅快，可能告知一二？”

慧君遂说，到沪后第一件事就是去参观义务学校，果然规模甚大，自己曾详细写了一篇，隔一天修正了可以给大家看。又有古物陈列会参观记一篇，当同时抄出。此外，又到几个有名的公园里去游玩过，星期六又到乍浦去了一回，星期日便回来了。所以，繁华之场却绝少涉足。

杜粹听了，说道：

"你们去得可谓不虚了，可惜我未得追随。"

慧君瞧了他一眼，说道：

"密司脱杜，怎说这话？我也曾邀你同游，你为什么不高兴同去呢？"

杜粹被伊这样一说，倒觉得有些不好意思，搓着手又说道：

"这也没有什么不高兴，因为我是不预备去的。"

慧君道：

"你府上有事吗？"

杜粹想起前话，只得说道：

"也没有什么大事情，有一个亲戚为了田地的事，要来和我商量，可是也没有来。"

美云道：

"那么密司脱杜在这春假中，难道没有出去一游吗？"

杜粹摇摇头道：

"没有，因为出游是要有伴侣的。在家里闷得很，只同我妹妹到第一公园去走了一会儿，恨不得马上就开学呢！"

二人不知杜粹打诳，深信不疑。杜粹又问美云道：

"令兄在沪上大约也放春假的，有没有陪伴你们去游玩呢？"

美云点点头道：

"是的，我哥哥陪我们游玩了数天，乍浦之行也是他发起的。"

杜粹听了，不觉默然。慧君又和杜粹谈起些义务教育的事，杜粹只是唯唯而已。慧君觉得杜粹似乎在那里转他自己的心事，所以谈了一会儿，大家起身走开。

到得晚餐以后，杜粹仍照常陪慧君到夜校里去。这天，黄美云也有课，所以二人同行，到校后，照常上课。这夜，校里自从示退了詹、尹二人以后，校风更见整饬，学生都谨守秩序，可见害群之马不可不除去的。不过这时候，正是养蚕时节，妇女们少了一些，但是李四宝等却仍到校。慧君正上他们的课，下课时，慧君挟了讲义和粉笔匣，刚要走出教室去，李四宝忽然笑嘻嘻地挨近身来，向慧君说道：

"潘先生在这春假里可是到上海去的吗？"

慧君一笑道：

"奇了，你怎知道这事呢？谁告诉你的？"

李四宝道：

"杜先生。"

慧君道：

"你什么时候遇见杜先生的？"

李四宝答道：

"恐怕是星期五吧，我因为以前听你说起玄武湖的好风景，所以我约了同学冯元珍一同去的。在园中曾瞧见杜先生和两个摩登的女子也在那里玩，我叫应了杜先生，问起潘先生，他才告诉我的。"

慧君听了，不由一怔，别转脸去向外边望了一望，见杜粹没有走来，学生们都在院子里纷纷杂谈，喧笑的声浪很大，无人注意到这里，遂笑了一笑，又问道：

"你可认识这两个摩登女子是什么人？这里可曾来过的？"

李四宝摇摇头道：

"没有，没有，她们都生得非常美丽，身上服装也比较潘先生等摩登得多，颊上涂着胭脂，走近身边，香气触鼻。有一个和杜先生并肩而走的，手上还戴着一只晶莹的金刚钻戒指呢。杜先生提着照相镜，陪着她们说说笑笑地同行，大约是他的女朋友了。"

慧君点点头道：

"不错，她们是杜先生的朋友。"

说着话，便走回教员室去了，见杜粹正和黄美云等在那里高谈阔论，她也不便去向杜粹查问究竟，坐到自己写字台上，拿着一本书看。心里暗想：这件事不免令人可疑，杜粹明明和自己说过没有到什么地方去游玩的，怎么他曾去玩赏玄武湖之春呢？奇了！但是李四宝所说的一定不是子虚乌有，一则伊何从而知我到上海的事？二则伊为什么这样告诉我呢？当然杜粹是去过的，他预备隐瞒着我罢了。那么这两个摩登女

205

子究竟是何许人？也倒令人索解不得了。我知道他平常时候女友是很少的，在校中他只和我一人最亲近，其他的女同学都十分淡漠，即使有人和他交友，我和黄美云等总有一些知道的，绝不会绝无闻见。如此看来，一定是外间新交的女友了。然而，他在我面前始终没有泄露过，守口如瓶，我一向以为他为人是很诚实的，哪里知道他也是不可靠的呢？唉！世间男子的心真是波谲云诡，不可捉摸的。像我和杜粹交友已有四年，不可谓不深了，然也不能完全知道他的心，其他又有何说？除非那地下的益智可说得彼此知心了。现在这件事我也不便去问杜粹的，只好由他去休。他有他的自由，言之无益，我何必做什么痴人呢？伊这样想着，多情而善感的心又起了很多的感触，一个头渐渐低沉，几乎碰到书面上。黄美云蓦地走过来说道：

"哎哟！上课时间已过了四分，怎么还不摇铃呢？"

慧君被这一句话提醒了，伊抬起头来，黄美云早抢着把伊台上的铃拿在手中，丁零丁零地摇出去了，于是大家都走去上课。

这天夜里，慧君回到校中，看了半点钟的书，睡钟早已铛铛地敲动，于是和黄美云等各自解衣安眠。但是伊睡在枕上，只是胡思乱想，睡魔不来。想想方才李四宝说的话，情感深厚的杜粹却仍是不可信赖，前途真是空虚得很，心灵上更觉颓废了啊。益智说的话真是不错，人生真如天上的浮云，刻刻在那里变幻的，世事无常，人心难测，岂能认真呢？杜粹既有新交的女友，任凭他怎样吧，横竖益智死后，我这个心已是粉碎，一时难以振作起来了。我还是努力于教育，照我的素志做去，为我女界谋幸福，别的问题不妨暂时丢在脑后，不必再萦绕于胸中了。想到这里，心中便觉释然。听听室中同学们鼾声大作，都已深入黑甜乡里，而自己却辗转反侧，难以合眼，脸上热烘烘地生了火。又听黄美云在睡梦中做呓语道：

"哥哥，你看慧君的为人不是才貌都佳，合得上你的心想吗？要不要我来做媒，哈哈，你……你……"

一会儿，大寂然了。慧君听得很清楚，心中又不觉一愣，遂想起自己在春假中沪上之游的情景来。美云的哥哥天乐果然十分献殷勤的，我们一到上海，他早在车站恭候我们了，又雇了汽车送我们到大东旅馆吃晚饭，隔一天又陪我们去游兆丰花园和法国公园，又陪我们到古物展览会去参观，又请我们到大光明影院观电影，又请我们看马戏，看足球比赛，后来，乍浦之游也是他怂恿而成的。一星期的光阴虽然无多，而天乐招待得很忙的了。我以为有他的妹妹在一起，也就没有客气，叨扰了他许多，虽知他人也是别有用意的。唉！杜粹尚不可恃，何况天乐？他们不知道我已受了极大的创痕，人琴之痛，无时能忘，再没有什么心思去和他人周旋了啊！我想最好的方法，以后还是少和他们交际，可以免去许多烦恼了。伊想了多时，直到夜深，方才入梦。

次日起来，脑中微觉有些涨痛，忽然接到天乐从上海寄来的一封信，无非写些道念的话、景慕的词，伊一笑置之，且待有便时再行作复吧。下课时，见了杜粹，依然装作无事，也不去问他。从这天起，伊除了义务夜校的课程照常很好热心去教授，每日孜孜矻矻地预备毕业考试的功课，别的事一切都冷淡了。杜粹有几次想邀伊到家中去盘桓，可是总托故不出。杜粹觉得慧君的心对他冷淡了许多，反而不及陈益智生前的光景，这岂不是和他的理想恰巧相反而使他感觉得一种失望吗？他又不明白慧君的内心究竟是怎么样的，难道伊受了一番刺激，竟完全颓废了，连四载交情的同学也不在伊的心上了吗？虽不好说，心里好不纳闷。

慧君和杜粹的情愫虽然是一天一天地冷淡，而杜粹和锦花的情愫却一天一天地浓厚起来，这个连杜粹自己也不知道了。有一个星期六的下午，杜粹还没有离校。慧君因为自己快要毕业了，义务夜校的事要早日有个交代，继任的人选尚未决定，慧君颇有意自己一系里的二年级学生范鸣秋继续为主任，还有夜校学生毕业的事情，诸待商酌，所以挽留着杜粹和黄美云在图书馆旁边的一间小室中，三个人正开一个预备会议，以便缓日在教职员会议中提出。这也因他们三人都是夜校中的主干，最热办事的。当时三人一样样地商议，约莫已近三点钟，所有的事已讨论去十之七八，慧君发言最多，杜粹却无不赞成，常常偷看他手腕上的手表，似乎有些不耐的样子。黄美云却和他说笑话道：

"密司脱杜，我们好久没有同游，今日把夜校的事商议定后，你请我们去看影戏好不好？"

杜粹点点头道：

"好的，但不知密司潘可有雅兴？"

慧君尚没有回答，这时候，一个校役匆匆地跑来，对杜粹说道：

"杜先生，外面有两位女客要来见你。"

杜粹听了，不由眉头一皱，说道：

"奇了，有什么女客要见我呢？"

慧君心里早有些明白，便对黄美云微微一笑，不说什么。杜粹搔搔头，立起身来说道：

"对不起，请你们稍待一下，我去瞧瞧是什么人。"

慧君道：

"很好，密司脱杜请便。"

于是杜粹很快地跑出室去了。慧君低着头，把手里的墨水笔只是在记录的纸上空白处任意乱画。黄美云立起身说道：

"他有什么女客呢？不知是怎么样的，待我去偷瞧一下。"

慧君冷笑一声道：

"人家的事与我们有什么相干？何必去看！"

黄美云却不听伊的说话，悄悄地也走到外面去了。慧君放下墨水笔，伏在桌上，一手托着香腮，双目向下视着，心里正在沉思，室中静得很，可以听到自己心房里的跳跃。一会儿，黄美云早已走回来，低声向慧君说道：

"慧君姊，我在会客室北面窗外偷瞧得清清楚楚，那两个女客都是非常摩登的，服装奢华，像是富家之女，校门外还停着一辆簇新的汽车，大约是她们坐来的，不知她们俩究竟是何许人？杜粹进来时我倒要问问他呢！"

慧君淡淡地答道：

"'吹皱一池春水'，干卿的事？不要去问他，反而要使他窘的。"

黄美云笑道：

208

"哦！想着了，那两个摩登女郎我们似乎也曾在什么地方见过的。"

一边说，一边把手按在伊自己的额上想着。慧君道：

"我们见过的吗？"

美云把脚一顿道：

"对了，你可记得去年秋间我们曾和杜粹从石家弟兄那里拜访出来后一起到清凉山去游玩过的？那时，在扫叶楼上不是曾遇见两个盛装艳服的女郎在那里饮茗小坐？都是很活泼的，其中有一个年纪较轻的曾唱着什么《桃花江》，你可记得吗？"

慧君点点头道：

"记得，记得，但是杜粹和她们绝不相识的啊！怎样现在竟会厮熟起来？好不奇怪！"

黄美云道：

"真奇怪，这个却要问他自己了，稍停我必要问他，看他怎么回答？"

慧君把手一摇道：

"不好，我们不要管这个事，将来总会知道的。"

说着话，履声托托，杜粹早已匆匆地跑回来，面色有些异样，带着笑对二人说道：

"这真使我想不到的，忽然来了两个亲戚，她们是从天津来的，因为多年不通音问，连我家里的地址也忘记了。但她们知道我在此教书的，所以赶到这里来探问，现在我只得陪她们到家里去了。好在我们商议的事情大致已谈妥，倘有其他问题，且待下届正式会议时再讨论吧，我要去了。对不起得很，改日再陪你们出游，以补今日之过。"

慧君依旧不响。黄美云却说道：

"既然你有亲戚到来，请便吧，不过她们怎样连府上的地址都会忘记了呢？"

杜粹不答，从桌上取过呢帽，向二人说道：

"对不起，再会。"

拔步便往外走。此时，黄美云也冷笑一声道：

"你的亲戚，明明是那两个女子，撒什么谎？"

慧君仍不开口，收拾收拾，和美云一同走出室来。听得校门外汽车上的喇叭呜呜地响了数声，便有车轮的声音由近而远地去了，伊遂低着头走回寝室去。嘴里虽然不说话，心中却又有很多的感触，想杜粹和自己一向是很亲昵，无言不谈，为什么现在的态度渐渐改变了？竟向自己撒了两回谎，这是最不光明的事，一个人没有诚实，便失去他的价值。我以为他对我虽不及益智那样的知心，然而为了同乡的关系，自己常常到他家中去，以为羁旅的人在外边当然缺少相亲的朋友。他又是我的同学，所以这几年来真心和他交友。他们家人也对我很好的，而他又曾冒着危险，救了我的性命，使我心里非常感激的，因此引为知友。且觉得他的心里也未尝不钦佩着自己，别无所恋，很诚实而光明的。不过我自从益智逝世以后，脆弱的心受了重大的刺激，不胜悲痛，什么都灰心了，所以近来和他周旋的时候很少。他若然知道我心，也要原谅我的。但是他的态度在最近确乎已改变了一些，我也不以为意，也没有猜疑到别的问题。听了李四宝的话，我也没有和他表示什么，谁知今日又有这么一回事撞在我的眼里？他竟公然撒谎，这不是欺人自欺吗？那两个虽不能知是何许人，然而照着清凉山上瞧见的情形，估量上去，当然是浪漫女子，杜粹怎样和她们混在一块儿呢？他着了魔了，所以对我如此。唉！一个人不知自爱，又有何说？我究竟是和他朋友关系，他有他的自由，我岂能有什么异议？恐怕反要惹他憎厌呢。我也只得忍耐着静观其后，倘然他能及早觉悟的，未尝不是他的幸运。伊这样想着，想出了神，走在楼梯上，一个不留心，脚底一滑，身子往后一仰，险些些滚跌下来。幸亏黄美云跟在后边，忙展双手将伊抱住，说道：

"慧君姊，你怎样的？吓杀我了！"

慧君脸上红着，回头说道：

"谢谢你！"

定了一下神，方才重又走上楼去。回到室中，慧君向自己椅子里一坐，露出很无聊的样子。黄美云换了一件夹旗袍，携了一只小皮篚，对慧君说道：

“我要回家去了，你一人留在校中，不要感觉得太寂寞吗？”

慧君道：

“你们都有家，我是没有家的人，叫我到哪里去呢？”

美云道：

“那么请你到我家中去，好不好？听说我哥哥在这个星期六将要回家来的，我们聚一下子也好。”

慧君摇摇头道：

“我懒得很，实在不想出去，不如在校中预备一些功课吧，省得临时抱佛脚，开夜车。”

美云道：

“早呢！我是必要临时预备的，开夜车也只好开的，早预备了仍要忘记，何必多费心思呢？去去去，今天我必要你同去的。”

慧君被美云再三缠绕着，觉得自己心里也很沉闷，还是出去一趟吧，于是伊就点头答应，也换了一件衣服，穿上了一双黑漆革履。这是天乐送给伊的，因为伊到上海去的时候，曾一同到永安公司去走走，买些东西，到了鞋子部，伊拣了这一双革履，要掏出钱来买时，天乐早取出纸币来代伊付去了。后来，慧君再三要还他，天乐一定不要伊还了。现在伊换上了这双革履，带了几本书，和美云走出寝室，锁了门，一同出校到黄家去了。

慧君到了黄家，美云的母亲黄太太正在楼上和几个女客打牌，见慧君前来，很是欢迎。慧君遂跟美云到伊房里去坐谈。不过心中时时要想起方才的事，便有些惆怅。晚上，果然天乐从上海回来了，彼此相见之后，天乐心里十分快活。慧君却很淡然，勉强敷衍着。次日，天乐遂陪着慧君和他妹妹出去游玩了一天。薄暮时，慧君定要回校，天乐兄妹只得雇了汽车送伊回去。

星期一，黄美云也来了，告诉慧君说：

“天乐昨日已坐夜车回沪，嘱伊向慧君致意。”慧君也不说什么。散课后，不见杜粹，觉得有些蹊跷，难道他竟没有到校吗？向杜粹一级里同学一问，果然杜粹没有来，而且并未请假。慧君暗想：杜粹伴了这两个摩登女子到了什么地方去呢？怎么在今正还没有来？他平日不肯缺课的，何以现在竟会这样流连忘返呢？美云知道了，遂说道：

"密司脱杜一向很诚实的，此刻忽然荒唐起来，真不应该。他一定是陪着那两人到什么地方去游玩，乐而忘返，连校课也肯荒废了。明天他来时，看他向我们怎样解释？"

慧君蛾眉微蹙，冷冷地说道：

"他旷废自己的功课，还不打紧，倒是夜校里的课必要我一个人代他的。"

美云道：

"是啊！今天我自己也有课，不能庖代，不如就去找陈景星吧！"

二人遂走到运动场上，见陈景星正在那里踢球。二人招呼了，把这事告诉他，要他暂代，陈景星自然答应，且说晚上他愿伴着她们一同往返。慧君谢了他而去。但是到了明天，杜粹仍没有来校，慧君不免有些惊奇。美云说笑道：

"密司脱杜失踪了，倘然是真的说话，倒是一件富有桃色风味的疑案。"

慧君听了，更是惘然。美云对慧君说道：

"你不好到他家中去探问一下吗？"

慧君摇摇头道：

"这又何必？他总是伴着那两个去的，大约他正沉醉在东风里做着粉红色的梦，我做什么到他家里去揭穿他的秘幕呢？也许……"

慧君说到这里不响了。美云瞧着伊一团闷闷不乐的神情，也不便再说什么，以为杜粹迟至明天总要来了，无论如何必能知道一二的。但是，一天一天地过去，直到了星期六，看看已是一星期，始终不见杜粹回来。杜粹究竟哪里去呢？岂非奇怪！

第十一回

豪气如云山前纵辔
柔情似水月下盟心

杜粹究竟到了哪里去呢？原来在那天跟着项锦花、魏明霞一同坐了汽车，风驰电掣地驶向龙蟠里去。在汽车中的时候，锦花带着笑对杜粹说道：

"你说今天下午就到我家来的，怎么你偏还在校里迟迟不来？我们实在等得不耐了，打了两个电话来，可恶的也是打不通，我遂和霞姊坐汽车先到府上去一问，方知你没有回家，当然在校中，我们遂又亲自来奉请了。你可是向我们摆架子吗？"

杜粹答道：

"不敢，不敢，只因今天偏偏不巧，有两个同学托住我，要和我商量义务夜校的事情。起初我以为谈不多时就可以走的，谁知尽管讨论着，不能脱身了，又劳二位特地前来，抱歉得很。"

明霞道：

"密司脱杜，你不好先走吗？"

杜粹道：

"这个……"

说着话，露出踌躇的样子。锦花道：

"这却不必说了，我问你，此刻究竟有没有决定可能陪我到苏州去？你前番不是说很想到那里去一游吗？"

杜粹道：

"当然是情愿追随游屐的，不过明天夜里可能就回来吗？"

锦花道：

"倘然时间来得及，自然尽早赶回，否则就耽搁一天也说不定的。我想你在学校里缺一天课，也没有什么了不得的事啊！"

杜粹道：

"最好是不缺课。"

锦花道：

"我再问你，苏州去吗？"

杜粹点点头道：

"去。"

锦花道：

"那么干脆一句话就是了，至于几时回来，这要看我母亲怎样的，我也说不定。我们的目的是游玩，伊的事情却是进香。我们傍晚时坐车赴苏，明天当然一同去进香，顺便游玩，至迟星期一也要回来的，因为星期三我家中尚有些事呢。你放心，倘然你要先回京的，到时也可先走。"

杜粹听了不响。这时，汽车已到龙蟠里，三人一齐下车，锦花打前先走，把二人招接到家里，那头却利跑上前来向杜粹足边乱嗅，因为杜粹来了数回，却利也认识了，不再得罪佳客。到得会客室里，随意坐下，锦花的母亲卢氏也走出来告诉杜粹说：

"伊今天要同锦花、明霞到苏州去烧香，因闻杜粹愿意同游，所以相约做伴。"

杜粹当然诺诺连声地表示赞成。卢氏又道：

"那么我们在五点钟就要动身的，一切都预备好了。杜少爷，要不要向你府上老太太面前去请求一声？"

杜粹道：

"最好我去告知她们一声，免得她们盼念。"

卢氏道：

"好的，你就去吧，我们等你回来。"

杜粹听说，立起身来便要走。锦花道：

"且慢，你坐着这里的汽车去吧，可以节省些时间。今天我叔父到镇江省政府里去了，所以这车空着，尽我们用呢。"

杜粹道：

"好的。"

于是，他就出去坐着汽车回到家中，把这事告诉了他的母亲，又向他母亲取些钱用。杜太太问他几时可以回来？杜粹说：

"明天夜车便要赶回的，至迟星期一也要回来了。"

杜太太道：

"那么你早去早回，不要多荒废校中功课。"

杜粹答应声是，便辞别了家人，仍坐着汽车回到项家来，已有四点钟了。在会客室中，闲谈了数语，下人送上两盘虾仁炒面来，请吃晚点。此时，杜粹已和锦花等不客气了，三人一起吃毕。锦花便请杜粹稍坐片刻，伊和魏明霞走到里面去，约莫隔了半点钟，方和明霞走出来。杜粹见伊身上换了一件墨绿色夹银绸的衬布旗袍，颈边围着一条小鹅黄色绣花的丝巾，脸上涂着两小堆胭脂，脚上踏一双银色浅头的高跟革履，手里拿一只绿色的皮夹，臂上挽着一件单大衣。明霞穿的是嫣红色织花的时式旗袍，颈边围着白丝巾。两人立在一起，如花如玉，香风中人欲醉。杜粹瞧着她们，不由微笑。锦花却指着杜粹的胸口说道：

"你的领结松了。"

杜粹遂低下头去，要想把它弄好，但是没有镜子，一时结不好。锦花笑道：

"待我来吧！"

遂走过去，伸起玉手，代杜粹慢慢地结好，又把他身上的西装整了一下，说道：

"好了。"

杜粹道：

"谢谢你！"

这时候，卢氏已从里面走出来，打扮得也很时式。背后却有一个二十多岁的少妇，衣服华丽，面貌姣好，口里衔着一支香烟。杜粹不知伊是什么人，经卢氏介绍，方知这位就是三姨太太，眉目之间果然妖媚。三姨太太也对着杜粹细细端详。锦花便说道：

"我们走吧，程妈呢？可要一同去？"

卢氏道：

"要带伊去的，我没有了伊，什么都不便的了。"

说着话，早见一个三十多岁、衣服清洁、梳着一个辫子头的女佣，一手提着一只小网篮，一手挟着一只皮箱，从里面跑出来。卢氏道：

"程妈，你把东西交给汽车夫，我们就来了。"

程妈答应一声，立即跑到外面去。于是大家向三姨太太告别，三姨太太送到外边天井里，拍着锦花的肩膀说道：

"回来时多买些瓜子和脆松糖，还有马咏斋的酱鸡、稻香村的熏鱼，你不要忘记。"

锦花道：

"好的，你等着吃便了，进去吧！"

三姨太太笑了一笑，就回到里边去。杜粹跟着她们，走到了外面，程妈早立在汽车前等候。锦花道：

"我们挤一些吧，程妈去和汽车夫坐。"

大家坐上汽车，赶到了火车站。汽车夫把行李交给了脚夫，又代他们去买了四张二等票、一张三等票，都是卢氏拿出来的钱。他们上车后，一会儿车已开了。途中天色已黑，也没有什么夜景可观，不过大家谈谈说说，很是高兴。晚餐便在车上用的大菜，杜粹抢着还了钞。在夜半时候，一行人已到了姑苏台畔，便下榻在花园饭店。卢氏和女儿等住一大房间，杜粹独住一小房间。

当夜，卢氏决定明日先到七子山、高景山、观音山一带去烧香，顺便一游天平灵岩，遂先托这里账房去雇定一艘汽油船，来回较为迅速。

当夜一宿无话，次日早上，杜粹先起身，盥漱已毕，又跑到锦花那边来。她们也都起来了，锦花穿着一身睡衣，正在临镜修饰。杜粹道过早安，买了一份报在旁坐着看报。约莫过了一个多钟头，两张报早看完了。锦花等方才装饰停当，又用了早餐。卢氏早吩咐茶房买好了不少香烛元宝，于是大家坐了人力车，一齐到广济桥去下船。汽油船果然轻快，啪啪啪地在水面上疾驶，平稳得很。大家看看两岸风景，花红草绿，田野中一片锦绣，青山绿水，在明媚的春光中好似堆着笑靥欢迎游客，各人心里非常畅快。锦花身边带着一只口琴，便取出来凑在口上，奏起一曲《马赛革命歌》，吹得十分动听。锦花道：

"你吹一支 *Loves Old Sweet Song* 吧！"

杜粹道：

"敢不遵命？但请密司一歌！"

锦花道：

"可以。"

于是杜粹吹着口琴，锦花婉转地唱出清扬之词。歌毕，明霞拍手道：

"好一个珠联璧合。"

卢氏道：

"你们唱的外国歌，我一句也听不懂，我不能叫好。"

锦花笑道：

"母亲，我来唱支《落花歌》给你听听可好？不过要霞姊一同唱的。"

明霞把手摇摇道：

"我不会唱。"

锦花道：

"你不要骗人，今天你不能不唱，密司脱杜可会奏这个曲谱吗？"

杜粹道：

"是不是这样的？我在《仁声歌集》上见过。"

他一边说，一边早已吹将起来。锦花将手拍着膝，点点头说道：

"对了，对了。"

又伸手一拉明霞道：

"我们一同来，一二三。"

217

两人遂跟着杜粹的口琴声，一齐唱将起来道：

　　碎玉纷纷随风舞，春去谁能留住？红褪香消辞树去，应向枝头泣诉。几日春光，雨滋日煦，嫣然似笑增妩媚。而今往事何消忆？总是红颜难驻。春雨潇潇，落花无数，转眼尽化尘土。

　　春到花梢莺燕妒，艳色人人爱慕。早识朱幡可相让，究竟谁曾护？汝黄叶惊秋，美人迟暮，空对斜阳泣红雨。残枝尚有余香在，只是凄风咽露。流水溶溶，落花无数，飘零不知何处。

　　琴声与歌声在水面上传送出去，更是悠扬靡曼。岸边小屋里的乡人听了歌声，都跑到水边来看，都说：

　　"城里的姑娘好福气，吃得好，穿得好，读了书，学问也好，又是游山玩景去了。"

　　卢氏见岸边来了许多人，便叫他们不要唱了，免得人家注意。汽油船在小河里慢慢地向前驶行，一会儿，已到了七子山，大家坐着山轿上山去。卢氏的目的是来烧香，当然忙着焚香拜佛的事。然而锦花等三人都是不信神佛的，他们让卢氏烧香，自己便去游玩。在一点多钟的时候，方到木渎。大家肚里觉得饿了，便到石家饭店吃午餐，然后坐了笋舆登山。卢氏一处处烧香，他们一处处游览。锦花带着照相镜，叫杜粹摄了几张。他们又从灵岩到天平、支硎等山去游玩。直到晚上七点钟，方才回至金阊。

　　到得客寓里，大家都很倦疲了。吃晚饭的当儿，锦花带着笑对杜粹说道：

　　"你也大概有些疲乏，今夜断不能再回南京，就缺了一天课吧，明天我们还可以畅游一下。"

　　卢氏也说道：

　　"不错，杜少爷，我们难得来的。明天我和程妈到城里北寺等处去烧香，你可陪她们到别地方去游玩，好不好？"

杜粹到了这个时候，也不能再说不好，只得点头答应。黄昏时，杜粹又陪着锦花、明霞同到阊门阿黛桥边一带去走走。但是，金阊繁华已渐有衰歇之象，觉得也无甚趣味，遂走回来，各去安眠。

次日，大家依旧一早起来，用过早点，卢氏便要带着程妈到城里去。杜粹对锦花说道：

"今天我们到何处去游？"

锦花瞧着明霞说道：

"我一向听人说到苏州骑驴子是非常好玩的，我们不妨试一下子，到虎阜去跑上一趟，好不好？"

明霞笑道：

"我总是奉陪的。"

锦花又对杜粹说道：

"那么密司脱杜，请你代我们去叫几头上好的驴子来。"

杜粹点点头道：

"很好，你们骑驴我跨马，在新辟虎邱马路跑一个来回也好。"

卢氏听了，说道：

"女孩儿家在外边骑着驴很不雅相，你们又不是惯坐的，万一跌了下来，如何是好？不如坐着马车去吧！"

锦花道：

"母亲总是这样的，男子可以骑驴，怎样女子不能够呢？不是一样的人吗？现在一班新女子坐马、骑驴、开汽车、摇船，什么都会的。须知二十世纪中国的新女子，不是以前守在闺阁之中，弱不禁风，凌波微步的小姐可以同日而语的了。就是古时候，像花木兰、沈云英辈，她们也都跨着战马到沙场上去的。女子骑驴有什么稀罕？母亲不要少见多怪。况且各人有各人的自由权，譬如母亲喜欢烧香，向着木偶下跪，我们虽是打破迷信的人，却也不来干涉你的自由啊！"

卢氏勉强一笑道：

"我是好意，你却说上一大堆话。好，你是不听人说话的，我也不来管你。杜少爷，请你留神照顾吧！"

杜粹笑笑道：

"伯母放心，这里不比上海，我们绝不会肇祸的。"

这里锦花等妆饰妆饰，隔得一刻钟，杜粹早已跑回来说道：

"在门口了，两位密司请吧！"

卢氏说道：

"我也要去了。"

于是大家走出花园饭店，见门口拉着一匹花驴、一匹黑驴，还有一匹白马，都是上好的牲口。有一个马夫走上来，将一根鞭子提给杜粹手中。锦花指着那边的花驴说道：

"我就坐这头。"

驴夫立刻将花驴牵上，锦花双手向驴背上用力一按，伊跳到驴背上，稳稳地坐在上面，一手拉着缰绳，一手叉在腰里，回转头来对杜粹嫣然一笑道：

"这个样子好吗？"

杜粹点头道：

"好极好极，密司很像内行呢！"

明霞也坐到了驴背上，杜粹也就跨上那头白马。三人都向卢氏说一声去了，杜粹当先将缰绳一抖，那马便展开四蹄向前跑去。锦花等催着驴子，跟在后头便跑，有一个驴夫跟着同去。卢氏和程妈雇了两辆人力车，坐着进城去烧香。那杜粹一马当先跑到广济桥，向右手大转弯，跑上留园马路，又转到虎邱马路，蹄声嘚嘚，驰骋在春风中，豪气如云，甚是得意。路上也有许多马车，载着游人赶上虎邱去。遥望那座小小虎邱，塔影凌空，宛在目前。杜粹回转头去，见锦花紧跟在后面，明霞没有锦花会骑，所以又在锦花之后，他就要小做游戏，两腿用力一夹，加上一鞭，坐下马立刻泼剌剌地向前疾驰而去。跑了一大段路，方才将马缰扣紧，渐渐地慢下来。掉转马头，一看锦花已离开自己有二丈多远路，而明霞又比较锦花远了一丈多路，他就勒住马等候。锦花催着花驴，一颠一耸地跑到杜粹马前，喘着气说道：

"密司脱杜，你以为自己跑得快，别人追不上你吗？休要逞能，停会儿我也换坐一匹马，和你决一雌雄何如？"

杜粹笑道：

"不敢不敢。"

一边说，一边瞧锦花额上香汗浸淫，胸前一起一伏地娇喘不已，身子伏在驴背上，两手撑在鞍辔上，别饶妩媚。这时候，明霞也赶到了，将手帕揩着额上的汗，气喘吁吁地对二人说道：

"你们都是好本领，我可说望尘莫及了。"

杜粹道：

"不要客气。"

三人遂慢慢地缓辔而行。到得虎邱山门前，大家跳下地来，将坐骑交给驴夫，并肩缓步地走上山去。一处处地游玩，鸳鸯坟、真娘墓、剑池等都游过了，遂至冷香阁上烹茗。锦花和明霞倚身窗边，眺望远景。杜粹瞧瞧阁上四周都悬着名人的对联，窗明几净，及瞧着二人的背影，不觉想起清凉山扫叶楼上初见艳影的一幕来。那时，还是和她们不认识的，谁放在心上呢？现在她们俩竟成了我的腻友，而锦花对于我真像盘丝洞里的女妖，把密密的情丝来粘住我。我也不自觉地竟被伊笼罩在情网之下，意马心猿，不由自主，天下事真不可知啊！但是，我心里的人儿一向不是牢系在慧君身上吗？怎样我现在变了心呢？此时，我伴着她们名山遨游，春郊试马，却把慧君丢在学校里，不是类乎弃旧恋新，有负于伊吗？想到这里，心中很觉歉疚。既而一想，这也不能只怪我的，自从姓陈的逝世以后，慧君对于我的情感不但没有进步得快些，反而较前冷淡起来。我虽然能原谅伊的，然而总是很奇怪的。况且上次春假时，伊和黄美云到上海去，我说错了一句话，伊便无意再叫我去。那时候，我独自留在家中，好不沉闷，伊也不顾这层的。哦！伊在上海时不是现成有一个摩登少年，就是那姓黄的，陪伴着伊到处去游览吗？中间又有美云介绍，当然更易接近。而姓黄的又是有钱人家的子弟，和陈益智资格仿佛相同，而非我所能和他颉颃了。恐怕慧君的心也有些改变吧！这也不能只怪我的啊！以后的事又谁能料到呢？锦花是非常可爱

的，伊对于我的情感很浓厚，伊的家世也是很高的，伊的为人很活泼
的，伊的思想很新的，伊的风姿很艳丽的，伊的交际很娴熟的，确乎是
一个时代女性。难得伊这样亲近我，而我已做了入幕之宾，岂能辜负伊
的美意呢？杜粹这样低着头沉思，锦花和明霞回转身来，见了杜粹的模
样，忍不住问道：

"咦！密司脱杜，你不来瞧风景，却低着头想什么？"

杜粹被这一问，方才抬起头来微笑道：

"我不想什么。"

二人也就坐到桌子上。杜粹又代她们斟满两杯茶，锦花、明霞剥着
南瓜子，和杜粹胡乱闲讲了一会儿，遂付去茶资，走下冷香阁，摄了一
影，又到后面山上去散步。到日中时，又在虎邱饭店进了午餐，方才仍
乘着驴马回转金阊。又到留园西园等去游过，时候已有四点多钟了。锦
花便提议进城，伊说道：

"观前街是很热闹的，我们不可不去走走，况且三姨叫我买的食物，
我也必要代伊买到的。自己也要买些回去，可以送朋友。"

杜粹道：

"好的，我也要买一些，那么我们回头坐了坐骑，坐人力车去吧！"

锦花道：

"不，我想坐自由车，换换花样。"

杜粹很高兴地说道：

"好！准这样办。"

遂去付去了坐骑的费，又到车行里租了三辆簇新光亮的自由车来，
各人坐了一辆，仍由杜粹当先开路，捏着喇叭，按着铃，飞也似的进了
新闸门，打从景德路一直踏到了观前。只见仕女如云，车如穿梭，十分
热闹。三人在观前街兜了一个圈子，很惹人注意。锦花等遂下了车，一
处处地去购买食物，大包小包，大罐小罐，买了许多，累累然系在自由
车的后边。一会儿已有五点多钟，街上电炬通明，商店里的霓虹灯也流
动起来。锦花等留恋着还不肯走，杜粹道：

"此刻伯母大概早已回转旅馆了，我们走吧，免得伊老人家要盼望

的，今夜我们必要赶回南京去。"

锦花对杜粹笑了一笑道：

"你竟是这样心急，我们一准回去便了，免得你多旷废了课。"

杜粹笑道：

"我们以后的日子正长呢！"

于是三人仍坐着自由车，飞也似的赶出城来。过了南新桥，杜粹却不一直往前去，向右边拐了一个弯，疾驶着，早到了真光大戏院门前。那边正是三岔路口，锦花在后面，将手指着戏院前的电影牌子喊应杜粹道：

"你看！这戏院今晚正开映《十年一吻》的好片子呢，停会儿，我们要不要来一观？"

杜粹听了伊的话，旋转头去向戏院门口瞧着，手里没有捏喇叭，不防前面有一个四五岁的小孩子在马路中摇晃晃地走着，自由车将要撞到小孩子身上去了，旁边有一个人大声喊了一下。杜粹方才觉察，连忙旋转车头向左手避去时，不防迎面飞快地来了一辆苏嘉路的长途汽车。杜粹让了小孩子，又要躲避汽车，顿时觉得手忙脚乱，背后锦花又在惊呼，心里一慌，刚又向旁边一避，后面的一个车轮已被汽车撞着，咔嚓一声，自由车倒了，杜粹跌将下来，汽车也早刹住，但半辆自由车已碾个粉碎。幸亏杜粹跌得出了一些，没有被汽车轮碾着，但是他的左脚已被压在自己的自由车轮下，左臂摔在水门汀的人行道上，所以一臂一足都受了重伤，额上又撞了一个大块，疼痛非常，面色也转变，横在地下，口里只是哼着。锦花和明霞早都跳下车子，吓得什么似的，连说：

"坏了！坏了！"

此时，看的人围了一大堆，一个警士走来查问事实，把杜粹扶将起来。杜粹已是立不住了，锦花便喊过一辆人力车，让杜粹坐到车上，警士问明白了，遂让汽车开去。杜粹在车上皱着眉头向锦花说道：

"我受的伤很重，快送我到更生医院去吧，那边有一个周医生和我相熟的。"

锦花点头答应。但警士却要把锦花等带到局里去，锦花十分恼恨地说道：

"这种地方不去的，我们要送受伤的人到医院去，你们要问什么话，到医院里来便了。"

警士仍不肯放走。锦花忽然想起了什么似的，从伊的皮夹里取出一张伊叔父的名片，交给警士说道：

"我们是从南京来的，都住在花园饭店，你有什么事，也可到那边去。"

警士瞧了这张名片，便知他们的来头很大，也就放他们走了。

锦花和明霞仍坐了自由车，护送杜粹到得更生医院，便去找见周医生。那周医生还是杜粹以前在中学里读书的同学，后来在医专毕了业，在院中服务刚才一年呢！周医生见了杜粹这个样子，便向他叩问，杜粹把受伤的经过告诉了他。周医生便叫杜粹坐了小车子，推到里面去诊察，方知左臂受的伤尚轻，而右足的胫骨，肉也绽破，骨也损坏，比较伤势重些，须留院医治。锦花听说，遂代杜粹订下一间特别病房，周医生代杜粹在伤处敷了药，缚上纱布，便叫人把杜粹扶到病室里去睡息。那间病室特别宽敞，正中有一张病榻，杜粹偃卧在上面，锦花、明霞立在榻前，问他怎样了？杜粹道：

"还是痛得很，周医生既说不妨事的，当然没要紧。但这样一来，我不能马上就回南京了，如何是好？这岂不是飞来的祸殃吗？"

明霞道：

"想不到在苏州坐车子也有危险的。"

锦花道：

"这都是那个小孩子不好，这样小小年纪，家中人如何放他一个儿在马路上乱跑呢？瞧他的样子，是个江北小孩儿。他们江北人，父母大都忙着做工，把小孩子丢在外边，什么都不管。但若等到人家撞翻了，或是踏伤了他们的小孩，他们就要来向你敲诈的。去年兰心别墅主人薛小修，也是在暮春三月邀着几个朋友来游苏州，骑马到宝带桥去，听说在盘门马路上踹毙了一个江北小孩儿，脱不了干系，赔去很多的钱呢。其实他们的小孩子在马路上乱跑也是不应该的，那些江北人真是可恶。

若是换了在上海的马路上，你若不照章程走路，被汽车碾死了，也是白送性命啊！"

杜粹道：

"不错，我若不是让那小孩子时，何至于不及避去汽车呢？现在人既受伤，车子也坏了，车行里要向我们索赔的。"

锦花道：

"该是倒烂，也只好赔偿给他们了。还有我母亲守在旅馆里没有知道这事呢，密司脱杜，你在此养息着，待我和霞姊回去告诉一声，再去车行里交代过了再来可好。"

杜粹点点头道：

"密司请便。"

于是锦花、明霞别了杜粹而去。杜粹闭目养神，睡了一会儿，听得门外革履声响，只见锦花、明霞陪着卢氏一同前来，还有程妈跟在后面。卢氏见了杜粹，殷殷问询，且说道：

"都是我女儿不好，一会儿要骑驴子，一会儿又要坐自由车，果然闯出祸来，害得杜少爷受了伤，真是对不起得很。"

杜粹道：

"这是我自己的不谨慎，不能怪怨谁的。幸亏没有性命之忧，在这里医治数天，大概就会好了。伯母不要为我多虑。不过我一时不能回南京，学校方面须要请假，舍间最好也要去知照一声，免得家母等盼望。"

卢氏道：

"不错，我因为后天家中有事，迟至明天下午必要动身回去的，我们可以代你去办妥。"

杜粹闻言，双目紧瞧着锦花道：

"明天你们都要回南京的吗？"

锦花微笑道：

"方才我们已商定了，霞姊先伴家母回去。我左右无事，可以留在这里陪伴你，这样可好吗？你请放心。我们一同来的，独有你不幸而受了伤，岂能抛下了你，大家都回去呢？至于向学校里请假，又到你府上

225

通知消息，这两事不妨拜托霞姊了。"

杜粹听了，便道：

"高深情谊，感谢之至。只是密司魏到我家里去通信时，须要用话安慰我的母亲，不要说得厉害，使伊老人家担忧受惊。"

明霞道：

"这个我却理会得，密司脱杜，你请放心便了。"

大家讲了一刻话，锦花说道：

"我们的午饭吃得很早，又没有用晚点。这时候，肚子早饿了，不如就在这里喊些菜来，吃了一顿再说。"

卢氏道：

"好的。"

于是锦花取出一本小小的袖珍日记，撕下一页，又取出一管派克自来水笔，在纸上写了几样菜。一按电铃，便有院役进来伺候。锦花向他吩咐一遍，院役接了纸条便去。隔得一会儿，早已送上晚餐，端上许多菜来。大家便在中间一张桌子上用饭。卢氏叫程妈盛了一碗饭和一小碟子的各种菜，送到杜粹榻前，给杜粹吃。杜粹勉强坐起半截身子，吃了一碗饭，摇摇头不要添了。卢氏道：

"杜少爷，你受的是硬伤，不要因为疼痛的关系而减少饮食。你若吃得下，便能受得住的。"

杜粹道：

"我真有些吃不下，并非为了受痛。"

卢氏道：

"那么再吃一碗粥吧！"

便叫程妈又盛了一碗粥送过去，但是杜粹只吃了半碗，就放下不吃了。大家吃过晚餐，洗过脸，喝过茶，锦花和明霞各从手皮夹里取出粉盒子，对着小镜子，涂脂抹粉地修饰一番。卢氏打了两个呵欠，遂对锦花说道：

"那么今晚你决定在此相伴了。"

锦花道：

226

"当然，不过这里只有一张病榻，我可以吩咐他们添一张临时床便了。"

说着话，立起身来，又去一按电铃，喊院役过来，吩咐了一遍，不多一刻，便有两个院役抬着一张小钢床来，搁在左边靠墙，和杜粹的病榻恰巧一横一竖，又铺好了洁白的被褥和枕头。锦花便利向床上一坐，把身子颠了两颠，说道：

"虽不及花园饭店的好，却也可以将就睡了，好在是短时间的事。"

杜粹道：

"密司为了我而有屈，使我抱歉得很。"

锦花道：

"不打紧，我只希望你快快好了，一同回南京，我们大家不要说什么客气话，我这个人喜欢怎样做便要怎样做的，人家叫我这样做既不能够，不叫我这样做也是不能够的。我愿意看护你，别的便没有问题了。"

杜粹点点头道：

"密司是古之所谓刚者。"

锦花笑道：

"我不懂什么刚和柔，不过我这个人刚强起来时，任何人都不能摧折我；柔软起来时，比菩萨心肠还要慈悲。总之，说不定的。"

杜粹笑道：

"金刚怒目，菩萨低眉，密司可谓兼而有之了。"

大家听着，都笑起来。锦花站起身，搭着双手，弯起在自己的头上，向卢氏说道：

"母亲，你大概疲倦要睡了，就请霞姊陪伴你回旅馆吧，明天早上你们早些来。"

卢氏道：

"那么你在此好好儿地看护杜少爷，大家也早些安睡，我们明天再来吧！"

说毕，遂立起身来，又向杜粹叮咛了数语，和明霞带着程妈，告辞出院去了。

锦花送伊母亲等去后，便顺手将门合上，嘴里嚼着一片留兰香糖，走到杜粹榻前，向杜粹说道：

"此次我请你一同来苏州游玩，却不料累你受了无妄之灾，真是抱歉得很。所以我情愿留在院中看护你，陪伴你，等你痊愈了，我们一同回南京，好不好？"

杜粹道：

"密司能够这样屈身相伴，这是我的大幸。不过密司在此没有人相伴出游，不要感觉到太沉闷吗？"

锦花微笑道：

"我已决心相伴，你睡在病榻不能行动，难道我能忍心丢着你到外边去寻乐吗？"

一边说，一边回身坐在榻边，两道水汪汪的明眸睇视着杜粹。杜粹听了锦花这几句话，心坎里非常快慰，觉得有一缕情绪荡漾而起，连痛苦也暂时忘却了，便和锦花喁喁而谈。一会儿，门开了，周医生同一个女看护带着药水走将进来，锦花遂立在一边，让周医生代杜粹诊治，把药水给杜粹服下。锦花向周医生问道：

"照这个伤势，大约几天能够痊愈？内部没有受创吗？"

周医生答道：

"好在内部并未受伤，至多一星期可以完全恢复了。"

一边说，一边向锦花上下仔细端详，回转头去问杜粹道：

"这位密司是在此看护你的吗？"

杜粹点点头。周医生道：

"很好。"

他却不就走出去，让女看护先走了，自己坐在一张椅子上，和杜粹闲谈，提起从前同学时情景，锦花也坐在一边相陪。讲了一刻话，周医生刚才立起身来，像要去的样子，忽又带笑向杜粹道：

"密司脱杜，我有一句话要问你，听说你尚未和人订婚，究竟何时可以请我们一辈老朋友吃喜酒？哈哈！我想大概不远了吧！"

说着话，又侧转脸向锦花一瞧。锦花抱膝而坐，态度很是自然。杜粹答道：

"老友你不用心急，早晚总要请你喝的。"

周医生道：

"那么新娘是谁，可能告诉我一声？"

杜粹摇摇头道：

"我既没有和人订婚，怎能告诉你呢？"

周医生道：

"你不要在我老友面前严守秘密啊！"

说罢，又笑了一笑，方才出去。锦花又走到杜粹面前，说道：

"密司脱杜，你服了药水睡一会儿吧，我也觉得有些疲倦欲睡了。"

杜粹说道：

"好的，密司也请安睡吧！"

锦花道：

"但我还要出去一趟。"

杜粹道：

"你要到哪里去？"

锦花道：

"我到女看护那边去，不多一刻就来的。"

说毕，便去开了门，叽咯叽咯地走去了。杜粹睡了一刻，锦花已走回来，前后有一个女仆提着一个便桶，跟着进房，放在室隅而去。锦花遂将门关上，见杜粹双目还睁开，没有入睡，便道：

"你安心睡着吧，伤处可仍痛吗？"

杜粹道：

"尚未止痛。"

锦花皱皱眉头，也不说什么，便脱下外边的衣服，露出里面桃红色的小衣、白纺绸的长裤，灯光下格外显得艳丽，向杜粹说了一声晚安，便到伊床上去睡了，一会儿鼻息已起。杜粹因为伤处隐隐作痛，一时睡不着，脑海里有许多思潮，所以直至下半夜方蒙眬睡去。

天明时他又先醒，见电灯不知在何时已熄去，朝东的两扇玻璃窗边早有阳光射着，正照在锦花的榻上。锦花梨云未醒，向里睡着，一双雪白粉嫩的手臂搁在被外。他也不敢去惊动伊，心里却对于锦花这番亲自留苏看护的美意非常感激。想锦花是一个官家的名媛，却肯对于他纡尊降贵，不避嫌疑，以女儿之身陪伴着一个异性的朋友，在外边同室而居，可知伊人的芳心早已不把他当作外人了。而伊的母亲对于自己，一切也很诚恳，可谓难得。想不到在兰心别墅邂逅以后，彼此竟成了非常熟稔的好友，恐怕这也是佛家所说的缘吧，但不知将来却又怎样。又想起昨晚周医生说的话，心中更觉得对于锦花有一种很热烈的企望，所以他只管痴痴地想。但一会儿又想到在南京的慧君，伊倘然见我不到学校，要不要赶到我家中去探问？万一我母亲老实告诉了伊，岂不要使伊心里大大地难过呢？我一向对伊很诚恳的，自和锦花交友以来，却在伊面前撒了两回谎，这是在我的良心上很过不去的。现在的我，未免厚于锦花而薄于慧君了。或许慧君的心未变而我的心已受了一种外来的推动力而转变了，岂不是我负慧君吗？四载以来，常常相处在一起，情感不可谓不深了。若是我丢了伊而去恋爱别人，那么伊在益智死后，已受了一个重大的打击，现在更要使伊再受剧烈的刺激，叫伊怎能受得住呢？想到这里，心中便有些不忍，觉得自己不知怎样做才好，往后去还是和慧君疏远呢，还是和锦花淡薄？不能不早定方针。然而都有些不舍得。既而一想，慧君近来和自己的感情似乎渐见淡漠，上海之游，便可以觇知一二，也不能单怪自己。黄美云的哥哥天乐是很有吸引力的美少年，人心难测，也许慧君已被他吸引了去呢。雪夜观梅，车站送别，种种的情景不无令人可疑。那么我何必痴恋着慧君而忽略了眼前的锦花呢？

他这样地沉思着，只听锦花口里嘤咛一声，翻过身来，伸着手去揉搓伊的睡眼。杜粹忍不住喊一声："密司项！"这时，锦花也醒了，便道：

"密司脱杜，早安，你身上还觉得痛吗？"

杜粹道：

"谢谢你，痛已止些了，不过昨晚上半夜很是睡不着，直到夜半方能够熟睡呢！"锦花道：

"那么你早上何不多睡些?"

杜粹道:

"醒后不想再睡了,密司昨晚好睡啊!"

锦花笑道:

"我是有瞌睡虫在身上的,睡到了床上,什么都不知道了,你有事不妨唤我的。"

杜粹道:

"好在我没有什么事,不必惊动你。"

说着话,锦花披衣起身,趿着睡鞋,走到杜粹榻前,伸手向杜粹额上一摸,说道:

"果然好些了,你昨晚还有些寒热呢!"

杜粹道:

"这大约是痛出来的,痛已稍减,寒热也就退了。"

锦花遂去开了门,一按电铃,叫下役送上洗脸水来。伊便在沿窗桌子对镜修饰,足有半个钟头,方才蒇事。下役送上早餐,锦花先盛了一碗粥,夹些小菜送给杜粹吃,伊自己也坐在桌边吃粥。二人吃罢,仍由院役来收去。周医生又同看护进来,代杜粹诊视、换药,对杜粹说道:

"你今天已没有寒热,伤势已减轻,不多几天可以痊愈了。"

杜粹道:

"多谢老友医治之功。"

周医生笑笑,退出去了。锦花又坐在杜粹床沿上,伴着杜粹闲谈。

一会儿,明霞伴着卢氏前来探望,相见后,听说杜粹伤势经过良好,大家心头稍慰。卢氏便说今日下午要坐三点钟的特别快车回京了,叫锦花当心陪伴杜粹,一俟稍愈,早日回家,免伊盼念。杜粹便在床上写了一封请假信和家书,都交给明霞,拜托两边去通讯。明霞接过放在手皮夹里。杜粹虽然受了伤,而精神尚好,坐在床上,和大家谈谈说说,不觉疲倦。卢氏等就在院中同用午膳。又坐了一会儿,已有一点多钟了,卢氏立起身来道:

"走吧,还要到旅馆里去算账呢!"

锦花道：

"很好，我也不留你们了，明日家中有事，母亲必须回去的，霞姊有烦你途中照料了。这里的事，母亲也不要盼念，大概迟至星期日也要回南京了。"

卢氏又安慰了杜粹数语，和明霞一同告辞出去，杜粹谢了又谢。锦花要送伊母亲上车，所以暂时抛下杜粹跟卢氏等同到花园饭店去。

三点钟过后，锦花从车站回来，仍伴着杜粹有说有笑。转瞬天又垂暮，看护又来给杜粹服药。这天夜里，杜粹因为创痛已止，所以睡得十分酣适，次日已能勉强下床坐坐了。但锦花依旧叫他要多睡，伊自己看看报，吹吹口琴，嗑些瓜子，或是坐在杜粹榻前低声唱着《春天的快乐》《卖花声》各种歌曲，这样消遣一天的光阴。杜粹虽然在医院里，然有此一朵秀色可餐的解语花朝夕相伴，软语温存，大有此间乐不思蜀的情景了。

到星期五，杜粹已能行动自如，周医生说星期日可以出院了，杜粹遂和锦花决定在星期日预备坐夜车返京。其间曾接到明霞的来信问候，杜粹家中也有一封信来，问杜粹几时回去。杜粹虽想写一函给慧君，可是一则在慧君门前交代不过，二则碍着锦花之面，又不好写，所以也只得罢了。

那更生医院地近车站，是在郊野中，空气很是新鲜。前面靠近宽阔的城河，帆影橹声，时时出没其间，而京沪的火车来来往往，一天到晚常听到呜呜的汽笛声。杜粹的伤处既已痊愈，能够在地上走路，额上的肿也退了，坐在医院中，听到那汽笛声音，心里常常有些跃跃欲动。好在他并无重病，养息之余，便和锦花走到医院的外面来散步。水边有几棵合抱的大树，芳草芊绵，落英缤纷，二人拣一块光滑的大青石，并肩坐在上面。树上正有二三黄鹂，引吭而鸣，虽无斗酒双柑，却也婉转悦耳。河水清涟，有许多鸭子在水上浮游而嬉。那边通马路之处，两旁绿树成荫，阳光从枝叶缝中照到地面上，好像洒着许多金黄色的小圈圈，临风荡漾。绿树之外，时时有马蹄车轮，载着旅客，赶向火车站去。和暖的春风吹到身上来，非常愉快。锦花穿着一件新制的孔雀绉夹旗袍，风吹衣袂，飘飘欲仙。二人闲瞧风景，细话胸怀，恍如在乐园之中。锦花忽又要想摄影，便跑到院中去，取了自己的照相镜出来，要叫杜粹代摄。恰巧一群乳鸭慢慢地游到水边，一株绿柳欹斜在水滨，嫩绿的柳丝飘拂在水面上，杜粹便叫锦花去立在水滨，一手攀住了柳条，侧着娇脸，望着那河中的鸭，这样摄了一影。锦花也叫杜粹坐在石上，双手抱膝，摄了一影，带笑说道：

"我们也算在苏州留个纪念吧！"

晚上，二人又走到水边来闲步，明月当空，人影在地，河中没有船只往来，水面上也是寂然，只有微风吹拂着树枝。对面的雉堞在月光下隐约可辨。远望绿树丛中，有电炬数点，间或有马蹄嘚嘚之声在那边疾驰而过，可是一会儿又悄然无声，四围的夜景幽静极了。二人闲步了一会儿，便仍到日间憩坐的所在坐着，对了水中的波光月影，锦花忍不住低声唱起《月光曲》来。杜粹静聆着曼妙的歌声，忘记了其他的一切，恨不得立刻和锦花踏上云梯，御风而行，到月球里去拥抱着舞蹈。此时，杜粹的一颗心已投入彼美的怀抱里了。锦花的手臂如雪藕一般钩在杜粹的臂弯里，杜粹无意中触着伊的皓腕，觉得很凉，真所谓冰肌玉骨，遂将伊的柔荑紧紧握住，说道：

"密司不怕冷吗？"

锦花摇摇头。杜粹道：

"这一星期的光阴过得很快，星期日我们便要回去了。我虽然受了伤，在此疗养，却有素心人相伴，使我一些也不觉到寂寞和痛苦，这是我要非常感激你的，真是不幸而有幸。我常常对着密司足以忘忧，快哉！快哉！不知密司可讨厌我这个人吗？"

锦花微笑道：

"我若讨厌你，也不会在此相伴了。呆子，你说对着我可以忘忧，我不是和人家一样的人吗？怎会使你忘忧呢？你要一辈子对着我吗？"

杜粹笑笑道：

"我愿意一辈子对着你，但不知你可能一辈子伴着我吗？"

锦花听了这话，伊的头渐渐低下。二人心房里的跳跃，彼此清晰可闻。杜粹再问一声道：

"你能吗？愿意这样吗？"

锦花不知不觉地把蝶首依有杜粹的肩上，手中也紧紧握了一下。此时，月光正照在锦花的娇靥上，本来涂着胭脂的，现在更是红得可爱了。杜粹情不自禁，便低下头去和锦花接了一个甜蜜的吻。良久良久，锦花方才抬起头来，向杜粹微微一笑。这微笑在杜粹目光中看起来，更见得婉媚而带着三分羞，且含有不少的甜情蜜意。从此，二人的情丝交相缠结，做成了一个情茧，大家缚住了，预备闭在情茧中，一辈子做他们粉红色的梦，享着恋爱的生活了。

到了星期日，杜粹便要出院，向院中周医生问起医药费，却早给锦花付去了。杜粹遂对锦花说道：

"我自己受的伤，累你相伴了一星期，已使我感谢得很，怎么又让你付这医药费呢？这当然是要我照付的。你虽付去，我可不答应的，待我到了南京，必要奉还。"

锦花把手摇摇道：

"现在我和你再要算什么账？况且我母亲临走时叮嘱我这样办的，我付的钱都是伊老人家给我的，你要还的话，你去还给我母亲吧，我不管。"

杜粹听伊这样说，也不好再推了。于是二人又到城里去买些食物，收拾行李，在下午坐了火车回至南京，杜粹先送锦花回去，见了卢氏之面，便向卢氏道谢。卢氏说道：

"这一次是我们约你出去的，你无端受了伤，我们心里都代你担忧。幸亏你好得快，安然回来，我这颗心也可放下了。区区医药费，何足挂齿呢？"

杜粹又谢了几句，略坐一刻，要告辞回家。锦花送到门外，对杜粹说道：

"你明天到学校了，后天散学后可能到我处来谈谈。"

杜粹道：

"我准来看你，不过在外面也不能有从容的时间可以逗留，因为夜校里还有课呢!"

锦花道:

"你自己尚在做学生,教什么劳什子的书?我以为你早些辞去了吧!"

杜粹道:

"这个恕我不能从命,因为我也是义务学校发起人的一分子,一向担任着教职,不久毕业期届,我的责任也快圆满了,怎好在此时辞去呢?我们往后聚的日子正长呢,是不是?"

锦花听了,却不说什么。于是杜粹和伊握手告别,急匆匆地赶回自己家中去。

杜太太正吃了晚饭,和大媳妇绮霞、小女儿明宝坐在楼上讲起他,杜粹上前叫应了母亲,把带来的食物一齐放在桌子上。杜太太见杜粹回来了,便问他受伤的情形。杜粹详细告诉一遍,杜太太道:

"这真是你的不幸中之幸,倘然被汽车轧死了,那么现在我只有你一个儿子,叫我怎样是好呢?我听到魏家小姐的报告后,非常担忧你,天天点了三支香,在菩萨面前虔诚祷告,今天又盼望了一个整整的下午,直到你回来了,我心方安。从今以后,不要再坐自由车了。你不记得去年也是坐了自由车去候潘小姐回校,忽然遇见了那两个暴徒,以致受了刀伤,也曾在医院中医治多日吗?"

杜粹听了这话,便问道:

"慧君可曾来问过我?伊有没有知道这回事吗?"

杜太太摇摇头道:

"潘小姐没有来,我也不好意思跑去告诉伊,伊已有好久不到我家来了。我看你也和伊感情淡薄得多了,古谚说得好,若欲人不知,除非己莫为。你和项家小姐过从得这样亲密,恐怕伊也有些知道的啊!"

杜粹口里咄了一声道:

"这个却难了,世上无两全的事,我也只好听其自然。在伊对于我的心,也未尝不在那里转变,否则,我和伊相交四载,陈家的儿子已死,而伊的心里仍旧不能让我占着,我痴恋着伊做什么呢?"

杜太太道：

"那么你果然一心一意爱上了项家小姐吗？"

杜粹笑了一笑道：

"连我自己也不觉得，不过人家很爱我，使我不能不油然生爱。并且伊很是活泼，和伊聚在一起的时候，真是使人快乐，忘记了忧愁的。母亲，你以为如何？"

杜太太吸着水烟袋，微笑道：

"我不管你，潘家小姐很好的，项家小姐也很好的，只望你早日把婚姻问题妥定了，娶了妻室，生个儿子，我便得着安慰了。"

杜粹笑道：

"好！你老人家只要我养儿子，好像一个男子娶妻，除了传宗接代，便没有其他关系了，真笑话。我不该说你，你的脑筋究竟陈旧了。"

明宝在旁，听得不耐烦，不由嚷起来道：

"慧君姊姊是非常好的，我最欢喜伊，倘然伊嫁给我哥哥，真是我的好嫂嫂。至于那姓项的太摩登了，况且伊自以为官家之女，有些高傲的样子，我和伊合不来的。"

杜太太对明宝摇摇手道：

"小孩子懂什么？不用你多管，往后在他们面前也不要快嘴。"

明宝道：

"我不懂吗？我是代慧君姊姊抱不平。哥哥既然和伊做了朋友，爱上了伊，怎么又和项锦花亲热起来呢？"

此时，绮霞一拉明宝的手臂，带笑说道：

"小妹妹，这是你哥哥的事，他爱谁，你总不能做他的主的，他自有道理啊！"

杜粹笑道：

"我有什么道理呢？我自己也做不动主了。别谈这事吧，小妹妹，我从苏州买得不少糖果，请你吃可好？"

明宝把嘴一噘道：

"我不要吃，你留着给你心爱的人吃吧！"

杜粹道：

"哎哟！小妹妹说话竟这样厉害吗？"

说着话，遂去取过许多罐头啦，纸包啦，放在桌上，将食物分送给她们。又谈了一会儿话，遂告辞回房去了。

次日一清早，他就赶到了校中，第一个就遇见王君荣，对他笑着问道：

"杜，苏州之乐乐如何？"

杜粹正色答道：

"乐什么呢？坐坐自由车，也会被汽车撞倒的，没有被汽车碾死，还是我的便宜呢！"

王君荣道：

"有句老话说，乐极生悲，你太快乐了，以致逢这危险，没有碾得七死八活，你的额角头还算高。并且你在医院里一星期的光阴，有玉人在旁边侍奉，也是只觉其乐而不觉其苦了，是不是？人家对你这样深情，你觉得如何？这是可遇而不可求的啊！艳福不浅。"

杜粹道：

"你不要胡说八道，我问你怎样知道的？"

王君荣道：

"我岂有不知之理？前天我到项家去走了一遭，都被我探得了，你在我的面前还要秘而不宣吗？"

杜粹向他一鞠躬道：

"我知道瞒你不过的，只请你不要多说，我请你喝酒。"

王君荣道：

"好的，将来逃不了我是大媒的。"

杜粹恐怕被他人听得，连忙离开了他，走到教务室去销毁。

这天，他在上课之时，不觉心旌摇荡，大有一心以为有鸿鹄将至的样子，好像自己不在教室里，连教授讲的什么完全没有入耳，低着头，两手托着下颐，半闭着眼睛，想到那明月下的一吻，锦花的一种媚诚，真使自己颠倒不能自持，神秘的恋爱滋味，比一切都伟大。以前自己和慧君交情不可谓不深，但也没有像锦花那样陶醉的。锦花真是可爱的女儿，我竟像吃乳的婴儿，投降在伊的怀抱中了。

到得下课以后，在图书馆前和慧君见面，不知怎样的心里有些内疚，很惭愧去见伊。慧君却态度如常，含笑相问。杜粹不得不再打谎话了，他告诉慧君说，自己伴着两位女戚有事到苏州去，不料在人力车上被汽车撞倒，受了些伤，以致在医院里医治了数天，荒了一星期的课，非常抱憾。慧君也没有多说什么话，只安慰了数语。杜粹以为慧君既没有到他家中去过，当然对于他这回事绝不会知道底细，可以稳稳地瞒过了伊。谁知慧君早已探听得明明白白了，伊从哪里知道的呢？就是那位白相博士王君荣放出来的空气，而被黄美云详细问出来的。杜粹不肯实说，慧君也不动声色地只当作不闻不见。可是二人以前所有热烈的友爱从此生了障碍，起了云雾，如由夏而秋的寒暑表，热度渐渐地只有望下低落，再也不能保守以前的最高纪录。唉！天下事岂非真像陈益智所说的宛如天上的白云，刻刻在那里变幻，而欢乐的事也是一刹那间而不可常留的吗？变幻的人生。

第十二回

春色初寻无心逢故侣
萍踪小聚有意做良媒

在杭州涌金路钱王祠柳浪闻莺那边新建一座美轮美奂的黉宫，就是六桥三竺间著名的国秀女子中学。提起这校的创办人，乃是一位姓杨的老太太。伊是个不识字的旧式妇女，只因伊的丈夫在日经商获利，积资可百数十万，便在钱王祠畔筑起一个非常宏丽的别墅，预备在湖上享受些清福。谁知天不从人愿，伊的丈夫忽然在某年夏天染着时疫，抛下了他的偌大家私，一钱也不能带去而撒手尘寰了。

杨老太太痛夫情切，终朝哭泣，连伊的一双眼睛都哭坏了，渐渐失明，到年纪老时完全看不见了。这个似乎是伊终身憾事，但伊还有莫大的遗憾，就是杨老太太的儿子也不幸早夭的，只有一个遗腹的孙儿。然当伊的孙儿从他娘胎里养出来的时候，因为是坐臀生，难产的关系，杨老太太的媳妇发厥过去。正在进退维谷之际，守产的医生告诉杨老太说，救了大人，不能活孩子，活了孩子，大人的性命恐怕难保，要请杨老太太如何做主。杨老太太的心里只要得一孙儿，可以绵延宗祀，承继财产，所以吩咐医生先要活小孩子，大人的性命任它去休。结果小孩子果然活了，而他可怜的母亲却为着儿子而牺牲了。杨老太太遂雇了乳母，把这位宝贝孙儿抚养长大。谁知竟是败家之子，在上海大学里读书，把学校当作挂名的所在，常常在外边游玩作乐，挥金如土，过那荒唐的生活。到后来书也不读了，交了那一辈狎邪朋友，在外面花天酒地地一味抖乱，一刻爱上了舞女，一刻又恋上了电影明星，一刻兜搭上了

239

小家碧玉，一刻又私奸了时髦的大小姐。所以小房子在外搭得不少，今天和这个结合，明天和那个离异，爱憎无常，高深莫测，倒被许多律师做了好多生意，着实捞了他一笔钱。他这样过着淫靡的生活，不知不觉，数年之间，竟在外边亏空了四五十万。等到杨老太太察觉，他在上海已宣告了破产，许多债权人诉状追索，大家知道他在杭州是有丰富的家财，素有小财神之称，不怕他逃到哪里去的。杨老太太没奈何，只得叫账房出来料理，结果家产耗去了一半。杨老太太非常痛心，以为这样的孙儿还不如没有，懊悔以前救活小孩子的不是了。恨起心头，遂登报驱逐这个败家的孙儿，而伊的孙儿从此又不知流浪到什么地方去了。

　　杨老太太受了这个刺激，精神一天不如一天，竟奄奄地生起病来。伊虽然手中尚有三四十万的财产，但是没有一件事可以使伊得到一些安慰，反而毫无乐趣。自知去死不远，不情愿一旦物化之后，所有财产让伊不肖的孙儿再来败去，于是想了好多念头，请了一位律师，预先立下遗嘱，把伊所有的家产十万元捐予各处盲哑学校，二十万元捐给本地教育家去创设一个女子中学，兼附属小学，全免去学费，为女界同胞多得一些读书的机会。其余的数万即作为治丧之用。如为数尚多，再可捐给地方慈善机关。立了这遗嘱以后，不多几天，杨老太太便溘然长逝了。律师和主办丧事的人便照着伊的遗嘱，一一实行。这个消息传遍闾巷，报纸上也纷纷竞载，播为美谈。大家都说杨老太太虽然是个守旧的妇女，不知怎样的，却反有这个新思想，打破遗产主义，情情愿愿地把数十万家私完全捐予社会，可使一班守财奴闻风生愧，自叹不如一老妇了。这个国秀女子中学便由本地教育界知名人士组织校董会，用了杨老太太捐下的遗产而开办起来的。校长是孔三畏女士，是英国牛津大学的毕业生，主持一校的校政，办得成绩非常之好，校风优良，学生众多，在杭州可称模范女学。

　　这一天是星期日，校中学生除了寄宿生而外，大半都出去了，虽在上午十点钟的时候，而静悄悄的绝少人影。从那边涌金路上驶来一辆自由车，上坐着一个绿衣使者，身上负了一个大信袋，到得国秀女学门前，跳下车来，将车停住，走到门房里去，掏出许多大大小小、花花绿绿的信件和印刷物交与门房。一个校役便挟着这许多信件，跑到里面去。换了平常休息的时候，被学生们瞧见了，便要一窝蜂地涌上来，问问他们自己可有什么来鸿？有接到信的，手舞足蹈，嘻嘻哈哈地拿着信跑到宿舍里，或是僻静之处去拆阅。其中虽有家书，有友人之书，而情书却也不在少数。接不到信的人，便懒懒地走开去，对于那些有信的同学生出一种无谓的妒忌来了。星期日，他们都不在这里，便由那校役拣出学生的信件，一封封放在学生信插上。倘有教员的信件，校役们便要直接送到教员室里去。所以这校役托着一封信，匆匆地跑上女教员宿舍楼上去，在一间室门前，用手指在门上轻轻叩了两下，里面娇声问：

"是谁？"

校役道：

"潘先生，有信在此。"

接着，门开了，便有一个衣服朴素、容貌秀丽的女教员走出来，把信接到手中，向封面上看了一看，回进去说道：

"咦！奇了，昨天刚才接到他的信，怎么今天又来了？"

伊在书桌前坐下，把这封信拆开来读时，不觉红晕上颊。原来上面写着道：

慧君寄女如见：

　　昨寄一函，谅先到达。兹因有一事欲征汝之同意，则汝之婚姻问题是也。盖昨日有某友来顾谈，欲为汝做撮合山，所说之人即汝友黄君天乐也。据闻天乐为大学毕业生，世家子弟，家道富裕，现又在杭任省政府秘书之职。年少才美，将来飞黄腾达，自是意中事。而黄君之妹亦即汝之同学，而又同班毕业者，交谊甚深。

　　渠家颇钦慕汝之才貌性情，而天乐又深深爱汝，故欲早缔良缘，结朱陈之好。但以汝始终无甚表示，遂挽余友向余说项。我虽受汝亡父之托，教养当成人，无异亲生子女，关系密切。然现代潮流与曩昔不同，子女婚姻问题，家长亦只求能同

241

意，不能专制从事，勉强做主，徒使大错铸成，追悔无及耳。

余之意见，则以为今日汝之自立愿望虽已达到，然年华为女子最宝贵之物，标梅兴感，毋失其时，室家之好，岂能忘之？前尘影事，莫再萦怀，花好月圆，自求多福。倘汝能早得一如意郎君为终身伴侣，则余庶几可以告慰于亡友在天之灵矣。况彼此既相知有素，何妨做进一步之成功。故写此函以告，望汝极早定夺。即以好音报我也。即问近佳。

愚柏年手泐

慧君读完了这信，一手支着粉颊，细细思量，天下的事真是变幻莫测，自己本来心上的人只有地下的益智，不幸而生死殊途，难填恨海，使我心灵上受了极大的创痕。杜粹和我同学四年，又一起在义务夜校中工作，彼此友谊正深，意气相投。他一心追逐于我，爱护甚切，我也未尝不知。即如桃花桥畔，黑夜遇暴的一回事，他能奋身相救，为我受伤，对我十分忠实，很使我感谢的。杜太太等也都待我很好，常有照顾，确乎是我的知友。除了益智而外，他是和我最亲近的了。但是不知怎样的，后来忽然改变了态度，在我的面前屡次撒谎，失去以前的忠实。他既和姓项的在兰心别墅联欢会中跳舞，又到苏州去游山玩水，受了伤在医院里，听说也是姓项的一同住在院里看护。那时候，他和那姓项的虽是新交，然而他们俩的感情岂非已胜过了他和我吗？后来，杜粹对我更疏远了，见了我便不肯多讲话。也许他虽然以为我不知道他的秘密，而他的良心上总不免有些歉疚的。其实那位白相博士是天字第一号的快嘴，丰干饶舌，鹦鹉多言，一切早已泄露出来了。我又不是木头人，怎会始终被他瞒在鼓里呢？我又知那姓项的是个官家女儿，一向养尊处优的，也曾读过大学，我虽未和伊交接过，听大家都说伊是非常摩登的女子，自然富有吸引男子的魔力。杜粹早给伊的情丝缠缚住，黄金美人之幻梦已盘旋于他的脑海，所以他已投入姓项的温馨怀抱中去了。他既然恋上了姓项的，当然对于我的感情便要淡薄起来。我的身世他是知道的，我是一个可怜的孤女，没有家也没有钱，完全倚靠了人家而得有今日，哪里能够比得上姓项的呢？虽然有一些浅薄的学问，恐怕也不在人家心上的啊！只是像杜粹是个有知识的好青年，怎么也会迷恋起贵族式的女子来？况且他和我以前的感情已是很深厚的，也会变了心，岂不更使我增加一重刺激？幸而我自益智病故以后，对于婚姻问题灰心了不少，而且我的人生观也变成了老庄一派，一切听其自然，所有热烈的情绪也完全灌注于教育上。我的恋人就是教育，我将终身为教育服务。尤其是对于女界，如有可以为她们造一些幸福之处，我总当尽力牺牲。间接也未尝不无裨益于国家，也不负我寄父一番教养之功。所以我对于这事听其自然，在杜粹面前绝口不提。他既然无意于我，我也何必恋恋于他？但望他将来情海不波，常过着甜蜜的光阴，也未尝不是一件佳事啊！我自从在学校毕业以来，到这里国秀女学做了高中部一年级主任，粉笔生涯，终日周旋于学生中间，别的事也不萦绕在我心里了。杜粹也和我久不通信了，但愿他永远忘记我也是好的。谁料黄天乐在上海大学里毕了业，无巧不巧也会跑到杭州来做省政府的秘书。大家都在客地做事，他遂常常到我校里来，找我闲谈。好像以前杜粹对我的样子，献出一种很殷勤、很忠实的态度来。我现在知道，凡是男子们起初在追求异性的时候，都是这个样子的，驯如绵羊，热如温泉，又好似佞佛的老妪，对于他们崇拜的偶像虔诚供奉，志心朝礼的。然而男子们往往弃旧恋新，忘情薄幸，在小说书上或是戏剧里常有看到的，他们的恋爱岂能长恃呢？况我这个不祥之人，不愿意再和人家有什么情爱了，所以自己对于天乐，任他怎样向我追逐，我只是漠然相视，不欲再受什么刺激。现在忽然接到寄父这封书，大约天乐因为我不肯表示态度，而想出方法，别开蹊径，向我寄父那边去进行。但我寄父是个明白事理的人，他岂肯代我做主？所以写这封信来征询我的意见很多劝慰之语。寄父爱我，诚令人感激涕零。然而我现在不愿意谈起这事情，他们哪里知道我内心的苦痛呢？天乐，天乐，你虽然落花有意，怎奈我流水无情，我只得对不起你了。伊想了好多时刻，遂从抽屉里取出信笺信封，拈着自来水笔，立即写一封复函，回报伊的寄父。大略是说此事尚待考虑，不能决定，请婉言谢绝。自己尚须为女子教育多多服务数年，女子嫁人自有种种牵制，难遂初愿云云。就把这封信封好，粘了邮票，去投在校门外的邮政箱里。

午后，伊正坐在教员室中，想改去一些卷子，因为上星期正是学生的小考时期呢。忽见校役进来，报称有客求见。慧君听了，眉头一皱，只得放下了笔，走到外面会客室中去。里面一个风流俊逸的西装少年，连忙走上来，一弯腰招呼道：

"密司潘，今日没有事吗？"

慧君答道：

"刚才我想看一些考卷，而密司脱黄来了，请坐。"

说着话，一摆手，请那少年在圆台边椅子上坐下。原来，这少年便是黄美云的哥哥天乐。他毕业后，因知慧君受了杭州国秀女子中学的聘请，将要在那边执教鞭，遂也千方百计托了人，谋得省政府秘书一席，以为从此在六桥三竺间，可以常亲芳泽，凭自己平日对于交际女性的好功夫，不难得到美人的心。好在慧君在这里执教鞭，朋友甚少，杜粹他早和伊疏远了，这个大好机会岂可轻易失去？所以，星期休沐之暇，时常到国秀女学来访问慧君，大献殷勤。可是慧君先后受了两重刺激，把婚姻问题看淡了不少，伊正在一心一意地循循善诱，诲人不倦，故而天乐劳而无功，有愿莫偿。遂想起了慧君的寄父陈柏年先生，也是慧君的恩人，对于慧君的事可以做几分主的。若能走通这条路，自己和慧君的婚姻比较上便有成功的可能性。好容易找到了一个熟人，也是和陈柏年相识的，便托那人专诚跑到陈柏年那边去代自己作伐。那人回来告诉天乐说，经他竭力说项，陈柏年先生颇有几分赞许。不过他老人家不肯做主，须要让他去向本人征求得同意后，方能有确实的答复。现在陈柏年已写信给他的寄女了，只有静待下文。天乐听了那人的话，屈指计算，慧君当已接到伊寄父的信了，且自己为了促这事的成就，也曾修函寄至南京去，央求妹妹美云前来，以便和慧君恳切一谈。但美云尚没有来，亦无回音，倒信难至为不耐。今天是星期日，左右无事，所以跑到慧君校里来邀伊作湖上之游，乘机一探伊的动静。谁知见面后，慧君只是谈些别的闲文，并没有什么表示，天乐自然也不好意思提起，遂对慧君说道：

"近日天气晴和，湖山在春光中含笑迎人，大自然的美景足够荡涤一切人们的胸襟，所以今日特地到此拜访，意欲偕至湖上寻春。密司多时蛰伏校中，难得出游，且去湖上散散心吧！"

慧君觉得天乐的情意甚是恳挚，以前两次邀约都被自己拒绝去的，今天倘再不答应，未免太使他难堪了，因此点点头说道：

"不错，日丽风和，莺啼燕语，正是驾言出游之时。既承密司脱黄相邀，我就追随游屐，一赏湖上之春。"

天乐以前两番约慧君出去，都被伊婉言推辞，今日见伊表示同情，心中不胜喜悦，以为陈柏年的一封信颇有几分效力，前途大有希望，遂立起身来说道：

"很好，请密司马上同去，免得辜负春光。"

慧君见天乐如此心意，不由笑了一笑，说道：

"请你且稍待一下，我就来的。"

说罢，叽咯叽咯地走出会客室去了。天乐在室中两手插在装袋里，绕着圈儿走，不知不觉地撮唇吹着吁吁的歌声。隔了片刻，见慧君已翩然走来，身上换了一件黑丝绒的夹旗袍，外面披上一件短大衣，薄施脂粉，益见妩媚。天乐忙取过呢帽，戴在头上，拿着司的克，和慧君一同走出学校。瞧着道旁的风景，和三三两两的游人，心里很觉轻松。当此良辰美景，更有素心人相伴，真是此乐何极？

两人来到湖边，雇了一艘划子船，一同坐着，在湖上荡着桨，一处处地遨游。湖上的风景当然是十分清丽，春水绿波，一舟容与，恍如置身在画图之中。天乐陪着慧君，有说有笑。远近水面上也有许多艇子，载着一双双的情侣在湖上寻春，大家都沉醉在西湖姊姊的怀抱里。慧君向四围瞧看着，也觉得闲愁稍杀，但是心中却又想起前年在南京玄武湖和杜粹划舟的情景来，便有许多怅触。一会儿，到了三潭印月，小艇靠了岸，二人遂走上岸去，并肩向前，缓缓而行。里面游人甚多，一起一起地往来不绝。两人走过了卍字亭，在退省庵那边立定了一会儿。这退省庵是清彭玉麟当年钓游的地方，现已改为浙江先贤祠，可惜房屋多旧了。天乐便问慧君可要烹茗小坐？慧君摇头道：

"我至迟在六点钟以前要回校的，还是赶紧游玩吧！"

天乐道：

"不错，这一个下午时间很短的，我们走吧！"

两人又走到潭边，三个小塔相对立在水中，旁有一株柳树，偃卧湖上，丝丝的垂条飘拂在绿油油的水面。慧君一眼瞧去，见那边一个小塔上立着一个妙龄女郎，穿着一身极明艳的洋装，脚踏银色的高跟革履，手中拈着一朵鲜花，正在玉立摄影，风吹衣袂，飘飘欲仙，大有凌波仙子一尘不染之概。那女郎一心一意地等候伊的同伴代伊摄影，所以没留意这边的游人。但慧君一见之后，觉得似曾相识，脑海里正在思索。同时，回转头去，又见了那边临水立着一个西装少年，手里托着一只柯达克摄影机，全神贯注地代那女郎摄影。慧君几乎失声喊了出来。原来，那少年不是别人，正是伊当年最知己的同学杜粹，于是很快地一想便着，那个女郎就是项锦花了。此时，伊很想立时避开，免得大家难堪，但又觉这是很不大方的举动。而天乐早凑近在慧君的耳朵上，低声说道：

"密司，你瞧这是密司脱杜粹啊，那女郎莫非就是舍妹说起的那个项锦花吗？"

慧君还没有回答，杜粹摄影已毕，回转身来瞧见了慧君，又见慧君身边立着的一个人，正是黄美云的哥哥天乐，脸上立刻露出尴尬之状。但彼此既已觌面，不得不招呼了，遂携了照相机走过来，向二人点头为礼，且对慧君带笑说道：

"密司潘，我们好久不相见了，现在国秀女学里教务想必甚忙，我到了上海，只写了一封信给你，幸恕嵇懒之罪。"

慧君道：

"我真是忙得很，也没有问候起居，抱歉之至。密司脱杜此次来杭作春游吗？为什么不先给我一个信，也让我聊尽地主之谊？"

杜粹被慧君这么一说，脸上不由一红，嗫嚅着说道：

"我本当通信的，不过我们昨天到来是临时出发的，明天早车便要回去，因此未能拜访，请密司原谅。"

慧君笑了一笑。杜粹又向天乐说道：

"密司脱黄，是不是在省政府当秘书？想必非常得意。"

天乐道：

"鄙人不过滥竽充数混饭吃，惭愧之至，不及足下在上海握金融界权威……"

天乐的话没有说完，杜粹便说：

"客气客气，我不过做个会计课主任，哪里能够说到权威呢？更是惭愧了。"

三人说着话，项锦花早已从塔上跳下划子船，摆渡到岸上来，却瞧见杜粹正和一个学界上的女子以及一个摩登少年在那边谈话。伊不认识慧君，因为以前没有留意过，至于天乐，当然是更不相识了，伊遂悄悄地踮起了脚尖，一步一步地走过来，面上带着笑容，走到杜粹身边，咳了一声嗽，专待杜粹为伊介绍。杜粹见锦花已走来，只得指着慧君、天乐，先后代他们介绍一过。锦花方知在伊面前立着的就是杜粹当年的同学，也是很密切的腻友，不由伊本来的笑容立刻收敛，淡淡地说了一声："久仰！久仰！"此时，杜粹更觉尴尬，立又不好，走又不好。锦花对慧君细细看了一个饱，伊不愿和慧君多说什么话，把手向湖边一指道：

"划船在那里等着，我们快到刘庄去吧，不要耽搁时候了。"

杜粹听了锦花的话，如奉纶音一般，便向慧君说道：

"对不起，我们要再会了，改日我若到杭，当再来拜访。密司倘然有暇，到上海来一游，这是十二分欢迎的。"

杜粹说这话时，锦花别转了脸，双手在胸前一抱，露出很不赞成的样子。慧君也勉强笑一笑。天乐却瞧着对面康有为题的横额"河山一览"四字，也是一声不响。杜粹遂又向二人说了一声再会，锦花也和二人略点了一点头，回转身和杜粹走到湖边小艇上去，荡着桨向前面去了。慧君双目瞧着这小艇，默默地站着。天乐把伊的臂弯一拉，道：

"他们去了，我们也走吧！现在密司脱杜已非昔日可比，又换了一种境界。今番他携着情侣来作湖上之游，却对于密司没有告知，也不到你校中来拜访一次，问候故人无恙，往年的友谊好似都付与流水，完全忘记了。我不禁很代密司愤慨呢！"

慧君仍是不说什么，跟着天乐，回身走出了三潭印月，坐上了小艇。舟子问道：

"到刘庄去吗？"

慧君忙摇头说道：

"不，我们到丁家山那边去吧！"

舟子答应一声，他们的小艇便在粼粼春水中轻扬而去。二人一处处地游玩，看看天色垂暮，遂从里湖中返棹。

夕阳映射水面，粼粼然作黄金的颜色，又好似湖面上织成一片霞衣绮裳，可爱的西湖姊姊披着这艳丽的服装，把伊的明眸送人归去，真使人心醉神醉。他们刚从断桥里荡将出来，忽听桥外有一阵清脆的歌声："轻舟短棹西湖好，绿水逶迤，芳草长堤……"慧君心里不由一动，接着便见一艘有铜栏杆的划子船，打从斜刺里转向桥洞划来。两船正打个对照，只见对面船中有一个女郎倚身在船舷，曼声而歌。又有一个西装少年，反坐在船头，背心向着他们，手里荡着桨。原来就是杜粹与项锦花，真是再巧没有的事了，又在这里断桥相会了。这时候，杜粹尚没有瞧见慧君，锦花是面对面的，当然先看见，便向慧君似招呼非招呼地点了一下头，歌声立即停住。杜粹也回过头来，两船已近，正和慧君等近身照个面。杜粹勉强笑了一笑道：

"密司潘回去了吗？"

慧君也点点头，说声："再会！"天乐却别转了脸没有叫应。两船交错而过。慧君的舟出了断桥，便向新市场归去。天乐看慧君低着头，好似在那里沉思，遂微笑道：

"古人说相见时难，现在却变了相逢容易，你瞧他们多么快乐啊！"

慧君低声道：

"当然，但是……"

说了半句话，却又不说下去了。天乐也就不再说什么，紧打着桨。一会儿已到了湖滨公园，二人遂舍舟登岸，天乐抢着付去了舟资。时候恰巧五点钟，慧君对天乐说道：

"我要回校去了，改日再见。"

天乐忙说道：

"你说六点钟回校，现在时候尚早，我今日邀密司出游，本欲请密司在外吃了晚饭然后回去。密司既已如此说过，我也不敢多耗费你的宝贵光阴。不过我与密司吃了一些点心，再送密司回去，这样好不好？"

慧君道：

"此刻我若吃了点心，回去要吃不下晚饭的，我想不必叨扰了。"

天乐将手一摆道：

"密司说哪里话？无论如何，要请你吃一些点心的，晚饭不妨少吃些就是了。"

慧君见天乐十分诚恳，倒使自己不好意思拒绝，只得说道：

"也好。"

于是天乐陪着慧君到一家馆子里去吃了晚点，又略用些菜。出来时马路上电炬灿然，已近六点钟了。天上忽涌起了许多云，刮起风来，天乐遂雇了二辆人力车送慧君回校，说一声：

"天要变了，密司身上怕要受冷了！"

到得校门前一齐下车，天乐付去了慧君的车钱，向慧君说道：

"密司潘，我不进来了，春日虽然和暖，然而晴雨不定，气候无常，一冷一热，最易使人受感冒，望密司善自珍重，再会再会。"

慧君也说了一声：

"愿密司脱黄晚安。"

看天乐回身坐上了他的车辆，遂又点点头，掉转娇躯，走入校中去了。

这天晚上，风吹得愈紧，忽然潇潇地下起雨来，风斜雨细，打向玻璃窗上，校舍里别的声音非常静寂，只有风雨之声。伊坐在灯下，一手支颐，静静地思量，想些什么呢？便因为方才在湖上两次和杜粹等相逢，不觉勾起了伊的前尘影事。玄武湖上，不是杜粹曾和自己一同泛舟秋水，兴起蒹葭伊人之思的吗？桃花桥畔，不是杜粹曾挺身而前，奋勇相救过的吗？卧病医院，不是杜粹曾来探望用话安慰我的吗？回乡探疾，不是杜粹曾为自己划策，往返伴送的吗？还有彼此服务夜校，同出同进，不是杜粹曾向自己献过十二分殷勤的吗？想不到现在那些一切的一切都成了幻梦，又如过眼云烟，化为乌有。杜粹今日已和别一人在那里做伴了，谅他正酣睡在粉红色的梦里，被锦花的情丝所笼罩，不复想到当年的潘慧君了。人生的变幻真是不可捉摸的，偏偏今天偶尔出游，会和杜粹重逢，而又有锦花在一起。这好像彼苍者天，故意布局来捉弄我的，多少要刺激我脆弱的心弦，予人以难堪。唉！我自益智逝世以后，我的心灵已好像失去了寄托的所在，钟子期已死，伯牙终身不复鼓琴。杜粹对我变心，固是抱憾的事，但益智说过的，世间的事，人生的聚散，好似天上的浮云，一刹那间就要变幻的。我一生不忘记这句话，所以淡淡地听其自然，何必认真？不过现在却偏有天乐和我一起在杭州，时时来献殷勤，好像从前的杜粹。今天我寄父又来了一封信，可见得天乐有意于我，但我这颗受创的心实在不堪再受人家的进攻。况且男子的心是变化很易的，安知天乐将来不会像杜粹一样呢？我还是假作痴呆，竭力避开这个氛围吧！伊这样思想了好久，听校内睡钟铛铛地敲了，便叹了一口气，脱了外衣，上床去睡。梦中觉得自己一个人正在湖滨徘徊，瞧见杜粹和锦花并坐在一只划子船里，从伊的面前打桨而过。杜粹回转头来对伊笑笑，高声说道：

"你瞧我们快乐不快乐？我现有了密司项，不爱你了，谁叫你当年只是恋恋于一个将死的人而忽略了我？哈哈！请你快到地下去找你的恋人吧！"

伊一听得杜粹这几句话，心里如有钢刀在挖割，非常难过，一口气塞将上来，口里不觉呜呜地喊将起来，睁开眼时，乃是梦魇。一只手放在自己的胸前，听听窗外的风雨之声，仍是不停，虽然明白这是一个梦，然而不知怎样的，心中兀是气愤难平。暗想：杜粹虽没有真的和自己说这些话，也许在他的心里有这个意思。今天日间在湖上相逢的情景，他不过一味敷衍几句话，完全不像有什么多年友谊的。今夜不知他们耽搁在哪里？瞧他们这样亲近的情形，恐怕不久就要结婚了。我虽无意于婚姻问题，只是杜粹对我太不应该了。究竟我负他呢，还是他负我？慧君脑海里又起了思潮，再也不能熟睡。

春宵很短，一会儿天明了，起身钟也打过了，外面的风雨渐渐小了，天上的云又推开来，微微有些阳光自湿云中漏出，窗边枝头上有一群小鸟在上面唧啾地鸣着，想起了"昨夜风雨声，花落知多少"这两句唐诗来，心中仍觉有些惆怅。梳洗毕，便到楼下去用早餐。说也奇怪的，今天伊上课的时候，心绪不宁，常常要讲错，自己也不知其所以然。

下午，天色已晴，散课的时候，正挟着讲义走到教员室里来，只见一个校役匆匆地走近伊的身边，对伊说道：

"潘小姐，外边有一位姓黄的小姐要拜访你。"

慧君口里咕一声道：

"姓黄的，难道是伊来了吗？"

立即回身跑到外面会客室里，听室中皮鞋咯咯之声，在那里打转，踏进去一看，果然是黄美云，身上穿一件嫩绿色绉的旗袍，下面缀着几朵花蝴蝶，十分新式，面貌也较前丰腴得多了，忙说道：

"美云，原来是你来了吗？怎样来的？"

黄美云带着一脸的笑容，跳过来握住慧君的玉手说道：

"慧君姊，我说来就来了，你一向安好吗？面色尚佳，使我很是快慰。"

慧君道：

"谢谢你，我的旧病至今没有发过，比较上总算好的了，请到我的室中去谈话吧！"

美云道：

"好！"

回转身去，从桌子取了伊的皮夹，和一包薄薄的东西，跟着慧君走到慧君的寝室中。慧君放下讲义，拉过一张藤椅子，拂了一拂，道：

"黄，请你坐了，细细再谈吧！"

黄美云也就放下手中东西，向藤椅里一坐，说道：

"我们自从毕业后，快将一年没有见面了，倒是我哥哥在这里能够时常和你晤谈，人生的聚散真是不可知的，现在你校中功课忙吗？"

慧君在门边接了一下电铃，向书桌前椅子里一坐，两手抱住了自己的膝盖，慢慢地说道：

"这里功课也不多，不过琐碎的事很多，好在我别无萦心，立志为教育服务，一心一意地全放在学校里了。美云，你在南京女中里教书，可合意吗？否则，下学期我可以介绍到这里，彼此仍聚在一块儿，岂不是好？"

美云点点头道：

"我也是这样想，但因家母必欲我相伴，所以就在本地执了教鞭，将来倘有机会，我总是要到外边来的。"

这时候，一个女仆已走来伺候，见有客人在室中，连忙去倒了两杯茶来。慧君又问美云道：

"这几天尚未到春假，没有假期，你为什么突然之间跑到西子湖边来呢？"

美云笑了一笑道：

"我是负有使命而来的，稍缓再和你细讲。"

慧君听了，不由一怔，刚才要问伊负的什么使命？黄美云早已接下去说道：

"我此来大约有数天耽搁，顺便一游西湖风景，所以请了数日的假，校课请一友人代庖。我是前天动身的，昨天在上海住了一夜，今天早车来杭的。此地已有好多年不来了，记得还是在西湖博览会开幕时和家母、家兄等同来游过的。现在杭州建设进步得非常之快，像美丽的西子又换上新装了。"

美云说到这里，左手在藤椅的扶手上拍了一下，又说道：

"杜粹可是昨天到此游玩的吗？"

慧君点点头道：

"是的，可是令兄告诉你的吗?"

美云道:

"刚才我遇见哥哥时，他对我说的。听说杜粹曾和他的情侣项锦花一同来游，他也没有专诚来拜访你，见了面，淡淡地连一个普通的同学都不如，想不到他竟会如此，我真代你好生气恼。不知他有没有离杭?否则我倘然碰见了他，必要问问他们何道理呢!"

慧君道:

"他既然如此，我们又何必勉强呢? 我是很淡然的，任凭他怎样。他来好，不来也好，何必去责备他?"

美云又道:

"有个同学告诉我说，杜粹在上海大同银行里很是得意，那项锦花也在上海某大学读法律，时常在一起邀游的。现在杜粹喜欢跳舞，舞场里常有他足迹的，大概他们俩结婚之期不远了。"

慧君伸起手来，掠了一下耳边的发，说道:

"我们不要再谈他吧。美云，你来游西湖，为什么不早一天来? 或是迟些时候来? 现在我被校课羁身，恐怕不能陪你畅游吧!"

美云道:

"我知道的，我只要你陪伴一天，其余有我哥哥相伴，他是可以请假的。"

慧君道:

"明天我的功课很多，恕不奉陪，后天星期三，我在上午只有两点钟课，我可以上完了课陪你出游。"

美云道:

"很好，明天我和哥哥游湖上，后天我们一同去游理安寺和九溪十八涧。但愿老天不要起雨师风伯来煞风景。今日我们可到湖滨去散步可好? 我哥哥就要来了。"

慧君道:

"也好。"

说着话，女仆跑来说道:

"潘小姐，金福说外边有一位黄少爷要找你。"

慧君一摆手道：

"知道了。"

美云遂立起身来说道：

"哥哥来了，我们去吧！"

又拿过伊带来的一包薄薄的东西，双手奉与慧君，说道：

"这是一件夏季的衣料，我朋友送给我的，现在我转赠给姊姊，务乞哂纳。"

慧君道：

"你还要送什么东西给我吗？"

接到手里，便去放在箱中，衣服也不换，陪着美云，一同走将出来。却见天乐正负着手站在会客室门前，手里拿了一卷报纸，一见二人走来，便带笑说道：

"密司潘，我妹妹来了，又来惊扰你。"

慧君笑笑，也就不走到室中去了。三个人一同走出校来，望湖滨而去。

夕阳斜照在湖面，四围山色苍翠，雨后的西湖如美人浴后新装，越显得清丽了。三人谈谈说说，在春风中不知不觉地走到了白堤。天色渐渐黑暗，西子被暮色笼罩着，很有我倦欲眠的样子。慧君一瞧手腕上的手表，说道：

"时候不早了，我们走回去吧，美云姊肚中想必饿了。"

天乐也说道：

"好！我们去吃晚饭吧，今天密司潘总可以在外边聚聚了。"

慧君道：

"理当奉陪。"

于是三人慢慢走回来，回到延龄路明湖春酒家，拣一个精美雅洁的座头，一齐坐下，随意点了几样菜，吃喝起来。黄美云和慧君谈谈学校里的事，别后重逢，心中自然都觉到愉快。天乐是很会说话的人，也很知趣，在旁边得闲谈笑数语，很能助兴。餐毕，天乐刚要掏出钱来还

254

钞，慧君却已趁侍者拧上热手巾的时候，抢着从伊皮夹里取出纸币，交与侍者。天乐道：

"怎好使密司潘破钞呢？"

慧君道：

"这是难得的，况且美云姊在此，为什么我不好做个小东道呢？能有几多钱？请你们不要客气吧！"

天乐听慧君如此说，也就不再和伊推让了。三人又喝着茶，坐了一会儿。慧君问道：

"美云姊，你准备住在什么地方？有没有行李？"

黄美云道：

"我只带一只手提箱，现放在我哥哥的寄宿舍里，我想住蝶来饭店了。"

慧君道：

"你一个人住在旅馆里，恐怕太寂寞吧！"

美云听了这话，微微一笑，说道：

"当然感觉到有些寂寞的，不知你可能陪伴我？"

慧君道：

"此时我若住到校外来，况且又在旅馆，似乎有些不方便，不如请美云姊住到我校里去吧，两人同榻，虽然挤一些，可是谈话很便了。"

美云道：

"你们校内可能留外人住的吗？"

慧君道：

"我一个人独居一室，偶然留个同学耽搁几天，大约总不至于有妨碍吧！"

美云道：

"这样最好了。"

说着话，立起身来。慧君也立起说道：

"我们走吧！"

三人走出了明湖春，美云又对天乐说道：

"哥哥，我明天早上到你处来，一同去游湖。后天慧君姊有暇的，已答应陪我去出游，你也请两天假吧，星期四我准回南京。"

天乐道：

"很好，此刻我送你们回去，距离不远，我们步行吧！你的箱子，我可叫当差的送来。"

于是，他陪着二人，一路且行且谈，送到国秀女学门前，方才各道晚安而别。

慧君和美云回至寝室中，时候尚早，二人坐在一起，沦茗清谈。慧君又向美云问道：

"你这次来杭，很是突兀，方才你说负有使命，不知你究竟负的什么使命？能不能告诉我听吗？"

美云喝了一口茶，紧瞧着慧君说道：

"好！我现在对你老实说了吧，但若说得不中听时，你别打我的嘴巴。"

慧君听了，更是疑讶道：

"此话怎讲？你有什么话要对我说？"

美云道：

"我是奉着我哥哥的命令而来。你知道的，我哥哥年已长大，但是尚没有和人家订婚，在外又没有别的恋人，他心目中最敬爱的只有你慧君姊。倘然你屈身下嫁，倒也是金玉良缘。我哥哥一向有这个意思，只是不敢在姊姊面前启齿。但他思慕之忱，一天深一天，不可遏止，所以一边托了他的朋友向你寄父那边去说媒，一边又写快信给我，要我赶快来杭，代达一切，征求你的同意。我来的时候曾和我母亲谈过这事，伊老人家也很属意于你。伊本来一向希望我哥哥早些得到一个相当的伴侣，在外组织新家庭也好的。伊老人家不拘泥什么旧时的思想，对于小辈的事完全放任，不过心里自然要想早早有个媳妇，了却向平之愿，我父亲更是随便。无奈我的哥哥选偶很苛的，直到现在，他的心坎里方才有你姊姊，所以我母亲叮嘱我此来要和你请求允诺，最好达到目的。哈哈！慧君姊，我这个使命岂不重大？我自知不会说话的，所以直截了当地向你说了，请你原谅。大概你也不至于要打我的嘴巴吧！慧君姊，你的身世我是知道的，一个人迟早总要有个归宿。我们也不必高谈什么独身主义，外边尽有许多女子，在年纪轻的时候不肯和人谈及自己的婚姻问题。但是往往到了年纪稍大之时，她们一个个自然而然地也会和人家结婚了。可知两性之间必须调剂，一个人缺不了安慰。慧君姊，我不是向你游说，并且我不敢妄度你的芳心，不过我既负着这个使命，不得不向你直说一切。如姊姊不以我哥哥为可鄙弃的，请你表示同意吧，也让我能够早日喝一杯喜酒，大家快活快活。"

　　黄美云说完了这话，双手交叉着放在桌子边，仰起了头，静候慧君的回答。

第十三回

好事多磨彷徨游子梦
吉期乍报惆怅美人心

这时候四周空气静寂得很，慧君听了黄美云的话，却将手撑着自己的粉颊，默默地没有回答。黄美云见慧君这个样子，心里也怙惙着，不知道慧君究竟能够同情不同情？自己的话已说了出来，倘然仍被拒绝，不要说有负此行，自己也觉得有些难以为情了，遂带着笑再说道：

"慧君姊，我说的话能否得到你的同意？如有唐突之处，我要请你原谅。"

慧君把一只手放了下来道：

"你的美意使我非常感激的，但我要问你自己的问题可曾解决了没有？"

说罢，微微一笑。美云把双手摇摇道：

"我的问题你不要管，此时是要先解决你的问题啊，你怎么问起我来了？"

慧君微笑道：

"你问到我，当然我也要问你的，怎有尽让你问的道理呢？"

美云走过来，握着慧君的双手说道：

"好姊姊，你不要打着大圈子走，使人奈何不得，我是负着我哥哥的使命而来的，我早已和你说得明明白白了。因为我和你是知己好友，所以特地亲自赶来，不揣冒昧地向你一说，希望我可以稳稳地喝一杯喜酒的。你若鉴我哥哥的至诚，请你直截了当地回答我一声。"

慧君把美云的手重重摇撼了一下道：

"对不起，我要向你请原谅，因我现在不能立刻回答你这问题。"

美云听了，不由一愣道：

"怎样你现在不能立刻回答我呢？我希望你能够从你的樱唇上迸出一个是字来，那么欢天喜地了。"

慧君叹了一口气，说道：

"好姊姊，这个问题现在我很不愿意谈起，如我这样不祥之人，不足使人萦恋。多蒙你们兄妹垂爱之情，感入肺腑。我现在向你回答这几句话，心中非常难过，大大地对不起你。但你是知道我的，我以前早已受过一种很深的刺激，自己幼时候又是个孤苦伶仃的孤女，经人家抚养而长大起来的，能够受到大学的教育，真不是容易的事，所以我不愿为我个人的问题着想，而愿将来我之一生完全是为了教育而尽瘁，希望我可以多做些有益于妇女界的事，把一班可怜的女子从深渊里拯救出来，在长夜漫漫中盼望黎明早临，这就是我在世界上唯一的目的了，其他事情我都看得淡然。美云姊，你是明白的人，能够原谅我吗？即请把这一层意思还答令兄，我辜负他的深情，抱歉得很。"

说罢，回身向椅子里一坐，把一手支着香腮，眼眶中隐隐含泪痕。黄美云见了慧君这个样子，知道慧君一向很诚实的，伊心里怎样想，口里便怎样说，看来这件事一时不容易成功，自己也不便再往下说了，遂把手搔着头说道：

"我倒引起姊姊的感伤来了，凡事欲速则不达，都是我哥哥性子太急了，现在觉得我们似乎太鲁莽一些，请姊姊原谅。"

慧君苦笑着一下说道：

"我要请你们原谅的，请姊姊代我向令兄说，我心中未尝不感激，不过我有我的苦衷，只得对不起了。"

黄美云道：

"好，我们不妨把这问题暂时搁起，我此来只算是游西子湖，顺便拜访老友，不如谈些别的事情吧！"

慧君这才笑了一笑，二人遂又谈些国秀女学里的校务。黄美云道：

"现在的中学校和大学学费都是贵得很，而且各种杂费，如图书馆费、运动费、卫生费、理化试验费、校役费……合算起来，其数甚大。私立学校还要使一般新生缴纳学校基金，有五元的、十元的，也有二十元的，所以一班小户人家要想栽培他们的子弟去受稍高的教育，却是很不容易的，家长的负担重大。倘然子女众多的，一到春秋开学日期，要为子女付出许多学膳费，非有一笔大大的款项不办呢。学校堂堂开，无钱莫进来，真和衙门一样了。照这个样子而要希望国民都受高深的教育，那真是梦想了！况且所学非所用，学校里一批一批毕业出来的学生，大都在社会上又不适用的，在这一切不景气的时代，不过增加许多高等的游民罢了。人家说教育救国，我却要说教育误国。好姊姊，你要说我言之过激吗？"

慧君道：

"你说得很不错，耳闻目睹，确乎如此，我国的教育真要大大地改革呢。"

黄美云道：

"像这里的国秀女学可说是嘉惠学子的模范女学了，我希望国内一班有钱的人，快快解放他们的私囊，都来兴学。而政府对于私立学校，一方面固然要取缔那些野鸡式的、误人子弟的学校，一方面却也要加以辅导与爱护，不要过事苛求，使办学之士灰心。"

慧君点点头道：

"你的持论平允极了，但是私立学校也很不易办的。况且还有一班教育界的蠢贼，常要借着学府，做攘权夺利植党营私之举，树人之功，毁于一旦，可惜不可惜？"

黄美云道：

"你说这话也是有感而发吗？"

慧君道：

"谁说不是呢？我们这个国秀女学自从开办以来，校务一年一年地发达，真可以说大有蒸蒸日上之势。可惜去年新聘请的教务主任和校长彼此意见上很有些水火不相容，而教职员中有三分之二是拥护校长的，三分之一是和教务主任通气的，因此分了两派，表面上虽未决裂，而暗斗却很剧烈。倘然长久下去，必有爆发之日，绝非学校之福。校长虽有意使他们解职，然恐酿成风潮，若没有办法时，校长或者要先辞职了。"

黄美云道：

"最怕是这样，好好一个学校将要送在他们手里了。总而言之，坏在'私'字上，大家若能开诚布公，为学校方面着想，一心求造福于学子，那么何至于此呢？慧君姊，你自己在哪一派里呢？"

慧君道：

"君子中立而不倚，我并不入哪一派，我既在这里服务，只知道尽我的天职，去教诲领导那些一片天真的女同胞，何忍为了一己之私而妨碍她们的学业，虚耗她们的光阴，使她们走入歧途呢？我自问心地坦白，一些不想利用人家，合则留，不合则去。我们号称为知识分子，总该光明磊落，事无不可告人啊。"

黄美云道：

"姊姊真是有道德者流，倘使教育界中人人能够像你一样，岂非国家之幸吗？"

慧君微笑道：

"我有什么好处？不过凭我天良做事而已。"

两人讲了许多话，黄美云有些倦意，连打两个呵欠，慧君一看自己桌上的小翠石钟已是十一点四十五分了。慧君立起身来，走到床前，去把锦被透开，又添了一个枕头，对美云说道：

"你可疲倦了，有话明天再谈，我们睡吧！"

美云也立起身带笑说道：

"我来挤你了。"

于是大家脱下外衣，熄了灯，上床安眠。

次日校中起身钟打动时，二人都披衣下床，洗过脸，理过发，慧君特地吩咐校役买了两碗面来，陪着美云用过早点，伊自己要去授课了。黄美云也要出去游湖，所以和慧君握了一下手道：

"停会儿再见吧！"

慧君送至校门口，看美云雇着车子而去，自己也就回身进去上课，心中却很是不安呢。

黄美云到了天乐处，天乐遂陪伊走至湖滨，雇了一艘划子船，到湖上各处去遨游。二人坐在舟中时，天乐急欲一闻好消息，心里抱着热烈的希望，所以他先问道：

"妹妹，你昨晚究竟可曾同慧君说的，怎么不将好消息早早告我？"

黄美云微微叹了一口气道：

"哥哥，你要听好消息吗？说也惭愧，我负的使命竟不能成就，所以没有即告，恐怕说出来，要使你灰心。"

美云这几句话顿使天乐脸上的笑容尽敛，眉峰立刻紧蹙，睁大着双目，说道：

"莫非慧君竟忍心拒绝吗？"

美云道：

"伊虽没有痛快地完全拒绝，不过伊也没有答应。"

遂将自己和慧君谈话的经过情形告诉一遍，且说道：

"我是深知伊身世的，听说伊以前确乎有一个真正的恋人，就是陈柏年的第三子，名唤益智，后来很不幸地，那人患疾而死，所以伊说受过了重大的创痕，不愿意再谈婚姻的事。便是伊和杜粹以前虽然交谊密切，谅也没有深固的爱情，因此杜粹中途生变，和那姓项的恋爱起来。这样看来，也不能深责杜粹的啊。哥哥，落花有意，流水无情，我以为你不必痴心了。"

天乐搓着双手道：

"难道慧君的心真像古井不波了吗？伊和陈益智又没有订过婚约，为什么为了他而竟肯牺牲伊自己一生的幸福呢？伊是个新女子，何以头脑这般陈旧？奇怪奇怪，我总有些怀疑，倘然慧君真个如泥塑木雕的美人，那么我也早已死心塌地了。但伊又不是这样的，言语之间往往有一种热情流露出来，和我在友谊上也很相得，似乎并非无情的女子，所以我被伊吸引着，不知不觉地爱慕着伊，而央你出来代为说媒了。你笑我是个情痴吗？我自己也承认地，还有我的个性觉得也很特别的，外边尽

262

有许多妩媚的少女肯和我周旋，而我偏偏爱上了慧君。自从前年你代我介绍和伊相识以后，我的一缕情丝便绕上了慧君的娇躯。然那时候尚有杜粹罩在我前面，他和慧君是同乡，又是同学，交情很厚，近水楼台先得月，自觉他是我唯一的情敌，所以对于慧君还不敢十分亲近。凑巧后来杜粹结识了摩登女友项锦花，便和慧君的情感有了裂痕，而慧君毕业以后，又和杜粹离开而到杭州来执教鞭，我也在此间省政府谋得秘书之职，从此与慧君时时可以相晤，有时且驾言出游，这不是天假之缘吗？于是我爱慧君之心如火益热而不能遏止了。伊为人也很大方的，对于男子们谈笑生风，绝不峻拒的，并非是华如桃李、凛若冰霜的人，这一点更使我生敬。但我始终没有勇气在伊面前陈说我对于伊的一片敬爱之心，遂绕着圈子，一面托人到陈柏年那里去说合，一面又请你来杭代我去转达一切，这样双管齐下，庶几可以达到目的。谁知依然是镜花水月扑个空，怎不使人一团欢喜尽化乌有？大概陈柏年那里也未必见得有何好音了。"

天乐说时，露出十分颓丧的情绪。黄美云道：

"哥哥，你的主张本来是错的，我只因你信上写得非常迫切，而母亲知道了又强逼我来，遂请了假，特地来杭，姑妄一试。我自己也很觉得没趣呢。"

天乐道：

"我真对不起你，只有你说我主张错了，我却不能承认。"

美云冷笑一声道：

"错了，错了，你自己还不承认吗？我问你，两性的结合，第一要素是什么？"

天乐笑笑道：

"当然是爱情。"

美云道：

"不错，婚姻的基础是筑在爱情上面的，没有深固而悠久的爱情，怎能成呢？那么请你自己想想，你和慧君究竟有了几许的爱情，而欲早缔良缘？"

天乐给美云这样一说，沉吟着答道：

"我是很爱伊的，不过我俩的中间还说不出有几许爱情，至于友谊却也可说得深固而悠久了。我瞧伊对于我意气相投，没有什么不惬于心啊。"

黄美云将手向伊膝上一拍道：

"你的错误就在这一点上。须知友谊自友谊，爱情自爱情，你怎能并为一谈呢？慧君的个性当然是富于情感的，伊对待朋友，无论男的、女的都不错。然而你凭着这一些，便要想伊做你的妻子，却还是够不上呢。总要你们二人中间有了很深的爱情，自然水到渠成，如愿以偿，也不用这样绕圈子行事了。俗语说得好，当局者迷，旁观者清。哥哥，你是聪明人，如何想不到的呢？"

天乐听了他妹妹的说话，便道：

"我也是不得已而如此，你代我剖析得很清楚，承蒙指教，幸甚，幸甚。"

美云又道：

"这事一些也不能勉强的，我劝哥哥以后倘能丢开慧君，别求佳丽，当然是很好的。如其不然，你还是耐着性儿守着伊，诚心诚意地向伊输爱，不要求速成。须知有学问有德性的女孩儿家，必有一种孤芳自负高傲不屈的自尊心。伊自己对于婚姻问题，不得不慎重考虑，怎能轻易允许，误了伊的一生呢？这当然非那些野草闲花可比了。况且慧君所抱的志向是要终身服务教育的，一为人妇，恐怕自有家庭琐务种种牵制，心无二用，以致违反了伊的初衷，这一层也是伊不能轻易答应人家之故啊。"

天乐点点头道：

"你说得都不错，我真是聪明一世，懵懂一时了。但照你这样说来，女子最好是抱独身主义，一辈子不要嫁人，何以那些自命高贵的女界领袖也都要嫁个如意郎君？而年华稍大的，难免兴标梅之感，连老头儿也肯以身相许，遂令白发红颜，平添不少韵事佳话呢。可知女子不嫁人也不过是欺人之谈，真如北宫婴儿一般的人很少很少。妹妹，我不是来调侃你，倒问问你将来要不要答应毅生呢？我们做男子的梦劳关雎，心殷求凰，自然难免先向人家乞婚了。"

黄美云别转着脸儿笑道：

"哥哥，你不必来问我，我绝不来托你做媒的。"

天乐道：

"好啊，我被你当作话柄了，你是胸有主宰的，我也不敢问了。只是我对于慧君，虽然今番受了一次挫折，而我断不肯即此偃旗息鼓而退，当秉着百折不挠之志，依然去向伊追求。我想除非伊去嫁别人，否则终有水到渠成的日子。我将掬我至诚，贡献于伊，博得美人的青睐，这是天下第一乐事。"

美云微嗤道：

"乐事?! 你们男子的心恐怕都是如此。他日倘能成功，我愿你始终保持着你的至诚和宝贵的爱情，不要负了慧君。"

他们絮絮地谈话时，恰巧船尾坐的是一个风流年轻的船娘，披着水浪式的云发，脸上也敷着脂粉，身穿一件青色布的时式旗袍，衣袖很短，露出一双又肥又嫩的手臂，棹着桨，听得出神，露出一脸的笑容。小艇虽然到了孤山放鹤亭前，伊却仍向前划去，并不停泊，还是天乐把手向身后一指道：

"这里不是到了孤山吗？我们吩咐你要上去游玩的，怎么你划过了，不瞧见吗？"

那船娘被天乐一说，红着脸，带笑答道：

"哎呀，我忘记了。"

遂退到孤山之前，将艇停在岸边，让天乐、美云二人走上去游览。天乐因为他妹妹这次来杭，完全是给他催急而来的，事情没有成就，累伊白费数天工夫，心中很觉歉然，所以不再痴想那事了，陪着美云一处处地去游。这一天玩了许多名胜，垂暮时回到湖滨，天乐又请美云在外边用了晚餐，然后代伊雇着人力车让伊回校。美云问道：

"哥哥你不一同去吗？"

天乐道：

"横竖明天慧君允许你一同出游的，那么请你们明天早上仍先到我处来吧，此刻时候已晚，我也不必再去见伊。因为倘然见了伊的面，自觉惭愧呢。"

　　美云道：

　　"这又有什么惭愧不惭愧，我们只当没有这回事便了。明天你见了慧君，索性一句话不提起吧！"

　　天乐点点头，看美云坐上车儿，说声再会，美云的车儿向前去，他也怅怅然地独返寓中了。他是和一个同事姓邱名燮的住在一间宿舍，他回去的时候，姓邱的也到外边去了，还没有回来。

　　天乐开亮了电灯，独自和衣向自己床上一横，心中好生无聊，想自己是个翩翩美少年，又是世家之子，受过大学教育，今又在省政府当秘书，可以说得很有资格去追求一个爱人了。我在交际场中也曾和许多摩登女子周旋其间，很有几个名媛垂青于我的，但我不知怎样的，偏偏爱慕着慧君。虽然伊的家世甚是清贫，而且是一个孤女，在别人手里抚养成人，只是我认为伊的性情学问都能高人一等，面貌也很清丽，自顶至踵一无俗气，好似空谷幽兰，独饶清芬，使我不期然而然地倾倒于伊，否则我何必痴恋着伊呢？我的脾气越是得不到的，越想得着，自己未免心急一些，所以想出此举。现在听了美云的话，只有自己再切实努力去得到伊的情爱了。想不到我妹妹年纪虽然比我轻，而伊的见解和说话却胜过了我，二十世纪的新女子，真不可轻视的。慧君的性情确乎比较我妹妹还要高傲一些，杜粹和伊相交了数载，尚得不到伊的爱心，岂是容易的事呢？然而无论如何，此次伊和杜粹等湖上相逢，总使伊芳心里受到很深的刺激的，瞧伊那天的情形，实在很是难堪。但在我平心而论，也不能专怪杜粹的，像伊这样和人不即不离、若近若远的态度，很易使人失望的。项锦花便是乘隙而入，遂使杜粹做了锦花的情场俘虏，但愿我将来不要做杜粹第二便好了。

　　天乐这样沉思着，室门一启，邱燮踱了进来，酒气扑鼻，把头上呢帽取下，向桌上一丢，脱下外面的马褂，向床上一抛，一屁股坐在椅子里，咳了一声嗽。天乐也不去理会他。邱燮忍不住先开口说道：

"黄先生回来得早啊。"

天乐说了一声是，邱燮见他不说什么，也说不下去了，遂将桌上叫人铃一按，接着便有一个当差的走来。邱燮指着他桌上一小瓶茶叶说道：

"来，我口渴得很，你把这上好的茶叶拿去泡一壶好好的茶来。"

当差的答应一声是，遂取了茶叶瓶和一把白瓷青花的茶壶退出去了。邱燮从身边取出一张照片，走到天乐榻前去，递给天乐看，且道：

"你看这是名坤伶李玉艳赠我的。"

天乐接过一看，见是一张戏照，李玉艳饰着《梅龙镇》的李凤姐，果然娇小可爱，冶荡动人，于是笑了一笑道：

"真是一个好人儿，邱先生艳福不浅。"

一边说，一边依然身子不动，把照片向邱燮做着欲掷之势。邱燮连忙双手接去，放到自己的抽屉中，回身坐下，摸着下颚说道：

"李玉艳确乎是一个妙人儿，无怪伊走了红，伊的唱做虽置之四大名旦中也无多愧色。只是你说我艳福不浅，从何见得？我自己知道我的青春年纪已渐渐消逝了，已到哀乐中年，老家里只有一个黄脸婆，生平绝少尝过温柔滋味，只因在外奔走衣食，他乡游子，无可消遣，便跟了一班人组织了一个票房，大家研究平剧，所谓不做无益之事，何以遣有涯之生？恰巧此次李玉艳来杭登台奏技，有海上云岫老人来书绍介，我们震于伊人的芳名，第一夜大家去聆伊的三本《玉堂春》，送了许多花篮银盾以及立轴镜架等物，代伊捧场。果真名不虚传，唱得珠圆玉润，袅袅动听，始终无懈可击，博得知音者的赞美。第二夜演《六月雪》，第三夜演《春香闹学》和《御碑亭》双出好戏，轰动了整个的杭州市，恐怕梅兰芳来杭演剧助阵的盛况也不过如此吧。于是我就做了一篇东西，登在本地报纸上，极力代个妮子揄扬，伊很感谢我们票房诸公的美意，所以临去时设宴相谢，到了南京，还写信来致意，又特别寄赠我一张戏装小照，这不是使人可念吗？"

天乐道：

"是啊，所以我说你是艳福不浅。"

邱燮道：

"这种玩意儿是常有之事，拆穿了说，我们不过借此兴奋一下，在精神上寻些片时的快乐罢了，有什么艳福可享？岂如足下能常亲美人芗泽，此间乐不思蜀呢。"

天乐道：

"怪哉，你有何根据而说这些话？"

邱燮道：

"黄先生不要瞒人吧，你不是有个很知己的异性朋友在国秀女学里当教员吗？你常常到那边去拜访伊人的，同事中有好几个人都知道。我和你同室而居的，岂有不知之理？那天你同着你的女友不是坐着一只小舟在湖上清游吗？有素心人做伴，此乐何极，还要说人家享艳福，你不是故意来笑傲人家吗？"

天乐听邱燮这样说，也就答道：

"究竟谁享艳福，我也不必来和你分辩，不过没有抓住事实，岂能信口开河？"

邱燮哈哈笑道：

"对了，谁先信口开河的？"

天乐默然不答，闭着双目，像养神的样子。这时当差的已将一壶香茗送来，邱燮取过一只玻璃杯，斟上一杯，喝了数口，便去伸手向壁上取下一张京胡来，整整弦索，自拉自唱地奏起《四郎探母》的"坐宫"一段，唱得很是得意。天乐听了，心中却更觉愁闷，没得排遣。邱燮唱罢，又喝了一杯茶，紧紧弦索，唱起《朱砂痣》的"借灯光"来。天乐有些不耐，从床上站了起来，对他说道：

"邱先生，今晚敢是你喝够了酒？这样高兴。但时候已不早，尽管高声独歌，也防人家要说话的，我倦欲眠了。"

说着话，便脱下自己的长衣。邱燮被天乐这样一说，便咳了一声嗽，把胡琴挂上壁去说道：

"不唱便不唱，你是喜欢听梵婀玲和钢琴异国之乐的，所谓道不同不相为谋是也。我就不唱，免得你憎厌。"

天乐不说什么，自己回到床上去睡觉。邱燮却又在灯下取出那李玉艳的小影来痴视了一会儿，然后也解衣安睡。

　　天乐在睡梦中忽见当差的来报称潘小姐在电话请你即去，天乐如奉圣旨一般，立即披衣起身，恍惚已是天明，连忙驱车至校，早见慧君立在会客室里等候。天乐上前相见后，慧君先开口说道：

　　"我今日即将赴沪，要和你分别了。"

　　天乐不由一惊道：

　　"密司好好在此执教，怎么中途弃去？"

　　慧君道：

　　"杜粹有电报来，他介绍我到上海一个女学校去做校长，他是校董一分子，我却不过他的情，已答应了，所以就要动身，告诉你知道。"

　　天乐听了这话，开口不得，暗想：你和杜粹的感情不是早已疏远了吗？怎么现在他叫你去时，你又立刻允诺，可知你的心里仍忘不了杜粹啊。莫非杜粹和那姓项的又有什么变故？以至重温旧梦了。好，我总算是白费心思，镜花水月，空劳梦想。他心里一阵难过，醒转时，乃是一梦。邱燮的鼾声大作，黑暗之中，瞧不出什么，心中想了一番，虽然是梦，安知不有此一日？慧君既然无意于我，不如早息痴念吧。但又觉得慧君种种可爱的地方，使人未能忘情，不免彷徨不定。

　　隔了一歇，天色真的亮了，不能再睡，一骨碌爬了起来。他因为慧君出游，所以又请了一天假，坐在宿舍里，看看杂志，等候她们前来。约莫在十点多钟时，当差的进来报称黄小姐、潘小姐来了。天乐闻言，抛下杂志，取了呢帽和手杖，锁了房门，匆匆跑出来。见慧君今天换了一件紫色的夹旗袍，外罩一件短大衣，足踏平跟的黑色革履，略事妆饰，益发靓丽，和美云立在一块儿，向天乐说一声：

　　"密司脱黄早安。"

　　天乐带笑说道：

　　"今日要虚耗密司的光阴了。"

　　慧君微笑道：

　　"美云姊来杭游玩，理当奉陪的。"

美云道：

"好，那么你们陪我去吧！"

天乐随着二人一同走出省府来。恰逢邱燮和一个第一科里的职员从外边走进来，邱燮立定了脚步，瞧瞧美云和慧君，又向天乐脸上望了一望，笑嘻嘻地说道：

"黄先生，你们去游西湖吗？"

天乐点点头道：

"是的。"

邱燮又微微笑了一笑，便和那人凑在耳朵上说了几句话，走入里面去了。天乐也不管他，遂雇了车子，先到石屋洞、水乐洞一带去游玩，在烟霞洞那边寺院里吃了午餐，又到理安寺九溪十八涧一带去游，都觉得清冷幽阒，不可言状，心中非常怡悦。在龙井看山上采茶女拧取嫩条，还有映山红开得殷红如血，带着哀艳之色。美云走过去折花，慧君坐在石上，天乐扶杖立在伊的左侧，偶然回过头来，却见慧君的一双妙目正凝视着自己，不由退了一步，向慧君说道：

"这映山红恐怕就是杜鹃花吧？鲜艳可爱，杜鹃啼日此花始开，白居易咏鹃花诗，有'泪痕浥损燕支脸，剪刀裁破红绡巾'句。所以此花总带着可怜之色，使人不能无感。"

慧君却低下头去，没有回答。黄美云折了一大枝映山红，走回来说道：

"这就是杜鹃花，一名谢豹花，我倒识得的。你们可以带去，插在花瓶里玩玩。"

天乐道：

"你折得来的，你拿着吧！"

美云道：

"啐！我难道带到南京去吗？"

把花递给天乐，天乐接过，分了两枝，将一枝送与慧君道：

"敬赠一枝花。"

慧君伸手接过来说道：

"有劳美云姊了。"

美云遂挨近慧君身旁，一同坐下。休息片刻，然后再去游别处，直到天晚始回。但是慧君和天乐今日见了面，大家都好似没有事的，只顾游山玩水，一句话也不提起。

次日早晨，美云要回南京去了，慧君已在昨晚购得几样杭州的土货，送给美云。伊因有校课羁绊，所以未能送至车站，便由天乐前来相送，美云和慧君各道珍重而别。美云自觉这遭来杭，徒然游玩数天，伊哥哥所盼望的事都没有成功，未免无聊，回家后告诉了伊的母亲。黄太太也深为不悦，很想劝伊儿子从别处着想，不必再痴恋着慧君，遂叫美云写信去。美云却不肯写，说道：

"母亲不要勉强哥哥，且再稍待一两年再说，慧君倘然真的立志不移，那么他自己也会灰心的。"

黄太太道：

"也罢，你们都是主张自由的，你爹爹也不管事，我随便你们怎么办好了。"

于是黄美云只写了一封信给慧君，谢谢伊相伴出游之忱。

而慧君自从美云说媒以后，心中非常感触，更有些悲伤。天乐仍到星期日来访晤，送些新出的杂志画报给慧君，彼此对于婚姻问题绝口不谈。转瞬已至春假，慧君回甬去扫墓，在伊父母的墓前哭拜了一番。那时陈益智的灵柩也已葬于祖茔了，陈家已在清明节前去扫过墓，所以伊没有同往。陈柏年见了伊，遂把伊唤到书室中重行询问，慧君却说自己愿意努力于教育，婚姻问题却一时不欲提起。陈柏年道：

"我也并非急急，只因那友人说起黄家子家世人品都很优越，他的妹妹又和你同级毕业的知友，他也和你是朋友，彼此都熟悉。黄氏子既然很有意于你，那么女子而愿为之有室，《诗》三百篇首列《关雎》，乐得淑女以配君子。婚姻是人生过程中免不了的一回事，只要谨慎于先，当不至贻悔于后，何必抱什么独身主义呢？况且我极愿在我的眼睛里瞧见了你配得一头好亲，有了美满的家庭，那么将来也可以到我亡友面前交代得过了。我的希望如此，至于嫁后你仍可在教育界服务的啊。

现在你既不愿遽定，我当然也不能来勉强你。但要提醒你的，有好机会的时候也不要失去。"

慧君听了陈柏年这几句话，低着头，默默无语。陈柏年究竟不便和伊多啰唆，还讲些别的事情。近来陈柏年经营的商业都有些不顺利，他很想早些歇手，无奈他亲戚朋友有许多人靠他吃饭的，都不愿意他收缩，以至打碎了许多饭碗。其他也有种种问题，使他一时欲罢不能，心中感觉得沉闷。慧君劝他出去游玩散心，他遂带了慧君和自己的女儿锡珍，一同到雁荡去游了三天，方才回甬。而慧君的春假之期已满，遂辞别了柏年夫妇，回至杭州学校里来。

天乐知道慧君回校，也就来访问。慧君谈起雁荡之游，九龙漱瀑布的胜景，天乐听得悠然神往，向慧君说道：

"山水之乐，胜过了其他一切，只恨自己为公务所羁，未能相随同游，他日倘有机会，愿和密司一游浙东诸山。"

慧君漫允着道：

"很好。"

因他们旅居杭州差不多和西子常常见面，自然也不以为奇，而想到别处作快意之游了。在这几个月内，杜粹方面竟没有一封信寄来，慧君当然也没有函去。从前是天天相见，今日却音信也不通，情感当然更是淡薄，真令人料想不到的了。

榴火照眼，熏风炙人，不觉已到了暑假。在放暑假的前数天，天乐恐怕慧君便要回乡去，遂去看伊。谈起暑期中的生活，慧君说近来伊的身体有些软弱，所以在暑假中不再做别的事情，回去看看书，休养过夏。

天乐道：

"不错，我看密司的玉貌也有些清瘦，在这炎炎长夏中亟宜休养，使贵体增进健康。但最好是到空气新鲜的山上去避暑，更为有益。"

慧君微笑道：

"我虽也有这个思想，但一则费用较昂，二则一个人独居山上，未免太觉寂寥，三则也没有目的地。"

天乐道：

"匡庐风景虽佳，可惜太远了些，倒不如普陀山山巅海滨，景物雄奇，到那里避暑去的人也不少。否则莫干山也是很好的逭暑所在，交通便利，离此更近。密司倘然避暑莫干，我也可以常常来访候的。"

慧君听天乐提起普陀山和莫干山，不由触动伊的前尘影事，难过得很，遂摇摇头道：

"这两处我都无意去避暑。"

天乐想了一想，又说道：

"还有一个好地方，虽然远些，可是今夏却值得一游。"

慧君问道：

"什么地方？"

天乐道：

"就是青岛，那边气候很凉快，常有海风，今番暑期中华职业教育社等都要到那边去聚首，很有几个胜会，相继举行。倘然到那边去，既可避暑，又可参加各会去听讲，多少得些益处。况崂山风景也是闻名的，密司倘然有意前去，我想也要去聚会，可以奉陪。"

慧君听了，踌躇不语。天乐又道：

"舍妹也快放暑假了，我想写封信去问伊可有兴一游？伊若然答应的，我们此行更是不寂寞了。"

慧君点点头道：

"美云若能同去，我当然也很愿到那边去一游，不过也不想多住。"

天乐道：

"一个多月不会嫌长久的，我回去就写信，得到伊的回音时，当再来告知密司。"

慧君道：

"那么你不要旷废职务吗？"

天乐道：

"我自有法想，可以借用名义前往，这里的事也可请人兼代，只要密司高兴前去，我是不成问题的啊，况且我好先回来的。"

这天天乐别了慧君，回去便写了一封快信，寄往家中，隔一日接到美云回信，表示同意，赴青日期听候这里决定，准在南京相待。他想这样慧君一定去得成功了，等到办公时间完毕，天乐便坐了车子，赶到国秀女学里来报告给慧君知道。恰逢慧君正在聚会，未即出见。天乐坐在来宾室里静静地等候，直到六点钟敲过了，慧君方才出来。天乐立起身带笑说道：

　　"我在这里等了足有一个多钟头，密司何姗姗来迟？"

　　慧君微欠娇躯道：

　　"对不起得很，今天校中四时正开毕业生话别会，他们请我演说，固辞不获，只得出席，这样不能不聚完了会方可脱身。令妹那边可有信来吗？"

　　天乐道：

　　"有的，便是为了这事，我特来奉告，舍妹已允同往。至于日期，可请密司指定，我是迟早都可的。"

　　说罢，便取出黄美云的函给慧君去看。慧君读了一遍，点点头道：

　　"美云能同去最好了，此间校事大约两三日后即可结束，我想在这个星期六动身可好？"

　　天乐道：

　　"今天是星期二，还隔三天，准照密司所说的日期便了。我们坐火车去，先到南京，在敝舍盘桓一两天，然后和舍妹同行，密司离开南京也将近一年了。"

　　慧君道：

　　"不错。"

　　遂将美云的信交还了天乐。二人坐谈了片刻，校中晚餐钟响，慧君要去用晚饭了。天乐道：

　　"密司请去用饭吧，我要告辞了，星期五晚上我再来看你。星期六准坐上午的通车赴京，请密司在这两天内摒挡一切。"

　　慧君道：

　　"很好。"

于是天乐起身告别，慧君也到里面去用晚餐。

次日校中还有一些事情要办去，伊忙了一天，星期四方才无事，上午出去买了几样东西，预备送给黄太太的，上午在校中整理行箧，又写一封信到家乡去，告知伊的寄父，说自己要到青岛去一个月，然后返甬，以免他老人家挂念。晚上校里又有教职员聚餐。星期五的下午，天乐又来顾谈，告诉慧君说，他代表省政府去出席某会，盘缠也有着落了。

到得星期六的早晨，慧君已将行李搬到外边，专等天乐来了。一会儿，天乐果然匆匆地跑来，他今天换了一身新制的夏季西装，领带也很鲜明，脚上踏着一双白色革履，又戴一副黑色眼镜，见了慧君，便把头上的龙发草帽探下，说一声：

"密司潘早安，你一切都预备好了吗？"

慧君道：

"都好了，你的行李呢？"

天乐道：

"我早已派人送到车站去了，此刻汽车停在外边，请密司开步走吧！"

他一边说，一边瞧慧君身上穿一件黑纱长旗袍，里面隐隐露出白绸的长马甲，雪白的手臂上系着一只小小白金手表，手指上套着一只翡翠戒指，足穿白色鸡皮革履，脸上薄施脂粉，非常清丽，手中还提着一柄国货的小小伞儿，心里暗暗喝一声彩。慧君听天乐说走，也就跟着天乐一同走出门去，且吩咐一个校役把伊的行李搬到外面。果然有辆汽车在那边，汽车夫见他们出来，便接过行李，收到车上去，又开着车门，伺候二人上车。在这当儿，门役急匆匆地追来，手里高持着一个粉红请柬，对慧君说道：

"潘先生，这是一个喜柬，昨晚寄来的，我险些儿忘记交给你了。"

慧君接过一看，见是一张式样十分美丽的喜柬，上面有立体式的数行金字映入眼帘，顿时感觉到异样的刺激，心中不由一愣。天乐也凑过来瞧时，他口里读着道：

275

我俩承王君荣先生、魏明霞女士介绍，谨于七月七日下午四时，在上海法租界八仙桥青年会大礼堂，举行婚礼，敬请阖第光临。杜粹、项锦花鞠躬，席设礼查饭店，六时入席，九时举行茶舞。

　　天乐读到"茶舞"两字，禁不住一笑道：
　　"这一对新郎新妇大概都是醉心于华尔兹的跳舞健将吧，兴致真是不浅呢。"
　　回转头去，瞧慧君脸上微红，冷笑了一声，把喜柬向天乐手里一丢，旋转身走上汽车去了。

第十四回

诇暑上征车共钦才媛
探幽来琼岛我有嘉宾

天乐知道这个喜柬不免又刺激了慧君的心弦，所以不说什么，跟着伊一同坐上了汽车，飞也似的驶至火车站，一齐下车，天乐付去车资。慧君要去购票时，天乐道：

"我在昨天早已向中国旅行社购下了，密司进去吧！"

遂命脚夫将行李搬入。又有一个当差的走过来，把几件行李交代给他，天乐吩咐一起搬到月台上去。

一会儿，火车已从闸口开来，天乐和慧君踏上火车，坐到二等车厢中，看脚夫把行李安放好。汽笛一声，火车已软软而动，开出了月台。

天乐和慧君是面对面坐的，在慧君椅子上并坐的却是一个很摩登的女子，脸蛋儿生得很不错，两道水汪汪的媚眼更有诱惑的魔力。起初读几张报纸，后来从伊座下取过一只手提皮包，拣出一本黄色封面的书来，瞧看了数页，又换了一本英文小说，托在手里默诵。一会儿，把襟上拴着的一支自来水笔取下，在那小说上时时写几个字，或是做几个符号，好似很细心研究的样子。天乐估料这女子也许是一个女学生，大约肚子里有些学问的，在火车上尚不肯空废光阴，足见伊的好学不倦呢。又瞧慧君也展开报纸观着，并不说话，他也只得凭窗眺望两旁田野的风景。

火车驶至嘉兴时，靠月台停住，许多乘客上上下下，纷乱得很。那女学生把手中书放下，立起身来，一掠额前的青丝，叽咯叽咯地走到后面去了。慧君已将报纸读毕，喝了一口茶，向天乐说道：

"到底特别快车来得快，不知不觉已到嘉兴了。"

天乐点点头道：

"是的，嘉兴的烟雨楼风景绝佳，他日倘有机会，当伴密司一游。"

二人说着话，那女学生已走了回来，站立座前，双手合抱着，向月台上闲瞧。不妨车开了，车身突然一震，那女学生是不防的，站立不住，身子一斜，跌向慧君身上来。慧君连忙伸手将伊扶住，桌子上一杯茶也给伊的衣袖带着而滚倒，幸亏天乐抢住，没有跌碎，可是小桌上已满淌着水了。慧君忙把自己的手皮夹放过一边，天乐也将那本英文小说代为抢到手里，角上已有些沾湿了。一按电铃，唤车上侍者过来拭抹。

此时，那女学生娇颜上已起了两朵红云，一边整衣坐下，一边向慧君招呼道：

"对不起，我自己太不小心了，请你原谅。"

慧君微笑道：

"没妨碍。"

同时天乐已将那本英文小说双手送还，伊接到手中，又向天乐说了一声谢谢，取过一块甜香扑鼻的白丝小手帕，在书的封面一拭。天乐早瞧见帕上绣着一行红色的英文，只是瞧不出是什么字，大约是伊的芳名了。慧君却向伊问道：

"请问密司可是到上海去的吗？在什么学校读书？很是用功啊。"

伊被慧君一问，便从皮包里取出一张小小名片，递给慧君道：

"是的，我正到上海去，在文粹大学肄业。"

慧君一看名片，便道：

"尊姓是白吗？"

一边说，一边又将这名片传与天乐。天乐接过，见上面有锌版印的三个字"白人凤"，就是这女子的芳名了，不由带笑向白人凤问道：

"密司白，我要冒昧问一句，最近文坛上有位女著作家，写过一部《秋蝉》长篇小说的，和密司的芳名相同，不知可就是密司吗？"

慧君听了，也说道：

"不错的，这部书就是密司脱黄送给我读过的，寄慨深远，描写深刻，真是文情并茂的好小说。"

白人凤微微一笑道：

"承二位过于奖誉，使我惭愧之至，我便是写此书的人，只是著作家这个名称却是不敢当的。那时候我到了乡间去养病半年，有鉴于一班农家和窑民的生活困苦，所以写了一些出来，竟被我的朋友介绍到建国出版社去，把它刊行了。尘羹土饭之作，毫无是处，侥幸得以风行一时，这是我理想不到的啊。"

此时慧君和天乐都知道这女子果然是女作家白人凤了，慧君以前又在文学周刊上得读白人凤的诗词，叹为非常佳妙，有白香山的神韵，出自妇女手笔，更是难得，所以脑海里一向已印着白人凤的作家大名了。不料今天会在火车上无意相逢，心中很觉愉快，遂又赞美了数语。白人凤连说不敢当。天乐暗暗惊异，因为以前读了白人凤的著作，以为白人凤不知是怎样的一位女文学家，想不到伊竟是这样年纪轻轻的女学生，而又貌美于花，真是清才绝艳，李清照、朱淑贞不足专美于前了。白人凤是交际娴熟的女子，因此也就向二人还询，天乐和慧君都实说了，白人凤也非常钦佩。天乐又问白人凤近来可有什么新著作？白人凤答道：

"暑假中正想译一部高尔基的小说，就是此刻看的一本书。又拟把自己以前作的许多诗词汇齐了，重行删削一过，然后刊行《秋水楼诗词草》的单行本。此时因上海学校里是放了暑假，被同学邀请到西子湖边去游玩了数天，今日方才返沪。"

又说：

"自己在文粹大学文科修业，下学期入四年级，明年可以毕业。"

慧君和天乐都佩服伊年少多才，所以一见如故，絮絮地谈个不休。一会儿，已到上海，白人凤便要下车了，立起身来，向二人告辞，且说：

"今天和二位邂逅，得蒙指教，真属幸事。二位都是学界先进，尚望不吝奖掖，后会有期。"

二人也客气了几句，看白人凤携着一柄花洋伞，唤一脚夫代提着伊的箱箧等物，向二人点点头，翩然下车去了。慧君遂又和天乐谈起白人凤的著作，认为是个有长进的作家。

火车在上海停了多时，方又开动，二人在车上各吃了一客大菜，下午才到南京。慧君觉得旧地重来，平添不少感慨，遂同天乐指挥脚夫将行李搬下车去。二人刚跳下火车，却见人丛中有一女子花枝招展地挤过来，扬着伊手里的白手帕，娇声喊道：

"你们来了吗？我在这里呢。"

慧君定神瞧去，见是黄美云，便带笑答应道：

"来了。"

说着话，美云已跑至身旁，两人紧握着手，似乎不胜快慰之情。美云道：

"我在昨天朝上接得我哥哥的来信，知道你们今天坐这次通车来京，所以准时来迎候的。"

慧君道：

"谢谢你了。"

美云又问天乐道：

"没有遗忘东西吗？"

天乐道：

"都在这里，你们看好了行李，慢慢儿出来，待我先去雇好一辆汽车吧！"

于是他就跑向前面去了。慧君、美云监督着脚夫，随着人群，摩肩接踵地走到站外，天乐早雇了一辆汽车前来，于是三人带着物件，一齐坐了汽车。

到得萨家湾停住，天乐吩咐下人，将物件搬进去，付了车资，和美云陪着慧君走至里面。美云道：

"母亲在楼上，伊因昨天有些不适，所以没有出去打牌，我们到楼上去坐吧！"

慧君点点头，三人遂到楼上来。黄太太见儿子回家，又见慧君同来，心里很觉快活，相见后，便请慧君到伊房里去坐，不免寒暄数语。黄太太细瞧慧君的脸庞，不觉说道：

"潘小姐多时不见，你却有些清减了，身子可爽快吗？"

慧君道：

"并没有什么病，不过面容却确乎瘦了一些，自己也不知道的。"

美云道：

"容貌虽稍清瘦，而精神尚佳，只要在这长夏中好好养息，自会丰腴。"

黄太太又道：

"大概潘小姐教书太辛苦了。"

天乐道：

"不错，所以密司潘要到青岛去避暑，那边气候适宜，海滨风景甚佳，对于养疴是很好的。凑巧那边有许多集会，所以我也趁这个机会去旁听，并邀美云妹妹同往一游。"

黄太太道：

"很好，你们在外边做事，平日很忙的，在这炎炎长夏，最好是去避暑，你们兄妹俩伴着潘小姐一起去吧！"

慧君道：

"我有两位做伴，这是再好也没有的事，不过伯母在府上太寂寞了。"

黄太太笑道：

"不要紧的，我只要有牌打，便可消磨一天光阴，懒得出去。潘小姐且在这里耽搁数天，然后动身，好在这几天还不十分酷热了。"

慧君答应一声是，便去取出自己赠送黄太太的东西，一样一样敬奉给黄太太，且说道：

"这一些是杭州的土产，不值钱的，聊表微意，务请哂收。"

黄太太忙谢道：

"我也没有什么东西送你，却蒙潘小姐送了我这许多，真是过意不

281

去了。"

慧君在黄太太房里坐谈一刻，然后退出来，到美云房中去随意坐谈，天乐下楼去了。

一会儿，夕阳衔山，美云和慧君先后至浴室中去洗澡，等到兰汤浴罢，大家换了一件衣服，走到楼下。女仆送上几碗百合汤来，请用晚点。天乐又来陪着慧君在庭中藤椅子上坐着闲谈，晚风送凉，颇觉爽快。晚上美云要请慧君出去吃馆子，慧君坚辞不去。伊说道：

"夏日少吃油腻为妙，我不是大客人，南京又不是初次来，彼此相知有素，何必客气？况且近来胃口欠佳，不如便在家里吃饭，雅意心领了。"

美云见慧君如此说，也就不敢勉强，遂叫厨房里预备些清洁可口的肴馔，把晚餐开到后面凉亭里去吃。那里四围有花，亭中装着一盏绿色灯泡的电灯，很是幽雅。黄太太也一同来相陪。晚餐以后，大家坐在凉亭外边浅草地上纳凉，谈谈说说，不觉已过十一点钟，黄太太早已上楼去睡了，慧君也微有倦意。美云道：

"夜深露冷，慧君姊可去安眠吧！"

慧君答应一声，即立起身向天乐说了一声晚安，跟着美云上楼。美云陪着慧君到伊睡室的间壁一间客房中去，使女阿香早走来伺候，开亮了妆台上一盏紫罗兰色的小台灯，发出幽静的光，又把一双白缎绣花拖鞋送到慧君面前。慧君遂换上了拖鞋，将手腕上的手表解下，放在妆台上，见美云坐在那边湘妃榻上没走，伊遂走过去并肩坐下。阿香见二人不像就要安睡的样子，便去倒上两杯柠檬茶来，放在一张小几上，移至二人面前，自己轻轻地退到外边去了。慧君遂问起母校的情形，美云道：

"今年我没有去聚校友会，但听同学说校务十分发达。"

慧君又问及夜校，黄美云道：

"我前天曾遇见范鸣秋，据伊说学生的数目和去年不相上下。但借用的那个火神庙，因为老道士死了，他的儿子要把这庙出卖换钱，时常引着外边人看屋。幸亏这地方太冷僻一些，所以尚未有得主，假若一旦

282

火神庙售去的话，我们的夜校不要受影响吗？据范鸣秋的意思，最好由夜校集资购下，倒可以扩充一番，或是添办农村妇女半日学校等等。只是这个夜校全仗同学们义务相助的，每学期要贴去许多钱，经费时感不足，何来巨款购置校地呢？"

慧君听了便道：

"这事倒不可不早为之谋的，当然照范鸣秋的计划是一劳永逸，而且前途尚有进展希望。不如组织校舍募捐会，向四处去设法捐款，料这破旧的火神庙售价至多三四千块钱，我们不妨买了下来，徐图发展。"

美云道：

"我也是这样想，不过现在外边经济困难，向人募捐也非易事。"

慧君道：

"我们可以先向校内同学和校友会以及教职员方面去募捐，只要大家肯为教育而牺牲一点儿便得了。"

黄美云道：

"听说我们校中的文学院主任现在已做了某某委员，我们大可要他多捐一些。还有杜粹，他在上海银行界很是得意，我们也可在他身上多想些法儿，谅他和我们以前都是行余义务夜校的发起人，彼此很热心的，虽然现在脱离了，总能慨助的。"

慧君听美云提起杜粹，眉峰顿蹙，没有答话。美云又说道：

"呀！我忘记一件事了，杜粹果然要和那个项女士结婚了，今天早晨我接到他的喜柬，邀请观礼，不知你可曾接到，知道不知道？"

慧君被黄美云这般一问，不由伊不开口，遂点点头说道：

"我在杭州动身时也接到他们的请柬，这当然是可能的事实，他请我们去吃喜酒，料想他心里很是得意，自是美满姻缘，七月七日的那天一定非常热闹。但惜我们要赶到青岛去，不能亲往道贺，吃一杯喜酒了。但贺礼是要送的，我一时也想不出什么，倘然你没有送时，我和你合送一份吧。"

美云道：

"很好，但我们既不会画，又不工书，送什么东西呢？况且他们又在上海，我们即日要赴青岛。"

慧君道：

"杜粹在沪，交游必广，我们送些礼物也不能增长他的光荣，不如送礼券较为简便。"

美云道：

"你说得不错，我想送十块钱的银行礼券，不知你要送多少？"

慧君道：

"他是明白我境况的，也送他十块钱吧，明天我托你一同去写了寄去可好？"

美云道：

"这件事我准包办便了，倘我不去青岛，到时也许要去瞻仰他们的婚礼呢。那个项女士是个十分摩登的新人物啊，杜粹一向很醉心于伊，早把我们老朋友忘怀。"

慧君黯然无语，只对着那盏紫罗兰的台灯凝视着，悠然遐思。美云见慧君如此，料伊心上又受了刺激，遂叹口气说道：

"人生聚散无常，想我们在学校里的时候……"

慧君恐怕伊再要说下去，便回转头来说道：

"范鸣秋可是住在本地吗？我们明天可去访晤，把这件事商议得有些眉目，然后进行，也算为一班不识字的平民造福。"

美云道：

"鸣秋住在英威街，明日上午我陪姊姊到伊家中去一行便了。"

说着话，听妆台上的矾石钟锵锵地已敲十二下，美云从榻上立起道：

"时已不早，快请安眠，我们明天会吧！"

慧君也说声明天会，送到房门口，见美云走入伊自己的卧室中去，遂闭门安睡。

次日朝上起身后，见了天乐。天乐想要伴慧君出游，但慧君要去找范鸣秋，婉言谢绝。十点多钟时，慧君、美云二人坐了车子，赶到英威街去拜访范鸣秋了。那范鸣秋也是南京大学的高才生，伊自继任了夜校

284

之职，也很热心办事，为一班不识字的劳苦群众灌输些正当的知识。这天伊正在家里看书，忽有这两个不速之客前来拜访，使伊喜出望外，连忙让到客堂里去坐定，先由下人送上两杯汽水来。大家问问近况，慧君便说起伊自己的来意，要范鸣秋筹备这募捐的事，一俟秋季学期开始，便可进行劝捐。范鸣秋当然赞成，伊说道：

"我是萧规曹随，接手以来，无不照着慧君等宗旨行事。但恨学问浅薄，常恐有陨越之虞罢了。至于募捐一事，无日不在念中，只因才不足以服众，恐怕难成事实。今既有两位指导，使我放心去做了，将来两位大名要写入发起人之列的。"

慧君道：

"不要客气，鸣秋姊如需臂助，自当尽力，发起人当然不敢推辞。到时我当向国秀女学的同事和同学等募捐，集腋成裘，以期达到目的，我等大家为平民谋幸福，也不必客气。"

范鸣秋听了慧君的话，更是佩服，便留二人在伊家中用午膳，二人也不坚却。饭后，二人又和范鸣秋谈了多时，方才告辞回来，把这事告诉了天乐。天乐笑道：

"你们都是热心教育家，可敬之致。"

黄美云道：

"哥哥，将来募捐的时候，我们要请你慷慨解囊，多多相助的啊。"

天乐道：

"理当稍尽绵薄之力。"

说着话，又对慧君笑了一笑，遂伴着慧君等到玄武湖划船。慧君坐在舟中，不由想起杜粹，无限感慨。次日天气稍热，慧君不欲出外，催促天乐早赴青岛。天乐便去购定火车票，预备好他们的行李，一准明天动身。到了明天，他们三人辞别了黄太太，一起坐沪平车先到济南，耽搁两天，去游大明湖等胜景，然后再坐胶济路的火车而到青岛。

起初住下一家旅馆，因旅馆内较为烦嚣，天乐便去拜访一个姓方的朋友，素知姓方的有别墅园林，境至幽静，想在他别墅中借宿一下榻之地。姓方的和天乐是世交，当然十分欢迎，一口答应，便指定别墅内靠东有两楼两底的精美屋舍，请他们居住。天乐不胜喜欢，道谢而别。次日他遂和慧君、美云带了行李，到别墅里来，和姓方的相见。姓方的同他夫人殷勤招接，早已把那边的精舍重行布置一过，又打发一个年轻的女仆来朝晚伺候。天乐等当然很是感谢。他们三人僦居别墅之后，每日上午看书看报，在园林中静坐茗谈，或和居停主人闲话。

下午却到海滨浴场去行海浴，天乐十分高兴，但慧君瞧着海景，不免要想起普陀山上的影事，有无限怅触，所以伊终是坐在沙滩边，并不下水，眼看着许多男男女女穿了奇形怪状的游泳衣，到海水中去浮沉为乐。天乐见伊不喜欢这个，便和美云陪伊到海滨公园散步或饮冰。等到中华教育社等各个大会开幕时，他们常常去旁听。晚上回来，纳凉笑语，慧君的精神上果然得到不少调剂，而身体也好得多了。慧君又闻崂山风景奇妙，去游的人很多，所以便问天乐何日前去一游？天乐道：

"稍缓数日，等待一个要人来了，一同前往。"

慧君道：

"奇了，你有什么要人相识呢？为什么必要等他来？"

美云在旁说道：

"慧君姊，他是信口乱道，休要相信他的话，我们要游便游。"

天乐对美云一笑道：

"你知道我说的要人是谁吗？再隔数天可以明白，到时有事实来证明的，你何必要说我乱道呢？"

慧君听了他们的话，不知他们藏的什么闷葫芦，也就带笑说道：

"很好，且待那位要人到了再作道理。"

黄美云听着这话，顿时脸上红起来，走开去了，慧君心里未免有些狐疑。

有一天，天乐和美云出去聚会了，慧君因为这天精神有些疲倦，懒得出外，一个人在别墅中静睡休息。伊是和美云同睡一室的，间壁便是天乐的寝处，伊的床靠在横边，听听窗外树枝上鸟鸣嘤嘤，还有远近的蝉声，微微的凉风吹入窗来，四围静寂得很。想起今天是七月十二日，杜粹和项锦花在海上结婚已有数日了，想他们新婚宴尔，如鱼得水，彼此爱情当然异常浓厚。在此蜜月之中，可要到哪里去一游。那项锦花果然是美丽的女子，交际的本领又好，最容易使一班青年男子倾倒于伊，杜粹不知怎样的和伊邂逅以后，便会如磁石引针般地恋上了。现在杜粹的心坎中自然只有着他的爱妻一人，其他的朋友都忘怀了。以前他和我朝夕相聚的，医院探疾，荒野援手，小楼清谈，胜地登临，未尝不是有很深挚的情愫，然而今日都如烟云消散，化为乌有，徒留着一些影痕而已。觉得自己的经历太变幻了。在这过去的小小人生过程中，竟有这些错综的、悲乐无常的变化，使自己也难以相信啊。伊正在深深地思想，忽听楼梯响，那个女佣匆匆地走进房来，对慧君说道：

"潘小姐有信在此。"

慧君道：

"拿来我看。"

便伸手接过一封信，女佣回身下楼去了。慧君接到手中，一看长而大的信封，旁边有一行很大的红字，乃是铁道部缄。旁边加上一个签名，写得很潦草，瞧不清楚。又看上面写的地址而外，是黄美云女士玉展。原来不是自己的信，不知是哪一个寄与美云的。铁道部里有伊的朋友在内吗？伊没有告诉过我啊。顿时想着前天天乐所说的话，确乎有些蹊跷，什么要人不要人，莫非那寄信的人就是美云的……伊想到这里，点了一下头，微微一笑，便坐起身来，拖着睡鞋，走到美云床前的一张妆台边，把信端端正正地放好。自己又取了几张报纸，依旧横卧在床上看报。

将近午刻时，听下面天乐兄妹俩笑谈之声，知道他们回来吃饭了，遂丢开报纸，起身下榻，穿好鞋子。刚才走到房门边，天乐和美云已噌噌噌噌地跑上楼来。黄美云一脚跨进房中说道：

"外面究竟热呀，姊姊一个人闲静得很。"

天乐在后也道：

"今天会中坐得非常拥挤，虽是开足电风扇，却总有些受不住，明天不去了，密司潘静睡多时吗？"

287

慧君点点头，便对美云说道：

"那边妆台上有你的信。"

美云忙走过去取在手中，天乐也抢过来问道：

"是他寄来的吗？"

美云把信向背后一藏，一手把小扇子挥个不停，说道：

"不干你事。"

天乐回头问慧君道：

"是铁道部寄的吗？"

慧君道：

"正是，大概是美云姊的朋友，你不认得吗？"

天乐笑笑道：

"铁道部，果然被我猜着，怎么不认识。妹妹，你快拆开来看看，他究竟几时来？否则我们……"

天乐的话还没有说完，美云将头一扭道：

"你不要管他。"

天乐道：

"我自然不好管他，只是你如何如此模样，难道在密司潘的面前还要掩饰吗？我不如将你的秘密揭穿了吧，横竖要人快要来了，大家总要见面的。"

慧君却站在一边，不便插言。美云道：

"任凭你怎样说吧，但不要造谣。"

说着话，走到床边去，撕开了信封，抽出两张信笺来默诵。天乐便说道：

"我没有什么作用，不必造谣，只是据实而道。密司潘，我妹妹有一个很知己的朋友，姓高，名毅生，是个德国留学生，专研究铁道事业的，现在南京铁道部任职。一晌我也没有知道，还是今年废历新正回里省亲时，在太白酒家见过一面。我们此次到青岛来，恰巧他有公事赴津，没有相晤。但他回京后，闻得我们在此，很想也来这里游玩数天。上次他有来函说，正向部中商量请假，倘能得准，必来一游。今天他又

288

有信至，说不定已有行期了。前天我说的要人就是指的这位密司脱高，因他在铁道部里很红的，而且很有要人气派，所以我在背地里代他起了这个别号啊。"

说罢，哈哈大笑。美云红着脸道：

"哥哥，你不要胡说。"

天乐道：

"你别赖，丈二豆芽菜老嫩起来了。别的不要说，究竟毅生要不要来？"

美云道：

"毅生的信上说，隔两天可以来青，那么明后日可到了。"

天乐道：

"好，到那时给密司潘见见，也多认识一个人。我们都是自己人，早晚瞒不了的。"

于是美云走到慧君身边说道：

"你看我哥哥喜欢向人取闹，我的朋友来了一封信，他便要加盐加酱地胡说八道，真不知他有什么意思了。"

慧君笑了一笑道：

"你们不是回来吃饭的吗？那么还不下楼去吗？恐怕饭已开出来了。"

这时候女佣果然上楼来请用午餐。天乐道：

"哎哟，我肚子饿了好多时候，竟忘记了吗？"

回身先走。美云也将这封信向抽屉中一塞，挽着慧君的手下楼来吃饭了。这样一来，慧君方知黄美云已有了心上人儿。上次来杭时却守口如瓶，一句也没有提起，现在瞒不过我了。我倒要瞧瞧那位姓高的是个怎样杰出的人才呢？黄美云被天乐一说破，知道瞒不过慧君，好在彼此是知己好友，何必讳言，遂在晚上乘凉时，把自己和高毅生如何结合为友的经过，约略告诉一遍。原来高毅生是南京女中校长的表弟，他们在校长家里遇见而经校长介绍相识的，交友的日子不多，而高毅生对于美云却一见倾心，十分爱慕，只要美云一有表示，订婚是旦夕间事了。

两天过后，正是昼长人静的当儿，美云和慧君在楼上午睡。忽然天乐跑上楼高声说道：

"别睡啦，客人来了。"

二人一齐惊醒，美云坐了起来，将手揉搓眼皮，正色问道：

"这话当真吗？别闹玩笑。"

天乐道：

"谁来谎报？你自己快到楼下去看，不是毅生来了，还有谁呢？"

美云笑了一笑，便换上一双白皮鞋，披上一件青纱旗袍，取过一面镜子来，照了一照自己的面庞，把云发轻掠数下，又取出脂粉盒儿，搽上一些香粉，回头对慧君说道：

"慧君姊，你也下楼来。"

慧君微笑道：

"你先下去，我就来了。"

美云遂和天乐先下楼去。慧君才从榻上起身，也穿上一件白纱旗袍，对镜一照，把桌上的小木梳在额上理了数下，便取过一柄小团扇，一步一步地走下楼来，步入左边那间憩坐室里。只见靠窗椅子上正坐着一个西装少年，面色微黝，五官却是端正，身躯也很雄伟。天乐、美云都坐在旁边，陪着谈话，大约就是高毅生了。那人一见慧君翩然而来，连忙站起身来，比较天乐长得多了。天乐兄妹便代慧君介绍一过，大家重又坐下，女佣又添上一杯橘子水。慧君听高毅生吐语豪爽，声浪也是响得很，完全没有文弱之态，倒像燕赵健儿，和益智、杜粹、天乐等都不同了。高毅生说，他此来只请得一星期的假，除去途中往返日期，在青岛至多耽搁四天光阴，所以目的是急于出游。

美云笑道：

"我们早要到崂山去。因为要等候你，所以迟迟未游，明天一早我们必到那边去一览风景。今日为时已晏，少停不妨到汇泉浴场去，你不是很喜欢海水浴的吗？"

毅生点点头道：

"好极，你们想已去过数次，请你们引导吧！"

美云道：

"那边我们也只去过一次，还有栈桥也是很好纳凉之所。"

毅生道：

"今天先到汇泉，缓日再往栈桥。"

于是四人坐谈一会儿，便到汇泉浴场去了。毅生很急切地要做海水浴，拉着天乐要他做伴，天乐自然答应。毅生又对美云、慧君二人说道：

"请两位密司也下水去一浴吧，海水浴是大有益于身体的。我在德国时，当酷暑到临之际，必要往海滨去做海水浴，且欢喜从事各项运动，或爬山打猎，所以你们瞧我的身体好似蛮牛一般呢。"

美云笑道：

"蛮牛不去耕田，却来海滨做什么？"

伊就问慧君可去同浴？慧君不肯答应。美云道：

"你没有听得毅生的话吗？海水浴是增进人们健康的，你的玉体素来柔弱，在此地何不多做海水浴呢？前两次我们邀你同浴，你总是拒绝，今番却不许你再回避了。无论如何，我必要你奉陪的。不要胆小，你看水中许多男男女女不是很快活的吗？"

天乐也说道：

"密司潘，你就去玩玩也好，否则剩下你一人，我们也不放心的，快去快去。"

毅生道：

"大家共共兴。"

慧君被众人苦劝着，只得依从。黄美云便挽着伊的手臂，跟着毅生、天乐同去里面更换浴衣，先后入水。毅生是游泳家，拍着水波，早已远远地去了。天乐胆子较小，只在人多之处，海水浅的地方浮游。美云却和慧君在一块儿，各将半个身子浸在水中。美云见旁边一个西妇穿着红色的浴衣，在水里倏来倏去，婉如一尾金鱼，不由引起了伊的兴致，双手不住地分着水向前游去。慧君也一横身跟了上来，转瞬间已及美云之肩，美云对伊笑了一笑。两人游了一个小小圈子，美云觉得疲倦了，首先走上岸来，慧君自然也相随出水。大家坐在海滩上吹风，美云带着喘息，向慧君说道：

"原来你的游水本领并不错，对于海水浴不是门外汉，何以起先不肯入浴呢？"

慧君道：

"没有什么，我的兴味太浅而已。"

美云道：

"你是藏而不露，我却错疑你胆小呢！我们在此等候他们吧，你瞧我哥哥不是在那边吗？但是毅生早远得瞧不见了。"

慧君道：

"大约能水性的人，都喜欢在人前显本领，你看那边两个英国水手不是越游越远了吗？"

美云道：

"何必如此，我很代他们担心呢。"

二人谈了一会儿话，只见天乐和毅生已浴罢而来，站在二人面前。毅生带笑对美云说道：

"你们二位早已上来吗？我独自游泳到很远之处，天乐却不敢跟上呢。"

美云道：

"毅生，你不要自以为本领大，一个人宁可小心一些，听说这里常有会游水的人出毛病的事，海浪来时也许抵挡不住。这不是比较本领的地方，你究竟不是《水浒传》上的浪里白条张顺、混江龙李俊之类啊。"

毅生笑道：

"密司教训得很对，我当谨拜嘉言，以后审慎了。听一个朋友说，这里海边有许多精通水性的小孩，能向海中取物，当轮船开到青岛时，他们都在海边，出其伎俩，来换客人的金钱。有一班客人往往把金钱抛向海水里去，那些儿童眼明手快，立即攒入水中去把钱抢到手里，探身出来，又把金钱托在手里，显显他们的好本领，希望客人再抛掷一些，这种真可谓冒险生涯了。"

美云道：

"你也有这本领吗？要不要我来试试你。"

毅生道：

"我不是弄潮儿，自问尚没有这种水里功夫。"

一边说，一边伴着美云盘膝坐下。天乐也就蹲在慧君身边，柔声说道：

"密司浴了一番，有些力乏吗？"

慧君道：

"稍觉疲倦。"

美云道：

"慧君姊也会游泳的，对于海水浴，并不是破题儿第一遭，我今天倒觉力乏了。"

毅生接着说道：

"你睡下憩息吧！"

黄美云遂玉体横陈地躺在毅生面前，把双手弯到后面去枕着头，胸前的乳峰隐然隆起。毅生打着扇，和伊喁喁而谈。慧君瞧了，不由又想起自己和陈益智在普陀山海滨清游的情景来，那是已成过去的泡影了，偶然浮起在脑海中，便觉心头奇痛，所以一手托着香腮，默默无话。天乐见慧君好似在那里转心事，也不敢去惊动伊，只是望着野景，海风一阵阵吹来，甚是凉爽。隔了一会儿，毅生依旧和美云清谈不倦，天乐再也忍不住了，立起身说道：

"我们玩够了，不如去换换衣服，到别处去走走吧，密司潘身子也不宜于受凉。"毅生和美云被天乐这样一说，打断了他们的话匣子，美云坐起娇躯，毅生一伸他肌肉丰富的臂膊，将美云轻轻扶起，当风而立。美云点头说道：

"果然凉了，我们回去吧！"

慧君也和天乐立起，四人一同走到里面去，换上了自己的衣服，离开海滨。马路上电炬璀璨，凉风拂衣，许多人都兴高采烈地或坐车，或步行，来来往往的甚为热闹。四人走了许多路，已至李村路，那边地方幽静，跳舞场很多，车水马龙，络绎不绝，一阵一阵的爵士音乐从场中传送出来，活动闪耀的霓虹灯，好似张着魅眼来诱人进去，有不少外国水兵川流不息地出出进进。天乐道：

"我们去喝杯汽水吧！"

毅生道：

"很好。"

四人便走入一家咖啡店中，择一雅座坐下，大家先吃了一大杯冰淇淋，见碧眼客和木屐儿来此的很多，靡靡的无线电播音机乐声都奏着异国情调，忘记了此身还在本国地土上呢。毅生要吃西餐，天乐便请他在这里吃，抢做东道。慧君也只得同留了。晚餐已毕，天乐付去了酒饭之资，大家略坐一刻，便出了咖啡店，走回别墅来。毅生道：

"别墅中可有下榻之处？否则我当去旅馆开好一房间。"

天乐道：

"我独住一间宽大的楼房，你尽可住在一起，只要我向居停主人商借一榻便得了，何必分开来呢？"

美云道：

"我早已吩咐女佣借一铜床安排在哥哥房中了。"

毅生道：

"谢谢你们盛情招待，我就老实不客气了。"

于是四人折回别墅，重又坐在园中纳凉闲话。萤火点点，飞舞在花丛林梢间。远远银筝之声，如怨如慕，忽疾忽徐，谅系主人在那里雅奏，直到更深，大家方才上楼去睡。先走到天乐室中，见有一张铜床架好在窗左边，挂着一顶透凉罗的鸡罩帐。毅生道：

"果然很好，比较旅馆里舒适而清静得多。"

美云道：

"你早些安睡吧，我们明天要去游崂山呢。"

遂和慧君向他们二人各道了晚安，步入自己房中去作华胥之游了。

次日早晨，天上有一些浮云，阳光稍淡。毅生道：

"但愿烈日不要放出它火一般的光来，也不要下雨，照这个样子，我们游山是很好的。"

天乐邀居停主人姓方的同行，恰巧主人在市府有应酬，不能相陪，代他们雇定了一辆汽车，于是天乐、毅生、慧君、美云四人一同带了照相机、望远镜、热水瓶、手杖、食物等旅行东西，出了别墅，坐上汽车，往游崂山。那山在即墨县东南海滨，离开青岛约有五十多里，高峻幽深，有人迹不到之奇境，奇花异草，古松老柏，怪石巉岩，珍禽奇兽。《元和志》言："泰山自言高，不及东海崂。"可知崂山之高并不亚于泰山，不过地稍偏僻近海，游纵少至，还没有泰山的著名于天下了。四人在车中一路玩赏道旁风景，飙输疾驶，约行一小时多，已盘旋山路，使人目眩心悸，慧君几乎失声而呼。来到山径仄隘之处，汽车停住，四人一齐下车，汽车夫去山中雇了一个童子前来做他们的向导。那童子十分伶俐，会说会话，伴着他们走，讲些山上风景和古迹，但大都是些神话。慧君笑道：

"这真是《齐东野语》了。"

山中到处有奇峰怪树，更有泉声鸟韵，不同凡响，令人心旷神怡，飘飘然有遗世独立之想。在下清宫用午膳，道人殷勤招接，取出一本黄簿子来募捐，毅生提笔而写，捐了三十块钱，当场付讫，又取出十块钱付了餐费，便要再上去游览，道人送到门外而别。童子在前领路，更望高处走去，愈行愈险，慧君和美云都走不动了。前面有一泉水，清澈见底。那边山壁上有一小亭，四人攀登而上。慧君首先坐在石上，喘着气说道：

"我不能上去了，你们去吧！"

天乐瞧伊额上汗珠如雨，双颊益绛，娇喘微微，遂点点头道：

"今天密司潘果然走得不少山路，而力尽了。我们便在这里小坐一下，且可俯瞰半山风景，天风泠泠，可说非人境了。"

黄美云跟着慧君坐下，把手帕揩着伊脸上的汗说道：

"我也力乏了，我们以前在南京游过什么清凉山、栖霞山等，哪里及得到此山之高呢？圣人云：'登泰山而小天下。'崂山正相伯仲，觉得前所见的无异培堘了。"

毅生到泉水里云濯足，又代慧君、美云摄了数影。他对天乐说道：

"那边有径可登，我想和你再到上面去，让两位密司和童子在这里休息，不知你可有力气去爬山？"

天乐道：

"尚可奉陪，只是抛下你们在此，我未免有些不放心。"

美云笑道：

"你怕我们被老虎衔去吗？我们绝不走开。"

慧君问童子道：

"这里可有凶恶的野兽要出来伤人？"

童子摇头道：

"我没有听人家说起，至多有几只狼，可是在这个地方，它们不会来的。况又在白天，绝无危险。"

毅生道：

"那么我们稍游片刻就下来也好。"

说着话，便挽着天乐的手，向上面山势峻峭的地方奋勇而登，不多时已不见他们俩的人影。慧君、美云各枕石而卧，听听风声泉声，俗虑都捐，童子却在亭外打瞌睡。二人歇了一会儿，起身在亭的四周走走，杳然寂然，哪里见到一个人，毅生等又不知哪里去了。慧君带笑向美云说道：

"倘此时来一猛兽，我等性命休矣。"

美云道：

"你不要胆怯，方才不听童子说过山中没有虎豹的吗？"

慧君摇摇头道：

"童子的话难以凭信，这样一个高大的深山，岂无野兽之理？就是来了一只狼，我们也就尴尬了。"

美云道：

"不会有的，若在夜间却说不定有山猫出现，所以我们平时最好练习些国术，不但能使身体强壮，遇有危险之时，也可借此自卫。去年全

296

运会中不是很有几个女丈夫吗？使枪弄棒，拈弓射箭，果然有些武艺，但大都是出在北方以及中州的，江南女儿却很少呢。这件事真值得提倡的啊。"

慧君道：

"不错，即如外国妇女大都学习骑马、乘车、泅水、滑冰、拍网球、摇船，甚至学习航空，这些都是有益于身体方面的。年来我国妇女界也兢习各项户外运动，一洗脂粉积习了。我在国秀女学，暇时也喜拍拍网球，只是腕力太小，和人家对垒不过，未尝不怪以前在学生时代太忽略了运动方面的事呢。"

二人正闲话间，天乐、毅生已走回来，满头是汗，身上的外衣都脱了下来。天乐带着喘说道：

"你们在此可觉寂寞吗？"

慧君道：

"我们胡乱闲话，还不觉得，借此休息休息。你们上山去，可登最高之峰？"

天乐道：

"哪里哪里，我们爬上了一个高峰，俯视螺峰万点，羊径千回，自以为已至最高峰，谁知背后还有一峰，更要高出几许。依毅生的意思，再想上去，可是我力已尽，无勇可贾，他也只得跟我同回了。此山十分广大，一日之间岂能尽游，他日有兴再来吧。时已不早，我等可即下山。"

毅生道：

"天乐兄到了上面，代你们担忧，所以我也来了，留着未游之处，也好和山灵作他日重临之约了！"

美云笑道：

"你们真个怕我们给老虎吞噬吗？我们在此歇息，却代你们担心呢。"

于是四人一同下山，童子领他们从东边一道曲径中走下，以为可以抄近路，谁知走到一处没有凿成的磴级，须从光滑的山石上跳下，或是奔下，慧君、美云都喊一声啊呀，那个童子却一翻身骨碌碌地滚到下面平坦之地。天乐估计从上而下约有二丈多高，顺着势冲下去，或不至于倾跌，但是慧君等却够不上了。毅生回头对她们说道：

"到了这种地面，你们便不敢走吗？我是常常爬山的，以前在外国阿尔卑斯山所走的路，真要峻险数倍呢。即如本国的黄山，也很有几处令人兴行不得也哥哥之叹，我却都安然行走，毫不退缩的。你们请看我跑下去吧！"

美云道：

"这山石很光滑，不要一失足跌下去吗？"

毅生道：

"不会不会，即便跌下去也不妨，下面又非绝壑深谷，怕什么？那个童子不是已滚了下去，安然无事吗？"

说着话，提起双腿，很快地冲到了下面。抬起头来向他们说道：

"不是很省力吗？"

天乐顾视着二人说道：

"我尚可勉强一试，你们俩怎样呢？若是缩回去，一则太不值得，二则时间也将不及了。"

美云刚要开口，只见毅生又一步步爬到上面来，向他们说道：

"你们站在这里怎么样？不走时天要晚了。"

美云把双手一抱，退后两步说道：

"你有本领走，我却不敢，倘然栽了一个筋斗，不是玩的。"

毅生道：

"密司既然胆怯，待我来抱你下去可好？"

美云微笑道：

"我又不是小孩子，谁要你抱，万一你抱了我跌一跤时，我更受不起了。"

毅生道：

"哪里会跌，你请放心，密司的体重至多不过八十多磅，我把你稳稳地托了就是。"

天乐在旁说道：

"这样也好的。"

毅生道：

"在这尴尬的当儿，我有的力气，不妨尽些义务，密司不要客气，我绝不跌痛你。"

一边说，一边走至美云身旁，施展猿臂，喝一声起，早将美云平平地托了起来，回头又对慧君说道：

"我送了伊下去，再上来助你可好？"

美云早在他的手掌上喊道：

"毅生，你当心些，不是玩的啊。"

毅生道：

"知道了。"

双手托起美云，迈步从那光滑的石上溜了下去。上面天乐对慧君说道：

"我没有这个本领，惭愧得很，密司潘也烦毅生托下去吧，可以省力不少呢。"

慧君摇摇头道：

"我不要。"

天乐道：

"那么我来扶着你一同跑下去，比较一个人跑好了。"

慧君道：

"不，我的脚步恐怕追不上你的。"

此时毅生已把美云托至下边，安然无恙，将美云放到地上说道：

"我说不会跌痛你的，你现在可相信吗？"

美云红着脸道：

"谢谢你，现在你索性上去，也把慧君姊托下来吧！"

毅生答应一声，又跑将上来，对慧君说道：

"密司潘，你瞧见吗？可以放心信任我了。"

慧君道：

"我不要，待我自己试试看。"

毅生听了这话，不由一呆。天乐道：

"那么我和毅生兄两人扶着密司跑下去，也不至于倾跌了。"

慧君点点头道：

"这样也好。"

于是将伊的手臂两边伸开，二人各扶住了伊，从那光滑的石上跑了下去。慧君回头埋怨那童子道：

"都是你不好，引路引到这里来，前面去可再有这样难走的山径吗？"

童子道：

"没有了，这是出人意外的啊。"

天乐道：

"当已上了，不必说吧，你快引导我们走，大概打从右边山岭上下去了，是不是？"

童子道：

"是的。"

于是引着他们，一路走到岭下，暮色已至，汽车已在那里守候，天乐遂取出一块钱来给了童子，大家坐上汽车回去。

这天晚上，慧君和美云都觉十分疲乏，所以早睡。

次日，天乐兄妹和慧君又陪着毅生出游，上午去参观汇山炮台、万年山炮台，都是以前德国人在这里建筑的，工程浩大，现在却已无用了。街市上十之七八，都是日本商店，青岛可以说日货独擅的市场，要找国货却寥如晨星。下午他们又去遨游几个公园，园中最多的树木要推洋槐了，开的花作白色，都往下垂，宛如麦穗，香风四溢。又有日本人种的樱花，也很多。傍晚时，他们在外边馆子里用了晚餐，又在晚风中闲步，至中山路的南头。那边有栈桥一座，是海军舰队登陆的地方。海风凉爽，空气新鲜，晚上便有许多中外士女来此纳凉。所设的长椅，都有人满之患。四围有弦锁声、唱歌声、笑语声，十分热闹。他们走了多时，得到一只小小的长椅，只容两人坐的，毅生和天乐遂让慧君、美云二人坐下，他们站在旁边。隔了一歇，毅生忽然走开了，天乐向美云道：

"毅生到哪里去的？你可瞧见吗？"

美云道：

"他似乎向东边海滨去的，我去找他，这时候该回去了。"

说着话，立起身来，便往东边移步而去。天乐见美云去了，便在美云坐的地方坐下，带着笑对慧君说道：

"这几天我们可谓畅游了，同时我觉得密司的精神也比较在杭时奋发一些，可知换地疗养，确乎是有效的。服务于教育界中的人，在放暑假时，应该到凉爽的地方避暑，休息一两个月，精神上得到调剂，方不负半年来的辛勤呢。"

慧君笑道：

"一班教育界中的人哪里能够这样呢？我国对于教员的薪金甚为菲薄，安有欧美各国优美的待遇？平常时候忙忙终日，所得的殊有限，一班有家庭负担的，仰事俯畜，常常捉襟露肘，不敷开支，放了暑假，依旧要想法去做些别的工作，来补他的不足。如牛马般没得休息的日子，怎样有力量可到外边去避暑呢？所以一班人对于服务教育事业视为清苦的服役，不得已而借此暂作枝栖，倘有别的较好职务，立刻摆脱而去了。尤其是那些小学教员，连微小的薪水尚且要拖欠，不能到手，饿了肚皮教书。现在的人岂肯个个有如此牺牲的精神呢？怎样还能够使我们终身服务，乐此不疲呢？因此我国的教育也永远没有进步了。这是一个很重要的问题啊。"

天乐点点头道：

"密司之言不错，只是我瞧密司却对于教育事业很有牺牲精神的。"

慧君道：

"当然我是和别人不同，好在孑然一身，没有什么负担，现在所有的薪金很够用了。将来倘有机会到外国去参考一番，很有裨益的。"

天乐道：

"密司的志向不小。"

慧君道：

"我因自己幼时遭遇可怜，所以愿为一班女同胞多多尽力。开导民智，最好要办一规模宏大平民学校，以及妇女半日学校，为失学的同胞增加些幸福，才不负我求学的本意和成就我的恩惠。至于别的事情却都不在心上了。"

天乐听了，不觉默然。慧君有些觉得，遂谈谈山水之乐。隔了一歇，慧君对天乐说道：

"美云姊和高先生到哪儿去？"

天乐道：

"他们大概在海滨散步吧！"

慧君道：

"我们去找找他们，不如早些回去。"

天乐答应一声，两人遂立起身向东边走去。海滨没有他们的影踪，天乐道：

"咦，他们走向哪里去的呢？"

又走了十数步，慧君把手向那边一株大树下一指道：

"你瞧树旁边有两个黑影，正背对着我们而坐，不知是不是他们？"

天乐道：

"我与你走去一看，便知究竟。"

两人遂轻轻地踏着芳草，走至大树下，果见树下一条铁椅上，并肩坐着一男一女，耳鬓厮磨着，正在喁喁而谈，虽然是背影，但已瞧得出是他们俩了。然而天乐尚不敢叫应，恐怕出于孟浪，叫错了别人，忙转到他们身前去一看，果然是了，遂说道：

"好呀，你们在这里谈话吗？我和密司潘在那边等候很久，不见你们回来，方才走来寻找。幸亏密司潘的眼睛尖，伊瞧见你们在这里呢。"

此时美云和毅生一同立起身来，毅生答道：

"对不起得很，我本到海滨边来眺望海的夜景，令妹妹跑来找到我了。走回的时候，见这树下倒空着一张坐椅，所以坐一刻儿了。"

美云回转头去见慧君立在椅后七八步远，两手垂着，低倒了头，不发一言，忙过去握住了伊的柔荑，带笑说道：

"对不起，你来找寻我们。"

慧君道：

"你和高先生不是在此清谈吗？这么一来，不是惊……"

慧君的话没有说完时，美云早伸手向慧君嘴上一按道：

"不要说了，我们走吧！"

慧君道：

"好，我们此刻也可回去了。"

于是四个人安步当车地走回别墅。

这几天晚上，慧君和美云坐在室中，没有上床去睡，熄了电灯，一轮明月泻出伊皎洁的光来，射到室中的地板上，一阵阵的凉风吹来，夹着近处钢琴的飒飒之声。二人嗑着瓜子，嚼着雪梨，闲谈一切。隔壁房中的毅生和天乐都已鼾声大作，深入黑甜乡了。美云忽然问慧君道：

"你看毅生这人到底是怎样的？"

慧君微微一笑道：

"你问我这个问题吗？我和高先生不过相聚数天，恕我尚没有衡鉴他人的能力。你们是交深的，难道你还不深晓吗？"

美云道：

"你的见识比我高，所以我问问你。"

慧君道：

"我比你高什么？恐怕你的眼光较我卓越数倍呢。据我看来，高先生的性情是非常直爽的，待人也很诚恳，也是非常高深，地位也很优越，真是个倜傥之士，无怪你愿意结识这样朋友了。但不知几时能够给我吃杯喜酒？这是我渴望的，也是乐观厥成的，请你千万不可隐瞒。"

美云道：

"好啊！你倒这样说，真是工于谋人，而拙于谋己了，我也希望你早日解决此一问题呢。"

慧君听了这话，回转脸去，望着窗外的明月，却不说什么。美云取过两片梨来，递给慧君道：

"这梨味道又嫩又甜，姊姊可以多吃些。还有这里的洋苹果和烟台的梨，都是很好的，我们回去的时候，我必要多买一些。听说肥城的水蜜桃，也是非常俊美，可惜没有机会一尝呢。"

两人嚼了几片梨，又谈了一刻，方才安寝。

次日他们又出去游了半天，毅生购了许多水果，预备回南京，便坐晚车至济南，美云兄妹和慧君一同送至车站。握手别时，毅生对他们说道：

"我来青岛，虽然是匆匆数天光阴，而和诸位聚首一处，畅游山水，其乐何如？只恨公事羁身，不能多留时日，只得告别了，希望大家健康无恙，到南京再会。"

天乐等送毅生去后，回到别墅。不知怎样的，走了一个人，顿时冷静得多了。天乐做了一篇《崂山游记》，附了一张照片，去投稿上海的《新人周刊》，隔了一星期，已登载出来。他喜滋滋地拿着周刊去给美云、慧君同阅。这一张照，便是毅生代他们摄的，慧君和美云相对踞坐在一块形同虎豹的山石上，天乐却站在一株古松的横干上，背后是苍翠的峭壁，毅生却不在内。慧君读了《游记》，却发现周刊中有几首小词，是白人凤女士的新著，便给天乐看。天乐啧啧称赞道：

"清新俊逸，现在妇女界中绝少这种词章妙手了，瞧了伊的人，谁也料不出伊有此一支生花妙笔的。"

美云不明白底细，问起来由。慧君遂将他们在火车上邂逅女作家白人凤的事讲给伊听。美云笑道：

"著作家绞脑汁，呕心血，这种生活似乎很可怜的，而能得到不相识的读者倾倒，也是不可为而可为了。惜我的肚里不通，否则也要去做个作家呢。"

慧君笑道：

"你做了作家，第一个倾倒于你的便是高先生。"

美云道：

"啐！不要胡说，难道你不倾倒于我吗？"

天乐在旁也笑将起来了。他们这样在青岛避暑，不觉已有三星期多，天乐的假期快满了，他不得不先回杭州。慧君要留美云在此相伴，直到八月中旬一同南返，美云只得允诺。这一天晚上，三人从海滨浴场回来，忽然接到一封快信是由宁波寄来给慧君的。慧君接在手拆开一看，玉容顿时变色，向二人说道：

"天有不测风云，人有旦夕祸福，这真是说得不错的，我今不能在此逗留了，不如归去。"

第十五回

客地得家书归心似箭
孑身度佳节愁绪成魔

　　当慧君读了信，说出这几句话来时，天乐兄妹在旁听着，都不胜惊异。美云首先问道：

　　"是谁写给姊姊的函，在故乡有了什么事情而你要赋归欤呢？"

　　慧君道：

　　"这是我寄兄发来的，因为我的寄父在甬忽然患了腹膜炎的重症，医生说是很危险的，性命旦夕不保。我寄父意欲在临终之前，叮嘱我几句话，所以飞函前来，要我立刻回去。"

　　天乐听了，不禁说道：

　　"腹膜炎果是很厉害的，但也有急性慢性之别。若是急性的病，他那里写快信来，你又远在这里，即使马上赶回去，也恐来不及了，除非有费长房缩地之术，把你一刹那间送回宁波，去和陈柏年先生相见。"

　　美云道：

　　"可惜这里不能坐飞机，倘能坐飞机时便快了。"

　　天乐道：

　　"现在航行路线又只有规定的几处，即能坐飞机，也不能直达，无济于事，计算行程终恐不及。"

　　慧君摇摇头道：

　　"这个我不管了，我要立刻回里，寄父是我一生的大恩人，我没有了他，安能有今日？万一他不幸而逝世，我也要在他易篑之前见一见，否则我更对不起他了。"

慧君说时，眼眶里已含有泪痕，像要哭出来的样子。天乐道：

"密司之言甚是，好在我也要离此了，今天无论如何来不及动身，明天一早我们可坐车至济南，再坐平沪车南下，到南京后歇宿一宵，然后赴甬，我当护送你前去。现在请你不要悲伤忧急，也许陈柏年先生能够死里逃生，逢凶化吉呢。"

慧君道：

"今晚可能动身吗？"

美云道：

"天已黑了，怎来得及呢？我们今夜准备一切，明天回去，已是很局促的了。"

慧君也料马上动身是不可能的事，遂说道：

"那么明天一切又要拜托密司脱黄了。"

天乐道：

"理当效劳，我们今晚吃了夜饭，出去购买东西，明日一早坐早车赴沪吧！"

于是慧君和美云便到楼上去收拾。少停大家用过晚餐，又一齐到马路上去购物。天乐兄妹买了许多土货，其中以水果为最多。慧君因没有心绪，只买了少许梨和苹果，回转别墅时已有十一点钟了。大家又在楼上坐了一会儿，方才各自上床去睡。

可是慧君又睡不成眠了，心里悬念着故乡的寄父，不知可能药石有灵，挽回沉疴？直到四更时，方才蒙眬睡了一歇，似乎有人持着电报来说，陈柏年已在昨日病故，伊吓了一跳，醒来时乃是一梦，以为不祥，再也不能合眼了。见窗上已有曙色，连忙披衣起来，料理行李。黄美云被慧君脚声惊醒，也一骨碌起身，说道：

"姊姊起得这样早，真可说归心如箭了。"

慧君道：

"早些起来较为舒齐。"

二人便在房中忙着收拾一切。隔了半个钟头，天乐也起身了，帮着她们来料理。少顷女佣端上洗脸水、漱口水，慧君等梳洗已毕，吃过早餐，天乐和慧君、美云一同走到里面去向方君夫妇告别。姓方的听了便道：

"前闻天乐兄不日将南返，怎么黄女士和潘女士都要回去呢？为什么事先不告知我们一声，好让我们聊备小酌，为诸位饯行。"

天乐道：

"我们在这里已是多多搅扰，诸承优渥，不胜感激，此事确乎出于仓促的。"

遂将慧君昨晚接到快信的事略述一遍，又说：

"密司潘归心如箭，恨不得一步就跨到宁波，所以一刻也不能耽搁了。他日请贤伉俪抽暇来杭一游，大家再可相聚。"

说罢，便从身边取出一个粉红色的信封，厚厚的，并未粘封，双手捧给姓方的，又道：

"这一些是聊表微意的，务请哂纳。"

姓方的接到手中，向信封里张了一张，连忙还与天乐道：

"哎哟！我真不料你出此的，大家都是好朋友，何必如此。你们难得来青岛遨游，住了还不到一个月，临去时要付房饭钱吗？以为我方某只认得金钱，不认得人吗？"

天乐忙道：

"方兄，你不要误会，这是一点儿意思的。我也知道你仗义疏财，区区阿堵之物，并不在你的心上，只是……"

姓方的把手摇摇道：

"不必说了，你看得起我的，当我是朋友的，那么不要再客气了。"

姓方的夫人也说道：

"我们一向都有交情，金钱两字休提，以后我们也许要来首都或西湖一游呢。"

美云道：

"我们很盼望二位南游，请勿负此约。"

姓方的点点头。于是天乐从信封里捡出两张十元的国币，放在桌子上，说道：

"既如此说，我也不敢固请了，这一些是给贵处仆役的。"

方君夫妇都道：

"没有多人来伺候，并且他们很不周到，何劳厚赐犒赏？"

天乐道：

"这个再要推辞时，不成话了。"

方君夫妇只得受下，便唤人来道谢讫。天乐等要赶上火车，遂起身告辞。方君夫妇送至门外，吩咐下人帮着将三人行李送到车站，珍重而别。

天乐等到了站上，买票结行李票等事都由天乐去办，三人坐了火车到得济南，方欲换乘平沪客车。谁料平沪车在丰台忽为某国兵横加干涉，被阻南下，天乐等在济南车站上等候得好不气闷。这一天他们在车站上直等到晚上十二点钟过了，沪平通车，方开至济南车站，上下车辆都误了点，加上许多谣言，更见混淆。三人坐上车后，又等了好多时候火车方开。慧君等很觉疲倦，好在都坐的睡车，于是大家睡了。

次日上午到了南京，一齐领着行李，回到天乐家中。黄太太正在打牌，一见三人前来，便道：

"咦！前天我收到天乐的信，他的假期将满，先要南归，美云要和潘小姐再在青岛多住几天，怎么现在一起回来了呢？"

美云遂将慧君接到陈家快信之事告诉一遍。黄太太方才明白，叫他们去休息。但据慧君的意思，即要转车离京。天乐兄妹却定要留伊歇宿一宵，然后再行动身，慧君只得勉强答应了。傍晚时，天乐兄妹陪着慧君出去买物，顺便在项院街走走。忽然迎面遇见了杜粹，偕着他的新夫人项锦花，并肩携手地走来，背后又有杜太太和明宝，大家对面走的，所以彼此俱已瞧见。杜粹连忙脱下头上草帽，向慧君等叫应。杜太太见了慧君，忙走过来握住慧君的手道：

"潘小姐一向好吗？好多时没有见面了，我们常常想念你的。你到了南京，如何不到舍间来会会？"

慧君红着脸答道：

"多谢伯母垂念，此次我刚从青岛前来，便要回故乡去的，因此不能前来拜访，尚乞恕罪。伯母想健佳，尊容很丰腴呢！"

杜太太道：

"托福还好。"

明宝也跑上前拉住慧君的手臂，笑嘻嘻地说道：

"好姊姊，自从你毕业后，我们一直没有见过，使我想念杀了。听我哥哥说，你在杭州教书，可恨我一个人不能来问候你。我哥哥在上海和新嫂嫂结婚时，我想你总要来吃喜酒的，谁知又不见你来。"

杜太太又道：

"小儿结婚，蒙潘小姐赐礼，谢谢。现在潘小姐耽搁在何处？"

慧君道：

"在同学黄家。"

此时杜粹等站在一旁，只见杜太太和慧君讲话，他的心里更觉有些异样的感触，不知对于慧君当作何语。项锦花却闲闲地尽向慧君、美云二人细瞧，又向天乐上下打量一番。杜粹听慧君说了黄家两字，便开口向他母亲说道：

"待我来介绍吧！"

把手指美云说道：

"这就是同学黄美云女士。"

又指着天乐道：

"这位是黄女士的令兄黄天乐先生。"

二人忙向杜太太致礼。杜太太瞧着美云，带笑说道：

"原来就是黄小姐，我以前常听他们谈起的。今天我们真巧，大家会在此见面，请二位小姐和黄先生一同到敝舍去聚聚。"

慧君忙摇摇头道：

"我此番从青岛回来，是因为接到我寄父的来函，催促回去。我寄父患的腹膜炎，十分危急，所以我恨不得一口气就赶到宁波，明天一早便要动身，心绪烦乱，异日再行到府请安吧！"

杜太太握住了慧君的柔荑，紧紧不放，说道：

"此一别又不知要何时再相见，无论如何，潘小姐一定要到我们家里去坐坐的，难道潘小姐早忘了当年的交谊吗？"

慧君道：

"啊呀！我怎会忘记呢？只因我没有来过南京，所以未曾拜候起居。"

说话时对杜粹瞧了一眼，杜粹却歪着眼睛瞧天乐。天乐两手插在西装裤袋里，在一旁转着脚跟，似乎有些不耐的模样。杜太太又道：

"你现在到了南京了，来吧来吧，我必须要和你聚聚的。"

明宝也嚷道：

"好姊姊，你答应了我母亲的请求吧。往年你不是常到我家来住的吗？怎么现在走一遭也不肯呢？"

慧君听了这话，便道：

"不是这样讲的，我实在有了心事，要紧回甬，不能到府了。"

杜粹忍不住说道：

"密司潘，难得的，你既然不能到我们家里去，那么大家在近处酒馆里一聚如何？"

慧君道：

"我吃不下。"

杜太太又道：

"潘小姐，你太无情了，怎么总是不肯领情的呢？"

慧君听杜太太这样说，不便再行坚拒，只得点头允诺。杜太太又向美云说道：

"黄小姐同黄先生一起去。"

说罢，拖了慧君便走，明宝在后推着。慧君道：

"你们不要推推拉拉，我答应了去是一准去的。"

杜粹和锦花又向黄氏兄妹略一招呼，打前先走，美云、天乐也只得陪着慧君跟他们一同走到了都益处川菜馆。杜粹招呼众人走上楼去，拣了一间精美的餐室坐定，侍者献上茶来。杜太太只是和慧君絮絮地谈个不休，项锦花摇着手里一柄绿色的小羽扇，立在门口。慧君见锦花一头的云发烫得蜷缩，真如风鬟雾鬓，颊上敷着粉，双眉纤长，阴眸如水，唇上红红的，涂着法国胭脂。身穿一件黄色的乔其纱长旗袍，上面的花朵朵绽起。胸前隐隐地在内悬着一条细小的金链，下坠一块翡翠的宝石。左臂上套着一只绿油油的翡翠宝镯，右手中指上戴着一只亮晶晶的钻戒，脚踏的鸡皮高跟革履，富丽异常，无怪杜粹要倾倒于伊了。杜粹拿着纸笔，请美云、天乐点菜，三人哪里肯点，再三谦让。杜粹又让慧君点，慧君道：

"我是阿木林，不会点的，我不耽误些也好。况天气正热，不要多点什么菜。"

杜粹又去问锦花，锦花也道：

"你包办了吧，魏明霞晚上也许要来看我们的，此刻可要打一电话去请伊来。"

杜粹道：

"很好，拜托你吧！"

锦花道：

"你请客，你去打，我又不是你的下人。"

杜粹将手打个招呼道：

"我要点菜，只得有烦你了。"

锦花便叽咯叽咯地走出室去。杜粹点好了菜，遂过来和天乐兄妹敷衍数语，又问问慧君的玉体可好，且谢谢她们送的贺仪。一会儿，锦花已走来了，对杜粹说道：

"凑巧伊正要到我们家中去，现在伊就赶上这里来了。"

杜粹点点头。侍者摆上酒席，杜粹便请众人入座。慧君道：

"刚才密司脱杜不是还请有客人吗？何不再等片刻？"

杜粹道：

"那人是内子的挚友，不客气的，我们不必等候。"

正说间，一个侍者早引着一个女郎走进室来，全身白色、白鞋、白袜，衣袖短至肩下露出雪白粉嫩的玉臂，手上却戴着白手套，如出水芙蓉，一尘不染。锦花便过去一拉伊的皓腕说道：

"明霞，你来了。"

杜粹道：

"我来介绍一下吧！"

遂代魏明霞向慧君等三人介绍过。慧君、美云细瞧魏明霞，便是当年清凉山上和锦花同游的女侣，彼此都一呆。众人分宾主坐定，杜粹和锦花双敬酒，慧君因一则不会喝酒，二则热天不喝，故涓滴不饮。杜粹又叫侍者开汽水，凡不喝酒的都饮汽水。都益处的川菜，调味极佳，而杜粹所点的又都是精美肴馔，但慧君吃得很少，伊有肝胃疾，故有辣性的东西不敢吃，而川菜又是以富有刺激的辣椒品为上乘，杜粹一时忘记了。席上杜太太和慧君坐在一边，仍是她们的说话最多，锦花和明霞交谈甚密，杜粹和天乐说得不上七八句话，常常敬菜敬酒。美云却拉着明宝的手胡乱闲谈。天乐勉强坐着，甚是无聊，只顾把啤酒冲了汽水，一杯一杯地喝着。杜太太告诉慧君说：

"杜粹在前年已升了大同银行的副经理，在上海静安寺路购得一座新式的洋房，结婚时新房便做在新屋里的。现在锦花归宁母家，在此住了五六天，不日即要返申。杜粹的意思要接杜太太和明宝等都到上海去住，南京的房屋一部分放租，唯大媳妇绮霞却不肯赴沪，只得留伊看老家了。"

慧君问绮霞近来可好？杜太太又道：

"伊常常有病，大概心里很不快活，叫我也无可如何。"

慧君暗暗叹息，托杜太太代为致意。席散后，众人散坐，锦花托着两盘削好的藕片敬客。慧君想起夜校之事，便把自己和范鸣秋商量发起捐募基金购火神庙之事，约略告诉杜粹，要请他帮忙，杜粹自然一口答应。慧君一看手表上，已有九点钟了，遂起身告辞，向杜太太等道谢。杜粹付了酒钞，一同送下楼来，且对慧君说道：

"我们现住上海静安寺路五十四号乐庐，家母等亦将赴沪同居。密司异日便时道出申江，请求一叙。"

慧君含糊答应了，便和美云、天乐雇了一辆汽车，告别而去。

当他们在路上之时，美云对慧君说道：

"杜太太待人很好的，锦花却高傲得很。还有那个姓魏的，她们真是摩登女子，想不到以前我们在清凉山上和她们遇见之时，锦花和杜粹早已有缘了。"

慧君道：

"我为了杜太太的面子上，不好意思推却，否则谁高兴同他们去吃饭呢？"

天乐道：

"我们一再和他们无意邂逅，真是无巧不成书了。"

说着话汽车已到门口，天乐付去车资，掀了一下电铃，和慧君、美云一同走进去。美云向开门的下人道：

"高少爷来了没有？"

下人道：

"等候多时了。"

三人听得会客室收音机发出音乐之声，黄美云当先推门而入，只见高毅生坐在收音机旁，手里挥着一柄细芭蕉扇，倾耳聆歌，一见三人回来，连忙立起身，笑说道：

"好，你们到哪儿去的？我在此等得好不心焦啊。"

天乐忙道：

"对不起。" 遂将遇见友人被邀赴宴的事告一遍。毅生道：

"刚才美云打电话来，说你们都回来的了，叫我在晚上来此，所以我没有吃夜饭便来的，谁知你们出去购物了。伯母说就要回家的，我自然在此守候，哪知道盼望好久，不见影踪。伯母的牌也打完了，伊说也许在外边吃晚饭了。我连打几个电话向酒楼探询，可是得不到消息。要想来找吧，南京城很大的，怎能一找便得，所以格外心焦，于是伯母便叫我在此和伊同进晚餐。餐后，我又守候了足足一个多钟头，宛如吃官司。" 美云笑道：

"吃官司有这样便宜的吗？你听听音乐也足够消遣。我们在外边吃饭也是碰出来的事啊。早知如此，我也不打电话给你了。"

毅生见美云有些发急，便笑道：

314

"算了吧，我们坐了谈谈。"

遂把收音机止住了，天乐又开了电气风扇，室中凉风大作，小婢阿香又倒上四杯鲜橘水来。黄太太听说他们已回家，遂也下楼来问询，美云也告诉了伊。黄太太道：

"你们在外边喝酒谈心，今晚却苦了高少爷了。"

毅生忙摇摇头道：

"不打紧，好在我左右无事，多坐些也不妨。"

黄太太见那电气风扇呼呼作响，便道：

"你们都喜欢这个东西，我却吹不惯，不如到外边去坐坐吧！"

慧君道：

"人造风当然不及天然的好。"

于是大家一起立起来，到后边浅草地上去坐着，闲谈一切。直到十二点钟，毅生告辞回去，美云和慧君也都上楼而睡。

次日一清早，慧君已起来，天乐要陪伊一同动身，告知了母亲。黄太太取出一匹很细的夏布来，赠予慧君说道：

"潘小姐此次回里，仓促之间，我没有买什么东西相送，这一匹夏布是浏阳货，亲戚送的，共有四五匹，所以转送一匹给潘小姐添做几件夏衣。"

慧君也不推辞，谢谢受下，便向黄太太告别。美云送到火车站，临歧握别，黯然销魂。

天乐陪着慧君到得杭州，因为慧君急于返甬，不欲再在杭州逗留，所以天乐也没有什么阻拦，一心伴送，换了火车赶到宁波。天乐是初次到甬，一切生疏，慧君遂雇了一辆人力车，和天乐坐着，带了行李到陈家来。当他们进门之时，早有陈家下人前来迎接，帮着将行李搬进去。慧君忍不住问道：

"老爷的病怎样了？"

下人答道：

"现在好些了，前数天危险得很。"

慧君听了，心头稍宽，走到厅上，回转头来对天乐说道：

"你且在此稍坐，待我入内见了寄父，再作道理。"

天乐道：

"很好。"

于是他就在下首红木大椅子上坐定，看慧君匆匆地走进里边去了。

慧君暗想：寄父有时独宿在楼下的，有时也住在蔡氏房中，现在不知病卧何处？忽见锡珍从楼上跑下来，见了慧君，便欣然说道：

"姊姊，你是不是接到我哥哥的来信而回家的吗？"

慧君道：

"正是，不知寄父的病怎样了？"

锡珍将舌头一伸道：

"前几天险得很，我们都十分忧虑，他老人家也以为病将不起了，所以叫我哥哥写快信催促姊姊回来。因他很盼望能在病终之前得见你一面，有几句话叮咛你呢。"

慧君听了这话心中一酸，险些儿滴下泪来。锡珍道：

"幸亏我哥哥忙到上海去请了一位名医前来，经那名医诊治后，渐渐好转，现在大约不至于有什么变化了。"

慧君点点头道：

"好极，好极！寄父可住在楼上吗？"

锡珍道：

"不，爹爹睡在楼下桐阴轩后面的卧室内，我同你去见他。他看见了你一定快活。"

遂拉着慧君的手，转了几个弯，早穿过了桐阴轩，来到柏年卧室之前。恰巧柏年的长子益仁走出室来，慧君叫了一声仁哥。益仁见是慧君，便道：

"你回来很好，刚才父亲正谈起你呢。"

说着话，回身引慧君入内。室中尚有柏年的次子益德和次媳赵氏侍奉在侧。慧君招呼后，走至柏年榻前。只见柏年正朝着里面而睡。慧君不敢惊动，锡珍却喊道：

"爹爹，慧君姊姊来了。"

遂见陈柏年回过脸来，脸上已没有血色，唯双目尚有精神，向慧君瞧了一下，便道：

"慧君，你可是接到了信而回来的吗？"

慧君立正着答道：

"寄父，我接到快信之后，非常忧急，恨不得腹生双翼，飞回家乡。马上坐火车南下，不料在济南站上因沪平车在丰台出了点岔儿，误了点，以至又耽误了一天。心里暗暗祝祷彼苍，但愿寄父吉人天相，可以逢凶化吉……"

慧君说到这里，柏年早接着说道：

"我的病来势非常凶险，昼夜不能安眠，肚子剧痛，寒热高盛，我自以为不起了。但现在却已退去十分之六七，可以无妨，大概我这条命还要活两年呢！"

慧君道：

"寄父的病能够减轻，使我十分喜欢，但愿寄父康健无恙，长生不老。"

柏年微笑道：

"死是人生的归宿，早晚有一死的。在这个年代，我辈老朽落伍者，对于国家社会也是无用。况且目击国势阽危，外侮侵凌，自觉丁此乱世，如鱼游沸鼎，不知何日要受亡国灭族之痛呢？"

慧君道：

"寄父不要悲观，古今中外，不论什么国家都有敌国外患的，只要努力自救，便可转弱为强。我们中国人若然不要我中国灭亡，谁能灭亡我呢？"

柏年点点头道：

"你是个有志气的好女子，所以说这些话，我希望你们一班青年男女自勉自励吧！"

益仁、益德听了，都在旁微笑。柏年又问慧君道：

"你前番来信说，你在青岛避暑，有黄姓同学相伴，不知你的同学可就是黄君天乐的妹妹？"

慧君道：

"是的。"

柏年道：

"这么一来，伊也一同和你南返了？"

慧君又说一声是。正在对答之际，蔡氏和柏年的大媳也一齐走来，慧君忙上前叫应，又向蔡氏请过安。蔡氏道：

"此番你寄父的病十分沉重，所以他们接信后都赶来，现在连你也回来了。幸亏请得一位良医，药到病除，我的心头也觉松了许多。只是你好好在青岛避暑，却使你冒暑而归，于心不安。我本意不即发信的，都是你寄父一定要如此。"

慧君道：

"寄父爱我，他老人家生了病，我没有在他身旁奉侍，已是歉疚得很。现在病已转机，真是很快慰的。至于我在青岛，至多也不过住四十天，早些回来也好。"

蔡氏又问道：

"下人说大厅上坐着一位客人，是和慧君小姐一同来的，不知是什么人？"

慧君道：

"这是我同学的哥哥黄君天乐，他在杭州送我来的。"

柏年听了，便问道：

"就是那位黄君吗？很好，我愿意见见他。"

慧君顿时脸上有些红晕。蔡氏又道：

"既是慧君小姐的朋友，不可怠慢了他。既然你寄父要见见他的面，请你去招待他进来吧，益仁、益德也可先去见见。"

益仁弟兄俩点头说好。慧君只得走出室外去，益仁、益德跟着同去了。这里蔡氏凑在柏年耳朵边低低说了几句话，柏年笑笑。锡珍立在房门口等候，两媳妇也站在一旁。一会儿，只听足声杂沓，慧君已和益仁、益德引导着天乐走进室来。天乐一瞧病榻上睡的便是陈柏年，就恭恭敬敬地向柏年一鞠躬道：

"陈先生贵恙稍愈吗？初次进见，冒昧得很，但望陈先生早日痊愈。"

柏年将手一摆道：

"黄君请坐，多谢你的美意。"

他一边说，一边瞧天乐生得仪表不凡，果然是个倜傥青年。慧君又代天乐向众人介绍一遍，方才坐下。蔡氏也在那里向天乐端详。柏年又向天乐问了数语，天乐一一谨答，坐了一刻工夫，恐怕多费柏年的精神，遂起身告退。柏年说道：

"黄君在此可以盘桓数天，敝舍虽小，尚可下榻，请勿客气。"

天乐答道：

"敬谢雅意，但我因省府公事甚忙，明天必须回杭。"

柏年道：

"难得来的，何妨小住为佳？"

又对他二子说道：

"你们可以陪黄君到桐阴轩宽坐，好好款待。"

益仁、益德都答应一声，陪着天乐出去了。慧君却仍站在窗边桌子旁。柏年道：

"他们是生疏的，你可一同去谈谈，我这里自有人伺候的，我有话稍缓和你再说。"

慧君听柏年如此吩咐，也就退出室去，走到桐阴轩。三人正在饮茗畅谈，见慧君加入，自然都很欢迎，大家随意谈了一番。这天晚上，益仁弟兄特命厨房里端整酒席，宴请天乐，而天乐也就住在陈家。

次日天乐见了慧君，便要告辞回杭。慧君也不便留他，遂谢谢他一路相送的盛情，且约暑假后再见，又陪着天乐到陈柏年那里去辞别。陈柏年苦留不住，只得吩咐二子代他送至车站，慧君也一同前去。益德代购了车票，彼此道了数声珍重，看天乐坐着火车去了。慧君在归途中觉得有些异样的感触，极力抑制住，回到陈家，时常在寄父病榻前伺候，其他时候看看书，或和锡珍在一块儿玩。又过了数天，陈柏年的病已完全霍然。益仁、益德个个有事在身的，不能多留，老父业已痊愈，心头一块石可以放下，大家遂带了妻子，告辞了父母，离家而去。

有一天，慧君在伊寄父房里奉侍，蔡氏等都不在这里。陈柏年闭目养了一会儿神，偶然抬起头来，见慧君低着头，坐在那边椅子上似有沉思，遂把手一招道：

"慧君，你来。"

慧君忙立起身走至榻前，轻轻问道：

"寄父有甚吩咐？可要喝茶？"

柏年摇摇头道：

"不要什么，你且坐下，我有几句话要和你一说。"

慧君遂退后一步，坐在榻旁一张圆凳上。柏年叹口气道：

"近来我对于社会事业，颇有厌倦之心，实在是荆棘满途，处处遭受打击，人心也坏至极点，非言可喻。此番陡然患了重症，在凶险的当儿，自以为必死。你虽不是我的亲生女儿，然而自幼在我手里抚养成人的，况又有老友托孤之重，因此时常萦心，要叫我儿写快信唤你回来诀别……"

陈柏年说到这里，慧君眼眶内泪珠晶莹，低声说道：

"我愿寄父寿臻耄耋，不要说自己享福，也为社会多造一些福利。且喜已痊愈，后福未艾，何必说此衰飒之语？寄女自幼即受洪恩，若无寄父，何以至今日？"

柏年道：

"这是我应尽之责，不必说什么恩德。不过你的婚姻问题尚没有解决，使我长悬于心的。"

慧君颤声道：

"寄女早已说过，无意于此，反累寄父放在心上，不孝之罪莫辞了。"

柏年道：

"我因你虽有自立之能，可是不能不有归宿，不能不有慰安。我年已老迈，早晚将辞人世。你那两个寄哥和你也疏远得很，将来家中必然

320

又换一种景象。而你的年龄渐大，及今不为之计，将来恐有后悔？所以我断断于此，并非定要强夺你的志向。况且黄天乐这个人，现在我也见到了，不愧是个佳子弟，和你既然感情很好，不如早定良缘。交友终不是长久的事，我爱护你，不得不向你再作忠告，请你三思。"

柏年这一席话，语重心长，蔼然仁者之言，句句深入慧君的心坎，比较黄美云的话更是有力了。慧君顿了一顿，徐徐答道：

"寄父爱护之心，使人感入肺腑，请稍假时日，待寄女细细考虑后再说。"

柏年点点头道：

"我只是希望你早早决定便了。"

这时锡珍已走了进来。二人也即不谈此事。

又过了数天，陈柏年精神恢复，照常做事，慧君心里不胜快慰。时光易逝，看看一个炎炎长夏的暑期也快要过去，天气渐渐凉快，国秀女学开学之期已近。天乐在杭又有来书，询慧君的行期，何日动身？他当至站迎候。慧君因校长亦有事情托办，所以定于八月二十六日离甬赴杭。陈柏年隔日特命厨房里煮了几样洁净可口的佳肴，特地在家里和慧君等用午餐。午后又带了慧君和锡珍出去看影戏，直到晚上方才回家。次日惠君早将行李收拾好了，遂辞别了寄父等众人，坐车赴杭。

当伊到得杭州城站的时候，早见天乐在月台上守候，瞧见了慧君，探下草帽，赶快跑过来欢迎，帮着慧君照料行李，一同走出车站，便雇了一辆汽车，送慧君至校。天乐见慧君面色比以前稍见丰腴，暗暗欢喜。到校后，在会客室中又坐谈了半句钟，恐慧君刚才来校，诸事待理，所以别去。

隔了一天，乃是星期日，下午天乐又至慧君校中访谈，约慧君出去湖上小游。慧君也因和西子别离两月，天气凉爽，所以一口答应。二人遂去湖边雇了一艘小划船，在里外湖泛舟。傍晚时回到平湖秋月登岸，恰逢见邱燮和几个同事从对面走来。天乐躲避不脱，只得大家招呼一声而走。邱燮却回转身高声说道：

"黄先生，湖上之游乐乎？艳福无穷。"

天乐不答。慧君听了，脸上早红起来，带着数分娇嗔，对天乐说道：

"这是谁？轻嘴薄舌，讨厌得很。"

天乐很歉然地答道：

"此人姓邱，是省府同事，平日常有色情狂，出言吐语，往往不伦不类，请密司莫怪。"

慧君道：

"此真妄人，我怪他作甚？"

伊说了这话，低倒头只顾走，不再说话了，天乐也不敢说旁的话。走到了延龄路，慧君道：

"时已不早，我要坐车子回去。"

天乐道：

"好的，我代你唤来，你一个人回去吗？"

慧君道：

"恐怕你还有别的事，况且我回去便要吃晚饭，不要再劳驾了。"

天乐听慧君如此说，只得代伊雇一辆人力车，瞧伊坐上车子，说声再会，分手而去。他一个人走回省府，心里甚是不安，很怪邱燮轻薄，但又不便和邱燮说。直到下星期再去拜访慧君，惠君却和校中同事出去了，没有相见，废然而返。

金风送凉，转瞬已至中秋，恰逢星期，省府停止办公，诸同事都在家聚天伦之乐。唯有旅居的，对此佳节不能不有故乡之思，且不欲辜负良宵，遂也约了朋友出去逛游。天乐因无可消遣，乃于隔日打电话给慧君，约伊明日上午同游满觉陇赏桂花。慧君并未拒绝，天乐心中稍慰。改日，天气清朗，天乐早晨起身后，修饰一过，换上一身簇新的西装，携了手杖，挟着一团高兴，坐了车子，赶到国秀女学来。他是常来的人，门役也认识他的，一见他步入校门，便站起来说道：

"黄先生，可是来看潘小姐的吗？"

天乐点点头道：

"正是，你快着人去请伊出来，我在会客室等待。"

门役却摇头说道：

"潘小姐今天不在校。"

天乐不由一愣道：

"不会的，伊到哪里去呢？况且我们昨天有约，你不要记错了人，烦你进去问一声。"

门役道：

"我哪里会记错，潘小姐不在校内，里面没有什么人。"

天乐一看自己手表上只有八点半钟，又说道：

"现在时候很早，难道伊已出门吗？伊怎会失约呢？"

校役见他立着不肯去，遂又说道：

"昨晚校长和许多教职员临时组织旅行团，去游山阴兰亭，今日一清早六点多钟便出去的，潘小姐也是其中一分子，我如何会记错？"

天乐听了这话，手中的手杖一失手，扑地跌到地上，连忙俯身拾起，点点头道：

"原来如此，那么小姐可有什么留言？"

门役道：

"没有。"

说罢，坐了下去，似乎很讨厌他的多问。天乐没奈何只得回身走出校门，仰天叹了一口气，自言自语地说道：

"今天我预备陪伊畅游一下，细谈衷肠，伊已在昨日答应了我，怎样也会失约起来？这未免太对不起我了。唉！慧君慧君！我抱着一片热心，倾倒于你，但你却始终淡漠，一些没有表示，叫人好不难受。难道你真的无志于婚姻问题，逼我为杜粹第二吗？为什么又有这样的态度呢？我怎样才能够使你投入我的怀抱呢？我自觉太痴心了。"

他一边走着，一边思想，说不出的惆怅与失望。看看路上的游人甚多，兴高采烈地来来去去，长途汽车每辆过时都是挤满了人，湖中小艇荡漾，秋色可爱，他自己一个人没有同伴，到哪里去呢？信步走去，糊里糊涂地走到了南高峰下，他就奋勇拾级而登，独立在峰顶，向四下里眺望一会儿。然后坐在一块石上，抬起头看天上的云。看了一歇，忽听下面山径中有女子笑语之声，走上一伙游人来，前面两个乃是年纪很轻的女郎，都是浓妆艳抹，打扮得妖妖娆娆，手中撑着削光的树枝儿，跑得额上香汗浸浸，口里说道：

"走不动了，那里有个地方歇歇吧！"

背后跟着三个男子，其中一人就是天乐的同事邱燮，他不防天乐会独坐在这儿的，连忙走过来叫应道：

"黄先生，今天你怎么一个儿独坐在南高峰上，可是等什么……"

天乐早立起说道：

"等什么呢？我没有游侣，一人信步走到这里来的，你的游兴很好啊。"

邱燮道：

"也不见得，我是陪着朋友出来游山。"

又把手向那两个女子悄悄一指，凑在天乐的耳朵上，低声说道：

"这两个虽是小家碧玉，那个穿绿旗袍娇小玲珑的乃是杭垣有名的交际花周绮，大的是伊姊姊周纹，可要我来代你们介绍。"天悦摇摇头道：

"你们挟的腻友，我不敢胡乱相识。"

说着话，邱燮的两个朋友早伴着二女郎走向后边的林子中去了，邱燮忙说一声：

"那么再见吧！"

急匆匆地追上去了。天乐耳中还听得有一个女子的声音说道：

"哪里来的傻瓜？一个儿坐在山顶上，真是痴汉等老婆了。"

跟着众人的笑声渐渐远去。天乐觉得又好气又好笑，仍坐在石上，把手支着下额，只管沉思。良久才觉肚中有些饥饿，遂长叹了一声，一步步走下南高峰，没精打采地回来。在途中雇了一辆人力车。回到新市场，已是下午一点多钟了。他遂到馆子里去独自吃了午膳，向白堤上缓步而行，观赏风景。可是风景虽好，未能寓目，走到苏小小墓前，在亭子里坐下了好多时候。但见游人往来如织，尽有鸳鸳鲽鲽似有情眷属一般的，自己却踽踽凉凉，十分落寞，心头更觉怅惘。天色渐晚，皓月东升，湖上坐小艇月夜泛舟的人甚多。他只是慢慢儿地无目的地走着，在平湖秋月望了一会儿月色，更添愁绪，难遣情魔，晚饭也没有吃，回到宿舍里去睡了。那个同舍的邱燮却一夜不归，大约在外边寻欢作乐了。

次日起身后想想昨日的情景，未免辜负了良宵佳节，令人可恼。忽然当差的来报国秀女学潘小姐有电话，他忙过去接着一听，是慧君的声音，对于昨日失约的事表示歉意，并且解释数语，因为公事仓促，不便推辞，所以只得被校长等撺着她同往，而时间上又不及先行通知了。天乐连说不妨事，又问兰亭之游如何？慧君说也不过如此。又谈了数句话，方才将电话挂断，他心里仍是有些不快。

有一天，忽然接到他妹妹美云的来函，说伊将在双十节和高毅生订婚了，到那天要请他回南京去参加订婚典礼。天乐得了这个喜信，心中有说不出的感触，便带着美云的函，跑到国秀女学里来见慧君，报告给伊知道。可是慧君同时也接着美云的来函，早已知悉。二人遂谈起高毅生和美云结合之事，天乐慨然说道：

"我妹妹年纪虽轻，而决断力很强，伊和毅生的恋爱很是热烈，进行极快，所以订婚在即了。毅生这个人确乎不错，他们俩的性情很能相合，可算是美满姻缘。以前我母亲屡次要代美云许配于人家，美云终是拒绝，现在伊自己爱上了毅生，便不再犹豫了，可知姻缘不可勉强的，是姻缘的早晚可以成功。"

慧君听天乐一连说了几个姻缘，自己倒不便说什么，只得说道：

"到那天想必有一番热闹，密司脱黄大概必要回去的了。"

天乐道：

"我父亲远在皋兰，势难回家，我只得跑一趟了。将来大喜时，说不定我父亲要告假回乡，主持婚事呢。双十节密司校中放假的，可能一同去吗？"

慧君道：

"美云信上也要我前去，但我想双十节只有一天的假期，恐怕难以如愿，到时再定了。"

于是二人谈了一刻，天乐方告辞而去。

在双十节的前天，天乐又到慧君处问伊去不去？慧君蹙着蛾眉答道：

"这几天气候忽冷忽热，我微有不适，双十节校中又有聚会，恰巧推定我的主席，因此不能前往道贺，已写一封快函给美云。请你再代达我的不得已之故，并表歉疚之意。等到美云结婚的时候，我无论如何必要去吃一杯喜酒的。"

天乐听慧君说不能同往，未免扫兴，但也不能勉强人家的，所以结果只有一人回到南京去。

美云早接着慧君的快函，知道伊不能前来了，无可如何。黄太太因为女儿和高毅生订婚，得了一位乘龙快婿，心中很是快活。

黄昏时，母子三人谈谈家常，黄太太便问天乐对于慧君的婚事究竟可有希望？否则别择佳丽早定良缘，免得空负年华。天乐也没有什么回音，反添不少惆怅。

次日是双十节，美云和毅生假座安乐酒店举行订婚嘉礼。即由女中校长为介绍人，两家戚友到得不少。毅生原籍是湖州人，他家中的老父和妹妹等都特地赶来，一切俗礼都蠲除，彼此交换了一枚订婚戒指，合摄一影，以为纪念。晚上即在那边欢宴，铁道部次长也来贺喜，美云的同学和同事也有许多来观礼，双方宾主尽欢而散。明天天乐购了一些东西，便辞别家人，悄然返杭，又来见慧君，将当天的情形告诉慧君知道。慧君也没有说什么，天乐谈不多时便辞去。

其时秋深矣，肃杀之气充满于自然界，树叶由枯黄而凋落，西子湖边顿见凄凉。更加连日风风雨雨，天气阴霾。天乐也懒于出外，心绪更见恶劣。晚上坐在宿舍里，听窗外风雨之声。墙下间有一二凉蛩哀鸣之声。那邱燮请假回里省亲去了，所以室中更见岑寂。他磨好了墨，提起笔来要想修函给他的老父，但是觉得无话可说，竟在笺上写了"秋雨秋风愁煞人"七个大字，暗想：太萧飒了，这是秋瑾女士临刑时所书的，我怎么忽然写了这一句诗呢？遂又提起笔来写道："人生愁恨何能免？

销魂独我情何限?"这是李后主的词,也太凄凉了,丢下笔,对着前面的玻璃窗,痴痴然出了神。斜风吹着雨点,一阵阵直打到窗上来,窗外玻璃上淋满了一条条的水渍,好似人面上的泪痕。恰巧庭中有两株芭蕉,雨打芭蕉,这声音又有一种特别的情绪,使愁人听了,怅触百端。他身上穿得薄一些,不觉大有寒意,遂长叹一声,立起身来,闭了电灯而睡。

  谁知到了翌日清晨,刚想起身时,头疼脑裂,神思昏昏,自己伸手一摸额角有些焦热。唉!茂陵秋雨病相如,天乐为什么也生起病来了?

第十六回

秋雨潇潇个郎成渴疾
深情款款之子许良缘

这几天秋雨不止，慧君在校中也觉闷损，想起天乐自从双十节到南京去了，返杭时曾来过一次，已有好多天不见他前来相晤。且自我拒婚以后，常觉得他情绪有些不欢，尤其是在最近瞧他的脸上每有愁容，不知不觉间又时有些嗟叹，难道他始终不能忘情于我吗？唉！他何不学杜粹去恋爱别的摩登女性呢？我是不祥之人，他何必痴痴地怀想我呢？他的性情很不拘缩的，何以对于我却拘到如此？我真不明白了，他岂知我所抱的苦衷呢？伊正在怀念之际，忽然校役送上一封书信来，伊接在手中一看，封面上的字是天乐的笔记，可是这信封却不是省府的，上面印着省立医院的地址，心里便不由一愣，拆开一阅，乃是一张小小的信笺，上面稀稀疏疏地只写了两行字，且写得很欹斜不正，像是在枕上写的。信上道：

慧君我友：

　　久未奉访，怀想殊殷。日前忽撄小疴，数日未愈，乃迁入医院诊治，辗转病榻，二竖欺人，秋雨秋风，益增怅触，顾影凄凉，恨无慰藉，游子思家，况在病中。倘蒙惠临一视，幸甚感甚。此请教安。

天乐顿首

328

慧君看了不由说道：

"咦！他病了，我却不能不去探望他一次的。客中卧病，确是格外难受，这个滋味我以前曾尝过了。"

下课后，伊换了一件衬绒旗袍，穿上一双黑色革履，见天空里仍在飘着细小的雨丝，遂雇着一辆人力车，赶到省立医院。一问挂号处方知天乐住的十六号病房，遂一径走到天乐处来，见天乐正睡在病榻上，闭着眼睛。同时天乐听得革履之声，睁眼一看，乃是慧君驾临，心头似乎得到一些快慰，便道：

"密司潘可是接到我的信而来的吗？"

慧君点点头道：

"正是，若非我读了你的来函，又怎样知道你突然间会生病呢？你究竟生的什么病？"

说时瞧瞧天乐的容貌，数日不见却消瘦得多了。天乐被慧君一问，顿了一顿，然后说道：

"我生的也不知什么病，只觉得精神萎靡，周身没有气力，寒热忽低忽高，胃口不佳，胸中常觉气闷。"

慧君坐在床边一张椅子上，听了这话，又说道：

"你莫非患的疟疾，医生怎样说？"

天乐摇摇头道：

"不是疟疾，因疟疾有一定时间发冷发热的。医生说我的精神不好，人也瘦得很快。密司你瞧我的面庞，不是瘦得很厉害吗？"

慧君道：

"不错，这几天你忽然清癯，我也以为奇怪，天气也不好，最易影响于人体。我想你还是多多静养的好。"

天乐道：

"医生也这样说，我虽不是患的重症，可是作客他乡的人，一旦病了，又在这风雨凄其的秋季，心中更是得不到安慰，十分孤惶。幸而有密司移玉顾视，使我心里感谢得很。"

慧君低倒头不响，因伊想着三年前伊自己在南京卧病医院的时候，杜粹不是伊唯一的安慰者吗？此情此景，恍如目前，然而杜粹现在已和自己生疏，却和项锦花结婚，享受甜蜜的生活了。世事沧桑，谁能预料，此番天乐病了，叫我把什么去安慰他呢？天乐见慧君不语，又微叹了一口气说道：

"一个人生在世间，最好得一知己，可以无憾。我平生落落寡合，自己知道有个坏脾气，就是心高气傲，往往不屑与人交际。一半也因意气相投的人实在难得，高山流水，难遇知音。但密司虽是我妹妹的同学，而自相识以来，觉得颇能沆瀣一气。且觉密司是我最钦佩的一人，而密司亦能不弃鄙陋，许侧在友人之列，这是我非常荣幸的。不过我常有一种感想，人生的聚散是无常的，任你是怎样好的朋友，一时的聚首，将来总不免劳燕分飞，天涯海角，各居一方，而友谊也会在无形之中冷淡下来的。即使能够始终保全友谊，但岂能永永聚在一起？送君南浦，伤如之何？阳关三叠，情深折柳。今日之欢情，徒成他时之追忆，怎样可以补这缺憾呢？我对于密司不能不有此感。"

慧君听了这话，觉得天乐今日说的话，却有些和陈益智的感想相同，更使伊芳心内受到异样的刺激。况且天乐说话里所包含的意思，伊也完全领略，所以愣住了，难以回话。恰巧在这时门外走进一个白衣白帽的女看护，手中托着一杯子药水来，给天乐服药。天乐接着喝下去，那看护对着慧君上下紧瞧。慧君被伊瞧得有些不好意思，遂问伊道：

"你可知黄先生究竟患的什么病？可能痊愈？"

看护接了天乐手中的空杯子答道：

"黄先生的病很是奇怪，说他没有病，明明是有病。但要说他有什么病，却又没有一定的病态。陈医生说大概黄先生受了一些风寒，稍有不适，而他胸闷气郁，精神不振，也许有什么心病所致，这是非药石所能治疗的了。"

女看护说毕，笑了一笑，退到室外去。慧君偶然回头向天乐一望，天乐的双眼正凝视着自己，不由脸上一红。天乐道：

"话虽如此说，我总是有病的，否则寒热何从而来？不过心中不甚畅快，这是实情。"

慧君道：

"密司脱黄是达观的人，有什么烦闷，万事总可譬解，不可胶执，遇失意事亦泰然处之，形骸自能不为外物所移，而方寸也平安了。"

天乐点点头道：

"谨谢密司指教，我自知涵养的功夫尚浅呢！"

慧君道：

"南京有信去吗？"

天乐道：

"昨天曾写一封信给我妹妹，但叫伊暂时不要在母亲面前提起，否则老人家不要深深惦念的吗？"

慧君皱着眉头说道：

"是的，但愿贵恙早日能够痊愈才好，说不定美云要来探望的呢。"

天乐道：

"我信上没有叫伊来，但若缠绵不愈时，却希望伊能来了。此间只有密司能慰藉我，你来了，我心中很快慰。只是你也很忙的，恐怕多费你的宝贵光阴。况又冒雨而来，使我怎对得起呢？"

慧君道：

"彼此都非泛泛之交，何必说客气的话？况我也是他乡游子，对你深表同情的。病中千万不要多生思虑，静心调养，自会霍然痊愈。"

天乐今番第一遭听到慧君说出这几句体己的话来，心中如何不感激，遂说道：

"多谢密司的慰藉，使我如聆九天仙乐呢。"

慧君微微笑了一笑，因为天色转瞬将黑，室中的电灯早已明亮，便起身告辞，又嘱天乐安心静养，当可早占勿药。天乐谢了又谢，看慧君翩然出室而去，遂微叹道：

"倘我不得此人，厥疾勿瘳矣。"

慧君回到校中，好似多了一重心事，想起天乐的说话，足见他对于伊始终未能忘情，倒叫自己难于摆脱了。

次日风雨稍止，天空放出淡淡的阳光来。慧君散课后又到天乐住的医院中来探望，见天乐仍是这个样子。二人闲话一番，等到六点钟，慧君又告辞回校。明天乃是星期六，慧君下午没有课的，便采了一些鲜花，又来问疾，谈起南京方面没有回音，不知美云要不要来杭探视？二人正说间，忽见院役携着行箧，引导着一人进来，慧君和天乐一齐大喜，原来是黄美云来了。慧君跑过去，握着美云的手笑道：

"说着曹操，曹操就到，我们正在盼望你大驾来呢。"

美云道：

"昨日我接到哥哥的来函，非常惦念，又不敢给母亲知晓，在伊老人家面前只说到杭州来聚会。校中又请了数天假，请人代课，方能抽身来呢。我哥哥生的什么病？这几天的天气也恶劣极了。"

天乐道：

"我虽没有大病，而精神方面甚是疲乏，在宿舍里诊治不便，所以住到医院中来了。此间没有什么知己朋友，病倒了更觉凄凉，幸密司潘天天来探望，使我解去不少寂寞。"

美云听了，便对慧君说道：

"谢谢慧君姊的照顾。"

慧君脸上微红，嗫嚅着答道：

"我有什么照顾，在友谊方面讲，理当来伺候的。今幸美云姊前来，使我放心得多了。"

这时候院役已将行箧安放在一边，退出室去。美云将手中皮夹放在桌上，走到榻边，向天乐脸上细细地相了一下，点点头说道：

"哥哥确乎瘦得多了，你究竟害的什么病？"

天乐道：

"我自己也不明白。"

美云道：

"奇呀，怎会自己不知病源的呢？"

天乐道：

"妹妹且坐了，慢慢再谈，又累你跑上一趟了。"

美云道：

"自己兄妹也要说客气话吗？你在外边患了病，叫我如何不惦念？昨天接到爹爹的航空信，他老人家身体很健，却问起你因何好久没有信去？他在明春可以请假一个月，回来休息休息。"

天乐道：

"近日心绪大不佳，一切书信都懒写，所以父亲那里也没有信去，恐怕老人家要责我不孝了。"

美云笑了一笑，便又和慧君坐在一起讲话。慧君道：

"双十节姊姊和高先生缔结良缘，我本当前来贺喜，却因校中有事羁绊，遂致不克如愿，甚为抱歉。将来姊姊大喜之时，我必来吃喜酒的。"

美云道：

"只怕请你不动啊。"

说着话，伸手一掠云发。慧君早瞧见美云手指上套的订婚戒指，灿然甚新，便问道：

"明年要结婚吗？"

美云道：

"毅生的意思如此，我却最好迟一年呢！"

二人又谈起义务夜校捐款的事，美云和慧君自然很努力相助的，现在据范鸣秋的报告，知道募捐成绩很佳，和本来的目标相差无几了。杜粹在上海也曾汇了一百块钱去，并未向人代捐，大概是怕麻烦之故。黄美云连自己捐出的一共有三百多元，慧君募捐的达到五百元之数，天乐也捐过一百元，所以大家很抱乐观。

二人谈到天晚，慧君要请美云出去吃饭，美云却要叫了菜来在医院中吃，到底依了美云的主张，慧君便在医院里用过晚餐。天乐却只吃了一碗薄粥，慧君便问美云下榻何处？可要仍到校内去住？美云却说自己此来要稍稍伺候伊哥哥的病，所以也住在院中了。慧君也很赞成，到十多点钟方才告辞回去。次日是星期日，慧君因美云在医院里，自己既没有功课，当去陪伴，或陪着美云出去小游。天已放晴了，伊换了一件旗

333

袍，罩上绒线短大衣，刚才走出校门，却见一辆人力车很快地向校门跑来，到得校门口停住，一个女子跳下车来，正是黄美云，不觉失声呼道：

"我正要来看你们的，为什么你独自赶来呢?"

美云付去车钱，带着笑跑到慧君面前，握住慧君的柔荑说道：

"我不当来拜访你吗? 我们到里面去坐谈。"

慧君只得返身引导着黄美云，走到伊自己的宿舍里去。宿舍里的人回家的回家，出去的出去，静寂得很。慧君请美云坐定后，便去取过一只玻璃杯，将热水瓶里的白开水倒了一杯，端到美云面前。美云正口渴，也不道谢，接过来喝了一大口，徐徐放下茶杯，双目瞧着慧君的脸蛋儿，一声也不响。慧君便在伊旁边坐下，开口问道：

"令兄的清恙可稍愈吗?"

美云摇摇头道：

"恐怕难好的了。"

慧君吃了一惊，又问道：

"我瞧令兄尚无大病，何以你说他难好呢? 医生可曾告诉你什么话?"

美云道：

"医生也告诉过我了，他自己也说了，不过这病是医生束手无术的。"

慧君带着狐疑的态度说道：

"何至于此，究竟犯的什么病?"

美云道：

"我哥哥犯的心病，非普通药料可以疗治。所谓心病还须心药医，只要使他的心事安定后，便可无恙。"

慧君听了这话，伊的蛾首渐渐低下，却不答话。美云又喝了一口茶说道：

"凡事往往弄假成真，倘然我哥哥没有心药可医，尽是这样缠绵病榻，那么身体日渐衰弱，精神日渐萎靡，久而久之，他就要不可救药了，因此我也很代他杞忧。"

慧君微微叹口气，仍不说什么。美云见慧君缄默，难以觇知伊的心理，遂又说道：

"可怜我哥哥这番病了，但是我也早知他要病的。他的性情对于一件事，若然达不到目的时，便要朝思暮想，总是丢不开，我常怪他不旷达的。他的心病叫我怎能医治呢？"

慧君双目紧蹙，脸上也露出愁容，说道：

"难道没有法儿想吗？"

美云道：

"法儿是有一个的，不过难以向人启齿，他的心病，除非他心上人儿去医治他，比较许多高明医生强得多了。"

慧君拈弄着自己的手指说道：

"令兄的病果然很奇怪的，我以为他只要安心静养便得了。现在怎么样呢？长此缠绵下去，也不是好现象。"

美云点头道：

"不错，我恐怕他不要自己误了自己。直截了当地说，他这个病须得一个人去救治他，你可知道是谁？"

慧君顿了一顿道：

"那人是谁呢？我怎能知道？此间的名医我也不熟悉。"

美云道：

"我早已说过，我哥哥的病不是寻常医生所可治疗的，非要他的心上人儿去救他不可。"

美云说了这话，瞧慧君的态度已不如前次的屹然不动，又听慧君说道：

"这真是难了，令兄何苦如此呢？"

美云道：

"我总笑他太痴了，自找麻烦，这个病也是自己找来的。茂陵秋雨，愁为病媒，倘然他的心上人儿再不肯给他一些心灵上的慰藉时，如何是好？"

此时慧君大有坐立不安之状，随手向旁边取过一本书来，翻了一页，又把来卷在手里。美云却紧逼一句道：

"你可知道他的心上人儿究竟是谁？"

慧君不答，美云立即起来，走到慧君面前，向慧君扑地跪下。慧君慌得连忙站起，伸手来扶，且说道：

"美云姊，你为何如此？快快起来。"

美云道：

"好姊姊，你可怜我哥哥的，快快救救他吧！他的心上人儿便是你，你不去救他，难道坐视他病危吗？"

慧君道：

"哎呀！我如何不肯救令兄，但是我非医生，怎会下药？"

美云道：

"你只要答应了他的婚事，这便是稀世难求的灵药，复有何求？你若垂怜他的，请你不要固执己见，这一次答应了吧！"

慧君听着，眼中早已落下泪来，用力拉着美云，颤声说道：

"这事待我再考虑一下，然后可以答应，请你先起来，何必如此？"

美云又道：

"好姊姊，你救了我哥哥吧，你们交友也长久了，大概彼此的性情也有些知晓。我哥哥并无时下少年儇薄之病，不过凡事很高傲自负罢了。他本来在交际场中也有不少女朋友，但自和姊姊认识以后，他的心完全倾向于你，旁人早已都忘怀了，姊姊何必定做北宫婴儿子呢？我的问题已解决了，你们的问题却悬而不决，不要说哥哥念念在心，就是我也很盼切。你上次说要考虑，现在又经过了半年，难道还没有考虑成熟吗？我哥哥昨夜和我说了许多话，一定要我代他求你答应，我也未尝不觉得这个使命非常重大，恐怕担当不下的，然而他逼着我来，我可怜他为了这问题而病倒床褥，不得不觍颜再来向你絮絮滔滔。好在我们是深交，不怕姊姊笑掉牙齿，或骂我惫懒。我哥哥此次倘然仍没有希望时，这病自然不会就好，我也只得设法护送回家。恐他再到杭州的时候，不知何日了？姊姊，我请你快快给我一个切实的答复，否则我一辈子跪在地板上不起来了。"

慧君将足蹬了一下，眼中淌下泪来，点点头说道：

"我答应了你，起来吧！"

美云闻言，即忙立起，握住慧君的手问道：

"真的吗？"

慧君叹口气道：

"老实说，令兄对我一片深情，我也未尝不觉得。但我本来对于婚姻问题早已灰心，不欲他人再向我提起，而愿一辈子服务教育了，所以前次你代表你哥哥来向我说合，我硬着头皮拒绝。明知你们必要疑我的为人太冷淡而无情，其实我的宗旨是如此。我寄父也劝过我，而我没有听从他老人家的说话。现在事情逼到我如此地步，使我不得不放弃我原有的主张，这是我很不得已的。但我虽答应了你，尚有一个交换条件，务请令兄必须遵守。"

美云欣然道：

"姊姊有什么条件？不要说一个，便是十个一百个，我也必叫我哥哥允许。"

慧君道：

"这又不是一种买卖，本来我不必提什么条件，但我矢志终身为教育服务，诚恐将来婚后要受影响，因此预先声明。既婚之后，我要到哪里去执教鞭，就要到哪里去，令兄不能干涉的，须得尊重我的意志。"

美云道：

"姊姊放心，我哥哥是新时代的人，绝不会干涉你的志向，而我母亲也素不喜多管小辈之事的，姊姊尽可自由。我回去代你和哥哥说了，他无有不表同意之理，你请放心。"

慧君忍住眼泪，说一声很好。美云瞧慧君这个样子，心中又觉歉然，遂又安慰数话。看看时候已近十一点钟，美云道：

"我要回医院去复命了，好叫我哥哥喜欢，恐他正在病榻之上伸长了脖子盼望佳音呢。这一遭我总算成功了，好不快活。"

慧君紧瞧了伊一眼道：

"你们胜利了，可是我呢？"

美云笑道：

"你也胜利的，敬祝你前途幸福无量。"

说毕，立起身来要走。慧君送至校门外，美云又道：

"慧君姊，你可和我一同去吗？"

慧君摇摇头道：

"我下午来吧！"

美云笑嘻嘻地说道：

"那么下午不可失约，我们盼望你必到。"

慧君点了一下头，美云说了一声再会，坐上一辆人力车去了。

慧君回至宿舍，一个人坐着，手托香腮，默默地思量，觉得一言既出，驷马难追，自己仍不能抱定宗旨，而为情感所屈服，但不知将来的命运如何。继思我已经允许了人家，也不可思虑太多，况寄父的意思也是这样，我就奋力向前途走吧。于是伊在校中用了午膳，便到省立医院里来晤天乐兄妹，见美云坐在病榻之旁，正和天乐笑语，天乐的脸上也充满着愉快的色彩。伊不禁有些扭捏，踏进了病室，便立定不动。美云回头一见慧君，忙立起来，跑到慧君身边，握住了伊的柔荑说道：

"好姊姊，你来了，我哥哥感激不尽，他的病快愈了。"

慧君脸上泛着红霞，走近天乐榻前。天乐对伊很恳切地说道：

"密司潘，承你不弃，答应我的请求，使我心里真有说不出的快活，我的病必能霍然而愈。我的心完全给你了，请你见谅我的愚悃！"

天乐一边说着，一边眼眶里滴下泪来。慧君却低倒了头，不知当说什么话，坐在榻前低声说道：

"我只希望你的病快快痊愈，我也安心了。"

美云喜滋滋地陪坐在一边。大家闲谈了一会儿，美云方才携着慧君的手，走到阳台上去，四顾无人，便悄悄地向慧君说道：

"我复命之后，我哥哥喜得手舞足蹈。你的意见我也曾向他传达，他说将来绝不干涉你的行动，你要一生服务教育，这是有益社会之事，他非常尊重。"

慧君听了，心中颇觉宽慰。美云又道：

"我希望你们早日订婚，手续不可不有，只求简单罢了。至于介绍人我想请毅生和你寄父的朋友程乐山，不知尊意如何？以后请你和我哥哥细细讨论吧！"

说着话，笑了一笑，又手挽手地走进室去。天乐很是兴奋，披衣坐在床上，和慧君等笑谈，他的病好像已去了大半，真是神秘极了。

天色将暮时，慧君告辞回去。

次日是星期一，伊在校中授课，不能出来。散课后，刚想去探望天乐，而美云又先来了。美云见了慧君，便说：

"昨夜哥哥酣睡甚适，今晨精神已见好转。医生诊治时，很奇怪地说天乐的脉也平静得多，寒热早已没有，和常人没有什么大差异，只要再隔数天即可出院。他的心病竟医好了，感谢姊姊的大德，我明天也要回南京去，把这喜信报告给我母亲知道。伊老人家听了，一定非常欢喜，因为伊也早有此意了。好姊姊，你陪我出去买些东西吧！"

慧君点点头道：

"理当奉陪，不过你今番来了三天，我没有和你游玩，要不要到湖上坐一会儿船？"

美云道：

"时间不及了，不必吧，况我此来非为出游。且待明年春天再和毅生一同前来畅游，兼游富春、雁荡诸名胜。"

慧君道：

"如此很好。"

遂陪着慧君出去购物。美云因毅生爱吃橄榄，所以买了不少，直到天色已黑，二人方回转省立医院。天乐已下床起坐，在那里伸长脖子盼望了。美云将购得的东西放在一边，三人一同坐了谈话，美云因慧君已不及回校吃晚饭，便留伊在此同膳。天乐便叫院役去喊菜来，少停同桌进餐时，天乐也吃了半碗饭、一碗粥，胃口渐佳。饭后，大家又坐着谈谈，等到钟鸣九下，慧君因校门将闭，遂起身告辞。美云道：

"我送你去。"

慧君道：

"此间还是我熟些，不要客气。"

美云遂送至医院门口，慧君回头问道：

"姊姊，明天何时回去？我当来相送。"

美云道：

"不必了，你是很忙的，我大概上午动身，也不再来告别。好在我们后会有期，此后更是一家人了，越发亲近。我哥哥没有出医院的时候，仍请姊姊去安慰他。你是女菩萨，洒一滴杨枝水，救了他的性命……"

美云再要说下去时，慧君对伊瞅了一眼道：

"怎么你现在一张嘴越会说话了？从哪里学来的？我不许你胡说。"

美云笑道：

"你别发急，你不许我说，我也只好不说了。但请你放心些，我不是尖嘴姑娘，将来绝不会得罪嫂嫂的。"

慧君听了这话，也不由微微一笑，遂雇了一辆人力车，对美云说道：

"那么我就老实不相送了，望姊姊善自珍重。"

美云也道：

"秋风多厉，将交冬令，我也望姊姊格外要珍重玉体，我哥哥也请你常常爱护照顾，我们以后通信再谈吧！"

慧君遂说一声再会，坐上车子去了。

次日下午散课后，慧君心上不知不觉地更是萦恋着天乐，遂跑到医院里来看他。此时天乐见了慧君，心有灵犀一点通，觉得玉人已归自己，快感非常，自己也不知道何以必要如此，方才心安神适。慧君问起美云，天乐说美云在上午坐闸京通车回去的，托他代言告辞。慧君道：

"我为校课所羁，也没有相送呢！"

天乐带着笑说道：

"我妹妹来杭两次，都是我去叫伊来的。现在我们俩已从友谊而更进一步，结为终身伴侣，我妹妹的功劳是使人永永不会忘记的。但我的

340

学问浅薄，对于什么事也率性得很，此后尚望你多多指教，更是幸事。"

慧君道：

"我是个不祥的人，我的身世你也知道的。我本来自誓终身为教育服务，其他问题匪我思存，因此上半年美云第一次来杭时，也曾代达你的意思，我却婉言谢绝的，在那时你总要怪我很忍心的了。其实……"

天乐忙抢着说道：

"我哪里会怪你忍心？你此刻若再不答应我，那么方称忍心，也将索我于枯鱼之肆了。我今天说一句老实话，我的病果然是心病，不知怎样的，心中常觉得有一件重要之事没有解决，我的精神也就一天一天地萎颓起来。直等到我妹妹将着好消息回报我听，方如枯树得着雨露滋润，渐渐复活而有生气，病魔也撤退了。实在这是情魔，你不要笑我。"

慧君微笑道：

"无论病魔情魔，你对于我的用情也可谓专且厚了，我很是感激。但是中国现在外侮如此重迫，危亡在即，一班青年倘能将注重于婚姻问题的精神，去努力在爱国事业，那么国家何患不强？小一点说，就是去努力于地方事业，或是有助于他人的善举，也很好的了。然而却不能够，可见得为己太重而为人太轻啊。"

天乐道：

"啊呀！你因此说出一篇大道理来，倒使我惭愧之至。我素来佩服你是个有志有为的女中丈夫，今后更要请你教导了。"

慧君道：

"你是个大学生，又是研究政治经济的，人家要请你指导，却反要我没用的人来教导你吗？那么你平日所学的何在？"

天乐走过来，握住慧君的玉手，微欠身说道：

"责备得是，我不能回答你了。圣人云，修身齐家治国平天下，我先要修身齐家。《诗》三百篇，虽然一言以蔽之，思无邪，然而'发乎情'是不禁的，'乐而不淫'，已示人范围，而《关雎》乐得淑女以配君子，为风化天下之基。'窈窕淑女，君子好逑'这两句诗，是大家知道的。所以一个人努力于婚姻问题，也未可完全厚非的。"

慧君笑道：

"你开讲《诗经》了，须知'匈奴未灭，何以家为？'这也是古人说的话。"

天乐道：

"女学士，我不再和你辩论，佩服你是了。我的爱心，从今以后请你整个接受了吧！"

遂低下头去在慧君的手背上吻了一下。慧君以前虽和益智、杜粹等常在一起，未必无儿女之情，但如此亲密还是第一遭，心中异常感动，如触着电流一般。至于天乐的心里当然是充满着十分温馨，他的愿望实现了，前途好似布满着黄金，从此有情眷属，双双携手而入乐园，尽享受温柔滋味了。

隔了一歇，天乐又和慧君说道：

"陈柏年先生方面，我仍当托那位程乐山先生去报告，一方面也请你去函禀白。我想便在国历元旦和密司正式订婚，好不好？"

慧君点点头，表示同意。天乐又道：

"订婚的地点，届时在此间还是南京？"

慧君道：

"在这里也好，我们都在杭州，何必跑上南京去呢？"

天乐道：

"很好，我们就借刘庄为订婚之地，好在那边的主人与我相熟的，一切布置也由我去办便了。到时我要请母亲和妹妹前来，陈柏年先生最好也能出席，这事要拜托你的了。"

慧君笑了一笑，二人絮语谈心，直到天晚，慧君方才别去。隔了两天，天乐已完全恢复健康，出了医院，仍回省府服务，且写了一封信去告诉美云。慧君也修函禀告伊的寄父，不多几天，陈柏年回信已来，对于这头亲事十分赞成，信中有"黄氏子倜傥不群，诚跨灶儿也，有婿如此，画眉之乐，胜于南面矣"。慧君读了，颇以自慰。

光阴过得很快，转瞬已至国历元旦，天乐在前数天预备一切很忙，黄太太和女儿美云以及高毅生等都于隔日到杭。陈柏年也带了他的女儿锡珍，特地由甬赶来，参与订婚嘉礼。此外还有慧君的几个女同学，因为在报上见了慧君和天乐的订婚启事，也来杭道贺。两家戚友都由天乐招待在西湖饭店下榻。

到了元旦日，天乐特地雇定数艘划子船，在湖上载送嘉宾，都悬着红绿彩球。众来宾纷纷到刘庄去观礼，国秀女学的校长和同事，以及国中一年里的许多学生簇拥着慧君，齐赴刘庄。那天慧君也修饰一新，容光焕发。天乐更是喜气洋洋，招待省府同事，忙得不亦乐乎。订婚之时，举行茶话会，有高毅生的演说，天乐和慧君交换了戒指，双双向来宾道谢。陈柏年在旁瞧着这一对璧人，心里又喜又悲，喜的是慧君得偶如意郎君，自己心事可以宽释：悲的是益智墓草已青，少年早夭，否则佳儿佳妇都是自己的，岂不是好？锡珍却看得咧开嘴合不拢来，黄太太也是笑容满面。黄美云和高毅生忙着周旋来宾，他们装饰得都很摩登。礼成后，男女来宾都坐着小艇到湖上各处去游览风景。因这天是元旦日，所以游人甚众。

晚上天乐、慧君又在西湖饭店设宴款待两家来宾，锦簇花团，灯红酒绿，坐了十多桌。那时候，忽然有一个不速之客前来，向一对新人恭贺，乃是一位年轻貌美的女郎。头上云发烫得麦浪一样的卷曲，眉如春山，眼如秋水，映着苹果般红润的双颊，樱唇上涂着红红的胭脂，身披一件镜面呢的新式大衣，玄狐的高领里面露出咖啡色绽着新花样的夹旗袍。足踏黑色高跟皮鞋，手里捧着一个热水袋，姿容婉媚，仪态万方。众来宾的目光不期然而然地都注射到这女郎身上去。大家都不知道伊是何许人，是天乐的朋友呢，还是慧君的旧友？天乐和慧君见了伊，一齐含笑欢迎道：

"白女士怎样来的？近日著作忙不忙？"

原来这女郎正是白人凤女作家。白人凤伸手握着慧君柔荑，微笑道：

"自从初夏时在车上识荆以后，倏又半载光阴。此番我有些小事到杭州来，便住下这个西湖饭店，无意中恰逢二位订结百年之好，惜我得信较迟，未能到刘庄观礼，所以在这个时候前来道贺，且吃一杯喜酒。"

慧君道：

"很好，我们也时常想念你，在报章上屡读你的大作，足见你脑灵笔健，文思日有进步。"

白人凤道：

"东涂西抹，毫无是处，承蒙二位殷殷垂注，感谢得很。拙作《秋水楼诗词草》现已出版，明日当奉雅阅，并请斧正。"

天乐便把白人凤请坐到他妹妹的一桌上去用菜，且介绍与美云等相见。大家听得这位摩登女郎便是大名鼎鼎的女作家白人凤女士，尤其注意了。天乐、慧君又到每一桌上去请酒请菜，大家打趣数语。觥筹交错，宾主尽欢，这个元旦之夜似乎充满着喜气。等到席散时，已近午夜了，慧君陪着陈柏年和锡珍等也在西湖饭店下榻。次日两家亲戚相约着又去中山遨游，白人凤女士送了两册诗集来，慧君邀伊同游，白人凤也不推辞，便和他们一起出去。大家好似很熟的朋友，游了一天，方才兴尽而归。陈柏年因为沪上有些事情，要自己去接洽，所以不能逗留，翌日带着锡珍赴沪，黄太太和美云、毅生等也就回南京去，白人凤也告辞返申，且和慧君交换了一张小影，其他戚友也纷纷散去。

慧君回到校中，照常授课，天乐时时来晤谈。当然今非昔比，二人的爱情已固结不解了。天乐的意思，希望在明春他父亲回里的时候，可以和自己妹妹一同选择吉期，早日成婚。好在这期间并不长远，他理想中的美满家庭不久可以实现，此后双宿双栖，鸟称比翼，莲开并头，若给杜粹知道了，也可以说我在情场上高唱凯旋之歌啊。他这样想着，心中快活异常，可说这是他人生最快乐的一阶段，不但天天如此。大概世间一班未婚夫妻在将婚的时候，没有不这样地抱着热烈的希望。杜粹和项锦花何尝不是如此？然而他们的婚后却又是别一世界。

图书在版编目（CIP）数据

惜分飞.第一部／顾明道著. —— 北京：中国文史
出版社,2018.5

（民国通俗小说典藏文库·顾明道卷）

ISBN 978 - 7 - 5034 - 9982 - 1

Ⅰ．①惜… Ⅱ．①顾… Ⅲ．①长篇小说 - 中国 - 现代

Ⅳ．①I246.5

中国版本图书馆 CIP 数据核字（2018）第 009986 号

点　　校：清寒树　旷　野
责任编辑：薛媛媛

出版发行：**中国文史出版社**
网　　址：http://www.chinawenshi.net
社　　址：北京市西城区太平桥大街 23 号　邮编：100811
电　　话：010 - 66173572　66168268　66192736（发行部）
传　　真：010 - 66192703
印　　装：廊坊市海涛印刷有限公司
经　　销：全国新华书店
开　　本：720×1020　1/16
印　　张：22.25　　　字数：313 千字
版　　次：2018 年 5 月第 1 版
印　　次：2018 年 5 月第 1 次印刷
定　　价：66.00 元